LA
HERIDA

JORGE
FERNÁNDEZ DÍAZ

LA
HERIDA

Planeta

Fernández Díaz, Jorge
    La herida / Jorge Fernández Díaz. - 6a ed. - Ciudad Autónoma de Buenos
Aires : Planeta, 2018.
    344 p. ; 23 x 15 cm.

    ISBN 978-950-49-6031-7

    1. Narrativa Argentina. I. Título.
    CDD A863

© 2017, Grupo Editorial Planeta S.A.I.C.
Publicado bajo el sello Planeta®
Av. Independencia 1682, C1100ABQ, C.A.B.A.
www.editorialplaneta.com.ar

Diseño de cubierta:
Departamento de Arte de Grupo Editorial Planeta S.A.I.C.

Corrección de texto:
Esteban Bértola

6ª edición: febrero de 2018
10.000 ejemplares

ISBN 978-950-49-6031-7

Impreso en Arcángel Maggio - División Libros,
Lafayette 1695, Ciudad Autónoma de Buenos Aires,
en el mes de febrero de 2018

Hecho el depósito que prevé la ley 11.723
Impreso en la Argentina

Para Verónica, mi pasión.
Porque colma mi vida,
porque es crucial para mi literatura,
y porque el amor con ella es
una larga y fascinante conversación.

Dos mujeres

La monja se mira directamente a los ojos, que ni siquiera parpadean, y se sostiene un rato la mirada en el espejo. Tiene ojos castaños y una tez extrañamente curtida. Los hábitos negros y la toca sagrada no hacen juego con ese tostado atlético. Estamos más preparados para que las discípulas de Jesús muestren facciones pálidas tirando a rosadas, y no esta escandalosa tonalidad vital que implica muchas horas de intemperie. El sol le ha abierto a la monja pequeños surcos en la frente, en el entrecejo y alrededor de esa boca que no conoce el rouge, y se nota en su expresión una especie de cansancio moral, una tristeza profunda y prehistórica. Nada de todo eso logra menguar, sin embargo, su belleza límpida. Pero la contradicción entre uniforme monacal y bronceado caribeño sufre un vuelco con un pequeño y rápido movimiento que la hermana ejecuta sin afectación. Libre por fin del velo sacude su melena corta, que también resulta castaña aunque levemente encanecida, y deja la sensación de que se trata de una mujer que ya pasó los cuarenta y que además conserva un cierto encanto. A continuación, las maniobras se vuelven más acelera-das y decididas. Se desprende tres botones de atrás y se quita por la cabeza parte de su atuendo; enseguida se deshace también de los interiores blancos y las medias. Dobla la ropa con precisión y amoroso cuidado, y la une a dos zapatitos negros. Deja el mon-tón en un costado y vuelve a enfrentarse con el espejo. Ahora la monja está completamente desnuda, y se ven las marcas del sol en los brazos, los muslos y las pantorrillas. El resto del cuerpo es casi níveo, solo manchado por algunos lunares, los pezones oscuros y el vello púbico. Es delgada y tiene piernas estilizadas y musculo-sas. Las piernas de una corredora habitual. Ella ni siquiera parece estar evaluándose; solo sigue contemplando su reflejo con esa rara mezcla de indiferencia y melancolía. Finalmente, aparta la vista y recoge la ropa. Sale con ella del baño, cruza desnuda la sala y baja los escalones de madera; en el sótano abre la caldera rugiente y arroja su antigua vida al fuego.

Después de merodear el caballete, observar la obra inconclusa desde distintos ángulos y juguetear en vano con los pinceles, la maestra suelta el trapo y sale a la galería. A veces la energía no se presenta y entonces insistir se vuelve algo peligroso: te puede con-ducir a la mediocridad o a un error insalvable. Lo mejor es dejar pasar el mal momento. El sol ejecuta sus aproximaciones fina-les sobre el horizonte, detrás de los sembradíos y los álamos. No hace ni frío ni calor en el valle, y solo se escucha el canto inter-mitente de los chingolos y los benteveos. La maestra se pone una mano sobre las cejas a modo de visera y contempla la tranquera y la huella del camino. Lleva una camisola floja y manchada; unos pantaloncitos de tela de jean, desflecados y desteñidos, y el pelo negrísimo escondido en un pañuelo bohemio que alguna vez fue azul. A pesar de su aspecto informal, salta a la vista que es una notable morocha argentina y que cuenta con esa clase de apostura innata que, llegado el caso, hace de la hembra más insignificante también la más magnética y la más sensual. Fuera de su rutinario papel de maestra de escuela municipal, que cumple con desgano hasta el mediodía, la morocha se considera el resto del día una artista libre y gozadora, amiga de cruzar los límites y de experimentar nuevas sensaciones. De hecho es consciente ahora mismo de que ese carácter temperamental y a veces temerario la suele meter en desfiladeros calientes, y que posiblemente algo especial sucedió esta tarde. Sí, una estupidez, un cruce de palabras. Nada de importancia. Pero están sonando desde hace horas su alarma íntima y el eco de sus vagos remordimientos, y seguramente a esa fugaz angustia se debe su bloqueo. Rechista al reconocer ese caprichoso sentimiento y se encoge de hombros. Luego retrocede hasta la sala, se sirve una copa de vino y prende un porro. Chequea distraídamente los mensajes en el móvil y pone un disco a todo volumen de Led Zeppelin. Se queda unos minutos arrobada con "Escalera al cielo" y hasta canta el estribillo sobre la voz de Robert Plant. Más adelante, el ambiente cambia porque "Whole lotta love" la colma de ruido y de energía, y ella aprieta el botón de repetición automática mientras comienza a llenar la bañadera. Sobre los gritos orgásmicos del cantante la maestra superpone una y otra vez sus propios alaridos, y antes de quitarse la camisola se sirve una segunda copa. Está casi desnuda, semi borracha y alegremente confundida cuando percibe algo anormal. La música atruena y forma una especie de burbuja eufórica, pero aun así su sexto sentido la acuchilla. Con las tetas al aire, la copa vacía y rodeada de vapor, da unos pasos fuera del cuarto de baño y de pronto detecta una sombra. Tiene a esa altura los reflejos demasiado abotagados como para pegar un respingo, y es por eso que avanza como sonámbula en vez de retraerse con precaución. La sombra gira sobre su propia cintura, como si fuera un jugador de golf a punto de lanzar un golpe, y saca un brazo de vuelo curvo. La maestra recibe el puñetazo en la sien y le estalla la conciencia: su cerebro se mueve violentamente como un flan dentro del cráneo y cae fulminada justo cuando Plant frasea: "Necesitas sosegarte, nena, no bromeo, voy a mandarte de vuelta a la escuela. Muy en el fondo, cariño, lo necesitas. Te voy a dar mi amor".

I
Martillo y bisturí

Una cita nocturna en el Castel dell'Ovo, cerrado al público pero abierto a los deseos de la Camorra, puede convencerte de acudir armado hasta los dientes. Aunque uno sabe por experiencia que en este negocio no se gana confianza llevando la Glock bajo el poncho, y al fin de cuentas, esta vez el juego consiste en tributar calma y mostrarse diplomático y cordial. Estamos en Nápoles para eso, y no para empezar a repartir cohetazos. Supuestamente somos dos gerentes argentinos del mayor holding transportador de cocaína del Cono Sur, y venimos a ofrecer nuestros servicios comerciales. Nos respaldan un empresario pesquero de Mar del Plata, que ya hizo traslados para nosotros y para la Camorra, y un capo que está detenido en Aranjuez, y que aceptó enviar una discreta pero decisiva recomendación a cambio de mejorar su situación judicial en España. El operativo fue organizado por la Unidad Antimafia, y no puedo creerme que todo esto sea fruto del oportunismo, como nos venden: "Es providencial que se encuentren aquí", explican los colegas al contarnos en detalle el asunto. Minga. Fuimos traídos a Italia para esta ratonera, y tal vez para algunas cositas más, y no para hacer intercambio de información en los coloquios del oficio, ni para pasear como perejiles por los Foros Imperiales.

Abro las cortinas y diviso el puente, el castillo iluminado y el puerto de yates y veleros. Y al girar a mi derecha, palpo la negrura azulada del Mediterráneo y observo las luces del golfo. Faltan todavía tres o cuatro horas para el amanecer, y me llevo un cigarrillo a la boca. Antes de encenderlo, contemplo a la hembra que duerme desnuda boca abajo en la cama kingsize. No recuerdo bien su nombre, en principio porque no importa y en segundo lugar porque es impronunciable. Una negra de Costa de Marfil, con una hermana simpática que chapurrea el español: dos chicas agraciadas, casi idénticas, que se ganan la vida alternando con jugadores del *calcio* y con clientes de los hoteles lujosos de la bahía, y que hacen las veces de guías turísticas por las calles de esta ciudad ruidosa. Prendo finalmente el faso y vuelvo la cabeza hacia el mar. Hace más de treinta años que no utilizo mi verdadero apellido (ya casi ni me suena), y que en el ambiente de Inteligencia todos me llaman Remil. En honor a que sigo siendo, claro está, un reverendo hijo de remil putas. Los funcionarios de la Unidad Antimafia se regocijan al enterarse de que durante décadas nuestra pequeña agencia paró la olla arreglando los problemas personales de los políticos y los jueces: infidelidades, seguimientos, escuchas, extorsiones, aprietes, custodias, coimas. Y me piden que cuente, durante las sobremesas romanas, mi experiencia en Malvinas, algo que se limitó a la batalla de Monte Longdon y a la poco glamorosa rendición de Puerto Argentino. Nada suena demasiado heroico, aunque en realidad lo fue, y su interés social parece más morboso que legítimo. Cálgaris no confraterniza nunca con esos agentes, sino con sus jerarcas, por lo general en restaurantes de vía Veneto. Mis camaradas sienten por mi jefe y mentor un respeto distinto: el viejo llegó a Roma con varias condecoraciones secretas y con la reputación de haber logrado la captura de Belisario Ruiz Moreno y la desarticulación de su compleja banda de traficantes y brokers. Se ríen de los propósitos menores e ilegales de La Casita, que el coronel también dirige, pero se sacan el sombrero frente a la Operación Dama Blanca, que ya lleva más de doscientos arrestos en cinco países y que es la gran novedad de la temporada dentro de ese particular gueto de espías ambiciosos y policías de elite. El caso llama mucho la atención, porque muestra una metodología nueva de infiltración que solo es posible en naciones truchas y subdesarrolladas: una agencia estatal le ofrece a un pez gordo protección y operatividad, lo convence con una entrega y una fidelidad absolutas, y finalmente lo traiciona y lo destruye desde adentro, como un caballo de Troya. Cálgaris tiene la precaución de no revelar que yo estuve infiltrado sin saberlo, para no rebajarme ante los compañeros de peripecias; tampoco que en el largo proceso tuve relaciones íntimas, imprudentes y desdichadas con la mujer que comandaba esa multinacional. Estoy seguro, sin embargo, de que los gringos hicieron circular esa doble información humillante, aunque nadie me hace ninguna pregunta sobre Nuria. Tampoco es cuestión de andar tocándole los bigotes al tigre.

Al final de aquella misión accidentada, de regreso a Buenos Aires y cuando Belisario y su amante ya estaban a tiro de la extradición, Cálgaris tuvo a bien reabrir La Casita sin hacer bandera, pero sintió fuertes presiones corporativas para que me sacara de circulación. Al menos, mientras se limpiaban los expedientes y se untaba a los fiscales. La Secretaría exigió una suspensión sin goce de sueldo, y el coronel me convirtió en un "durmiente". La noche en que me comunicó la mala nueva, tuvo la delicadeza de invitarme a cenar un bacalao criollo, y de narrarme la historia de un taxista que había sido reclutado en los años cincuenta. Se trataba de un vigilante retirado y bastante ingenuo: aparentemente un mayor del Ejército lo convenció de que sus informes serían recompensados. El tipo escuchaba conversaciones al paso y anotaba todo lo que decían sus pasajeros. Una vez por mes redactaba un informe completo y lo enviaba por carta a una dirección postal. Era metódico y entusiasta, y estuvo años cumpliendo ese encargo sin esperar aliento ni acuse de recibo, y por supuesto, sin recibir ninguna retribución monetaria. Intuía que el mundo de los espías estaba desprovisto de palabras y de generosidad, y que sus aportes podían servir para defender a la república de sus múltiples enemigos. Nunca flaqueó, ni dudó de la importancia de sus datos, y una vez leyó en una revista popular que solían poner a "dormir" a los agentes informales para "despertarlos" muchos años después y embarcarlos en alguna empresa riesgosa. El taxista esperó ese día crucial, que nunca llegó, y cuando los militares le declararon la guerra a Gran Bretaña ya era un noble anciano, inflamado por el patriotismo de la hora. No aguantó más y decidió presentarse en el Comando en Jefe. Un amigo de Cálgaris oyó su relato y su oferta. El mayor que lo reclutó estaba muerto y enterrado desde hacía al menos quince años, y nadie había heredado al presunto "durmiente". La dirección postal era un buzón de rutina, y periódicamente llegaban a través de esa vía burocrática publicidades, delirios y basuras que iban directo a la trituradora de papel. No había en ninguna repartición oficial una mención ni un solo registro del buen hombre ni de sus informes callejeros. "Mi amigo no tuvo corazón para decirle la verdad –ríe el coronel–. Así que le asignó otra tarea dificultosa pero fundamental: tenía que aprender algo de inglés y tratar de pescar toda conversación que los agentes del MI6, disfrazados de meros turistas, mantuvieran en el perímetro de la Capital Federal durante el conflicto del Atlántico Sur. El anciano se fue y nunca más volvió. ¿Sabías que aprender idiomas retrasa el Alzheimer?". Lo miro de frente: "¿Y cuál es la tarea fundamental que usted me va a asignar a mí?". El coronel me evalúa con sus ojos claros y sus mostachos amarillentos, y me explica con voz aguardentosa que debo tomar una larga "siesta", y que ya me consiguió un conchabo como jefe de seguridad en un crucero.

Paso un año a bordo de esos hoteles flotantes que rebotan por el mundo, controlando a los alcohólicos, separando a púgiles espontáneos y buscando objetos perdidos. Lo más emocionante que me toca es anular a una vieja aristócrata, aficionada al arte pero bastante venida a menos, que pierde fortunas en el póker y después roba los bolsos de las damas. Una cleptómana con clase y lengua filosa, que ofrece su cuerpo arrugado a cambio de que todo se olvide, y que más tarde consigue convencer al comandante de que en una escala próxima encontrará una verdadera ganga: un óleo subvalorado que cuelga inocentemente de un clavo en una galería brasileña. No solo regresa a puerto indemne, sino que además cuenta billetes por la comisión. En voz baja me asegura que el comandante acaba de comprar una falsificación bastante mediocre, y me deja una propina.

Cuando se cumplen catorce meses y cinco días de sueño y aburrimiento, Cálgaris me despierta con una noticia: vamos a pasar varias semanas en Italia. Levantaron la interdicción. Ahora somos parte de un programa de cooperación, en el que participa gente de distintas fuerzas y de diferentes capitales. Una especie de convención secreta auspiciada por Europol y la DEA, que se llevará a cabo en el legendario cuartel del barrio Prati. Sobre sus muros, todavía luce la consigna de los juramentados: "La paz duerme a la sombra de las espadas". El coronel se hospeda en el Plaza y me confina a un hotelito de medio pelo cerca de Piazza Venezia. Todas las mañanas, a primerísima hora, corro quince kilómetros alrededor del Altar de la Patria. Más tarde, si ese día no hay actividades en Prati, desayuno ligero, y hago fierros y guantes en un gimnasio de la vía Di Sant'Agata de Goti. Cuando cae el sol, una profesora jubilada que contrató Cálgaris me enseña los rudimentos del idioma. Esas primeras jornadas, mientras el dichoso coloquio no termina de arrancar, el coronel divide el tiempo entre sus reuniones en la embajada y en el Quirinale, y los paseos algo soporíferos que me obliga a hacer por los Museos Vaticanos, Villa Borghese, el Palacio Barberini y el Castel Sant'Angelo. Los cuadros y las estatuas me producen tanta excitación como un quirófano o una carbonería. Pasamos un jueves enterito en los Foros: el viejo derrocha un entusiasmo juvenil y despliega anécdotas chismosas sobre el imperio. Que yo ya conozco por las crónicas, ensayos y novelas que él mismo me ha conminado a leer. Conversamos un rato sobre Julio César, mientras almorzamos unos fideos para turistas incautos: "Los hombres creen fácilmente lo que desean". Y en las puertas del Coliseo nos cruzamos con Jonás, que nos saluda aparatosamente: va vestido con un equipo completo de gladiador y recibe monedas para dejarse fotografiar junto a señoras embelesadas por las truculencias de la arena y por sus músculos de patovica. Otro sobreviviente de Goose Green entrenado sin piedad en Campo de Mayo por el coronel durante aquel lejano 1982, después de que el Ejército nos condecorara y Psiquiatría del Hospital Militar nos diera el alta con reparos. A Cálgaris nunca le gustó el carácter inestable y algo disipado de Jonás, así que luego de los cursos de comando y criminología lo dejó partir. Fue "martillo" en Inteligencia del Cuerpo de Informaciones de la Federal y tuvo algunos problemas legales. En la jerga, yo soy martillo y Cálgaris es bisturí. Los primeros mueren jóvenes, los segundos hacen carrera. Jonás emigró en los años noventa a Europa. De vez en cuando nos llegaban noticias de sus aventuras, regadas siempre de episodios divertidos y disparatados. Hace diez años que nada sabíamos del gigante, y verlo disfrazado y en esa decadencia de utilería, pidiendo dádivas como un buscavidas de la calle, con el pelo largo y teñido de rubio luminoso y la barriga abultada, me pega en el quinto forro de la pelotas. Me veo a mí mismo en esa banquina. A pesar de que Cálgaris quiere sacárselo disimuladamente de encima, acepto una cita a solas esa misma noche en la Antica Birreria Peroni, y al final de una bacanal tengo que pagar la cuenta porque Jonás está más seco que pecera de mimbre.

Hay charlas previas con colegas y presentaciones en traje y corbata, pero el seminario propiamente dicho recién empieza a los quince días, así que esas vacaciones romanas me permiten conocer la ciudad, ponerme en forma, mejorar un poco mi pobre cocoliche y salir dos veces de putas por cortesía de los anfitriones. Cálgaris ofrece una conferencia sobre el funcionamiento actual de la narcopolítica en países emergentes, y varios técnicos explican el modus operandi de las bandas dedicadas a las drogas sintéticas. Mafia, ultratecnología de espionaje, nuevas formas de lavado de dinero, inserción regional del Cártel de Sinaloa y exposición de casos emblemáticos. Tengo un breve protagonismo cuando nos hacen pasar al frente a cuatro "martillos" que fuimos infiltrados en redes internacionales. Ninguno de nosotros está muy sano de la cabeza, ni es por cierto muy locuaz. Mi exposición resulta lacónica y mal traducida. Así y todo, los presentes no se privan de ametrallarme sobre esa operación provisoriamente famosa. Fuera de los escenarios, hago migas con hispanohablantes de variada moral. Cálgaris, en esos ambientes, es como un pez en el agua; yo sigo siendo un lobo solitario que apenas gruñe.

Viajamos un fin de semana a Florencia para visitar la Galería de la Academia y el palacio de los Ufizzi, y mientras nos comemos unas pizzas finas como papel en la Grotta di Leo, quiero saber qué mierda estamos haciendo. Cálgaris enciende su pipa y sonríe: "Negocios". Después cruzamos la calle y el viejo compra un exótico perfume en Santa María Novella. "¿Qué hacemos en Italia? —retoma sin que yo insista—: Esperamos, Remil. Estamos esperando. Nos encanta que nos deban favores".

Esa noche me ataca el insomnio y salgo a trotar en zapatillas por la ciudad desierta. Cerca del Ponte Vecchio me uno a varias mujeres que practican *running* y que se exigen como maratonistas de alto rendimiento. Corro con ellas sin intercambiar miradas; parecemos caballos hoscos y fantasmales que se mueven rítmicamente en manada por calles empedradas y por intrincados recovecos que parten y terminan en el río Arno. Tengo entonces un pálpito inespecífico, que no puedo traducir ni comprender del todo, y que tomo por un mal presagio. Ando todo un día con ese desasosiego intrigante mientras exploramos Florencia y hablamos sobre los Médici: pan y fiestas mantienen al pueblo quieto, y esas cosas.

Al regresar a Roma nos esperan grandes novedades: la ocasión hace al ladrón, ¿cómo desaprovechar esta visita si podemos usarlos de señuelo? Cálgaris se muestra falsamente sorprendido por la propuesta, y acepta gustoso que yo actúe como oferente en Nápoles. El viejo se excluye porque afirma que su foto ha salido alguna vez en el *Corriere della Sera*, algo de lo que no hay pruebas fehacientes. Se necesita un segundo actor con acento porteño. Como nadie tiene la más pálida idea ni da un paso al frente, sugiero a Jonás. El coronel se opone de manera rotunda, pero los días van pasando y no se encuentra otra solución.

Asistimos bien empilchados, durante aquel paréntesis, a dos o tres recepciones en la embajada, frente a la basílica Santa María Maggiore, y también a una reunión en un departamento antiguo ubicado en los límites del Trastevere. Se celebra allí el cumpleaños de un cardenal, y se aguarda la presencia de Bergoglio. Pero el ancho de espadas nunca llega, y tenemos que conformarnos con un siete de oros: un cura salesiano llamado Pablo que fue compañero de estudios de Francisco, que sirvió a sus órdenes en distintas posiciones dentro de la Iglesia argentina y que hoy atiende en el Palacio Apostólico y a veces duerme en Santa Marta. Un sacerdote calvo, elegante y discreto, con un tono bajo y una mirada desconfiada, casi amenazante. No me gustaría tenerlo de enemigo.

Dos días más tarde, la Unidad Antimafia comienza a apurar los tiempos: el certificado de buena conducta que viajó desde la prisión de Aranjuez dio en el blanco y los compradores se muestran interesados. Cálgaris trata de convencer a sus amigos de que Jonás no es una buena idea, pero yo ya puse en circulación su nombre y parece que el tema no tiene retorno. Un día de lluvia fuerte vamos con paraguas hasta Santa María del Popolo y estamos una hora y pico observado con excesivo detalle "La Conversión de San Pablo" y la "Crucifixión de San Pedro". Bostezo en el último banco, con los pies sobre el reclinatorio, cuando Cálgaris se sienta a mi lado y murmura: "No van a ser pibitos fumados de Scampia, sino profesionales de armas tomar. Hace años que Jonás está oxidado, y además, siempre fue un pelotudo peligroso. Si algo sale mal no te lo voy a perdonar nunca". Me alzo de hombros. Solo se escuchan los pasos y los susurros de los curiosos, los flashes prohibidos sobre Caravaggio, los rezos de los chupacirios y el chubasco de las calles. El coronel revuelve el tabaco de su pipa sin llegar a encenderla. "Vos vas de bisturí y el tarado va de martillo. Que lo tenga claro. Y tratá por todos los medios de que no se ponga creativo ni valiente".

A última hora lo llamo a una pensión y le digo que tengo un curro y que se presente trajeado. Jonás llega tarde y asiste con saco blanco, pantalón negro y camisa fucsia: ropa apretada de los tiempos en que pesaba diez kilos menos. En la Unidad nos extienden un voucher y tengo que firmar una planilla y un recibo para retirar en breve viáticos suculentos. La sastrería queda sobre la vía del Corso, pero vende rebajas y baratijas. Igualmente, el ambo gris, la camisa blanca y el abrigo de paño con sobredosis de poliéster le dan un aspecto aproximadamente presentable. Compramos también un equipo de elegante sport que está en oferta, y dos pares de zapatos económicos. El gladiador está exultante y pregunta si puede quedárselos. Se los descontarán de la paga. Después comete todo tipo de traspiés verbales durante la reunión organizativa, y Cálgaris no pierde la oportunidad de azotarlo. Jonás dice conocer muy bien Nápoles y cualquier otra ciudad importante de Italia, y pide para protección personal la pistola reglamentaria de los carabinieri. Le informan que viajaremos desarmados y solos, sin apoyo de ninguna clase, y que nos moveremos como turistas despreocupados hasta que nuestros potenciales clientes se pongan en contacto. Nos hospedaremos en habitaciones contiguas del Grand Vesuvio, y trataremos de no parecer canas ni avivar giles. Me dan los argumentos centrales de la propuesta, las nuevas identidades y el formato del holding que representaremos. La misión consiste en pasar las barreras de seguridad, subir por el escalafón del clan e interesar al número uno. No se hacen muchas ilusiones, pero si realmente muerden sería un triunfo y avanzaríamos hacia una segunda etapa comercial. Cálgaris le ordena a Jonás que durante las transacciones me dé la derecha y no agregue datos ni bromas. Que se mantenga mudo, sobrio y obediente. El gigante se lo jura haciéndose la señal de la cruz, y el viejo pone los ojos en blanco.

Llegamos en tren a Nápoles cerca del mediodía, y mientras nos hacen el check in examino las fotos de Sophia Loren, Grace Kelly y Humphrey Bogart que hay en la zona de los ascensores: se ve que en los años cincuenta era un hotel imprescindible para el jet set cinematográfico. Las habitaciones siguen siendo amplias y majestuosas, y las nuestras dan a la bahía. Nomás desensillamos, suena el teléfono y una voz con acento español me saluda secamente y me cita en el Castel dell'Ovo. Mañana, a la hora de las brujas. Jonás está ansioso por mostrarme la ciudad. Caminamos sin rumbo durante horas, mientras escucho historias de San Gennaro y su legendario collar de tres mil diamantes, cien rubíes y doscientas esmeraldas, y también sobre las proezas místicas de Maradona y sobre las piezas y los frescos eróticos del Museo Arqueológico, que tenemos el buen tino de no visitar. Sin Cálgaris no hace falta tanto sopor. Más bien vagabundeamos por las callecitas, comemos una picada en Gambrinus y al anochecer les ofrecemos unas copas en el barrio del Vomero a las hermanitas de Costa de Marfil. Son habitués de la zona y más fáciles que la tabla del dos, pero luego nos quieren cobrar un ojo de la cara. Conviene para nuestra cobertura esta compañía, así que las pasamos para el cuarto. Acá está una de ellas durmiendo a pierna suelta; la otra estuvo varias horas haciendo batifondo con la pija de Jonás. El conserje les llamó la atención, pero siguieron como si nada. Desde la ventana se advierte ahora que está por amanecer, y por primera vez siento que nos vigilan. Leo un catálogo donde se habla de Virgilio y su leyenda del huevo, de su función de castillo y también de cárcel: veo las fotos del interior de la fortaleza, la terraza con cañones y la torre de los normandos. Sobre el mar, fuera de horario y en la oscuridad de sus corredores, nos pueden volar la cabeza sin despertar a las gaviotas.

Jonás baja a zamparse el espléndido desayuno y más tarde vuelve a desayunar con nosotros en Piazza Bellini. Las hermanas nos dejan un rato bajo la llovizna mientras se cambian en el departamentito que alquilan por los márgenes del barrio Español y nos reencuentran después en el centro histórico: los tres se han confabulado para cruzar a Capri, pero el mal tiempo canceló las excursiones. Queda Pompeya. Las chicas se regocijan en los puestos de entrada con souvenires pornográficos: Jonás les compra dos porongas con alas trabajadas a mano, y más adelante nos enseña con entusiasmo infantil el lupanar que quedó en pie tras el desastre, la lava y la ceniza volcánica, y también las pinturas ajadas en los muros con las distintas especialidades de las meretrices antiguas. De regreso al hotel, los tres cantan canzonettas en la combi, mientras yo pienso en Nuria y en el destino, y lucho mentalmente para que los malos presentimientos no me limen la voluntad. Pretenden seguir con la juerga, pero yo les pago en efectivo a las africanas y las despacho. Se acabó la joda. Corremos por la costa una hora, bajo una lluvia ya intermitente, y después nos duchamos y nos vestimos como águilas financieras. A las doce en punto cruzamos la calle y franqueamos el portal sin candado.

El castillo está iluminado por fuera y en penumbra por dentro. De las sombras surge un napolitano que nos ordena poner las manos contra la pared y separar las piernas. Nos palpa de armas y de micrófonos. Cierra a nuestras espaldas y nos conduce por pasillos, patios, galerías y escaleras hasta la azotea fortificada. Es un palacio de piedra medieval que sale al viento y al océano, y a la silueta de esa ciudad encendida. Un morocho rapado con una cicatriz en el pómulo nos da la bienvenida con frialdad. Reconozco su voz; es la misma del teléfono: se crió en España o aprendió castellano de un gallego. Nos rodean cinco pendejos con camperas de cuero y armas largas. Todos llevan linternas y fuman como escuerzos. El rapado menciona al capo de Aranjuez; yo sigo el libreto de Cálgaris y le cuento que se la banca, pero que no tiene buen pronóstico judicial. Como no arriesgo una palabra de más y los pendejos parecen muñecos de cera, permanecemos todos quietos y calladitos. Se oyen solamente el rumor del mar, los chiflidos de la brisa y el graznido de algunos pájaros ocasionales. El rapado, que se acoda en una roca, mira hacia la izquierda, chasquea los dedos y lanza dos o tres palabras en dialecto cerrado. Enseguida aparece un anciano sin dientes metido en un anorak. Tiene más arrugas que un testículo. Se acerca hasta casi tocarme y me recorre la cara con su linterna de sereno. La luz me encandila, pero él no se detiene: parece un forense examinando milímetro a milímetro un cadáver. Percibo su aliento de tuco y aguardiente, y que el anciano a su vez me huele como un perro de caza. Palpa además mis bíceps y me revisa las manos como si buscara evidencias de un oficio. Después va sobre Jonás y repite el procedimiento. Cuando esta curiosa requisa termina, el espectro apaga su linterna y extrae del anorak una pequeña cámara fotográfica. Nos toma fotos de frente y de perfil, y a continuación le dice algo en el oído al morocho rapado, que ni parpadea. Aparta la vista y se acaricia la cicatriz. Cuando mueve los labios, lo hace sin la más leve emoción: podemos marcharnos, no es seguro que nos llamen, pero por las dudas no deberíamos estar muy lejos del teléfono. Si en dos días no dejan aviso en conserjería, significa que no hay interés y que no conviene a nuestra salud permanecer ni una hora más en la zona. El napolitano nos saca de la azotea y nos devuelve al portal. Cruzamos la avenida y pedimos dos ginebras con hielo en el bar del hotel para asentar el pulso y comentar los pormenores. Jonás se hace el canchero, pero está asustado. Propone llamar a las hermanitas para relajar nervios; se lo prohíbo.

Leo hasta muy tarde un libraco de Robert Hughes sobre las cronologías de Roma, y me encierro en el gimnasio hasta quedar agotado. Sin novedades, fuerzo hacia el mediodía una larga carrera por el paseo marítimo, que Jonás abandona echando los bofes. Y pregunto a los locales qué playa conviene para nadar un rato mar adentro: extraño mucho las brazadas dominicales del río de la Plata; un buzo táctico jamás abandona la tarea ni el vicio. Pero el programa queda rápidamente trunco: nos dejaron un sobre en recepción. Es otra cita nocturna, esta vez en "Napoli Sotterranea". Pedimos datos a una burócrata remilgada, porque no tenemos idea, y ella con un mapa nos explica que queda en la Piazza San Gaetano 68 y que es una red de catacumbas con más de dos mil años de historia: sepulcros cristianos, túneles, cuevas, pasadizos, acueductos, refugios antiaéreos de la Segunda Guerra Mundial. Visitas guiadas por diez euros que maneja una asociación muy seria y que duran cerca de noventa minutos. No aptas para claustrofóbicos. Descuento que a la medianoche el complejo estará cerrado al turismo pero de nuevo abierto a nuestros extraños socios. Esta segunda cita tiene, sin embargo, algo de teatral o de humorístico, y eso me mosquea: vamos a divertirnos un rato con estos gauchos ignorantes. Que bajen cuarenta metros y se caguen encima, y además, a esa profundidad los móviles y los micrófonos ambulatorios no tienen señal. Huele a trampa o a ritual, pero rehuir el convite malograría todo el esfuerzo. ¿Qué diría Cálgaris si pudiera consultarlo? ¿Y por qué no llamarlo desde un teléfono público? Porque las cartas están echadas y no se puede correr el riesgo de una comunicación delatora mientras los dueños de Nápoles nos están monitoreando con su tecnología.

Como Jonás está alterado y se truena todo el tiempo los nudillos, sugiero dos horas de sauna e hidromasaje. El gladiador cuenta sus andanzas europeas, siempre en la frontera de la ilegalidad y el ridículo, pero las anécdotas no me hacen ninguna gracia. Un sexto sentido me dice que estamos en los prolegómenos de un combate. Y creo que el gigante, a su modo, tiene la misma clase de intuición. Alguna extraña asociación de ideas lo lleva a un remoto incidente violento entre los carabinieri y los guardaespaldas de un jugador del Nápoli que pagaba muy bien, pero que noviaba clandestinamente con su propia cuñada. Parece que ella era, a su vez, sobrina de un capo mafioso, y que este sobornó a la cana para un correctivo. El asunto terminó con tiros, piñas y patadas, y a Jonás le rompieron el tabique nasal y lo metieron quince días en un calabozo. El galán estuvo en el banco de suplentes tres semanas, y luego lo vendieron al Paris Saint Germain. Y la cuñada emigró a Palermo (Sicilia) con un ojo en compota, y se dedicó a la gastronomía y a una vida hogareña.

Cerca de las nueve, pido que me sirvan una carne con vegetales grillados en la habitación, y cuando lo hacen vuelvo a llamar al room service para reclamar que me suban un cuchillo más efectivo. Me traen uno con punta afilada y hoja de sierra. Tardo unos minutos en hacer palanca, quebrar la hoja y separarla del mango de madera. Ahora es un acero inasible de quince centímetros; una faca delgada que cabe en un costado del zapato izquierdo, entre el calcetín y el cuero. No es parte del protocolo de los comandos, sino más bien un elemental truco tumbero, pero ayuda a sentirme menos boludo.

Alrededor de las once salimos caminando como viejos compadres en busca de un trago, remontamos callecitas zigzagueantes, esquivamos motos temerarias y miramos disimuladamente por encima del hombro. Fumamos a cincuenta metros de la entrada, una doble reja de hierro en una fachada antigua y gris que conduce a una puerta, a un vestíbulo con taquilla y a una escalera descendente. Pasan de largo hordas de chinos y se oyen risas, músicas mezcladas y chanzas en dialecto. Unos adolescentes inofensivos toman cervezas en las inmediaciones, ajenos al dramatismo de la cita. A las doce en punto, el mismo napolitano del Castel dell'Ovo abre rejas y puertas, y nos llama con un ademán. Aplastamos los puchos y obedecemos. Esta vez se abstiene de cachearnos, y no sé si el dato es alentador o terrorífico. Algunas luces están apagadas, y para bajar ciento veinte peldaños hay que seguir la linterna de nuestro guía. Es un sótano frío y enorme, que lleva hasta una bóveda de roca calcárea donde nos esperan dos pendejos armados. Avanzamos pisándole los talones al napolitano y con los pendejos soplándonos la nuca por esos recovecos de humedad y penumbra. Vemos al pasar un búnker con bombas de juguete colgadas del techo, corralitos de fierro con objetos históricos y pantallas modernas y apagadas. Atravesamos corredores estrechos con subidas y bajadas, y pasadizos en los hay que avanzar de perfil: Jonás se raspa la barriga y tiene el aliento entrecortado, como si le costara respirar. Hay tramos de negro absoluto y galerías alumbradas por pequeños candelabros. Oímos más adelante el ruido de una corriente de agua y tocamos una baranda de metal. Estamos sobre una cisterna, y yo diría que completamente mareados, como si nos hubieran dado vueltas y vueltas para confundirnos.

De pronto giramos a la izquierda y desembocamos en una cueva de sombras largas. El morocho de la cicatriz fuma bajo tierra sin complejos, custodiado por tres pendejos más y por el viejo del anorak que se ríe con las encías. "Quítate la ropa –me pide el rapado con voz amable, y se dirige a Jonás–. *Anche tu, figlio di puttana*". El tono es más bien bajo y realmente no parece enojado, pero dos o tres de sus sicarios hacen ruido con las correderas para que nos avivemos de que es una orden tajante, y que no puede ser discutida. El gigante y yo cruzamos miradas. Los malos augurios empiezan a cumplirse.

Hacemos striptease y el viejo no se priva de revisar las prendas ni de olerlas como si fuera un mastín. Me descalzo con cuidado, y dejo lo más cerca que puedo mi zapato de la suerte. Quedamos en pelotas, pero no sentimos la temperatura subterránea; el miedo a veces te vuelve atérmico. Oigo alguna carcajada corta: se divierten observando nuestros culos blancos y vulnerables. El viejo me acerca la linterna al torso y va registrando las cicatrices y los tatuajes penitenciarios. Se detiene en el águila del corazón y en la espada con calavera. Después es el turno del gladiador, que luce también costurones, una imagen de la Virgen de Luján y un dibujo de Espartaco que le cubre media espalda. El viejo pronuncia en dialecto napolitano alguna clase de conclusión, que no debería sernos adversa porque estamos limpios, pero el rapado nos ordena que nos pongamos de rodillas. Ahora estoy seguro de que la cosa viene decididamente mal, y vaticino lo peor. Nos arrodillamos como en misa. "San Gennaro era amigo de las catacumbas", dice el rapado, que no le saca los ojos de encima al *figlio di puttana*. El gigante tiene el color del David de Miguel Ángel. Arrugo la frente al darme cuenta de que hay un problema particular entre ellos, cuando justo el viejo descubre con un grito de alegría la faca de mi zapato. Se para detrás y me apoya la hoja afilada en la garganta, cerca de la yugular: se babea de la felicidad que le causa todo esto. Es entonces cuando Jonás habla en italiano hermético, lo hace rápido como si estuviera aclarando un malentenido. Y por primera vez el hombre de la cicatriz se sonríe. Es menos temible cuando está serio. El gigante refuerza su alegato, se le atropellan las palabras, pero el rapado niega con la cabeza, como si estuviera escuchando la ingenua excusa de un alumno de la primaria. Luego gira y me clava los ojos. Pruebo hacerme el ofendido: "No entiendo a qué viene este destrato". Pero no sueno muy convincente. "Negocio bueno, socio equivocado", dice el morocho. De todo el monólogo histérico de mi amigo, solo comprendo una frase que repite tres veces: "El tesoro de San Gennaro". Se me seca la boca. Lo encaro al gigante y le grito: "¿Qué hiciste, pelotudo? ¿Qué pasa?". Jonás jadea como un búfalo, abre y cierra los brazos y junta los dedos en montoncito; parece un tano inmigrante explicándole a un juez porteño que él no quiso estrangular a su querida esposa. Al oír mis preguntas, me mira como carnero degollado: "Fue hace una pila de años, Remil, y fue una pavada. Te juro que creía que se había olvidado todo". Agrega "es un delirio", pero una ráfaga asordina las últimas letras. Son tres impactos rápidos de abajo hacia arriba: muslo, abdomen y pecho. Y el gladiador de Goose Green se estremece como un muñeco y cae fulminado. Me retuerzo por acto reflejo pero el desdentado hunde un poco más la hoja afilada; es capaz de cortarme el cuello en un segundo, tiene muchas ganas. Me laten las sienes, se me estruja el corazón, no puedo levantar la vista. Sé que voy a leer mi destino en los ojos del hombre de la cicatriz, y me niego infantilmente a ese instante que puede ser el último. "Todavía no sé qué hacer contigo", abrevia el amo del universo. Su voz produce reverberaciones. Ahora sí levanto el hocico y le hago frente. Al morocho se le ha borrado esa horrible sonrisa de hace un rato. Yo podría hablarle de su camarada de Aranjuez y del pedazo de guita que van a ganar con nosotros, pero intuyo que de nada valdrá chapear ni degradarme. La muerte es inevitable, la estupidez es opcional.

Se está formando un enorme charco de sangre en el piso, no puede haber más silencio. El morocho prende un cigarrillo y le hace un gesto a su vasallo. El viejo, a regañadientes, retira la hoja. Se me ordena entonces, sin palabras, ponerme de pie. Lo hago lentamente, esperando el fusilamiento, pero nadie mueve ni un meñique. El amo parece reflexionar en medio del humo denso. "*Ancora non so cosa fare con te*", repite como para sí mismo, aunque inesperadamente me señala la salida con un pulgar. Miro el hueco oscuro por el que llegué como una rata mira la trampera, y enseguida barro con los ojos las posiciones del monarca y sus asesinos. ¿Ley de fuga? No es posible evaluar a qué juegan, así que hago lo que me pide el cuerpo. Corro hasta la abertura en la piedra y sigo rajando por esos túneles angostos y sofocantes literalmente como un ciego, sin linterna ni vela y sin luces de referencia. Escucho en la distancia alaridos y disparos, como apaches chiricahuas en plena cacería. Y me precipito por pasajes y galerías, atravieso salas de roca pura que ni siquiera reconozco y trato de orientarme en esa ciudad soterrada. Me caigo y me levanto, y me raspo los brazos tratando de salir del laberinto. Y me escondo en un recodo a recuperar el aire, y a aguzar el oído. Continúan las voces y las detonaciones, pero parecen lejanas, como si mis verdugos hubieran tomado otra dirección. Tal vez porque ellos sí recuerdan el camino, y porque todo lo que estoy haciendo es marchar en redondo como un imbécil o adentrarme todavía más en el fondo del pozo. Camino sin tiempo en la oscuridad, a veces a tientas, y me sorprendo al encontrarme con la cueva de las bombas colgantes. Reviso la geografía para no equivocarme, oyendo fuerte la metralla, incluso el eco de balas que silban, y me lanzo como una flecha, seguro de no estar tan errado. Ahí nomás aparece la última caverna de luz mortecina y la trabajosa escalera de ciento veinte pasos. Los gritos de los pendejos me sacuden: ahora parecen provenir de no más de sesenta metros. Subo los escalones de tres en tres, resbalando y enloquecido por alcanzar la superficie. El napolitano no regresó a su puesto y las rejas permanecen abiertas. Percibo que los chiricahuas de Scampia galopan peldaños arriba, a pura carcajada. Salgo a la calle como un demente y vuelo seis cuadras a velocidad olímpica. Doblo y vuelvo a doblar, y al fin siento que ya nadie me persigue. Es entonces cuando noto por primera vez que todo Nápoles está en la calle, y que turistas y vecinos del barrio Español me contemplan con sorpresa y con sorna. Estoy completamente desnudo en el centro de una ciudad enemiga. Soy un gran espectáculo, siento una gran vergüenza.

II
I guerrieri

El segundo piso de este museo vaticano está formado por varias habitaciones sobrecargadas de frescos, que supongo renacentistas y que a mí decididamente me agobian y marean. Cálgaris no puede evitar, en cambio, mirarlos de reojo mientras avanzamos a grandes zancadas por esas estancias vacías, siempre detrás de un curita atildado y ejecutivo que nos conduce a un encuentro bíblico. Es la hora de la cena, y ya no quedan visitantes ni seminaristas en este costado del Palacio Apostólico. Nuestros tacos resuenan como detonaciones en el silencio sacramental. "La Sala de la Signatura", le dice el coronel al curita, que confirma en los umbrales y nos cede el paso.

El padre Pablo no se sobresalta ni gira la cabeza para saludarnos. Sigue parado con los brazos cruzados, su libreta negra contra el pecho y un lápiz que mordisquea como si fuera una golosina. Parece totalmente abstraído por los detalles de una gran pintura. "La escuela de Atenas", agrega el coronel como para hacerse oír. Y el amigo personal de Francisco sonríe y cambia de posición: nos ofrece su diestra, aunque no hay ni el mínimo sesgo afable en sus ojos pardos. "Preparo una tesis sobre Rafael y los filósofos antiguos", explica con tono bajo, casi inaudible. Cálgaris señala una mujer vestida de blanco en el hemisferio derecho: "Hipatia de Alejandría —dice, y levanta las cejas—. Siempre me detengo en ella. Y pienso en la hija del panadero". Ahora los ojos pardos se posan en esa dama única; Pablo mueve afirmativamente la cabeza. "La amante de Rafael —susurra—. La Fornarina. Aunque la cabellera rubia y la tez pálida pertenecen al duque de Urbino". El coronel carraspea. "Sí, por presión de ustedes —puntualiza—. Una mujer no debía ocupar el centro de la filosofía, y mucho menos esa. Rafael tuvo que hacer varios trucos porque el obispo quería borrarla". Imprevistamente el antiguo salesiano se abandona a una carcajada lúgubre. "Veo que es un aficionado, coronel —responde, y lo apunta con el lápiz—. Aunque compra muy fácilmente nuestras leyendas negras. ¿Damos un paseo?". Lo toma del brazo y atravesamos los corredores y las salas. Ellos tres metros adelante, hablando entre murmullos; yo de escolta como chaperona o valet. El curita diligente ya hizo mutis por el foro. Ese silencio sepulcral, esa acústica del vacío, hace posible seguirles la conversación discreta.

—La hermana Mariela —pronuncia Pablo, y es como si la deletreara—. Mariela Lioni. Una chica del barrio italiano de San Isidro. Hija única. El padre muere enseguida, y ella desde muy chica abraza la fe y muestra sincera vocación de servicio. Se ordena en tiempo récord.

—¿De qué congregación? —pregunta el coronel.

—Sagrado Corazón —precisa—. Le tira primero la educación; según me contaron era una estudiante magnífica. Teología en la UCA, pero después le consiguen una beca especial para hacer posgrados en Italia. Vivió acá varios años, en distintas ciudades. Era una intelectual y tenía una carrera brillante. Pero entonces fallece su madre en la Argentina, y algo pasa.

—Pide volver —adivina Cálgaris.

—Deja los estudios, solicita traslado —asiente—. Un giro de ciento ochenta grados. El llamado de la pobreza. Pasa de los lujos de Roma a los barrios carenciados de Santiago del Estero. Cumple una buena tarea.

—¿Usted la conoció?

—Solo a través del padre Jorge, que luego la pone en contacto con los curas villeros. Termina en Villa Puntal, compartiendo parroquia con un sacerdote que muere joven. La hermana se hizo cargo y la sacó adelante. Un temple a prueba de todo. Una mujer adorada por los vecinos.

—Y odiada por los narcos.

Pablo se detiene y lo observa de soslayo, con cierta aprobación contenida. Cálgaris gira en la mano su sombrero de fieltro.

—No hay un cura villero que no haya sido amenazado —confirma el salesiano sin parpadear—. Pero Lioni siempre tenía en alerta a Bergoglio, porque era desafiante y porque muchas veces ni siquiera comunicaba los aprietes para no preocuparlo. Ya sabe cómo era Jorge, un sábado por mes se tomaba un colectivo y la iba a visitar. Ella vivía en los fondos de la parroquia, y hacía una gran tarea social. El sacerdote más próximo tenía orden de darle apoyo, pero la que mandaba en Puntal era ella.

—¿Un premio o un castigo? —punza innecesariamente el coronel.

—Un gran premio —precisa Pablo, y lo alienta a continuar el paseo—. Por corajuda y por eficaz. Mariela hizo una obra impresionante. Mendigaba a las grandes empresas y conseguía donaciones millonarias. El dispensario, la escuelita de oficios, la canchita. Trajo una imagen de la Virgen de la Candelaria desde Perú, en una procesión multitudinaria, con parada y ceremonia en la Catedral de Buenos Aires. Salvó a muchos chicos del paco. Y por supuesto, se puso en la mira de los clanes.

Bajamos unas escaleras y salimos a un patio con jardines y con una esfera de bronce en el centro. Pablo no trata de ser didáctico; ignora el paisaje como quien da por hecho los detalles atractivos de su propia casa. No nos acompaña hasta sus oficinas, sino hasta la calle.

—Aumentó los nervios en el arzobispado y se pensó imponerle protección policial, porque ella no quería saber nada –sigue–. Hubo después varios episodios muy raros, y entonces quisimos sacarla. Pero Lioni le fue a llorar a Jorge, y se terminó quedando.

—Hasta que desapareció –anticipa Cálgaris, y tose.

—¿Conocía la historia? –se extraña el salesiano.

—Algo escuché, pero de refilón.

—Pedimos mucha reserva.

—¿Por qué?

Pablo toma aire como si fuera a meter la cabeza en un balde lleno de agua.

—Porque dejó una nota manuscrita –informa, sombreado y cauteloso–. Y confirmamos con un perito caligráfico que era su letra.

Dos guardias suizos pasan a nuestro lado y Pablo los saluda con displicencia. Se suelta del brazo del coronel y ofrece tabaco. Cálgaris agradece pero declina. Yo me siento habilitado para fumar un cigarrillo de los míos. El salesiano se enciende el suyo con un fósforo y al llevarse el fuego a la cara veo sus facciones severas y reconcentradas.

—Era una frase terrible –confiesa, y contiene el humo en los pulmones–. "La fe también se agota".

Recién entonces larga el humo que lo envuelve, y se acaricia la frente como si le doliera.

—Parece una deserción –se atreve Cálgaris, que ni siquiera amaga a sacar su pipa. Y de pronto repite como para sí–: "La fe también se agota".

—Le aseguro que la buscamos por cielo y tierra. Somos, como usted sabe, una organización muy bien informada. Pero no hubo caso.

—Sé por comentarios que involucraron a la policía.

—Hasta hicimos una denuncia judicial. Pero todo con bajísimo perfil.

—Es un asunto delicado.

—Delicadísimo.

No avanzan con la boca, pero yo puedo descifrarles el pensamiento. No es muy buena publicidad para la causa un pecado de defección. Es casi un escándalo. Y tampoco levanta mucho la moral de los que laburan en esas trincheras saber que un compañero de armas se rindió.

—¿Qué piensan los curas villeros? —pregunta Cálgaris.

—No pueden creer que alguien con tanta convicción de un día para el otro tire la toalla —se allana Pablo, y chupa el cigarrillo—. Pero es cierto que los clanes la tenían contra la pared y que había cada vez más violencia en Villa Puntal. Tal vez vio lo que no debía, cruzó un límite, y consideró que debía escapar. Por el bien de todos.

—Y dejó la nota para que no la buscaran.

—No sé, no sé —se encoge de hombros—. A lo mejor se fugó nomás.

—Y en una de esas se fugó y no llegó muy lejos.

—Puede ser. Estamos confundidos, no tenemos idea.

Se queda fumando el resto del cigarrillo bajo el cielo encapotado. Cálgaris levanta la cabeza como si quisiera oler la humedad del jardín. Parece un rastreador de animales analizando los perfumes que trae el viento.

—Francisco la recuerda siempre con estupor y con dolorosa nostalgia —dice el padre Pablo eligiendo cuidadosamente cada expresión. Guarda el lápiz y extrae de un bolsillo interior un objeto pequeño—. Ya sé que no se puede confiar en la policía ni en los jueces, pero aquí tiene el dossier completo.

Es un pendrive. El coronel se lo guarda con un movimiento furtivo, como si estuviera robando un diamante de una joyería.

—¿Podrá hacernos un diagnóstico independiente? —pregunta retóricamente el salesiano.

Cálgaris se coloca el sombrero justo cuando caen unos goterones. Sus ojos glaucos resaltan en la noche. Le tiende la mano, porque se da cuenta de que tomarán distintos caminos, y le dice con una media sonrisa:

—Rece por mí.

Pablo nos saluda veloz y burocráticamente; enseguida regresa por donde vino. Y nosotros buscamos la salida en silencio. La primera impresión es que una tormenta eléctrica sacudirá Roma, pero a poco de andar percibimos que se trata de una bomba sin detonador: por momentos cae una llovizna, pero a continuación deja de llover, y al rato la cosa vuelve a empezar. Se detectan relámpagos en el horizonte, pero se ve que Cálgaris no se fía de ellos porque se resiste a parar un taxi. Hace varios días que no me dirige la palabra, y que nos manejamos con adivinanzas y sobreentendidos. Por lo menos desde que decenas de turistas chinos me acribillaron a fotos en el barrio Español, y cuatro canas me encañonaron, esposaron y enviaron a una celda. No duré más de seis horas encerrado, porque la Unidad Antimafia intervino raudamente. En las catacumbas ya no había ni huellas de la Camorra, pero el gigante agonizaba en una laguna de sangre. Lo trasladaron de urgencia a un policlínico de la vía San Pansini, y todavía no ha salido de terapia intensiva. Solo un buey es capaz de sobrevivir a tres plomos y a semejante hemorragia. Y solo a un asno se le puede ocurrir ocultarnos un viejo y ridículo desliz: haber participado hace quince años en el intento de robo del tesoro de San Gennaro, clisé de los ladrones fracasados de todos los tiempos. El plan era, como de costumbre, descabellado. Y fracasó por la superstición y el arrepentimiento de un chorrito, que oficiaba de simple chofer, y temía que el santo patrono napolitano le hiciera caer una maldición. Ante el apuro, Jonás se había convertido en buchón de un coronel y había zafado entregando uno por uno a todos los demás. En Nápoles, algunos ancianos todavía lo recordaban como sacrílego y hereje, y otros como soplón: merecía la muerte sin atenuantes. Y en eso estaba. Los carabinieri no me permitieron visitarlo; me sacaron de Nápoles en avión, y me interrogaron durante tres días en la sede del barrio Prati. Mis fotos en traje de Adán fueron furor en las redes sociales, y llegaron a publicarse con epígrafes irónicos en algunos periódicos de poca monta. Cálgaris, a pesar del escarnio público y de las cargadas internas, no abandonó durante esas largas jornadas su buen juicio y su cara más circunspecta. También él me preguntaba de manera implacable por los pormenores del Operativo Desastre. Pero no dejaba ver, en realidad, si le importaba tanto ser el hazmerreír de la comunidad, ni si se sentía verdaderamente vejado por la metida de pata. Al final tuve que firmar cientos de papeles y declaraciones, y los camaradas me comunicaron que el expediente había concluido. Fue entonces cuando el coronel dejó salir de la sala a sus colegas, cerró la puerta por dentro y se me fue encima con los puños cerrados. Se entregó a una pataleta histórica, y por un instante lo vi tan rojo y sacado que temí un infarto. Me dio cachetadas, piñas y puntapiés, y después se la agarró con la mesa y las sillas. Resoplaba como un animal rabioso, y de repente hizo algo que no le vi ni en las peores circunstancias: tomó su apreciada pipa de cedro por la boquilla y la golpeó contra el picaporte hasta astillarla y partirla en dos. Yo no sentía los golpes, más bien los agradecía, y él se cansó de la locura y se apoyó a tomar aire. No hubo ningún diálogo entre nosotros. Cada uno regresó a su hotel, y al día siguiente la Casita me informó desde Buenos Aires que tenía billete para el sábado en un vuelo de Aerolíneas Argentinas. El viernes, sin embargo, la misma fuente me informó que el viaje se había cancelado por orden del coronel. Pero la contramarcha no me quitó este dolor de garganta que tengo desde que salí del soterramiento, un escozor que me persigue a sol y sombra, que no me suelta y que ya me llevó durante una noche aguda a una guardia médica. La garganta no estaba ni siquiera roja, pero aceptaron recetarme de mala gana unos caramelos de miel con efectos anestésicos y antibióticos, que apenas me alivian. En el Puente Vittorio Emanuele, Cálgaris extrae su nueva pipa, la recarga mirando el Tíber y saca de un bolsillo de la gabardina el pendrive. Lo sostiene entre el índice y el pulgar, como si lo estuviera calibrando, y después me lo arroja a la cara. "Tratá de no perder esto también", me ladra, y enciende el tabaco con olor a cherry: "Sigo solo", anuncia, y no sé por qué me parece que la frase esconde varios significados. Entrelaza sus manos a la espalda y atraviesa el puente con la pipa en la boca, lanzando columnas de humo que le suben por el sombrero y se pierden en la noche garuada. Me guardo el pendrive, camino un rato y cruzo el río por otro puente para no importunarlo. No tengo apetito, así que voy directo al hotel, me sirvo un vodka y conecto el dispositivo portátil a la tablet. Son veintisiete archivos, que contienen expedientes y fotos. También un extenso informe policial, especialmente confeccionado para el Arzobispado de Buenos Aires. Envío al correo encriptado de la Casita, con copia a Cálgaris, cada uno de esos archivos, y también los bajo uno por uno a mi escritorio. Me desnudo, acomodo las almohadas y almohadones contra la cabecera y me siento en la cama para inspeccionar las imágenes escaneadas. La primera pertenece a sor Mariela. Me sorprenden las facciones agradables y frescas, los ojos optimistas y el tostado de su piel. Otras dos fotos develan el misterio: Lioni con remera, shorts, riñonera y zapatillas de alta competición; Lioni participando en una maratón callejera y multitudinaria. No parece la misma persona que luego sirve un guiso en un comedor escolar, vestida con su atuendo negro. Ni la que posa en seis escenas más, todas ellas en la capilla y en el centro deportivo de Villa Puntal. Hay vecinos a su alrededor, y están marcados a mano con flechas y círculos un párroco convencional llamado Bustos, un músico de barba dispersa y violín a quien se sindica como un tal Moretti y una monja obesa: sor Fabiana. Los tres fueron citados en sede judicial y sus declaraciones testimoniales resultan largas y muy detalladas. Bustos tiene a su cargo el barrio, aunque su parroquia se ubica fuera de la villa. Estamos hablando de la zona norte del conurbano bonaerense. Un asentamiento mediano: las viviendas más antiguas son de material; las más modernas de estructuras menos nobles y consistentes: trozos de containers, cartón prensado y otros rebusques. Mucho hacinamiento, sin ventilación y sin instalaciones mínimas, con pozos ciegos y zanjas que hacen las veces de desagües y cloacas, pasillos estrechos, quioscos y almacenes improvisados. Una población de empleadas domésticas, albañiles, colectiveros y vendedores ambulantes, dominada por punteros nacionales y por una inmigración principalmente peruana. Drogas Peligrosas adjunta un resumen reservado sobre las familias Pajuelo y Requis, que controlan todo el territorio, se han dividido el mapa y son competidoras. En los dos grupos hay antiguos integrantes de Sendero Luminoso: importan pasta base de Bolivia y del Perú, y producen clorhidrato de cocaína en dos o tres "cocinas" que los comisarios del distrito no han sido capaces de descubrir. Son pequeñas empresas gemelas, organizadas en tres departamentos: producción, que dirigen químicos traídos desde la cuenca de los ríos Apurímac y Ene; comercialización, que operan bolivianos y paraguayos. Y seguridad, que está a cargo de ex guerrilleros y paramilitares retirados; cuentan además con "soldaditos" locales, fusiles de asalto y armas automáticas. Sobornan a las fuerzas de prevención y a las agencias del Estado, y utilizan un sistema de "cholas", que transportan grandes cantidades de billetes a través de la frontera y que después son lavados en financieras truchas del Perú.

El padre Bustos declara que Mariela Lioni mantenía contacto con las mujeres de los hermanos Pajuelo: ellos se dicen ateos, pero sus esposas son devotas de la Virgen de la Candelaria. La hermana trataba como podía de que se cumplieran ciertos códigos de respeto dentro de la villa, y se concentraba en la desintoxicación de varios adictos al paco. Sufrió no menos de nueve amenazas de muerte, tanto del clan Requis como de sicarios y cuentapropistas de los Pajuelo. En su despacho parroquial, la monja tenía un cuadro del padre Mujica. Y una extraña advocación: "Tú me enseñaste que el hombre es Dios, y un pobre Dios crucificado como tú. Y aquel que está a tu izquierda, en el Gólgota, el mal ladrón, también es un Dios".

Parece que Moretti es un ex militante comunista que fue un niño prodigio de oído absoluto, consiguió una beca internacional y estudió en París. Viajó por el mundo con distintas formaciones musicales y después trató de armar una orquesta de chicos pobres dentro de Villa Puntal. Un idealista que se las ingenia para conseguir fondos de las familias acaudaladas y de los políticos provinciales, y que vive siempre rogando subsidios, con el corazón en la boca y debiendo una vela a cada santo. Declara ser muy amigo de la hermana Lioni, desconoce si durante los últimos tiempos sufrió algún tipo de apriete fuera de la rutina, y cuenta que diez meses antes de marcharse ella tuvo una crisis vocacional, a raíz de que masacraron a un pibe que había recuperado con mucho esfuerzo de la droga y del tráfico.

Sor Fabiana era la principal socia de sor Mariela. Vivían en una habitación común, ubicada en la parte trasera de la capilla, y compartían alegrías y sufrimientos. Admite que al principio las amenazas les ponían los pelos de punta, aunque hubo un momento en que de tan repetitivas ya no las tomaban en serio. Recuerda perfectamente la desolación que sintió Lioni frente al asesinato de aquel chico, pero asegura que Mariela jamás le confesó su desánimo. Salvo el músico, ninguno puede creer que haya perdido la fe y que se haya rajado sin despedirse. Los religiosos creen que pasó algo siniestro; el músico piensa que ella se fugó y no pudo poner la cara para dar una explicación que la avergonzaba.

Los dicentes son héroes sociales, pero aportan escasa información sustancial, y los narcos son sindicados como eventuales sospechosos en varias fojas, pero por absurdo que suene a la distancia ni el fiscal ni la jueza de instrucción les ajustaron las clavijas. Para empezar, ni los Requis ni los Pajuelo tuvieron que comparecer en la comisaría ni en el juzgado. Y únicamente se los escucha de manera más o menos oficiosa a través de las voces de sus dos sacapresos de lujo, que juran por los Santos Evangelios y el Código Procesal la total inocencia de sus prestigiosos clientes y el desconocimiento acerca de las supuestas amenazas y el paradero actual de la hermana Lioni. El resumen de la cana insinúa que hubo batidas e interpelaciones "informales" en Villa Puntal, pero no agrega el mínimo indicio ni la más puta pista. En cuanto a su familia y amigos, ninguno de ellos sale de su desconcierto. Sor Mariela solo se aventuraba fuera de la villa para hacer cada día su entrenamiento físico, para alguna maratón dominguera o para cumplir con algún trámite que le exigían sus superiores. Pero no era de salir al cine, ni viajar para encontrarse con los parientes ni los compañeros de su antigua vida burguesa: si querían verla, ellos debían visitarla en su casa, que quedaba en la trastienda de esa capilla. "Mariela estaba obsesionada con la calidad humana de esa gente —deja por sentado una prima de Acassuso—. Nos confesaba que ya no podría vivir en barrios de clase media, donde los vecinos son tan individualistas y cerrados. En la villa había mucho drama y violencia, pero también honradez y solidaridad, y alegría y mancomunión. Los pobres de toda pobreza son capaces de un amor limpio, y de darte la mitad del único pan que tienen. 'Dar, dar hasta que te duela'. Le oí pronunciar muchas veces a Mariela esa frase de la Madre Teresa. Ella no se privaba de predicar con nosotros también. Yo salía de esos encuentros con la carne de gallina". Los testimonios de sus jefes eclesiásticos y de los otros curas villeros son similares y confluyen en un mismo razonamiento: "¿Puede una persona tan creyente y convencida soltar todo y abandonar su gran obra?". Es una pregunta facilista. Del tipo que suelen hacer los giles frente a un suicidio sospechoso: ¿puede un hombre preocupado por su familia, puede alguien tan lleno de proyectos, pegarse un tiro? Y resulta que sí, que muchas veces no hay explicaciones lineales. Hay que ver el monstruo que cada uno lleva escondido adentro. Las personas enrolladas esconden misterios y mierdas hasta de sí mismas. "La fe también se agota", les dejó dicho ella, y se esfumó. Andá a saber qué le pasaba por la mente, y andá a saber también si cuando se tomaba el pire no la bajaron como a un pajarito. Anoto en una libreta todas las visitas que deberían realizarse; habría que empezar prácticamente de cero. Pero, ¿querrá Cálgaris que me concentre en este asunto, o solo que tire ideas? Ya no puedo descifrar al coronel. Jamás lo vi tan decepcionado y hosco, como si me hubiera dado por perdido. Y la verdad es que no me extrañaría nada que al llegar a Buenos Aires me pidiera la baja y me devolviera a los cruceros. Supongo que todavía no está del todo decidido, que un día piensa una cosa y al siguiente otra, y que no deja de rumiar la duda. Pero es patético que no me hayan vencido la guerra ni las mafias ni los peligros ni los políticos ni las envidias ni la edad, y que termine mi carrera por una huevada. El tesoro de San Gennaro. Jonás y la puta madre que te parió.

Me duermo pensando en el gigante y recuerdo entre sueños un mail hiriente que un agente anónimo compartió en la semana con toda la comunidad del seminario. Venía acompañado de una foto impactante: un primer plano de mi trasero peludo y blanco, recortado contra varios turistas que aplaudían y rechiflaban. Y una sola línea: *"Lo spia che pensa col culo"*. Las devoluciones eran ingeniosas e infinitas. Un festín. Imagino los nervios del coronel y abandono la ilusión de seguir durmiendo. Salgo de nuevo a correr, sin lluvia ni rayos ni truenos, y con un fuerte dolor de garganta. Desayuno un jugo de naranja y un capuchino, me entreno con ferocidad en el gimnasio de Sant'Agata, y paso el resto del día tratando de hilar más fino con los papers del caso Lioni. La falta de comunicación y los humores de Cálgaris me tienen en ascuas. Leo un libro en español sobre el sexo y el poder en el Imperio Romano. Presto mucha atención a la vida de los gladiadores, y sobre todo a su jubilación. En tiempos de Marco Antonio, el derrotado no obtenía clemencia. "Un gladiador, por mediocre que sea, no llora —decía Cicerón—, no muda de expresión; permanece firme, ofrece el cuello". Eran estrellas pero a la vez se los consideraba impuros; no se los sepultaba con honores, sino en rincones apartados donde compartían vecindad con los actores y las prostitutas. Pocos se ganaban el derecho a morir en su cama.

Paso dos días más con la misma rutina, los mismos interrogantes y el mismo ensayo sobre historia antigua. El miércoles recibo un correo de Cálgaris. Exige un plan tentativo de investigación y me ordena que pase a retirar de una agencia de alquiler un nuevo Nissan X-Trail, que puso a mi nombre. El mensaje es corto y enigmático, pero me devuelve un cierto entusiasmo. Escribo las impresiones generales y las propuestas, y se las envío rápido. Después me pongo saco y corbata, y retiro ese auto grande, oscuro y reluciente. Busco estacionamiento céntrico y espero todo un día las instrucciones. Pero estas llegan de madrugada: tengo que recoger en el aeropuerto a dos mujeres y trasladarlas hasta el Hotel Meliá. Y ponerme a su servicio noche y día mientras pernocten en Roma. No es precisamente un objetivo de alta importancia: voy con un cartel que dice Cálgaris y oficio de mero chofer de señoras. Nada de armas ni de maniobras de custodia; he sido degradado: ahora solo trabajo de remisero.

Como sea, admito que los nombres de las pasajeras me sorprenden: Beatriz Belda y Diana Galves. Las rastreo en Google, aunque las recuerdo vagamente. A Belda le dicen BB, es socióloga y experta en marketing. Una estratega que operó para distintos presidentes. Hace dos años, un mal cálculo y una catástrofe electoral la dejaron fuera del *petit* comité. Cuentan dos analistas políticos que no le permitieron ni retirar sus cosas del despacho del primer piso de Balcarce 50. Se encarga de la imagen de una multinacional, y es socia de una consultora. Pero lo real es que le dieron una patada en el tujes y que la echaron del paraíso. Una crónica la describe como fría, maquiavélica y muy inteligente. Bajita, ojos verdes y pelo blanco, sin tintura, pero bien recortado: una petisa elegante que en sus años mozos debió de estar buena y que todavía resulta en cierta medida deseable. Fuma cigarrillos negros en boquilla y es capaz de cenar con whisky. Fue militante revolucionaria y luego se recicló dentro del peronismo. Buena jugadora de bridge y de golf. Y según un sitio de la farándula, amiga desde el secundario de otra chica famosa: Diana. Actriz, poeta y agitadora cultural. Sus dietas para estar siempre joven aparecen en las tapas de las revistas femeninas y dos de sus manuales de belleza se transformaron en best sellers de cabotaje. Galves fue actriz de cine, teatro y culebrón. Lee poesía en vivo, y organiza en su departamento de Barrio Norte cócteles y fiestas para escritores, productores y artistas de variedades. En el copete de un largo reportaje, el entrevistador la describe como una pelirroja madura con un cuerpo de veinte, y puntualiza que habla entre susurros, marcando una "sensualidad afectada", pero que cuando se enoja deja oír su verdadera voz, que es como un "látigo amargo". Durante los últimos años, varios directores de cine independiente la eligieron para actuar en roles que la están salvando de la decadencia, porque ella no acepta papeles de abuela ni de segundona. Tiene aires de diva, se hace respetar y se mantiene siempre a flote. Noticias de las últimas veinticuatro horas me avisan que acaba de estrenar una película en Madrid: ofreció varias conferencias de prensa y recibió algunas críticas lapidarias.

Se supone entonces que el vuelo viene directo desde Barajas hasta Fiumicino. Procuro llegar con una hora y media de antelación para evaluar el lugar y las posibles salidas, sin aceptar del todo que esto no es una misión sino un mísero mandado.

Bebo un ristretto en la barra de la cafetería y pienso en las dos damas. Que parecen el agua y el aceite. Una es astuta, la otra es bella. Una parece cerebral y discreta. La otra es una reina petardista y ególatra. Leí que un semanario de los servicios la deschavaba a Diana Galves por haber tenido presuntos amantes entre los generales y almirantes de la dictadura. Después se envolvió como tantos en la bandera de los derechos humanos y hasta se inventó un pasado heroico junto a BB, que se salvó por un pelo de la Contraofensiva. Belda le salió de testigo y la polémica se apagó. Su consultora le maneja la prensa, y cada gobierno donde la estratega tuvo algún tipo de influencia benefició a Galves con protagónicos, premios, proyectos y becas. La gran mecenas y su artista preferida. ¿Qué relación puede haber entre ellas y alguien como Leandro Cálgaris?

El vuelo llega puntual y aunque conozco a las damas, me coloco junto a los otros conductores con el cartel manuscrito para que me identifiquen a golpe de vista. Arriban sin escándalo, en medio de viajeros cansados, y arrastrando valijas inverosímiles. Lady Di viene vestida y maquillada como para enfrentar a los paparazzi, aunque no hay ninguno en cien metros a la redonda. Es tamaño medio, con cuerpo en forma de reloj de arena, y una tez blanca y luminosa. Su acompañante resulta ser de tamaño reducido, con más hombros que caderas, y una piel tensa pero arrugada por el sol. Diana camina por una pasarela, como si estuviera consciente de ser observada por un público que no existe, y carga como corresponde con una caja para mascotas: la vida es un gran espectáculo. Beatriz, que es más práctica, se quita las gafas oscuras, me detecta entre los choferes y me hace una seña. Me acerco a saludarlas en español, pero no les doy la mano porque el personal doméstico no debe tomarse esas atribuciones. Cargo el voluminoso equipaje en un carrito y las guío hasta el estacionamiento. Galves se siente decepcionada porque no hay comité de bienvenida, y BB le explica que no debe esperar mucho de Roma este año, porque no habrá estreno y porque no se trabajó a fondo con los diarios ni con las agencias noticiosas. A Lady Di no le convence el argumento, está quisquillosa y voluble. Recién cuando las tengo en el asiento trasero y vamos camino al hotel, la diva cambia de humor: abre la jaula y le hace todo tipo de fiestas a un caniche insignificante. Beatriz sonríe, apreciando el paisaje, y me pregunta qué tal está el clima. Inestable, le respondo. Pero no soy bueno para dar conversación, así que me mantengo sordo y mudo. Media hora después están hablando de unas tiendas de la via Condotti, y de unos modelos carísimos que vieron en Vogue. El caniche se mea de emoción y cosquillas, la actriz pone el grito en el cielo y su mecenas seca pacientemente las salpicaduras con pañuelitos de papel. Es raro, porque en el espejo retrovisor no consigo pescarle el más leve gesto de suficiencia, siendo como es un alfil brillante ocupándose de una reina idiota. Llegando a la zona del Gianicolo presiento que la diva es su talón de Aquiles, la debilidad personal de Beatriz Belda, que puede ser impiadosa con diputados y jueces, pero absolutamente servicial con su "hermana" célebre e inimputable.

El Meliá está construido sobre la villa de Agrippina, y cuando una de las seis conserjes se lo cuenta en el vestíbulo, mientras llenan las fichas de ingreso, BB mira a su protegida y le explica que se refieren a la madre de Nerón. Lady Di puede ser algo leída, pero no tiene la más remota idea sobre los hechos históricos. Para devolver gentilezas, lo único que se le ocurre es mencionar como en éxtasis a Peter Ustinov. Pronto están conversando sobre el uso de la piscina y del gimnasio, y acerca de tratamientos faciales y masajes rejuvenecedores. Les dan dos habituaciones en suite, y cuando espero que me liberen, BB mira su reloj y me pide secamente que las aguarde en el lobby. Es una espera sin límite de tiempo. Ni siquiera se toman el trabajo de mirarme con atención: soy un esclavo de rostro borroso, un extra sin derechos, expuesto a sus caprichos y directivas. Me asalta entonces una invencible sensación de *déja vu* y pienso en Nuria, aunque esta vez no se trata de la fatalidad de los hechos, sino de un castigo premeditado por Cálgaris. Esta profesión está llena de ritos y repeticiones perversas. Lo que más extraño es aquel tiempo en que las cosas no me importaban. Presumir que uno está roto y que ya nunca más podrá pegar las partes resulta por lo general un tanto deprimente.

Contemplo las reliquias y la máscara de Agrippina en el hall, y luego ocupo un sofá con vista a los jardines. En las mesas hay turistas ensimismados en sus tablets, y ejecutivos discutiendo números. Trato de dormir una siesta con los ojos bien abiertos y más tarde me tomo un capuccino en el bar, y al final salgo a la explanada porque hay una muestra de coches antiguos. Cuando se están encendiendo las primeras luces de la noche, veo que las señoras reaparecen frescas y transformadas. No sé, a lo mejor el aburrimiento me despertó el apetito, pero es como si viera a Diana Galves por primera vez. Se trata, en efecto, de una hembra vigente, que llama la atención de los coleccionistas. Beatriz Belda avanza llevándola del brazo. Una carga en la mano derecha al perro; la otra lleva la izquierda en alto con la boquilla y el cigarrillo. Necesitan que las conduzca hasta la Galleria Collona y también hasta Campo de' Fiori. Cumplo órdenes y oigo charlas frívolas y chismes de farándula. El paseo dura tres o cuatro horas, hay abuso de tarjeta, y a las nueve y pico cenan en Piazza Navona escuchando un cuarteto de vientos. Las vigilo a distancia, sin que me vean. Nadie me lo pide, pero el oficio tira y el desastre de Nápoles generó una secuela de inseguridad: si les llega a pasar algo, aunque más no sea un pequeño rasguño, me mandan directo a la tumba, si es que ya no estoy en ella. Dos veces me siento tentado a intervenir, porque el caniche se escapa y produce estropicios. Pero un mozo primero y un vendedor senegalés más tarde me lo evitan a último momento: rescatan al perro aturdido y se quedan con las propinas. Las damas marchan un rato por la via dei Coronari para hacer la digestión y para pispear los anticuarios, y yo actúo como escolta oficial, a veinte pasos y fumándome un gran hastío. Mientras las traslado al Gianicolo, BB recibe un llamado en su teléfono móvil. Es Cálgaris. Ella le confirma que la recepción fue perfecta, que el hotel es espléndido y que mañana lo esperan alrededor de las once. Sorpresivamente me pasa el celular y escucho la voz agria y cortante del coronel: tengo que recogerlo a las diez y media en el Plaza. Devuelvo el aparato y entonces Lady Di me pregunta de repente si fui policía y si me gusta el cine. "Soy un soldado –le respondo–. Y vi todas sus películas". BB asiente con la vista en las calles; Galves se ríe encantada, porque no sabe que solo la segunda parte es mentira. Las acompaño hasta el hall: Beatriz propone el último whisky, Diana se pregunta si tendrán Dom Pérignon. Ninguna se vuelve para saludarme. Boca arriba, ya en mi cama, las sigo viendo a las dos, aunque como si fueran una sola. Me siento cansadísimo, pero de nuevo me despierto antes del amanecer, corro alrededor de los Foros y me entreno con furia en Sant'Agata. A la hora pautada, el coronel sube al Nissan y no me da ni los buenos días. Después del desayuno, las chicas gastan equipo ligero, como para caminar toda la jornada, pero esa practicidad no les borra el estilo: es una ropa que tanto sirve para callejear como para asistir a una fiesta. Cálgaris se inclina ante las dos y les besa las manos como si ellas fueran baronesas y él fuera un archiduque de la Casa de Austria. "Fue muy amable en invitarnos, Leandro –le refuerza BB–. Y tuvo una gran idea". El coronel acaricia la cabeza del caniche: "Estaban cerca, era matar dos pájaros de un tiro". Mientras yo manejo, los tres se enfrascan en diálogos variados, que van desde la situación argentina hasta las picardías peronistas de Bergoglio, pasando por la última obra dramática que protagonizó Diana Galves y los contactos recientes que mantuvo en Madrid con los hermanos Almodóvar. El fin del trayecto es Villa Torlonia, donde nos apeamos para atravesar los parques. Hay muy pocos visitantes, y el coronel prescinde de los guías para ofrecerles una recorrida personalizada y erudita.

—Fue construida por un burgués que consiguió un título nobiliario y que para darse importancia le pidió a su arquitecto imitar las villas de la Roma Antigua —les avisa como si estuviera hablando de las groserías de un nuevo rico y como si quisiera bajarle el precio a un objeto rutilante—. Tiene algunas obras más o menos valiosas, especialmente tres o cuatro relieves de yeso de Canova, pero en general domina la imitación. Lo importante es Il Duce.

A Belda se le ilumina la cara; comienza a frotarse las manos como si tuviera un jabón invisible. Galves, que practica la incontinencia, mete un bocadillo:

—¡A ella el fascismo la fascina!

—No suena muy bien eso, bruja —se ríe su amiga, entre dientes—. Lo que me fascina es la teatralidad de la política y la construcción de las hegemonías.

—Mussolini dirigió la guerra desde esta residencia —dice el coronel, y presiona el tabaco en la cazoleta de su pipa—. Le voy a mostrar su dormitorio, su estudio y, si nos permiten bajar, el búnker secreto que tenía para protegerse de un ataque.

Parece una tenida única entre dos estudiosos del tema. Para mí, en cambio, Mussolini es el protagonista de algunas crónicas bélicas y el malvado de un número agotador de novelitas históricas. Para Diana solo es una película de George Scott.

Resulta que esta semana el búnker permanece cerrado al público, pero los salones y las habitaciones pueden transitarse sin problemas. Reproducen una y otra vez en una pantalla grande un documental corto donde se revela la vida familiar del Duce dentro de las fronteras de ese mismo caserón; da testimonio su propio hijo, que vivió de pibe la guerra como algo interesante y lejano. El recorrido nos tiene arrastrando los pies largos minutos. Se nota que la diva y yo nos esforzamos para no bostezar, mientras los ilustrados se demoran en cada pieza, en cada escultura, en cada mural y en cada mármol: intercambian conocimientos como si trataran de impresionarse mutuamente. Al borde de una escalera, la diva me toca el hombro y se lleva el dedo a los labios para que no se me ocurra abrir la boca. Después me propone con los ojos que abandonemos a los sabiondos y que vayamos a la planta baja. Supongo que, con tantos motivos valederos, no me echarán del servicio secreto por este desliz. Percibo que el propósito aparente de Lady Di es soltar al caniche para que corra por el césped y orine los arbustos, pero también fumarse este cigarrillo que me pide con la actitud neurótica de un ex adicto. La nicotina no debe de congeniar con su plan *antiage*. Fumamos oteando los jardines: yo acodado en una columna; ella de pie con los brazos cruzados y los anteojos oscuros. No puedo dejar de pensar que tiene sesenta años, y que bajo la luz del sol no se le notan arrugas ni cirugías; también que tiene una carrocería joven e imponente. Diana Galves no necesita photoshop; es una proeza de los genes y del cuidado físico.

—¿Sos guardaespaldas? —me pregunta, pero en realidad no le importa.

—Algo así —le respondo.

—¿Qué clase de nombre es Remil? —me sorprende. BB está bien informada.

—Lituano.

Ahora gira la cabeza y se levanta las gafas para mirarme fijamente.

—No te confundas, Remil o como mierda te llames —me dice sin susurros—. Nadie llegó hasta donde yo llegué siendo una pelotuda.

Sus ojos de repente me parecen despiadados, y caigo en la cuenta de que evalué con liviandad a la reina idiota. Le sostengo la mirada porque soy duro, y porque ella desiste rápidamente, baja las gafas, llama con gritos a su perro y vuelve a transformarse en la diva veleidosa de las revistas. Mirá vos qué sorpresa. Su perro se llama Juan Domingo.

El coronel y su socia nos encuentran y nos conducen por el parque. Vienen hablando de cuestiones ideológicas, y BB no se priva de decirle que Mussolini se creía un médium social. "Yo no inventé el fascismo, lo extraje de las mentes inconscientes de los italianos", recita impostando la voz. Cálgaris le señala una loma y le cuenta que el príncipe Giovanni era su vecino, pero que permanecía al margen de la historia y del mundo. La actriz se queda hechizada con la casa de los búhos; la estratega contempla su arquitectura con apatía.

—El príncipe era un tipo raro —advierte Cálgaris calándose el sombrero—. Esto se construyó como si fuera un refugio suizo, se levantó con aires medievales y se decoró con art nouveau. El príncipe era afecto a lo esotérico. No creo mucho en asuntos sobrenaturales, pero siempre que vengo siento frío.

—¡Pero coronel —salta Diana agarrándolo del brazo—, el miedo es tan excitante! ¿Me está diciendo que es una mansión encantada?

—Supongo que se celebraban misas negras y esas cosas —asiente sin entrar en la histeria del juego—. Tienen que ver el salón de los sátiros. Es realmente escalofriante.

Beatriz entra al vestíbulo central con expresión escéptica, pero de repente le despierta curiosidad un vitral donde hay un grupo de soldados con lanzas, escudos, espadas y armaduras, que protegen cuidadosamente a un bebé desnudo.

—I Guerrieri —se regocija el coronel—. Aparentemente, alude al mito del Nibelungo. Pero no puedo dejar de verlo siempre como una metáfora de nuestro oficio.

—Me impresionan los ojos de esos guerreros —dice Belda—. Nos miran fijo. Son ojos cansados, y amenazantes.

–¿Cómo puede dormir tan plácidamente esa criatura entre tanta gente armada? –pregunta Galves para no ceder el protagónico.

–La paz duerme a la sombra de las espadas –repite el viejo, y las invita a seguir.

Seguimos por corredores y salas: el hogar de un chiflado al que le gustaban las lechuzas, las golondrinas, los tréboles, los diablitos y la magia negra. Tal vez por sugestión, también Lady Di siente frío. Beatriz Belda, en cambio, no siente nada: desprovista del toque político, la realidad le parece plana e intrascendente. Cálgaris decreta que ya es hora de almorzar, y me ordena que marque en el GPS la Isola Tiberina. A pedido de Diana cuenta más chismes sobre el príncipe ocultista; por interés de Beatriz se comentan los diarios de Claretta Petacci, la amante de Mussolini. Los dejo a los tres en la puerta de Sora Lella, junto a un puente sobre el Tíber, y la diva se despide de Juan Domingo con un beso en la boca y haciéndole pucheros. Busco estacionamiento con el caniche acurrucado y deprimido en el asiento de atrás; no protesta cuando lo encierro con llave. El cielo fue virando hacia el color del plomo; bandadas de chinos sacan fotos y las suben a Facebook, Instagram o lo que carajo sea: ya no viajamos para mirar, sino para mostrarles a los demás hasta dónde fuimos capaces de llegar y lo piolas que somos.

Sora Lella es un restaurante discreto que tiene el sello Michelin. El coronel y las dos hadas eligieron una mesa del primer piso. Ya les han servido prosciuto y salumi, y un pan esponjoso cocido a leña para soportar la espera.

–Te pedí unos fettuccine con ragú al vino blanco, Remil –anuncia Galves mordisqueando un pedacito de pan–. Espero que no te quejes. ¿Se quedó muy triste mi hijito del alma?

–La vida es muy perra –le devuelvo.

Ella achica de nuevo los ojos castaños, que tienen un tono ligeramente más intenso que esa melena lacia, falsa y cinematográfica peinada con raya al medio. Hasta me parece falso el lunar de su pómulo derecho, pero no tengo pruebas. Frente a frente, los ojos verdes de su compañera son más vivaces y reflexivos. Las damas aceptaron un vino, pero solo "para mojarse los labios". Cálgaris encargó un tinto de la Toscana, calamares rellenos para ellas y un cordero tierno para él. Las mujeres se cuidan de no tentarse con los fiambres, y yo no me siento autorizado a probarlos hasta que el viejo abra fuego.

—Hablemos de su cliente, Beatriz —dice por fin Cálgaris tocándose el bigote.

Pensativa y sonriente, BB extiende su mano y se observa sin ver los dos anillos plateados que luce. Juega incluso con uno de ellos, mientras decide por dónde empezar. Cálgaris recoge finalmente un trozo de jamón de Parma, y yo lo imito con el salame. Diana me vigila cada movimiento.

—No sé si usted lo trató alguna vez a Farrell —comienza Belda, con mucho tacto.

—Hace años pidió un favor en la Secretaría —le confirma el coronel—. Tenía un buchón en el ministerio que le pasaba datos a un periodista de Buenos Aires. Lo pincharon, lo siguieron, lo escracharon, y al final lo levantaron en pala. Eran otros tiempos, se llevaba bien con el Presidente.

—Más que bien —corrige—. Eran amigos.

—No me imagino que los haya enemistado la ideología —Cálgaris tose y se atraganta por la ocurrencia. Las ideologías han muerto.

—Fue todo un proceso —la estratega se sigue mirando los anillos—. Se acercó a los gobernadores disidentes, empezaron con la cantinela de la liga crítica y como nadie quería sacar la cabeza, Farrell ofreció la suya. Un clásico: lo vencieron el halago y la ambición.

—Es vulnerable al elogio, decía Yrigoyen de Alem.

—Farrell es un tipo gris, pero de un narcisismo rústico. Nadie le reconocía liderazgo en su provincia: es un pésimo administrador.

Así que lo volvió loco el aliento de sus pares, que lo usan de coordinador, de ariete y de cabeza de turco.

—Le va mejor afuera que adentro.

—Mucho mejor —resopla ella—. Afuera es un predicador de políticas federales, un negociador ante el Ministerio de Planificación y hasta le diría que un candidato potable. Adentro es un mediocre que perdió las legislativas y sobre el que se hacen chistes tremendos. Las encuestas nacionales lo muestran expectante; las locales son pésimas.

—Igual no resiste el test de la pantalla muda, Bette —interviene Diana—. Cuando aparece en el cable, le bajás el sonido y te das cuenta de que es un trucho. Usa mal las manos, tiene pose sospechosa, hace gestos delatores. Transmite pura mentira, es un actor desastroso. Además, ¡esa carmela inverosímil y esa horrible barba candado! ¡Por el amor de Dios!

El mozo retira la entrada y sirve los platos principales. La diva se queja porque el calamar es demasiado gordo; los fettuccine están al dente.

—Para los gobernadores la performance provincial de Julián Farrell es peligrosa —dice BB, que no ha tocado todavía su copa de vino—. Quita mucha legitimidad perder en el territorio propio; tener la retaguardia incendiada.

—¿Pero es realmente un incendio?

—Dantesco —responde ella de manera rápida y terminante—. Si se duerme ahora, lo velan.

Se acaricia maquinalmente un mechón de su pelo blanco. El sol de los campos de golf maltrata la piel de su rostro, pero por milagro o casualidad las arrugas están ordenadas de un modo que le sientan bien. Percibo que extraña la boquilla y el cigarrillo.

—Los muchachos de la Casa Rosada le deben poner leña —imagina el coronel.

—Uf, día y noche. Yo misma estuve un tiempo a cargo del taladro y del serrucho. Conozco muy bien el otro lado.

La diferencia entre las damas y los caballeros es llamativa: ellas comen poco y de manera pausada; nosotros comemos mucho y con relativa rapidez. A veces pienso que ahí está el verdadero secreto de la longevidad de las mujeres y de las muertes prematuras de los hombres.

—¿Sabe lo que es en management el concepto *turnaround*, coronel? —suelta Belda llevándose la servilleta a la comisura de los labios. Otra pregunta retórica—. Hay que darle una vuelta completa a la gestión, y no va a ser fácil.

—Al menos tiene una billetera interesante —dice el coronel, que corta el cordero con el canto de una cuchara—. Es una provincia petrolera.

—Y gasífera —agrega ella, y bebe un sorbito de vino.

—¡Es la Patagonia, Bette! —exclama Galves, y la encara—. Glamour, aventuras, turismo. Playa y puerto. Lagos y cordillera.

—Y la industria frutihortícola, que está hecha pelota —advierte Cálgaris.

—Farrell carece de equipo y de proyecto —dice BB—. Tiene razón Diana: es capaz de chocar una calesita.

A Cálgaris le intriga el cuadro de inversiones y el destino de las regalías, y la estratega no se hace desear: esboza un panorama económico lleno de posibilidades y desatinos. A la hora de los postres, las chicas solo piden dos tazas de té.

—Mientras hablaba me acordé de un episodio medio cómico —matiza el coronel acariciándose una ceja—. Si la memoria no me falla, fue hace unos diez años, y lo veo como en una nebulosa. Pero creo que se trataba de una amante y una extorsión, o algo parecido. ¿Puede ser?

—Sí, es un galán maduro: tiene una amante fija en Buenos Aires, y dos o tres repartidas por distintos pueblos —confirma Belda, sonriendo—. Pero la porteña fue a la cana, y hubo que coimear para tapar el escándalo.

—Sí, por supuesto —se entusiasma Cálgaris—. Todavía no era gobernador, pero ya estaba en el anterior gabinete provincial. Le cerró la canilla, y ella fue a un juzgado con unos papeles. Nos pidieron que habláramos con el fiscal. Hubo que poner, como siempre, alguna moneda. Un despelote chiquito que quedó ahí, porque él no era de primera división y la mina rápidamente se fue al mazo.

—El amor todo lo puede —repone Belda—. Y también la farmacología. Siguen juntos una década después, pero ella está medicada.

—Hay que tener estómago para comerse ese bocado —susurra Galves.

—La seducción del macho alfa, *dear* —le dice Beatriz Belda, y le espanta de la camisa un largo cabello extraviado y caído—. Sin el poder, Farrell seguiría virgen.

—Para nada, le gustan también las putas —se ríe la diva—. Tiene barriga y papada, y es un analfabeto funcional. Para tomar sopa de letras necesita un traductor.

—Pero está casado, ¿no? —pregunta Cálgaris.

—Con una frígida, una mudita resignada que vive para los hijos —la malicia de Lady Di no tiene límites, pero tampoco me asombra. Varias veces leí las transcripciones de escuchas telefónicas tomadas en casas de actrices y estrellas mediáticas. Reconozco en Diana ese mismo aire de familia, ese ensañamiento divertido que practican por deporte los dioses del Olimpo—. Una frígida y dos tarados.

—El menor es retraído y está fuera del negocio —explica BB—. El mayor es un terremoto, su mano derecha. Los dos tienen muy mala imagen. No sabe las barbaridades que dice la gente sobre ellos.

—¿Ya encargó encuestas propias? —Cálgaris acaricia con lujuria su pipa apagada.

—Los convencí de hacer una cuantitativa y otra cualitativa con una consultora nacional —Belda se masajea un hombro como si estuviera entumecido–. Porque Farrell se manejaba con vivillos de cuarta que le dibujaban los números y operaban en los medios.

–¿Ya está instalada completamente en la provincia?

–Voy y vengo, pero con la perspectiva de desembarcar definitivamente en breve –Bette la mira de reojo a Di–. Veremos si aquí mi amiga me acompaña en la patriada.

–¡Ni loca! –se encoge la diva, y le anuncia a Cálgaris–: Me angustia la Patagonia; soy más urbana que el cemento.

–No hay *turnaround* sin batalla cultural –precisa la estratega.

El coronel mide y sopesa ese aforismo, y se enfoca en la actriz como si la estuviera revaluando. Después paga con su tarjeta y recibe las gracias. Rescatamos al caniche del Nissan y paseamos a pie por el barrio judío. De regreso al Meliá, Galves va dando saltitos hasta la recepción y después se despide de todos con besos al aire: la esperan el personal trainer, el spa y un largo baño vaporoso. Juan Domingo, ante el regocijo de su ama, se ha orinado encima. Lejos de asquearla, a la diva la deslumbra esa demostración de euforia. Beatriz mueve la cabeza con condescendencia pero también con afecto, y nos invita al bar de la villa de Agrippina. Pido un café, pero ellos no se privan de un whisky: coinciden en un Talisker 20, que Beatriz toma sin hielo para no arruinar su sabor. El bar está desierto, y se dan permiso mutuo para seguir fumando. Advierto que entramos en el epílogo y que iremos directamente al grano.

–¿Tiene contacto con sus colegas de la provincia? –pregunta ella, preparando esa boquilla tan chic.

–Muy poco –confiesa el coronel dándole fuego–. Apenas conozco a su hombre fuerte.

–El Turco Jalil.

–El Turco es despreciado en la Casa, y casi no tiene relación con la Casita.

—En realidad, es de origen sirio libanés; Farrell lo heredó del caudillo —Belda es elegante con el antebrazo en alto y humeante, apoyado sobre la mano izquierda que descansa en su regazo—. Formalmente, Jalil es titular de la Dirección de Seguridad, pero tiene más influencia que cualquier ministro. Manda sobre la policía, que es inútil y corrupta, y sobre su servicio de inteligencia, si es que se le puede llamar así a esa patota de pinchadores de teléfonos. Jalil sigue en su puesto no por su eficiencia, sino porque es un experto en chupar la medias y en laburar exclusivamente para el número uno. Pero es burdo y anacrónico. No me sirve.

—¿Para qué?

—Para tratar a los jueces como se merecen.

BB se lleva el vaso de Talisker a la boca y cierra los ojos para catarlo. No se trata de un gesto falsamente sofisticado, sino de una costumbre arraigada. Dura unos segundos; luego la dama deja el vaso y se premia con una bocanada gris de tabaco rubio.

—¿Quiere intervenir a Jalil? —ironiza Cálgaris—. Eso no va a ser soplar y hacer botellas.

—Se puede hacer si uno ha generado la confianza suficiente —replica ella, sin inmutarse—. El único lenguaje que Farrell entiende son las mediciones. Específicamente, los rubros imagen positiva y aprobación de la gestión de gobierno. Si alguien le mueve el amperímetro es Dios.

—Y a Dios se le permiten prerrogativas.

—Que son por su bien —se ríe—. Ya parezco una idishe mame.

—Farrell es persona no grata en mi barrio —antepone el coronel escarbando las cenizas de la cazoleta—. No estaría bien visto que ayude a un enemigo.

—Puede ayudarme de manera remota —responde ella—. No lo necesito en el terreno. Sé que la Casita se financia de manera independiente y que nadie hace preguntas en la Secretaría.

—No crea que esa indiferencia me sale gratis.

—Tiene dos constructoras y cinco empresas de servicios, coronel —sus ojos verdes brillan—. Puedo garantizarle adjudicaciones directas y buenas oportunidades.

—Habría que ver —mueve Cálgaris como si fuera un jugador profesional; toma un sorbo y agita los cubitos.

—¿Estamos negociando? —lo apura BB mostrando sus dientes.

—Todavía no —dice el coronel y veo que ya tiene un derrame en un ojo—. Habría que consultarlo.

—¿Con quién?

—Con la almohada.

Belda se lo queda mirando y después extrae el pucho de la boquilla y lo aplasta en el cenicero. Los dos nos incorporamos cuando la petisa se para y extiende su mano llena de anillos.

—Le agradezco mucho sus atenciones —dice sin parpadear—. Fue un gran anfitrión.

El archiduque de Austria recoge la mano de la baronesa, para besarla de nuevo con aires ceremoniosos. Ella devuelve la galantería inclinando su cabeza blanca, y encara la salida, pero antes de cruzar el umbral, gira su rostro hacia mí y me ordena: "Pasá a buscarnos a las nueve en punto; el vuelo sale a la una". Y camina hacia el lobby con gracia de pasarela: si midiera veinte centímetros más y tuviera veinte años menos sería una mujer muy apetecible. Cálgaris paga por anticipado en recepción la cuenta completa, y me advierte en la rampa que bajará a pie por el paseo del Gianicolo. Se encasqueta hasta las cejas el sombrero, y antes de partir con las manos en los bolsillos, gira y me dice: "Tu plan de investigación es mediocre. Mañana por la tarde salís para Buenos Aires. Tenés quince días para encontrar a la monja".

III
Buscando una tumba

Una neblina fría y un penetrante olor a mierda. Y los faros de la camioneta detrás de la montaña de basura iluminando la figura erguida del Salteño, con su AK 47 y su recortada en bandolera, y también a su esclavo, esta bola de sebo con mirada ilegal que cava en la tierra infecta su propia tumba. Me causa gracia la escena. Parecemos ladrones de cadáveres en un cementerio de película, pero se trata más bien de un basural formado de lomas y lomas de desperdicios, humo de fogatas mal apagadas, carcasas de autos y de carros, cagadas de caballo y perros sarnosos. Estamos en los confines de Villa Puntal, y el infeliz que le da a la pala sin chistar es Pajuelo por parte de madre, una especie de primo cuentapropista, un desprendimiento indeseado del clan que hace años fue expulsado de la organización por asuntos de familia y de imprudencia. Es periférico, violento, estúpido y algo fabulador. Se quiso resistir de entrada, en la casucha que alquila, y me obligó a boxearlo sin miramientos. Pero aun con la jeta rota insistió en hacerse el gallito:

pidió una faca. A cambio, calenté una plancha, lo esposé a la cama y le quemé los huevos. "Dicen que te garchaste a una monja y que después la enterraste en un campito; que te vieron con una pala y que vos te dabas corte en las fiestas". Jura a los gritos, llorando de dolor y de miedo, que todo eso es falso, cosa de buchones. No le creo ni una palabra, así que le plancho las axilas. Confiesa con un alarido que la amenazó una vez, pero nada más, y se convulsiona como epiléptico cuando le achicharro una oreja. "¿Todavía querés esa faca?", le pregunto. Niega como un alumno travieso que ha recapacitado. Lo fuerzo a ponerse en cuatro, le saco de la cintura al Salteño su cuchillo de comando y le apoyo al prisionero la punta afilada en el ojo del ano. "Te cojo de lado a lado si no me decís la verdad", le advierto al oído. Se desmorona por completo, se humilla, es un versero, se quiso dar importancia, dijo demasiadas boludeces, un pobre incomprendido. El Salteño, que le ha revisado la choza y las pertenencias, viene de los fondos con un pico y con una pala de albañil. Nuestra informante no dibujó el plano, pero nos orientó: un cartonero asegura haberlo visto de madrugada detrás de la última pila, a mano izquierda, unos cuarenta metros antes de la ruta. Con ese solo rumor, varias almas devotas han ido de vez en cuando a dejar ofrendas y flores. Nosotros no encontramos ni un tallo, pero en ese sector lleno de putrefacciones no hay mucho espacio para la duda: si alguien enterró a alguien lo hizo en esa parcela de tierra renegrida, libre de cacharros y despojos. Antes de poner manos a la obra, Pajuelo por parte de madre trata de disuadirme por última vez. Lo siento de culo de una piña. El Salteño le arroja la pala y tira de la corredera de su fusil. "Dale a la tierrita, guacho", oigo que le dice. Se escuchan a lo lejos los graznidos de los pajarracos. El terreno es blando y removido; tengo una corazonada. Llamo a Cálgaris y prendo un cigarrillo.

El coronel llegó de Roma hace tres días. Yo hace seis o siete que doy vueltas por Villa Puntal. Lo primero que hice fue localizar al jefe del territorio, un comisario bonaerense que vive en un barrio privado de San Isidro, y que está con licencia por enfermedad: se quebró una pierna, pero no en el noble y riesgoso ejercicio de su deber, sino esquiando en las pistas del cerro Chapelco. Cuando lo visito en su humilde hogar, está muy entretenido con su Playstation e insiste en que su mucama uniformada nos prepare dos Bloody Mary. Su hipótesis es que Mariela Lioni se rajó porque no se bancó más la miseria. Sugiere que la busquemos por el interior; tal vez en Santiago del Estero, donde misionó. No sabe que ya lo hicimos, y que todavía no encontramos ni rastros. Le hablo de los Pajuelo y de los Requis, que para el comisario son la gallina de los huevos de oro. "Hay mucho mito, es gente razonable", me asegura, paladeando el trago sangriento. Le explico que la Casa Rosada está directamente interesada en el asunto. Suelta la Play y los jueguitos, y me mira. "Véalo en el kiosquito a Requis El Grande, vaya de parte mía –dice–. Con los Pajuelo no tengo tanta confianza".

Antes de visitar "el kiosquito", recalo en la parroquia del padre Bustos, un cura mediocre y cobarde: sugiere a cada rato que las audacias de la hermana Mariela le traían dolores de cabeza y rozaban la irresponsabilidad. No es capaz de contar nada interesante, tiene una memoria selectiva y pacata, y habla como si midiera cada palabra frente a un escribiente judicial. No me deja la impresión, sin embargo, de que oculte algo de importancia, salvo por supuesto la envidia personal y la incomodidad de haber aguantado a una subordinada que no lo consultaba y que tenía trato directo con el arzobispo.

Caminamos tres cuadras hasta un colegio salesiano de patios deportivos y aulas de techos altos, y me presenta en la sala de música al profesor Moretti. En persona parece más viejo, porque es intensamente canoso, y menos delgado, porque sigue siendo un alambre algo encorvado, pero le ha salido una tripa sanguchera.

Tiene el don natural de la simpatía y mientras habla no puede dejar de pulsar de manera extraña las cuerdas de su violín, arrancándole sonidos apagados. Bustos nos señala el bufet y nos deja solos. Sirven café defectuoso en vasos de plástico. Nos sentamos a darle sorbitos de cara a un partido de seis contra seis.

—¿Sabe lo que significa para estos pibes dominar un instrumento así? —me pregunta exhibiendo su violín con el mismo orgullo y cuidado con que un legionario mostraría su vieja espada—. He visto a una alumna tocar una flauta traversa en una calle de barro. Sus vecinos la rodeaban en absoluto silencio. Era como si ella hubiera logrado escapar hacia otra parte, como si se hubiera elevado. Como si ya fuera sagrada por el solo hecho de poder desplegar esa melodía.

—La ciudad está llena de esta clase de orquestas —le recuerdo para que no se sienta tan especial.

—Pero la mía depende exclusivamente de la caridad, caballero —refuta sin enojarse—. Subsidios ocasionales, que saco en época de elecciones y porque voy de rodillas. ¿Y sabe lo que son para ellos? Centavos. Lo que realmente nos mantuvo a flote fueron las donaciones.

—Ya que era tan amigo de la hermana Lioni, ¿por qué no le mangueó algo a la Santa Madre Iglesia?

—Siempre había otras prioridades —se encoge de hombros—. Aunque Mariela hizo mucho. Muchísimo. Decía que la música torcía el destino de los desgraciados.

Se ríe y veo que le faltan algunas muelas del flanco derecho. Me irrita que presuma de mártir desdentado y sentimentaloide.

—Nos unían muchas cosas —insiste con un poco más de esa épica berreta—. Para empezar, la justicia social: ella desde la fe, yo desde la ideología. Y además, estudiábamos juntos. Me enseñaba la historia del arte y yo le contaba la evolución universal de la música.

—¿Dónde está? —le pregunto sin contemplaciones, y el golpe lo toma por sorpresa.

—¡No tengo la menor idea! —exclama.

—Y si lo supiera, no me lo diría.

—Se equivoca, caballero —dice poniéndose de pie, ofendido y asustado—. ¿Qué es todo esto, un interrogatorio? Se equivoca conmigo.

—Siéntese —le ordeno, y arrojo los restos de mi café por una rejilla. Como creo que no me escuchó bien, se lo repito más fuerte. Se sienta.

—No estoy interesado en la bondad —le digo—. Quiero escuchar su teoría: ¿se piró sin decirle nada o la amasijaron?

Moretti está pálido, ya no rasguña el violín. Deja él también de lado ese brebaje negro y se pasa una mano por la barba dispersa. Su simpática cordialidad se fue por la misma rejilla. Ahora permanece serio y nervioso; parece que por fin dejará de emitir sus boletines solidarios.

—Nos acostumbramos a todo, es triste decirlo —comienza, y traga saliva. Todavía necesita procesar un poco más la situación y meterse de nuevo en la historia. Mira un punto indeterminado y achica los ojos, como si el recuerdo fuera remoto y tuviera que rescatarlo de un pozo de telarañas—. Un día le gritan desde la calle y le tiran piedras. Otra vez le dejan un anónimo horrible. Una pintada violenta, un emisario, y así. Hasta que se pierde el efecto. Al principio, un zafarrancho. Al final, una anécdota. Estoy seguro de que Mariela recibió muchas más apretadas de las que sabemos. No quería alarmarnos. Y se confiaba en las mujeres de los Pajuelo. Principalmente, en una: Josefina, la esposa del gran jefe, que algo amortiguaba.

—Hábleme de Josefina —le pido, y anoto ese nombre en una libreta.

—Fabiana la conoce mejor que yo —responde, evasivo—. La ayuda con el coro, las colectas y los catequistas. Es muy voluntariosa.

—Pero como escudo humano no sirvió de mucho.

—Los Pajuelo están divididos en muchas ramas y son incontrolables, pero los Requis son más agresivos.

—¿Nunca la oyó hociquear?

—¿A Mariela? Nunca.

—¿Ni en la intimidad, ni en sus peores momentos? —me extraña.

—Jamás de los jamases —niega, aunque se queda pensativo—. Igual, ya conoce a las mujeres. Los hombres no llegamos a entenderlas del todo: la procesión les corre por dentro y un día de repente bajan la cortina, y uno no entiende qué pasó.

—¿A qué viene ahora esa mentira? —lo acorralo—. Usted es el único que dejó abierta la puerta.

—¿En el juzgado? —reacciona—. La dejé entornada.

—Mencionó una crisis vocacional.

—Sí, por supuesto —reconoce, y toma aire—. Le explico: ella tenía predilección por Rojitas, un pibe bárbaro. Su pequeño experimento. Era muy inteligente y necesitaba una oportunidad. Mariela se la dio y lo transformó en un ejemplo viviente. Pero al tiempo él volvió a las andadas y lo balearon. Estaba quebrada. Me decía a cada rato que a lo mejor no tenía sentido todo lo que estábamos haciendo.

—¿Y eso no es hociquear?

—No dudaba de Dios —aclara—. No se le había agotado la fe, como dejó escrito. Fue una tormenta de verano y nada más. El desaliento que a veces nos agarra a los voluntarios en las villas. Al tiempo ya había hecho el duelo y seguía guerreando como siempre.

—¿Entonces?

—Soy contradictorio porque no sé qué pensar —se excusa—. Y porque no quiero ensuciar su memoria.

Espero que reflexione sobre sus propias incoherencias, que curiosamente suenan veraces: solo en las series o en las novelas los testigos no son ambiguos con sus propias opiniones. Alguien que está muy seguro sobre un asunto que es incierto suele ser un imbécil. O el culpable.

—Le concedo que siempre había una barrera entre nosotros, por más amigos que fuéramos –aporta con el ceño fruncido–. Hay que ver si era tan dura y consecuente como se veía a sí misma. La miseria te va limando. Lo sé por experiencia. Y para algunas personas, morir no es lo peor. Bajar los brazos y rendirse es lo verdaderamente intolerable.

De nuevo ese tono heroico que me hincha las pelotas. Lo sacudo:

—La vergüenza no parece un motivo suficiente para desaparecer sin avisarle a su familia, a su compañera de cuarto y a su mejor amigo.

Moretti encaja el argumento y mira de nuevo el arco y el violín.

—Soy un simple profesor de música, caballero, le cuento lo que siento –se defiende–. La extraño, y estoy un poco enojado con ella. Por abandonarnos en la estacada. Y a lo mejor me agarro de esa bronca para no pensar que en realidad la mataron y que está enterrada en cal viva.

Una especie de lágrima le otorga cierta credibilidad.

—"La fe también se agota" –repite–. No sé, al fin de cuentas esa frase de despedida tampoco es nada de nada, ¿no?

Le pregunto dónde queda "el kiosquito" de Requis El Grande, y su sola mención le barre los ojos y se los deja secos y vacíos. Pronuncia, como para sí, una frase en francés, y se echa de improviso el violín al hombro como si quisiera iniciar un concierto. Vacila con el arco en línea, pero desiste del ridículo. El partido de seis contra seis sigue adelante, todos concentrados en el área, reclamándose pases y propinándose insultos, sin dedicarnos ni un segundo de atención.

El profesor baja sus armas y toma mi libreta. Utiliza una hoja entera para dibujarme una panorámica de la villa, y otras tres para ubicar esquemáticamente el centro parroquial, y por fin un punto confuso, situado en el núcleo de un enjambre de callecitas y pasillos.

—Es zona peligrosa, custodiada por "soldaditos" —dice en tono grave, y me devuelve la libreta—. Se entra por portación de cara o por salvoconducto.

Dejo para mañana lo que puedo hacer hoy: aprovecho los restos de esa tarde templada para calzarme el traje de neoprene y el snorkel, y para nadar cuatro horas en el río marrón. A pesar de que no hay corrientes malignas, es como siempre una lucha desgarradora contra el cansancio y las neurosis de la voluntad. También contra los calambres estomacales que por poco me ahogan a cien metros de la costa. Hago la plancha para sosegarlos y para recargar las pilas, y pienso un rato en la monja. ¿Es creíble un ataque de pánico después de tanto altruismo y tanta gesta? ¿Fue testigo involuntario de algo y finalmente se asustó? ¿La derrumbaron las contingencias? ¿Por qué no comunicó, en todo caso, cabalmente su decisión a sus seres más cercanos, o los llamó meses después para avisarles que no se preocuparan? ¿Para protegerse, para protegerlos? ¿O se fue por un rato y la alcanzaron? Si simplemente la secuestraron para boletearla, ¿por qué nadie saca pecho, por qué ningún capo filtró esa hazaña en la villa para reforzar el escarmiento? Lo alarmante no es que yo no encuentre respuestas, sino que en todo este tiempo ni la policía, ni la justicia, ni la Iglesia ni los narcos las hayan conseguido.

Regreso a braceada tranquila, ceno un sándwich de salmón ahumado en mi departamento de Belgrano R, y tomo dos vodkas con hielo y limón mirando la vida de María Antonieta en Film & Arts. Sueño con Cálgaris, que timonea el Aubrey en medio de un tifón, y me despierto agitado: no conozco los rudimentos de la navegación a vela y el coronel me lo está recriminando cuando una ola gigantesca lo borra del puente. Por la mañana hago fierros, corro y releo el informe que nos entregó el padre Pablo en el Palacio Apostólico. Voy para atrás y para adelante, una y otra vez en busca de un detalle revelador, pero todo resulta totalmente inútil. Después saco la camioneta, meto la Glock en la guantera y manejo hasta la frontera de Villa Puntal. Entro caminando, con las manos metidas dentro de los bolsillos del gabán, unos jeans gastados, unas zapatillas de correr y una gorra oscura. Siento ojeadas pesadas, y a medida que me interno en la zona violenta percibo que los vigías se van pasando el mensaje. Más temprano que tarde sucede lo previsible: tres peruanos me cortan el paso. El más alto tiene un físico trabajado y unos ojos helados con párpados a media asta; no puedo dejar de pensar que alguna vez se sometió a instrucción militar y que aprendió en combate a muerte esa notoria sangre fría. Le doy el nombre del comisario de San Isidro, y me palpa de armas. Lo sigo por pasillos angostos, mientras escucho silbidos, radios abiertas y reggaetón: "Ella es veneno, siempre tan caliente, se peina y se quema". El "kiosquito" es un kiosco común y silvestre, custodiado por chicos afectos a mostrar fusiles de asalto y darle a la birra. A la trastienda se accede por un cortinado de plástico y por una puerta más o menos secreta que da a un salón amplio y mal iluminado, con cinco máquinas tragamonedas, pantallas digitales para apuestas hípicas y cuatro o cinco mesas para jugar póker. Es un garito precario pero bien montado, lleno de ludópatas de barrio, que sirve como oficina central para Requis El Grande, aquel tipo huesudo, de frente despejada y escaso pelo gris, prominente nuez de Adán y manos largas de dedos torcidos que ocupa la última mesa de luz cenital y tapete verde. Se nota, a simple vista, que los Requis todavía no tienen el volumen ni la sofisticación de sus paisanos del Bajo Flores. En la 1.11.14 instalaron diez laboratorios, fabrican merca de máxima pureza, manejan un ejército de trescientos gorilas y pagan veinte millones de pesos mensuales para blindaje político. Pero los Requis van por ese camino y son muy empeñosos; se ve que ya están avanzando incluso sobre actividades conexas como el escolazo, el sicariato y la usura. Los Pajuelo, sus duros rivales en Villa Puntal, hacen méritos pero de hecho van retrasados.

El Grande no levanta la vista de los naipes: un líder solitario jugando al solitario, mientras controla su negocio. Arrastro la silla, me acomodo y me quito la gorra. Le mando saludos de su protector, le cuento que sigue inmovilizado pero aburrido. En esos momentos, un lugarteniente le alcanza el celular, y entonces le escucho por primera vez su voz cavernosa: el Grande contesta con monosílabos e interjecciones, y devuelve el teléfono sin despegarse de la disposición de las cartas. Me quedo en silencio, porque acepto sus reglas. Es quisquilloso y parece mal dormido. Me cruzo de brazos y aguanto la incertidumbre escuchando a mis espaldas los ruidos enloquecedores de las tragamonedas. No será una larga conversación, tendré que tomar lo poco que me dé y salir despacio. Los senderistas no han mostrado ningún problema en fusilar religiosos, pero han tenido siempre la precaución de vociferarlo a los cuatro vientos. De nuevo: ¿por qué ejecutarían a una monja que los desafiaba sin cosechar el triunfo de haberla castigado?

—Era terca —dice de pronto Requis con un as de diamante en alto—. Desmoralizaba a la tropa. Así y todo me alegró no haber tenido que abollarla.

Recién entonces me mira de frente. Si alguna vez tuviéramos que pelear a mano limpia, sé perfectamente que yo debería ser rápido e impiadoso, y esforzarme a fondo de entrada, porque el Grande estuvo en muchas escaramuzas, conoce demasiados trucos y tiene menos escrúpulos que un buitre.

—Hasta el peor faite sabe por estos lados que puedes salarte si le das vuelta a una monja —agrega sin embargo.

Miro su nuez de Adán, que sube y baja.

—Ese mocazo no es nuestro.

—¿Y de quién es? —le pregunto.

La nuez se detiene. Recorro la garganta y me choco con su sonrisa desagradable. Gira y gira su as de diamantes entre sus dedos torcidos.

—No soy buche, pero en este campito no hay mucha chance —hace una pausa para ver si es necesario un énfasis. Es necesario—: El ganado es nuestro o es de ellos. Vea qué simple.

De inmediato aprieta el as y me apunta.

—Pero hágale caso a Su Santidad, y no vaya sembrando cizaña.

Asiento y nos quedamos atados en una larga mirada de comprensión mutua. Después baja la vista y sigue con el solitario. Retrocedo hasta la salida, me pongo la gorra y me escoltan hasta la parroquia. Es un edificio tosco y estrecho, con un patio techado que hace las veces de vestíbulo, y una capilla en el fondo. A un costado hay un despacho, dos salitas y una cartelera donde se informa que allí funcionan alternativamente un taller de cerámica y otro de idiomas. Un corredor paralelo conduce hasta una casita austera: cocina, comedor, pieza y baño. El antiguo hogar de Mariela Lioni.

Un arcángel menesteroso me encuentra husmeando y me pregunta en castellano epigráfico si puede ayudarme. Sor Fabiana les está impartiendo una charla espiritual a seis chicos en esa nave discreta dominada por la Virgen de la Candelaria. Espero turno con la gorra en las manos, y al final la monja se me acerca y me pregunta qué deseo. Es una gorda de metro y medio que puede pasar por bonachona y naif pero que tiene genio y agallas. Ordena con energía a los chicos que se apuren y que no olviden la tarea, y me invita a su despacho, que está decorado con fotos de Francisco y del padre Mujica. Bajo una imagen destacada de Mariela, hay un cartel que pregunta: "¿Dónde estás?".

—El padre Bustos me ordenó que sacara eso —cuenta de entrada, acomodándose en el sillón cuarteado de su socia—. No nos permitió ir a los medios ni hacer campaña en la villa, ni siquiera quiso hablar de Mariela en las misas que viene a dar algunos domingos. Cada vez menos, para ser justos, porque sin Bergoglio y sin Lioni no siente tanto el llamado de los pobres.

Me guiña un ojo, tiene las manos entrelazadas en la barriga, le cuelga una cruz de madera sobre el hábito negro.

—La renuncia de Lioni no es buena propaganda —le confirmo.

Niega, ya sin sarcasmo.

—A veces me arrepiento de haberle servido en bandeja esa última línea —confiesa—. Pensé mucho en esa oración, y estoy convencida de que fue un impulso, un capricho de Mariela, algo escrito de madrugada y a las apuradas. Pero bueno, hay gente que no piensa lo mismo. La familia tenía derecho a leerla. Y a Bustos le vino como anillo al dedo: la santa se caía del pedestal y no era necesario hacer mucho ruido.

—Describe a Bustos como si fuera el cardenal Richelieu.

—¡Ojalá lo fuera! —se ríe—. Bustos no es bueno pero tampoco es inteligente. ¡Dios me perdone! Si alguna vez nos hubiera apoyado en serio, por ahí no nos habrían caído tantas calamidades.

—Entonces usted cree que fue un homicidio.

Se sienta más derecha, coloca las manos regordetas sobre el escritorio; tiene la boca apretada en una curva sombría:

—No me entra otra cosa en la cabeza.

—Prefiere pensar que a su socia la mataron antes que imaginar una traición —le puntualizo, usando cada palabra como una gillette—. Tal vez sea más negocio para usted consagrarse a adorarla que admitir su debilidad humana.

Se queda callada, acariciándose la cruz. Después sonríe:

—¿Quiere hacerme terrorismo? ¿Es una estrategia criminológica? Está bien. Está muy bien, si eso aporta algo. No tengo problemas. ¿Gusta un mate?

Tiene un calentador a garrafa y una pava ennegrecida.

—No pasa un mes sin que no crea verla en la calle, o ahí, en la última hilera de los bancos, escuchando misa —dice mientras manipula la yerba–. Antes soñaba todas las noches con ella, y tenía pesadillas tremendas. A veces, cuando estoy sola, le hablo como si pudiera oírme.

Detecto en el collage de la pared una foto de Bergoglio con sus curas villeros; hay también varias monjas: Mariela y su socia aparecen allí del brazo, jóvenes y esperanzadas.

–No sabe la emoción que sentí con la fumata blanca –me adivina, y agrega una cucharadita de azúcar–. Me puse de rodillas frente al televisor y pensé: ahora Francisco, con su enorme poder, la traerá de vuelta.

–Supongo que le habrán llegado cien rumores durante todo este tiempo.

–Fueron miles –ceba el mate y consigue una buena espuma. Pero al probarlo se da cuenta de que todavía está tibio–. Los primeros veinte me pusieron histérica. Removí cada piedra, y me llevé todo tipo de chascos. Los treinta o cuarenta que siguieron eran inverosímiles, la gente dice cualquier verdura. Después me impuse el firme propósito de no darles bola, porque era como apagar el fuego con nafta. Cuando yo me calmé, la gente también se calmó.

–Los rumores mantenían vivo el tema.

–Puede ser, pero hacían mucho daño. Y eran improductivos.

En la parte superior del collage aparecen fotos de Moretti dirigiendo una orquesta de quince músicos amateurs. Fabiana me alcanza el primer mate decente. Lo encuentro empalagoso.

–El profesor me contó sobre la crisis vocacional de Mariela –comento, y prendo un cigarrillo.

–No fue una crisis y no fue vocacional –replica con decisión–. ¿Quiere unos pastelitos de membrillo?

Destapa una bandeja que guarda sobre un archivero. Rehúso la invitación, y ella no se priva de hacerle los honores: un festival de grasas y azúcares.

–¿Sabe las veces que nos caímos y nos volvimos a levantar?

—Pero Rojitas era especial para ustedes, ¿por qué?

—Porque tenía luces —intenta enumerar—. Porque a pesar de que lo crió un padrastro que abusaba de él y de sus hermanos, y de que la madre terminó en la cárcel, el pibe sacaba no se sabe de dónde un ángel. Algo. Una tenía la impresión de que ese chico se sobrepondría a todo, y que llegaría muy lejos.

—Pero le pulieron el cerebro con el paco.

—Y empezó a robar a los trece, y baleó a un comerciante de Boulogne —confirma y me alcanza el segundo mate—. Terrible. Pero lamentablemente nada fuera de lo normal. Estuvo un tiempo en un instituto de menores. Lo visitamos, como a muchos otros; tratamos de que se pusiera bien, nos comprometidos ante el Juzgado a apoyarlo en su proceso de desintoxicación. Tenemos experiencia: hace varios años que nos acompaña un equipo de médicos especializados en adicciones. Todo hecho a pulmón y a pequeña escala. Siempre con marchas y contramarchas, alegrías y bajones, pero tuvimos nuestros logros y estamos muy acostumbradas a los chicos bravos, y a no derrumbarnos cuando se derrumban.

—Rojitas respondió bien —chupo a disgusto el segundo mate empalagoso.

No soy vulnerable al humanismo. Pero por alguna razón, lo que en Moretti me huele a melodrama, en Fabiana me suena a mera descripción profesional.

—Se comprometió de inmediato con nuestra causa —sigue ella—. Era cariñoso y servicial, y un modelo para los otros chicos. Mariela se vio obligada a pedirle al Arzobispado que interviniera para conseguirle una beca en el colegio de los salesianos, porque Bustos no quería alumnos con antecedentes penales. Al final, tuvo que dar el brazo a torcer, y Rojitas fue mejor promedio.

Se limpia la comisura de los labios con una servilleta de papel, y se barre las migas de la pechera antes de meterle más azúcar a su mate azucarado.

—Mariela me hizo ver que no se trataba solo de un pibe genial, sino que era un líder en potencia, y que debíamos prepararlo para esa misión.

—Lo prepararon.

—Lo llevamos a Bariloche, a conocer la nieve, y lo anotamos en cursos. Le conseguimos un sueldo bajo, pero sueldo al fin para que pudiera dedicarse de lleno a las tareas sociales de la parroquia. En las fiestas religiosas escribía una redacción y se la leía a la comunidad. Se fue convirtiendo en un personaje. Comía con nosotros, era como de nuestra familia. Un hermano pequeño.

—Y entonces, ¿por qué se jodió todo?

Termina su mate y lo deja. Suspira un poco y se echa hacia atrás, con los codos en los apoyabrazos, los dedos entrelazados frente al mentón y los índices sobre la boca, como si la tuviera clausurada. Pero no la tiene:

—Empezó a faltar. Y a usar llantas nuevas. Las notas del colegio se fueron cayendo en picada. Iba a bailantas y a veces volvía borracho. Mariela se puso como loca, lo encaró de todas las maneras posibles. Sus viejos amigos le hacían el vacío, y a ellos cada vez les iba mejor: ganaban guita con el menudeo, tenían zapatillas de lujo, pilchas y celulares de última generación, y se les pegaban las chicas más lindas. Nadie puede competir con algo tan groso. Ni siquiera el Estado. Un día, para que le dieran calce, fue a bailar con ellos, y una cosa llevó a la otra. Fue un proceso largo, meses y meses, y nosotras con el corazón en un puño. Y Rojitas primero negando, después tratando de llevar una doble vida, al final mandándonos al carajo. Mariela le dio vuelta la cara de un cachetazo, y a la semana lo fue a buscar. Faltaba al colegio, andaba armado, no quiso ni hablarle. Una noche tardísimo nos tocan a la puerta. Eso pasa seguido por acá. Fuimos corriendo porque había habido un tiroteo. Rojitas estaba agonizando a seis cuadras, en un charco de sangre. Lo llevamos al hospital y se nos murió en la guardia. Estábamos hechas percha, imagínese. Creíamos que lo había matado un competidor. Pero ni eso. Ni eso. Rojitas era el sicario. Solo que esa noche tuvo mala suerte.

—¿Los Requis?

—Mariela fue a verlo al Grande para exigirle una explicación y para amenazarlo. Estaba desquiciada.

—¿Qué le contestó?

—Que ni siquiera lo conocía.

—¿Le creyeron?

—Tiene cientos de soldaditos, es una organización formada por una serie de empresitas con caciques, territorios, células e internas, y ya demasiado dinámica y compleja como para que lleve un registro y seguimiento de cada uno.

—¿Qué le dijo Josefina?

Parece absorta con el humo de mi cigarrillo, pero sé que es un ardid para no mostrarse sorprendida.

—Me juró que Rojitas no laburaba para los Pajuelo.

—¿Cómo es que la esposa de un narco trabaja en un centro de rehabilitación para drogadictos?

No le gusta mi tono irónico. Coloca de nuevo la pava sobre el calentador, se pone de pie y me señala otro ángulo de collage. Son fotos de bautismos, comuniones y procesiones religiosas.

—Josefina quiere pero sufre mucho a su marido. Es una mujer piadosa. Y su intervención es pastoral, no se mete con el tema de las adicciones.

—Qué lástima —pincho—. El esposo fabrica el veneno y la esposa reparte el antídoto. Se vería muy gracioso.

—Mariela y yo hemos puesto mucho esfuerzo en no alejarla —me corta—. Tuvimos que convencer a los feligreses y luchar contra nuestros propios prejuicios. Es fundamental tenerla cerca. Por muchos motivos.

—¿Y cómo tomaba Josefina los embates de Lioni contra los Pajuelo?

—Una vez estuvo dos semanas sin aparecer, y cuando lo hizo traía la cara marcada. Le pidió a Mariela que rezara por su esposo, y no se volvió a hablar del tema.

—¿Y Pajuelo nunca vino?

—Una tarde, para aclararnos que no era creyente, pero que respetaba las convicciones de Josefina. Mariela trató de hacerle frente, pero Pajuelo es hombre parco y la dejó con la palabra en la boca. Le aclaro, de todos modos, que comparado a su paisa del kiosquito es una carmelita descalza.

—Parece una justificación.

—Puede ser, pero es una verdad objetiva —dice ella, y el pitido del agua hervida la sobresalta y la malhumora. Tiene a flor de labios una puteada nada pía.

—Necesito que me tienda un puente con los dos —le comunico.

De nuevo se acaricia la cruz de madera, con los ojos entornados.

—A Pajuelo puede verlo de parte mía —dice por fin; lo hace con voz resuelta—. Es fácil encontrarlo: se pasa todo el día detrás del mostrador de su tienda de celulares. Aunque es una tapadera.

—¿Y Josefina?

—Eso es harina de otro costal, peregrino. Voy a tener que pensarlo.

Toma nota de mi número y viene conmigo por el patio techado hasta la calle. Me pregunto por qué no le dio tantos detalles al fiscal de instrucción. Lo planteo en voz alta.

—No crea que no dudé —admite—. Había que nombrar a mucha gente. Y a nosotras nos creen y nos siguen porque somos capaces de callar.

Cruzo la villa de norte a sur, como si patrullara, y me prendo en charlas circunstanciales sobre fútbol y motores. Almuerzo un choripán de parado, viendo un partido de once entre choferes de colectivo y albañiles sin ocupación, y en el segundo tiempo me prestan unos cortos y una remera manchada para que entre un ratito porque hay lesionados. A mí por poco me arrancan una pierna en una jugada intrascendente, alejadísima de los arcos. Ni por un segundo me dejan de vigilar desde los laterales. ¿Qué pinta en el barrio este cobani?, se preguntan por dentro. Festejamos un empate con cervezas frías. No se me ocurre hacer ningún comentario fuera de lugar, porque podría costarme caro. Desganadamente me seco con la remera mojada, me vuelvo a vestir, camino como si no tuviera rumbo fijo y resulta que de pronto entro como si nada en la "tienda" de Pajuelo, que es un sucucho lleno de tecnología robada. Manuel Pajuelo Ibarra se encuentra, efectivamente, detrás del mostrador: es un soberano del imperio incaico, pero en tamaño mediano, con cintura gruesa, orejas enormes y mirada levemente extraviada. Lleva el pelo largo, sin una cana, peinado hacia atrás y con raya al medio. Las diferencias con Requis son inmediatas: Pajuelo es un hombre despiadado pero a la vez razonable y humilde; no se jacta de su crueldad, la ejerce con fatalismo y se considera ante todo un padre de familia. Tiene una actitud cruel pero defensiva, y es por eso que su competidor, que se muestra comercialmente mucho más agresivo, le lleva varios puntos de ventaja. No le será fácil al Grande, sin embargo, sacar del medio a don Manuel, que es porfiado y rencoroso. Los dos son producto de las diásporas senderistas, pero el primero tiene una obsesión irresistible por los fierros y morirá seguramente entre ellos; el segundo es hijo del campesinado, y su aspiración íntima puede consistir en amasarse un futuro y después abandonar la economía negra y volverse legal. Uno se instala naturalmente en lo que quiere ser; el otro está siempre en tránsito. Es por eso que Requis vive solo en el presente y habla todavía con la jerga peruana. Pajuelo, en cambio, la disimula, ya que apuesta a asimilarse a una nueva cultura y a una nueva vida.

Menciono a sor Fabiana para que esos tres "soldados" que lo protegen no se me vengan al humo, y a continuación le explico que busco a sor Mariela. Pajuelo fuma un cigarrillo electrónico y me examina con curiosidad.

—En asuntos terrenales no coincidíamos, señor oficial —confirma con cansancio—. Y las cuitas celestiales yo no las discuto.

—Lioni usó el púlpito contra usted y sus hermanos.

—Mi esposa, mi cuñada y mis sobrinos son fanáticos de la Virgen de la Candelaria. Me hubiera cortado una pierna antes que ponerle un dedo encima.

—¿Fue entonces El Grande, o alguno de sus empleados?

—No, ni a palos —niega con la cabeza—. Están locos, pero no son tan boludos.

Entran dos guachos a preguntar un precio; Pajuelo los despacha con un gruñido. Está interesado en ir al grano y terminar de una vez con esta conversación espinosa. Suena bajito una canción: "Penas que arrastran mi alma me están matando. Mamacha de las Mercedes, ¿qué es lo que pasa aquí? Unos a otros se matan sin compasión".

—No tenemos por qué no creerle —le miento, hablando en un ambiguo plural—. Solamente estamos buscando un dato, una pista. Algo que nos oriente.

—¿Y yo qué puedo hacer? —se desentiende, pero sabe perfectamente a qué me refiero.

—Pocas cosas deben pasar en Villa Puntal sin que usted se entere —le digo para elogiarlo—. Hay voluntad de pagar una buena recompensa por una buena información.

Se ríe con los dientes blanquísimos. Y lo hace de un modo extraño, como si a continuación fuera capaz de pegarme un tiro en la sien.

—Por más que ofrezca el oro de Cuzco estamos en bolas, señor oficial —me asegura, y sus guardaespaldas se ríen también.

Entran otros tres guachos a vender celulares robados en el Parque de la Costa. Pajuelo revisa los aparatos con fastidio, sin dejar de mirarme con atención. Le agradezco con la cabeza y retrocedo hasta la calle. Todavía estoy en ella, cuando sale y se apoya en el marco de la puerta a fumar su cigarrillo electrónico. Siento sus ojos en la espalda mientras camino y cruzo la avenida. En el departamento de Belgrano me regalo un baño de inmersión y después pongo discos de Pugliese y me dedico a releer informes confidenciales sobre las distintas bandas de narcos peruanos que operan por toda la zona metropolitana. Si tuviera el visto bueno de arriba, ordenaría un megaoperativo militar en la villa, daría vuelta todo, metería presos a algunos, interrogaría a los capos en sede policial, sacudiría el árbol para ver si caen las manzanas. Pero eso por ahora no está a nuestro alcance, y mucho menos con la discreción eclesiástica que se nos pide. Otra variante podría ser intervenir en algunas causas por drogas y canjear desde el juzgado reducción de penas por delaciones. Pero en todo caso, esas atribuciones no se encuentran a mi nivel. Y no dejo de preguntarme con una mano en el corazón, ¿estarán mintiendo los Pajuelo y los Requis? ¿Y si realmente no saben un pomo? ¿Qué le pudo haber pasado a Mariela Lioni? El vodka me pone a imaginar, pero no llego muy lejos. Y trato de dormir, aunque caigo en un largo insomnio. Pienso entonces en la decepción de Cálgaris y vuelve con todo su ardor aquel dolor de garganta, que siguió como el primer día, a veces escondido y otras en primer plano y en llamas. Ya es un dolor crónico con momentos agudos. Al día siguiente estoy hecho un sonámbulo, y casi me torro escuchando los ensayos de la orquestita de Moretti en el centro deportivo. Los chicos ejecutan, con buena voluntad, piezas de Bach, de Schubert y de Piazzolla. Lo más interesante, sin embargo, es observar en acción al profesor de música. El flaco, en su salsa, resulta detallista y carismático, y dan ganas de seguirlo hasta el infierno. Qué curiosa transformación.

Esa noche llueve de manera torrencial, y mastico un válium para dormir seis horas seguidas. Justo en ese instante suena mi celular: es sor Fabiana, me ruega que vaya de inmediato. Su voz suena excitada. Me visto de nuevo, me calzo la Glock, me lavo la cara con agua fría y me preparo un ristretto doble para despejarme. Estoy obligado a atravesar una densa cortina de lluvia, un vaho de espesa oscuridad y más adelante un lodazal imposible hasta llegar al reino de la Virgen de la Candelaria. Por el camino no diviso un cristiano ni por casualidad: todos se han refugiado en sus casillas, parece un pueblo fantasma. Llamo a la puerta y viene de adentro con una linterna la incondicional. Ya no viste hábito negro; los acontecimientos la sorprendieron de civil, con una camisola floreada y una falda desteñida. Sin el uniforme de Cristo parece mucho menos misericordiosa.

—Perdone la hora, pero me pareció urgente —me dice—. Y justo se cortó la luz.

La capilla está iluminada con velas y rodeada de sombras. En la primera fila de los bancos reza de rodillas una mujer, que se levanta al oírnos llegar y se persigna. Es delgada y tiene cara equina, pendientes de colores vivos y una cruz plateada sobre el suéter marrón. Intento concebirlos juntos: Manuel Pajuelo y su esposa Josefina. No son parejos, pero no hacen mala pareja. Fabiana nos presenta sin afectaciones y la mujer me entrega una mano muerta. Nos sentamos los tres muy cerca del altar.

—Josefina se enteró de que usted anda buscando a sor Mariela —introduce la gorda, como si su compañera fuera muda.

—Ajá —digo, y espero que la muda hable.

Josefina no parece sentirse interpelada. Se toma un tiempo para traducir al español sus pensamientos. Cuando parece que por fin va a pronunciar un largo parlamento, dice únicamente:

—Mi marido no le puso la mano encima.

Fabiana y yo cruzamos una rápida mirada. La monja se siente en la necesidad de empujar el vagón, así que le acaricia afectuosamente el hombro y la alienta a que siga adelante. Pero en lugar de arrancar, Josefina se contempla la punta de los pies.

—Ella sabe que no me banco los rumores —dice entonces sor Fabiana, tomando la iniciativa—. Es por eso que hasta hoy no quiso hablarme de su medio pariente. ¿Un sobrino?

Josefina niega con la cabeza.

—Al enviudar, mi suegra se casó con un tío segundo de Manuel —dice de pronto, y yo no alcanzo a entender adónde conduce toda esa complicada genealogía—. Es Pajuelo por parte de madre.

—Ajá —repito, como si se tratara de una revelación.

Un viento fuerte, que tal vez escurrió el agua, golpea las puertas y las ventanas. El fuego de las velas vacila.

—Fanfarrón y atrevido —dice Josefina, y se besa en cruz los dedos índice y pulgar como si además tuviera un pensamiento impuro—. Manuel le dio negocios, pero los arruinó. Hubo peleas familiares, nos cortamos el rostro. Para nosotros, está muerto.

—¿Se fue con los Requis? —pregunto.

—Sí, pero le desconfiaron —contesta con la vista baja—. Anda por las suyas, no deja cagada por hacer.

De nuevo se besa el índice y el pulgar. Espero que remate el cuento, pero se queda callada un buen rato. Sor Fabiana se impacienta y toma la palabra.

—Nosotros lo conocíamos de lejos —dice lentamente—. Una vez nos gritó porquerías. Parece que anduvo medio borracho por ahí diciendo que se había violado una monjita, y que la tenía enterrada en el basural.

—Los borrachos dicen cualquiera —le advierto.

Josefina levanta la vista y me mira con severidad. Mi escepticismo la desafía.

—Un señor que cartonea lo vio tempranito con una pala y los vecinos de las lomas ponen flores y rezan detrás de la última pila, a mano izquierda, cerca de la ruta.

—Es un lugar tétrico —me aclara Fabiana, levantando las cejas.

Saco la libreta y anoto las referencias. Les hago cuatro o cinco preguntas para ver si entendí bien, y para probar si puedo exprimirles un detalle más. Pero Fabiana está seca, y Josefina es más corta que pija de piojo. Se levanta y noto que trajo botas de lluvia y un paraguas. "Me tengo que ir", me anuncia con un hilo de voz. Besa las manos de sor Fabiana y vuelve a persignarse. La gorda la acompaña y regresa con un signo de interrogación. "Habrá que ver", le respondo.

Las secuelas del encuentro disuelven los efectos del válium, y paso otra noche desvelado. Por la mañana busco al Salteño en la 4x4 y revisamos el armamento. No hay huellas de la tempestad, salió el sol. Almorzamos en una parrilla y le relato someramente mis desventuras napolitanas con Jonás. Fueron camaradas en la batalla de Goose Green: un infante y un artillero. Pero no podía haber dos personas más distintas. Jonás resultaba exuberante y expansivo, y el Salteño era, en cambio, un morocho silencioso y cabizbajo: no supo si reír o lamentarse por el derrotero del gladiador. Únicamente recordó con el café los estragos que la MAG de Jonás había hecho en el istmo de Darwin. Esa tarde repartimos preguntas discretas en la zona circundante al basural, localizamos el domicilio y esperamos a que fuera noche cerrada para avanzar sobre la casilla. Pajuelo por parte de madre ha perdido a su mujer a manos de un sifonero, que da cobijo a sus seis hijos en una casa de Benavídez. Nos apostamos a cien metros de la choza oscura, y nos subimos las solapas para aguantar el frío. El Salteño va armado hasta los dientes, yo solo llevo en la cintura la Glock y en la tobillera un Smith & Wesson 36. Nos soplamos el interior de los puños y pateamos el suelo para no congelarnos. El nabo nos hace perder varias horas, pero al final aparece. Se hace el guapo y ofrece resistencias, pero le bajo rápidamente el copete y lo pongo a parir. El resultado es una excursión nocturna: el Salteño trae mi camioneta y los tres nos dirigimos al camposanto. Ahora mismo este pelotudo está cavando con pico y pala, sudando sangre y lágrimas, mientras llega el coronel, a quien guío por teléfono hasta el teatro de operaciones. Lo trae un chofer de la Casita y lo custodia un patrullero de la Federal. Cuando se apea, veo que viene enfundado en su gabardina, su echarpe y su sombrero. Ni siquiera me saluda. Prende su pipa y echa un vistazo a la obra. Luego retrocede y se apoya en la puerta abierta del coche, como si no quisiera contaminarse con la transpiración. Le informo concisamente los avances y las presunciones, pero él no se inmuta ni me devuelve el gesto. De pronto escuchamos que la rata grita y que acomete de nuevo su llanto maricón. Me acerco a los bordes y le pido al Salteño que baje. Me quedo con su escopeta y con su Kaláshnikov, y observo cómo mi socio echa luz sobre el suelo y lo revisa con la pala. Son unos segundos de suspenso, y entonces levanta la cara y me dice: "Hay huesos".

Los policías rodean el pozo, alterados y sonrientes. Yo le ordeno a Pajuelo por parte de madre que salga; él me jura por sus seis hijos que no la mató. Los pájaros de la noche y de la basura chillan en el cielo. El Salteño se quita la campera, la tricota y la camisa, y escarba con vigor y a la vez con mucho esmero. El asesino está de rodillas, le pongo las esposas. La niebla progresa sobre las lomas, y Cálgaris se mantiene impertérrito, acodado y sin la menor emoción. Finalmente, el Salteño deja de cavar y se queda un momento quieto, examinando con la linterna los restos óseos. Tiene los labios apretados. "¿Qué pasa?", le pregunto. Levanta de nuevo la cara y adivino lo que hará a continuación. No me defrauda. Alza uno por uno los huesos carcomidos, y los coloca con delicadeza en el borde, bajo el haz de los faros. Parece un coleccionista, o un experto en rompecabezas. Pelvis, fémur, tibia, metatarso y falanges, todos gigantescos. Tengo taquicardia. Vuelvo a tropezar con los ojos del Salteño. "Es un caballo", dice en forma audible.

El tiempo se detiene. Oigo como en sueños la risa sofocada de un policía. Pajuelo por parte de madre otra vez llora, pero de alivio. Giro el cuerpo con la pesadez de un buzo y veo que Cálgaris sacude su pipa, se mete en el coche y cierra ruidosamente la puerta. Un caballo.

Los coches se pierden en la neblina.

IV
El cóndor levanta vuelo

El avión sanitario resulta ser un flamante Lear Jet 60 que nunca voló en misión sanitaria: el gobernador lo utiliza para sus giras y caprichos personales. Los motores están encendidos y todos permanecemos en posición de despegue, pero la maniobra se suspendió a la espera de la señorita Diana Galves, que por supuesto viene con retraso. Las divas tienen esos raros privilegios, y entonces todo mi equipo se entretiene con sus tablets, salvo el Gran Jack, que es un viejo lector y parece entregado a una nueva biografía de Hoover. Se llama Miguel Marcial Romero, y es un ex comisario mayor de la policía bonaerense. Tal vez lo recuerden: salió muchas veces en los diarios a lo largo de sus treinta años de servicio, y al final su dimisión quedó envuelta en una escandalosa interna palaciega. Actuó desde joven como investigador principal en casos de gran exposición mediática, fue mi profesor en dos o tres cursos de criminología, y su frase de cabecera siempre me pareció nostálgica pero inocente: "Hice cosas de las que no me siento muy orgulloso". Pasó por Homicidios y Delitos Graves, Robos y Hurtos, Defraudaciones y Estafas, y Drogas Peligrosas. En su extenso retiro dirigió compañías de seguridad, hizo Inteligencia para agencias privadas norteamericanas, y actuó como "contratado" en algunas operaciones especiales de la Casita. Cálgaris lo reclutó precisamente en esa calidad para esta incursión de bajo perfil. "Prefiero este recreo a jugar a las bochas en los costados de la General Paz", se ríe Romero, encogiéndose de hombros. Esa risa mefistofélica, en otros tiempos, les hacía parar los pelos del culo a las peores fieras de las ranchadas. Estuvo en tiroteos y desarmó superbandas, y persiguió durante años a uno de los principales atracadores de blindados. Lo detuvo tres veces, y la última fue por teléfono. Un colega de barrio lo había capturado por azar en un entrevero por unas sacas, y al meter los datos en la computadora resulta que los antecedentes no hacían juego con un fierro de semejante porte: le incautaron un M16 nuevito. Sabiendo que Romero era un experto, el colega lo llamó y le transmitió sus dudas. El veterano sospechó de inmediato que el chorro era poronga y que usaba los documentos de un gil. Le preguntó cómo era su fisonomía, y tuvo un pálpito. "Necesito chequear su voz", insistió. El colega llevó el celular hasta el calabozo y Romero oyó cómo le decía al preso: "Te quiere hablar mi jefe". La voz del pesado salió limpia: "¿Quién es?". Cuando el colega nombró al comisario mayor Miguel Marcial Romero hubo un largo silencio en la línea; a continuación la leyenda negra se llevó el aparato a la boca y dijo: "Estoy hasta las pelotas, Jack, ¿no?". El Gran Jack le confirmó que sí. "Solo te pido que le avises a mi jermu", pidió el caído. Romero le avisó a la concubina y diez meses después, un juez garantista que lo tenía entre ceja y ceja al Gran Jack por antiguas salvajadas, interrogó al delincuente y quiso inducirlo a que denunciara apremios ilegales. "¿Usted cree que el comisario Romero me torturó? –preguntó el ladrón de blindados, como si se sintiera ofendido—. Por favor, Romero es un caballero. Y entre nosotros, señor juez, tenemos una relación deportiva. Yo corro y él me persigue. Yo corro y él me persigue. Y a veces me agarra".

La carrera del comisario está llena de anécdotas divertidas, pero parecen memorias de un mundo que ya no existe. La penúltima aventura no salió del todo bien: encontró un cargamento de 950 kilos de cocaína y metió en cana a quince tipos. Pero por alguna extraña razón sus superiores no quisieron llamar a la prensa ni florearse, y al mes los narcos estaban libres de culpa y cargo. "Descubrí el cargamento equivocado", se resigna sin dramatizar. Lo ascendieron para sacárselo elegantemente de encima, y después perdió, no por vivo ni por honesto, sino por pisar un palito y quedar en medio de una balacera entre funcionarios. Los políticos son más peligrosos que los ladrones.

Fue un editor de *Crónica* quien lo bautizó como "El Gran Jack" a propósito de su asombroso parecido con Jack Palance. Romero es también delgado y enjuto, tiene pómulos altos, sonrisa cadavérica y aspecto de hidalgo pecador y en picada. Usa camperas de gamuza marrón, y a veces un pañuelo anudado al cuello que lo asimila con un hombre de campo. Es coqueto y anacrónico: viejo reloj Longines, con pulsera elástica enchapada en oro, que heredó de su padre, y cigarrera de metal dorado. Fuma mucho, y sus zapatos siempre brillan; no ha abandonado jamás su Browning 9 milímetros. Me alegra que sea de la partida.

A su lado viaja, abstraída y engamada en rojo, la Gorda Maca. Que es siquiatra, astróloga aficionada y buchona. Lleva una blusa y una falda carmesí, anteojos con montura de plástico y labios y uñas de idéntico tono. Hasta la lapicera con que escribe es colorada. Lee en Internet un informe psicológico sobre las mujeres de piscis (Diana encaja en esa categoría) y sobre las escorpianas (Beatriz solo recoge algunos rasgos clásicos). Maca sigue de novia a distancia con nuestra agente encubierta en el Palacio de las Cortes de España, pero con un *nick* mantiene también un romance fogoso y clandestino con una diplomática chilena. Hablé con Palma: le di la orden de pincharle los mails y los chats porque sé que ella forma parte de la Armada Brancaleone con el objeto crucial y secretísimo de vigilarme. El coronel necesita una segunda voz confiable y discreta en el terreno. Recela de mis criterios después de tantas trastadas, y en esta ocasión se procuró un topo de lujo, que viene para participar oficialmente en el *turnaround*, pero que no dejará pasar un día sin hacerle un reporte doméstico sobre mi conducta. Estoy en capilla y me sigue doliendo la garganta.

Palma se codea involuntariamente con Maca, despatarrado en los sillones de cuero beige, rodeado de pantallas y escuchando música metálica por los auriculares. Está deleitándose, para variar, con un chupetín de Coca Cola y viste una gorra de los Lakers y una remera de "Machete". Es todavía un socio gerente de La Cueva, que terceriza nuestra red de hackers y sonidistas, pero aceptó por una suma inconcebible concentrarse *full time* en esta patriada. Reclamó, eso sí, chequera abierta para conchabar técnicos en la provincia y especialistas callejeros en colocar "cocodrilos" y micrófonos ambientales. El Lear Jet 60 carga con una valija de ultratecnología comprada en Berlín a Siemens. Palma tiene la directiva de tender un cerco a nuestro alrededor y vulnerar los escudos de Farrell y Jalil. No es moco de pavo: desde la Dirección de Seguridad, el Montesinos de cabotaje domina todas las comunicaciones privadas.

Nos alojaremos los cuatro en un hotelito familiar que parece una conejera, pero que tiene la virtud de ubicarse a solo tres cuadras de la base central, un chalet que la Gobernación le alquiló a BB para que montara sus oficinas. La socióloga no se hizo desear: en la planta baja distribuyó ambientes para encuestadores, contadores y abogados, y en el piso superior, habilitó un salón de reuniones, otro de esparcimiento con plasmas y mesas de metegol y de pool, y más atrás, ya con vista al jardín, un pequeño departamento con dormitorio, cocina y jacuzzi para pernoctar si la noche se hace interminable. La regla será, sin embargo, ocupar la magnífica suite presidencial del Hotel Río Azul, que tiene cinco estrellas y se alza hasta el cielo en un ángulo de la avenida más importante. Un piso más abajo tiene habitación reservada para sus intermitentes visitas la mismísima Lady Di, que ya mudó su increíble vestuario en quince valijas. Hace una semana viajé con mi camioneta repleta de ropa y herramientas, la guardé en un estacionamiento, almorcé con Beatriz en el chalet, constaté la eficacia de la Conejera y recorrí esa ciudad rodeada de bardas. Dos días después regresé por Aerolíneas con un malestar profundo pero inespecífico. La capital es una franja de tierra acosada por un río peligroso, por un conurbano feo y empobrecido, y por una zona de chacras que desde el aire parece un vergel. Una combinación de valle, meseta, calles empinadas y residenciales, casas chatas y arquitectura irregular, con inviernos muy fríos y veranos muy calurosos. Al oeste, la provincia llega hasta la región de los parques nacionales, los lagos y la cordillera. Hacia el sur se extiende un desierto petrolero y vacío. Y hacia el este solo hay dos cosas: un balneario con ínfulas y un puerto de aguas profundas. Patagonia pura en los cuatro puntos cardinales.

El piloto nos avisa que la pasajera tardía abordará en un instante la nave y que debemos atarnos al asiento. Diviso en la pista a la actriz, que se aproxima contoneándose como si desfilara, con sus botas charoladas de caña alta y taco aguja, sus jeans negros y su abrigo de cuero con cuello de piel, entallado hasta las caderas. Solo trae una cartera cuadrada y a su perro en brazos. Sube sofocada y saluda a todos con un gesto colectivo y aniñado. Juan Domingo se mea de emoción en cuanto su ama se sienta y lo suelta impunemente para que corra y disfrute del vuelo. Ella se queda en un pulóver verdoso de lana suave y cuello alto, que le resalta a un mismo tiempo las curvas y la piel blanquísima. "Sorry, so-rry", desliza todavía, y el avión se mueve, se pone en posición, carretea un trecho y finalmente despega. Cuando alcanza velocidad de crucero, Diana se vuelve y me anima a que le presente a los demás. No alcanzo a entender si es una muestra de culpa, urbanidad y gentileza, o si esos rostros patibularios de verdad la intrigan. Hago las presentaciones y ella los escruta con los ojos bien abiertos. Después Maca se levanta, se sienta a su lado y le murmura una frase chismosa: la diva se ríe como si estuviera en televisión y se trenza en una conversación en voz baja. Supongo que hablan de cartas natales y horóscopo chino. El comisario, que no ha perdido ningún detalle, deja a un lado el libro de Hoover y contempla las nubes. Sé que va a contarme algo relevante, así que lo espero mirándome la punta de los dedos.

—Leí esos informes que me pasaste –dice por fin, acariciándose la frente–. El último es realmente genial.

Nos quedamos cinco segundos en silencio, escuchando el rumor de las turbinas. Hasta que el Gran Jack rompe a reír, y no puedo dejar de seguirlo. Casi lloramos de la risa, aunque de manera disimulada, y Palma nos mira pasmado. Romero se limpia los ojos con un pañuelo de papel.

—El asunto de los huesos de caballo me hizo acordar la vez que metí adentro a los hermanitos Figueroa –dice carraspeando–. ¿Los conociste?

—No tuve el gusto.

—Eran dos malandras de cartel, los pescamos de casualidad y me extrañó mucho que aceptaran tan rápidamente los hechos. Pero en fin: a uno lo mandamos a Olmos, y al otro a Marcos Paz, para que no hicieran mala yunta. Una tarde llama un tipo a la comisaría y pide hablar con el oficial a cargo. Atiendo y me dice: "Los metieron presos por una pavada; amasijaron a un tipo hace un año y lo enterraron en el fondo". Y me cortó. Los hermanitos

Figueroa alquilaban una casa en San Justo, allá vivía el mayor con una mujer, y el menor a veces también caía por ahí y traía una novia. Imaginate. Yo no podía ir al juez con una llamada en el aire, y tampoco me podía olvidar así como así del asunto.

—Fue con pala y todo.

—Salté de noche la medianera y cavé un buen rato. Encontré huesos.

—De perro —sonrío.

—Tapé todo y me mandé a mudar silbando bajito. Al día siguiente volvió a sonar el teléfono. El tipo estaba al tanto de mi visita nocturna.

—Un vecino.

—Nunca supe —niega—. El punto es que me dice: "El cadáver está debajo del perro". Yo no podía creerlo, y estuve muy cerca de mandarlo a la mierda y olvidarme de todo. Pero me daba vueltas en la cabeza y no me dejaba dormir.

—Fue otra vez.

—Desenterré al perro y seguí de largo, y al final encontré el cuerpo. Buf, no sabés la alegría. Pero tapé todo y me rajé, porque no tenía orden de allanamiento y acababa de meter la pata.

—¿Convenció al juez?

—Era una jueza, y más mala que la polio. Le inventé un anónimo, y le dije que tenía un buche que me confirmaba la versión. Estuve tres horas llorándole la carta para que me firmara la orden. Firmó a regañadientes, pero mandó a un secretario y avisó a los bomberos para que ellos hicieran la excavación. Como yo sabía que tenía el ancho en la manga, llamé a los medios para lucirme. Pero resulta que los bomberos eran unos boludos laboriosos. Empezaron a cavar por otro lado, dale que dale, y el secretario me miraba fijo y yo no podía deschavar el lugar exacto. Estuvieron haciendo cráteres donde no debían, y yo transpirando. Hasta que encontraron los huesos. Como eran de un animal, los salames se me rieron en la cara. Les pedí que escarbaran más profundo. El secretario estuvo a un tris de parar el procedimiento, pero afuera esperaban los periodistas y los chasiretes, así que cerró el culo. Era el cadáver de un tipo de mediana estatura. Trajimos a la científica y declaramos a la prensa lo mínimo, pero los dejamos que tomaran imágenes del fiambre.

–¿Quién era?

–Vas a ver –me frena–. La mando buscar con un patrullero a la mujer del mayor de los Figueroa y le pego una apretada fuerte. Una mina más manoseada que timbre de colectivo. Hubo que darle pastillas de carbón. Me contó que el dorima la encadenaba al catre con unas esposas y se la cogía. Que era muy posesivo y tremendamente celoso. Sospechaba que cuando él faltaba de casa, ella se encamaba con alguno. Resulta que estaban cogiendo cuando un pibe de la vuelta, que pasaba, se asoma a la ventana y los ve. Figueroa salta en bolas, caza una escopeta y lo mete para adentro. El pibe le pide perdón por espiarlo y le jura que jamás le tocó un pelo a su mujer. Pero al parecer Figueroa se descontrola, en medio del batifondo, y le mete una perdigonada en el pecho. El hermano menor, que dormía arriba, baja las escaleras en calzoncillos y le pregunta: "¿Qué cagadón te mandaste?". Entre los dos hacen una fosa; el perro negro que tenían ladraba y ladraba. "Van a sentir el olor y por ahí a un ortiba se le da por denunciarnos", se asusta el mayor. "Podemos decir que se nos murió el perrito", sugiere el menor. Al rope le vuelan la cabeza y lo sepultan cuarenta centímetros arriba del otario, en la parte más superficial del terreno. Nadie nunca se quejó de la baranda, pero parece que alguien oyó los ruidos y vio todo. En ese momento se ve que tuvo miedo: los Figueroa eran muy jodidos. Al mayor lo hice traer de Olmos y le dije que su hermano nos había contado el homicidio: primero no me creyó, después cuando le canté la escena con pelos y señales, se volvió loco de bronca. "¿Ese buchón hijo de puta le dijo eso? —me preguntó—. ¿Y por qué no le cuenta entonces sobre el taxista que se cargó en Pacheco?".

—Dos descerebrados —vuelvo a sonreír, aunque con algo de tristeza.

—Por suerte nunca son tan inteligentes como en las películas. Ese diciembre me dieron la medalla al policía del año.

—No crea que no seguimos cavando en ese basural —le aclaro—. Pero no tuvimos tanta suerte como usted.

Ahora el Gran Jack está serio, sus dedos tamborilean sobre la cigarrera de metal. Necesita un cigarrillo, y tal vez una copa. Lo comprendo perfectamente, porque yo tengo los mismos sentimientos.

—Tocaste a los que tenías que tocar —me dice, suspirando profundamente—. No hay más personajes que esos en esa trama, te lo aseguro. Uno de ellos macanea. Pero es de esos casos endiablados que exigen tiempo y mucha paciencia, Remil. Mucha.

—De todos modos fui relevado —le informo—. Por incompetencia manifiesta.

—¿Sabés las pifiadas que me mandé yo? —se ufana tocándose con un pulgar el pañuelo de la garganta—. ¿Y las veces que seguí un expediente durante años, y me lo llevé hasta de vacaciones porque era como un crucigrama? Son una maldición, qué le vas a hacer.

Volamos en silencio el resto del viaje, bajo los animados susurros de las comadres y los ladridos de Juan Domingo, a quien le deseo el destino de aquel perro locuaz de los hermanitos Figueroa. Aterrizamos sin novedades en el aeropuerto con un clima helado y ventoso, y nos repartimos en un remise imponente para la diva, y en una combi blanca que nos conduce al chalet, donde bajamos los equipajes tecnológicos y algunas cajas más. Retomamos después la marcha y nos instalamos en la Conejera. Son las cinco de la tarde, y salimos con el Gran Jack a estirar las piernas y a tomarnos unas cervezas en un pub irlandés que tiene un piano. Fumamos revisando parte por parte la desaparición de Mariela Lioni, y luego le confirmo cuál será su tarea en esta ciudad bendita. Cálgaris quiere que Romero haga una radiografía de la policía provincial, sus curros y sus debilidades, y también que estudie las modalidades del delito y el funcionamiento de la Dirección de Seguridad. "Tengo para entretenerme", se despereza. A las siete de la noche, me ducho y me pongo el traje oscuro, la camisa blanca y la corbata negra. No llevo la Glock ni la tobillera: no es de buen gusto asistir armado a una gala.

Aviso en la recepción del Hotel Río Azul y BB me ordena que suba hasta la suite. La diva la está maquillando con delicadeza y profesionalismo. "La célebre actriz argentina Diana Galves luce un vestido morado hasta el suelo, corte princesa con cuello redondo en chifón de encaje y lentejuelas bordadas", recita como si fuera una locutora. Su amiga se ríe de la ocurrencia y me mira en el espejo. "La aguda socióloga argentina Beatriz Belda luce un vestido hasta la rodilla con un discreto escote en V, cubierto por un spencer de mangas tres cuartos en un color gris topo que realza su gargantilla de diamantes", describe siguiendo el juego. Beatriz me ruega que le sirva un whisky. Hay una botella de Talisker en una mesita con ruedas. Belda deja estampado el rouge violento en los bordes del vaso, y Galves le recrimina que no pueda estarse quieta.

—¿Cómo arribó la tropa? —pregunta de manera brusca e irónica, y sin esperar respuesta agrega—: Dales veinticuatro horas para que se aclimaten, y después que laburen de sol a sol, nos corre el tiempo. Y la tarea más urgente es blindarme. No es por nada, pero estoy un poco paranoica y creo que me están revisando hasta las bombachas.

—El blindaje empezará mañana mismo —le aseguro.

—¿Cuánto te conoce el Turco?

—En la comunidad de Inteligencia nos conocemos todos, señora.

—¿Sabe entonces que Cálgaris te acaba de exonerar de la fuerza?

—La pregunta no es si sabe —preciso—. La pregunta es si se lo traga.

—¿Entonces? —su frente se arruga—. ¿Se lo traga?

—Debe tener hasta los fundamentos sobre el escritorio, pero también se da cuenta de que el *team* desembarcó acá en plan de emprendimiento privado. Farrell ya metió a las empresas constructoras del coronel en el sistema de licitaciones, a pedido suyo, así que le cierra en cierta medida que vengamos a ofrecer servicios a cambio de beneficios. Palma y Romero son externos, con ellos no hay problema. Maca está de licencia por enfermedad y a mí me renunciaron por impericia operativa: los dos tenemos una coartada para no estar en nuestros viejos puestos de trabajo. Jalil no puede denunciarnos a la Secretaría. Debe suponer que Cálgaris arregló todo para ganarse unos buenos mangos. Pero a la vez tiene que estar alerta, porque un equipo técnico amenaza su posición.

—Los mediocres siempre tienen miedo de ser reemplazados.

—La diferencia es que este es un mediocre muy peligroso, señora —le insisto—. El Turco debe pensar que usted irá, tarde o temprano, por su cabeza. Que intervendrá su área.

—Y no se equivoca.

—Se ganó de entrada un enemigo fuerte en la mesa chica.

—Bah, estoy acostumbrada a lidiar con enemigos —dice y da por terminada la sesión de maquillaje—. Vamos rápido, Di, que nos esperan.

—Siempre es más chic ser impuntual —le responde la diva.

—Dejate de joder, los tenemos juntando orina desde hace una hora.

La recepción es a puertas cerradas en el salón de eventos, que tiene una vista panorámica de la ciudad y del río. Hay un cóctel exclusivo con presencia de cronistas y fotógrafos. La agasajada es, naturalmente, la señorita Galves, que actúa con soberbia su rol de estrella y acapara los flashes y las lisonjas. Juan Domingo corretea por ese bosque de piernas, más histérico que nunca. El gobernador posa con Diana como si él fuera el general Perón y ella Gina Lollobrigida. Farrell es un gordinflón a quien el saco le molesta, el pantalón le aprieta y la camisa no le cierra bien ni en la zona de la barriga ni en ese cuello de toro con papada. Se nota a kilómetros que el cabello escaso y la barba candado sufren la misma tintura azabache, un color de escasa verosimilitud para su edad. Y que está acostumbrado a sentirse crónicamente incómodo con su cuerpo y con su ropa. En lugar de trasmitir el aplomo del poder, emana ansiedad, molestia y pudor físico; se come las uñas, suda a raudales, cambia una y otra vez de pie, entrelaza sus dedos sobre el vientre y se coloca en posiciones forzadas para disimular un poco la tripa. Debe de comer sin control y debe de llegar a la noche con muchos dolores de espalda. Su esposa, en cambio, es menuda y se percibe que durante su juventud fue aproximadamente atractiva. No tiene un cuerpo vistoso, pero conserva la línea; pelo finito y llovido, rictus agrio en la boca y en la frente, piel traslúcida y ajada. Se llama Delfina Maggi, y mientras todos hablan, ella no le quita los ojos de encima a su hijo menor, que bebe champagne en un sillón apartado, con la mirada perdida. Maggi parece muda y doliente, y sé por su legajo secreto que es adicta a las anfetaminas. Apenas despega los labios cuando su esposo nos presenta con gran ampulosidad.

Flavio, que parece ser su desvelo, tuvo la fortuna de heredar la delgadez y las facciones de su madre, y un toque de su aire sufriente. Se recibió de arquitecto pero nunca ejerció. Nadie sabe muy bien a qué se dedica, posiblemente a vivir. Debe de ser exitoso con las chicas: muchas enloquecen por los introspectivos y los melancólicos. Se ha dejado las patillas largas y el pelo corto, y calza unos zapatos que disimulan una plataforma más alta de lo común: Flavio no es bajo, pero tiene alguna clase de complejo con la estatura. Viste una chaqueta elegante pero informal y una camisa de cuello mao cerrada; le asoma un tatuaje por la muñeca izquierda: un símbolo japonés. No se acerca a saludar hasta que Delfina Maggi lo llama y lo despabila. Entonces deja a un lado la copa, se incorpora lentamente y viene hacia nosotros con una mirada opaca, que por lo general oculta detrás de unas gafas oscuras. El agente de la Casa que elaboró su perfil conjetura que el vicio de los anteojos ahumados puede obedecer a que es cocainómano, pero también a que tal vez sea un tímido patológico que necesita un antifaz. Su mano resulta pequeña y firme, y no es capaz de demostrar el mínimo interés por la dama famosa, que le devuelve un beso en la mejilla con el ego sutilmente contrariado. Su hermano mayor, en cambio, es puro entusiasmo y seducción: le tira un lance en cuanto la tiene a un metro, y la diva le agradece con una sonrisa de propaganda. Se llama Alejandro Farrell, y debe de considerarse con justicia un ganador. Comparte con Flavio la forma de la nariz y poco más; es una versión proteica y atlética de su padre. Importante caja torácica y cintura angosta. En su legajo lo caracterizan como un chico hiperdeportivo y gastador; colecciona autos antiguos y de alta competición, corre rallys con un Chevrolet Agile MR y picadas secretas en la ruta provincial, porque le gustan las transgresiones y el peligro. Practica paracaidismo, parapentismo y kayak, y varias artes marciales, entre ellas el taekwondo. Está enfundado en un traje Armani, aunque habitualmente se mueve en zapatillas y remeras por los pasillos oficiales. Le pusieron un escritorio junto al despacho del gobernador y se considera su militante número uno. Le hace a Beatriz dos o tres comentarios jocosos pero elementales, y ella le devuelve una sonrisa condescendiente y reflexiva. Hay otros personajes que le interesan más, como Fernando Cerdá, un tecnócrata de la obra pública que cumple el doble rol de ministro de Economía y de Gobierno. Es un ejecutivo de cabeza portentosa con una pelada reluciente rodeada por algunos matorrales negros. Su expresión denota preocupación e incomodidad. Gasta lentes de montura metálica y tiene ojos secos. Cuando escucha lo hace atentamente, arrugando de manera extraña el ceño y apoyando su cráneo en la mano izquierda: el índice y el mayor contra el costado de la cara y rozando los pómulos, el anular y el meñique debajo de los labios, y el pulgar sosteniendo el mentón. En la Secretaría tienen decenas de fotos de Cerdá, en audiencias públicas y en notas periodísticas, y casi siempre lo encuadran en esa posición de pensador analítico que nadie sabe muy bien en qué está pensando. "Será un hueso duro de roer", murmura BB agarrándome del brazo y alejándome del grupete. La diva posa para los reporteros gráficos y hace declaraciones frente a tres o cuatro micrófonos y grabadores. La custodia, tratando de hacerse notar, Lorenzo Muñoz, que oficia de secretario de Cultura. El cargo le queda grande. El Lolo Muñoz tenía un trío folklórico que rescataba el cancionero patagónico, hasta que perdió la voz. Entonces descubrió que la política era una ocupación mucho más rentable. Es robusto y morochazo, y sigue siendo esencialmente un guitarrero. "No tiene la menor idea de quién es Diana, y ni siquiera se ha preocupado por meterla en Google –añade Beatriz, en busca de su segundo whisky doble–. ¿Te parece que se puede organizar una batalla cultural con semejante zoquete?". Me doy cuenta de que recoger el vaso de Etiqueta Negra en la barra es solo un ardid para tomar contacto con el pajarraco que bebe acodado en la curva y que no nos ha quitado ojo.

—Aquí sí que tenemos a una persona importante –dice ella con ironía, alzando el vaso y brindando con él. Luego gira y me dice–: Supongo que se conocen.

—Remil –pronuncia el Turco como si paladeara mi nombre de guerra–. Un antiguo camarada. ¿Cómo estás?

Jalil es alto y tiene cejas recargadas y bigotes tipo anchoa, abundante pelo agrisado, tez tostada y mirada penetrante. Viste trajes claros en combinación con camisas y corbatas azul oscuro. "Pinta de gángster", sé que piensa la estratega. Al Turco le encanta la cacería del jabalí y del ciervo colorado, y es un coleccionista de armas de fuego. Un cazador que siempre te tiene en la mira. Soy anunciado como el "gerente de logística" de la consultora. Le estrecho la mano, pero no me permito una palabra. Beatriz extrae de su cartera la boquilla e inserta un cigarrillo negro. El Turco le acerca su encendedor de platino. El encuentro no funciona, porque nadie arriesga una línea. Y además, se apagan en ese instante algunas luces, se encienden unos focos cenitales sobre un atril y se ruega silencio con chistidos convergentes. El gobernador ocupa el centro, improvisa un discurso de bienvenida a la actriz multipremiada y pide un aplauso para ella. Todos obedecen, y la diva da las gracias, cuenta una anécdota picante de Marilyn Monroe y cita una frase de Marlon Brando: "Un actor es una persona que no te escucha a menos que estés hablando de ella". Y otra de Fidel Pintos: "Un actor es un señor que hoy se come un faisán y mañana se come las plumas". Cuando todos están encantados con su humor autocrítico, agradece la invitación y menciona a Farrell, "estadista que ha demostrado una enorme vocación por el arte". La osadía de la farsa me hace sonreír. Y Jalil capta de inmediato mis pensamientos.

Beatriz es requerida por el núcleo del poder, y allí se dirige como flotando. El Turco y yo nos quedamos recostados en la barra, observando el cabaret. Pero sin poder intercambiar un solo bocadillo. Está todo dicho entre nosotros, y de antemano. Habrá combate.

El cóctel dura todavía una hora más, y cuando entro en el baño a lavarme las manos me encuentro con el mismísimo gobernador, que me saluda desde el mingitorio y me cuenta que nos servirán unos cafés en un salón más íntimo del segundo piso. Se trata de una habitación amplia, con sillones cómodos y decoración de club inglés. De hecho Farrell descarta las infusiones y convida habanos y bebidas. Diana me roba un cigarrillo porque no aguanta la abstinencia, pero rechaza una copa de cava y reclama un té de hierbas. Juan Domingo se le queda dormido en el regazo. En semicírculo, el gran estadista patagónico dispuso a su plana mayor: Cerdá, Muñoz, Jalil y Alejandro. Su hijo menor y su esposa prefirieron retirarse; es una reunión de trabajo. Las dos damas se sientan juntas, yo me ubico en un segundo plano, armado de un vodka. Es lo único que anestesia un poco este dolor de garganta.

—Te anticipé que Diana estuvo viendo videos y analizando tu performance —introduce Beatriz con soltura, tuteando al gobernador y hablándole de igual a igual—. Le expliqué que estabas dispuesto a trabajar con ella la gestualidad y algunos matices de la dicción.

—Eso me sorprendió bastante, gobernador —se mete la diva abandonando de repente sus muecas ñoñas—. Ya le habrá contado mi amiga que he entrenado a presidentes y legisladores, y sé por experiencia que no cualquiera se somete a un baño de humildad.

—Acá me tiene —bromea Farrell golpeándose los muslos—. Humilde y obediente.

—Realmente lo felicito, porque es una tarea ardua y a veces una corre el riesgo de ofender.

—¿Qué corregiría? —pregunta Alejandro, risueño y al borde de la chacota—. El viejo es un desastre, yo siempre se lo digo.

—No es un desastre —dice Belda como si lo retara—. Pero hoy la política es básicamente espectáculo, dramaturgia, modulación. Un dirigente efectivo no es meramente sincero, actúa una sinceridad predeterminada, que no es lo mismo.

—Un político es un actor —refuerza Galves—. Y las cámaras lo delatan.

—Dispare, Diana —la anima Farrell; parece encantado—. ¿Qué macanas me mando? Hable con crudeza.

La diva aplasta el cigarrillo y bebe dos sorbitos del té. Es una pausa dramática que mantiene en vilo al auditorio.

—Sabrá disculparme, pero toda la gestualidad me parece errada —dispara por fin—. No sabe transmitir emoción, y se le nota cuando miente. Usa mal las manos y tiene una postura corporal incorrecta. Recita el discurso como si no tuviera convicción, jamás lo interpreta. No tiene recursos faciales, a veces es monocorde y no conoce los distintos niveles del tono. Todos defectos que pueden modificarse con paciencia y con mucha práctica.

—¡Genial! —se congratula el hijo, aunque el padre está algo avergonzado. Los demás observan a Diana Galves como si fuera un holograma, o un vampiro. Jalil la apuñala con los ojos.

—Y si me permite, le cambiaría completamente el *look* —redobla la diva, con elocuencia—. Esa forma de la barba y el color de su cabello le dan un aire impostado que usted no necesita. No sé, son artificiales, como si tuviera algo que ocultar y no pudiera salir a escena a cara lavada. Como si no pudiera dar la cara ni asumirse con naturalidad. Si fuera por mí, lo afeitaría por completo y buscaría resaltar, en un proceso lento, las canas blancas y brillantes en las sienes, que a los hombres maduros les agregan sensualidad y a la vez cierta nobleza de espíritu. Además, necesita todo un vestuario especial, diez o doce trajes, y equipos informales. Trabajo con un sastre que viste a los mejores, puedo encargarme de ese punto.

—Guau, me siento apabullado —confiesa Farrell, y se toma el resto de su whisky—. Supongo que también me pondría a dieta.

—Ya que lo menciona, en la actuación es imprescindible la estética —recoge ella, sin arredrarse—. El público es prejuicioso: si no puede controlar las grasas y el colesterol, ¿puede controlar una provincia?

El Lolo Muñoz no logra contener la carcajada, pero enseguida se arrepiente; fuma su habano y larga bocanadas exageradas como si quisiera que el humo se lo tragase a él y no a la inversa. El único que permanece encendido es el atlético Alex, que quiere pinchar a su padre y que no puede dejar de mirarle las tetas a la maestra de los gestos. El pibe es frívolo, impulsivo y avasallante; un problema dentro de otro gran problema.

La osadía y la precisión de Lady Di los atropelló como un tren. Una vez más resulta que la reina tonta no tiene un pelo de tonta.

—Como te conté los otros días, la encuesta cualitativa sigue adelante pero ya arrojó conclusiones muy reveladoras —dice BB jugando con su gargantilla—. Diana no te entrenará en abstracto, sino siguiendo mis directivas. Son técnicas y ejercicios de actuación y de oratoria para disimular los errores y destacar los logros, pero en este caso van a estar amalgamados en un guión general.

—¿Un guión? —se extraña Farrell.

—Que encaje con un concepto completamente nuevo —asiente—. De nada valdría que incorpores la teatralidad si no te escribimos una buena obra para que tengas coherencia y te puedas lucir.

—¿En qué pensaste? —Farrell se echa hacia adelante como si quisiera oírla mejor.

Beatriz se barre la ceniza de su vestido. También ella administra el suspenso.

—Entrevistamos a varios de tus parientes, te agradezco que nos hayas abierto esa puerta —comienza ella, y de pronto parece como si hubiera solo dos personas en el salón, y como si todos nosotros los estuviéramos vigilando a través del vidrio de una cámara Gesell—. Es un árbol genealógico como el de cualquiera, salvo por ese abuelo tan pero tan particular.

—¿El empleado petrolero? —se asombra.

—El montañista —lo corrige ella—. Apolinario Farrell.

—Bueno, empezó en YPF allá por la Década Infame, Beatriz.

—Pero más tarde se mudó a la zona de los lagos y se aficionó a la montaña. Según me contaron escaló el Catedral, el Tronador, el Lanín y el Fitz Roy, que es uno de los más difíciles y sacrificados del mundo.

—Apenas lo conocí —admite el gobernador abriendo los brazos—. Mi viejo no se llevaba muy bien con su padre, que aparentemente era terco y muy huraño. Igual decía que sus nietos habían heredado algo de Apolinario. Alex heredó su amor por los deportes y Flavio, su carácter arisco.

—Registre, por favor, que yo heredé la cualidad, y mi hermano el defecto —aclara el aludido, y acomete una risotada pornográfica.

El ruido despierta a Juan Domingo, que levanta los párpados y ladra a todo pulmón. Su ama trata de amordazarlo.

—Apolinario Farrell actuó en muchísimos rescates y salvó a más de cien personas —dice BB como si esas hazañas fueran trascendentales—. Era jefe de la Comisión de Auxilio del Club Andino.

Se queda en silencio, para que la información baje y se consolide, y para que el gobernador trate de completar con su imaginación el rompecabezas. Como Farrell no es capaz de una deducción rápida, Beatriz muestra todas sus cartas con una sola frase:

—Un héroe familiar injustamente olvidado.

El gobernador se tira hacia atrás, se rastrilla la barba candado y cruza miradas con Cerdá, que se quita los anteojos metálicos y los limpia con un pañuelo.

—No quedaron muchos rastros de la historia verdadera, ni testigos en el pueblo, y eso nos da la libertad suficiente para recrearla por completo, y para construir sobre ella una tradición —dice Belda, y ahora también ella se echa hacia adelante—. Sin un pasado glorioso, sin una épica que sirva de coartada, la acción política siempre luce pobre y desnuda, Farrell. Podemos redescubrir a un héroe, que es tuyo pero también de toda la comunidad, y del cual desciende el hombre solidario y valiente. Y, claro, la montaña es una gran metáfora: el sacrificio, escalar poco a poco para conseguir nuestros objetivos. Y la figura del cóndor andino es genial. Levantar vuelo, no arrastrarse como los mediocres, y todo eso.

Farrell se rasca ahora la coronilla.

—¿Qué se imagina? —pregunta el ministro de Economía: su voz sale estrangulada—. ¿Un culebrón en el *prime time*? ¿Un programa pago en el National Geographic?

—Una campaña de marketing que parta de una serie de artículos operados por nosotros mismos en medios locales y nacionales, para que se instale con fuerza y con actos de homenaje y descubrimiento de placas. Y después logos, cartelería, *merchandising*. La ilustración del cóndor marrón con las alas desplegadas contra un cielo azul y un pico nevado. Toda la comunicación del gobierno debería llevar esa combinación de colores para que produzca identidad y reconocimiento automático. Farrell es la reencarnación del héroe, la montaña es la alegoría del progreso y el cóndor es su máximo símbolo. ¿Se entiende la idea? Buscamos crear un linaje y darle una mano de pintura a la gestión.

—Suena a que gastaremos un dineral —comenta Cerdá, y se coloca los anteojos.

La petisa deja el vaso sobre la mesa ratona. De golpe parece atemorizante: su mirada mezcla el hielo con las llamas.

—Conseguir que este barco no se hunda va a exigir mucha, mucha, mucha plata, Cerdá —le dedica, rasgando el aire—. Ninguna provincia quiebra por escapar hacia adelante, que es como huyen los desesperados. ¿Quiere saber cuánto cayó la imagen del gobernador y qué opina la sociedad sobre la virtuosa administración que usted gerencia? Todos ustedes están escorados y tienen dos años para evitar el naufragio. Para temprano, ya es tarde. Creí entender, Farrell, que vos estabas dispuesto a tomar el toro por las astas. De lo contrario todo esto es una enorme pérdida de tiempo.

—No, no, no, estoy decidido —la detiene el gobernador, y palmea el brazo de Cerdá—. Fernando es un contador sin visión política. Y yo estimo mucho su actitud economicista, pero si hay que sacrificar la disciplina fiscal vamos a hacerlo.

—Me parece que no pueden darse el lujo de pensar en el futuro —conviene Beatriz, implacable—. Si no se endeudan y la ponen toda, van a una catástrofe electoral. El otro día te lo expliqué con los números en la mano.

—Estoy totalmente de acuerdo con vos, Beatriz —le jura, como si temiera contrariarla y perderla. A pesar de ser un ángel caído, Belda sigue siendo el non plus ultra de los operadores. Farrell se siente muy afortunado. Alejandro, por su lado, alza una y otra vez las cejas, haciéndose el gracioso. Jalil sigue imperturbable. Cerdá quedó todo colorado, como si le hubieran cacheteado las mejillas. El Lolo Muñoz no parece entender ni jota. Como el gran jefe convalida, todos se tragan sus chistes, dudas y objeciones, incluso ese tradicional resquemor contra los porteños que les crece por dentro como un vómito caliente.

—Los festivales también son caros —se mete la diva, con la taza de té a la altura de la nariz.

—¿Festivales?

—Los artistas somos como huerfanitos, gobernador —declara lánguidamente—. Es un oficio inestable y cruel. Un día suena el teléfono, y otro día deja de sonar por diez meses. Y por eso somos muy agradecidos con nuestros mecenas.

—Lo que Diana quiere decir es que necesitamos desarrollar una estrategia agresiva en materia cultural —explica su amiga, que la ve con ternura—. Un festival de cine, y otro de literatura. Un premio para figuras meritorias del mundo del espectáculo y una línea de créditos para producir películas y series. Cada una de esas movidas va a tener mucha visibilidad y repercusión. Garantiza una conmoción fronteras adentro y un buen impacto fronteras afuera. Hay actores y escritores que tienen posiciones ideológicas serias, pero hay muchos otros que son básicos y muy sensibles a la beca, el contrato, el subsidio y el elogio. Van a comer de nuestra mano.

—Me encanta en lo personal —salta Alex—. ¿Pero políticamente en qué nos beneficia?

—Son ídolos populares —responde BB con fastidio—. Hacen declaraciones laudatorias en las revistas, en los diarios, en la radio y en la tele. Viva, viva, Farrell: es maravilloso y la provincia está muy bien. Propaganda directa y masiva. Prestigio. Así como no se puede hacer política sin una épica, tampoco se puede hacer política sin la izquierda.

—La izquierda no tiene votos —se ríe el gobernador.

—No me refiero a los troskos, Farrell, sino a la *gauche* caviar, el progresismo romántico, el perfume libertario y toda esa nube de pedos en la que flotan algunos artistas. La izquierda no tiene votos pero da fueros.

—¿Fueros? —pregunta Cerdá.

—Fueros para recaudar —contesta ella, y su fastidio va en aumento—. Y para equivocarse sin pagar las consecuencias.

Como la manada de machos nada en un silencio cargado, lleno de preguntas que nadie puede pronunciar en voz alta, la hembra da una clase magistral con ejemplos mundiales. Trae a colación relatos históricos, opiniones de cientistas políticos y frases sarcásticas de expertos en marketing ideológico. Es una cháchara inteligente, que los mantiene mudos y parpadeantes durante un buen rato, mientras la diva bosteza. El gobernador tiene la mirada extraviada mucho antes de que la estratega termine con su monólogo. Colgado y todo regresa a tiempo y le agradece con ojos amistosos a Diana por su franqueza y le propone a BB un almuerzo a solas para el martes, porque se va de gira por el interior de la provincia y recién entonces tendrá tiempo de sentarse a ordenar prioridades y a poner en marcha la botonera. La propuesta sugiere la necesidad de enfriar el asunto, meditarlo un rato y volverlo a discutir. A Beatriz le parece perfecto, así que todos cruzamos besos y apretones de manos, y nos dirigimos hacia los ascensores. Las damas marchan del brazo, una con el caniche en la mano izquierda y la otra con la boquilla humeante en alto. Nos metemos los tres juntos en el único ascensor que sube; los otros dos bajan. Cuando se cierran las puertas, la actriz se mira en el espejo y se acomoda un mechón.

—¿Nos fue bien? —pregunta.

—Sí, ¿pero sabés las veces que vamos a tener que repetir esta función hasta que les entre? —le contesta su socia—. Muchas, muchas, Di.

—¡Es que son muy brutos!

—No más que el promedio —refuta, comprensiva—. Siempre es más o menos así y casi con cualquiera. Pueden comprenderlo con la cabeza, pero tardan un toco hasta que les baja al cuerpo.

No es tan tarde como parece, y Beatriz no se priva de darme instrucciones en el escritorio de la suite, mientras la diva se pasea descalza por la alfombra haciendo zapping y revisando el guardarropa de su amiga. Juan Domingo la persigue pegando saltitos. Finalmente, BB me despide, bajo hasta el lobby y salgo a la calle. Es una noche apacible, y diviso a Jalil en la plaza de enfrente, sentado en un banco de piedra. Fuma todavía su habano y habla por teléfono. Al verme apaga su móvil y cruza la avenida en diagonal para interceptarme. La maniobra me obliga a aminorar el paso para no ser descortés, pero no tanto como para detenerme: caminamos uno junto al otro veinte metros, y en la esquina una ráfaga me obliga a levantarme las solapas del abrigo.

—Logística —dice mordiendo el habano—. ¿Así que ese es el destino que te dan cuando te caés del mapa? Supongo que es preferible esto a la cárcel, a los cruceros o al ridículo, como me dicen que hiciste en Italia. Cuando sea viejo y esté acabado, yo también me voy a dedicar a la logística.

Su tono no se corresponde con su mordacidad; por alguna razón, no parece irritante sino objetivo. La letra resulta hiriente, pero la melodía sale suave. Me detengo a propósito, para que desarrolle su línea de pensamiento. Ya casi no hay tránsito, las luces de una vidriera le colorean el rostro alargado y la brisa le sacude el pelo. En lugar de mirarme, el Turco contempla las brasas de su cigarro.

—No saliste ganando con esa jefecita —dice—. El coronel tiene todo mi respeto, y aparte, cada uno se rasca donde le pica. Pero la mina es una vendedora de buzones. ¿Sabés la cantidad de mercachifles con los que tratamos? No es la primera ni va a ser la última.

—Veo que estás preocupado por mi retiro —le respondo.

Se encoge de hombros y exhala una columna aromática, que el viento oblicuo quiebra y disuelve en un segundo.

—Mala cosa cuando un servicio se convierte en sirvienta —larga, y se ríe. Pero enseguida alza una mano para disculparse—. Sin ofender, Remil. De onda.

Es un perro fiel de su patrón, pero su mirada no cae en la devoción canina: tiene el brillo ocular de un tigre de Bengala de doscientos kilos. Como no me está amenazando, tengo que pensar que quiere proponerme un trato comercial.

—Acá en el sur siempre se necesitan buenos elementos —confirma de perfil, como una figura egipcia.

Es peón cuatro rey. Un reclutamiento. El exilio patagónico le da revancha a los que vienen huyendo de su fracaso; no tengo por qué resignarme a la logística. Beatriz Belda es mera coyuntura, y yo puedo quedarme en la provincia cuando ella salga eyectada por su derrota. Su influencia nunca pasará de ser provisional, y Jalil es el poder permanente. No está mal. Un doble agente, y el futuro asegurado. Nunca hay que poner todos los huevos en la misma canasta, Remil.

El Turco gira la cabeza para ver qué efecto causó el tanteo, y como no encuentra más que una incierta indiferencia, sonríe como un tenista que pierde una pelota por un milímetro, arroja el habano lejos y me palmea el hombro. Ya habrá otras pelotas y otros *games*. Después saca sus guantes de cuero.

—¿Alguna vez cazaste ciervo? —pregunta de improviso.

—Nunca.

—Tenés suerte —dice ajustándose los guantes—. Estamos fuera de temporada, pero un amigo nos presta todo el año un coto privado, adentro de una estancia. Y acá tenemos inmunidad. No sabés lo que te limpia pasar unos días al rececho, siguiendo al animal, estudiando su huella y oyendo sus bramidos. O al acecho en las noches de luna llena, a la espera cerca del picadero, en contra del viento.

Con la derecha enguantada le pega puñetazos suaves a la palma abierta de la mano izquierda. Me mira por última vez.

—Estás invitado —dice apuntándome con el dedo. Su voz se pierde un poco en el runrún del tránsito.

Cruza lentamente la calle.

V
La Inglesa

Desde el primer día Beatriz Belda impone su sello: es hiperactiva y radial, y establece la idea de que trabajamos contrarreloj, como si cada minuto valiera oro y como si nos estuviéramos jugando el pellejo. Es la lógica de los presidentes nuevos: aprovechá la luna de miel para avanzar a fondo, porque después se acaba el crédito. Así que su equipo de encuestadores apura el tranco y disecciona los humores y prejuicios de la sociedad, mientras se suceden entrevistas cara a cara con funcionarios, dirigentes y abogados penales, civiles y comerciales. Contrata enseguida a un ex fiscal porteño llamado Marquís, que hizo laburos sucios para ella en varias administraciones, y le pide que ocupe provisoriamente una oficina de la planta baja, donde van armando un organigrama de piso a techo con los nombres de los camaristas y jueces de todos los fueros. Pared de por medio, Palma monta una consola, triangula con la Cueva y con un racimo de hackers remotos y sonidistas cercanos que utilizan valijas tecnológicas, construye un escudo de seguridad para nuestros sistemas y utiliza de entrada un Alien Spy para infiltrar a la familia del gobernador, y al ministro de Economía y al secretario de Cultura. Jalil, por ahora, queda fuera de su alcance: no quiero que advierta tan rápidamente nuestros movimientos. "Las protecciones que le puso a su jefe son de cuarta —me anuncia Palma, pegándole una lamida irónica a su chupetín oscuro—. Si todo lo que tienen es esa pajería, están en el Paleolítico". La tecnología de Jalil debe ser, en efecto, anticuada y sus agentes, polis bastante toscos, pero el Turco supo con esas pobres herramientas ganarse un lugar en el corazón del poder. Es un error subestimarlo.

No pasa una semana sin que caigan por la provincia dos gestores que vienen de parte de Leandro Cálgaris. Son los gerentes generales de dos constructoras, y Belda los introduce en el despacho de Cerdá y les arregla una cena con Farrell en un cálido restaurante a orillas del río: ganarán más licitaciones con pliegos a medida y sin grandes inversiones previas. No pasan quince días sin que Marquís le organice a ella un encuentro con tres abogados porteños en un bufete que está a nombre de una de las familias más antiguas de la ciudad. Los visitantes son operadores judiciales venidos a menos pero con ganas de revancha; los locales son gente con contactos y buena reputación jurídica pero que encontró su techo. El hambre y las ganas de comer. BB quiere asociar a unos con otros, y que Marquís sea su enlace con la Gobernación. Es un primer sondeo, un juego de aproximaciones, pero la idea resulta muy precisa: utilizar ese estudio ampliado para captar las principales causas que se tramiten a favor y en contra del Estado, con la posibilidad de tener información privilegiada, amigos a un lado y otro del mostrador, y también la chance de asociar a estudios externos con los que compartir ganancias fabulosas. La idea es ofrecerles gangas a los jueces y que estos puedan tener testaferros privados que ganen juicios fáciles, y que vayan armándoles una jubilación sustanciosa. Es un truco conocido pero siempre eficaz: los jueces devuelven esos favores durmiendo expedientes contra el oficialismo y acelerando causas contra la oposición, y fallando en la dirección correcta. Si le entran al trapo, pueden ir ascendiendo en el escalafón; si no lo hacen, sus carreras se lentifican y se vuelven insignificantes. "El método de Farrell es bastante burdo: la coima directa —confiesa Belda frente a un vaso de Talisker—. Habrá que convencerlo de modernizarse un poco". Marquís le formula, frente a los recién llegados, una pregunta cuya respuesta conoce muy bien: "¿Y qué se hace con los rebeldes?". Beatriz levanta la vista y cabecea: "Para ellos tengo a Remil".

Pero el yeite todavía es exploratorio. Beatriz insiste con que ese proyecto ambicioso es para la segunda etapa, cuando Farrell ya tenga resultados concretos y entregue el rosquete; la tercera fase consiste en apoderarse lisa y llanamente de la Dirección de Seguridad, y eso desatará la tercera guerra mundial. Ahora la prioridad la tiene la imagen, y por lo tanto es la hora de Diana Galves y sus tortuosos entrenamientos. La diva aprovecha la novedad y consigue tres horas diarias con su alumno. Por las noches se declara rápidamente desanimada: "¡Es un queso, por Dios!". La estratega le sostiene el ánimo y la alienta, a veces la acompaña hasta la residencia del gobernador y está presente cuando se hacen pruebas intensivas en un estudio televisivo. A él se le ha sugerido una conversión estética progresiva y nada abrupta, para que la metamorfosis no sea noticia. Pero el sastre de Buenos Aires llega de inmediato, muestra sus catálogos y toma medidas. Es enternecedor saber también que una nutricionista lo tiene bajo fuego y que su hijo Alejandro se divierte haciendo las veces de *personal trainer*: sus anécdotas causan vergüenza ajena, pobre infeliz.

Las damas no se contentan con convertir a ese neandertal en un ser humano; le comen la cabeza a Cerdá para que pase la gorra entre los contratistas, y al Lolo Muñoz para que fiche a un programador cultural que vive en el edificio Kavanagh. Diana viaja los fines de semana a la Capital Federal con citas que le pauta el programador: su fama es garantía de que un festival cinematográfico tendrá un gran nivel profesional y de que la provincia no reparará en gastos. Se trata de tejer con distribuidores, directores, actores y guionistas. A los tres meses ya hay fecha, nombres comprometidos y una estructura hotelera asegurada.

Las amigas llevan una vida rigurosa de lunes a viernes. Cenan, por lo general, siempre juntas en el restaurante gourmet del Hotel Río Azul, y se comentan los chismes de la jornada. La actriz parece siempre aburrida y exhausta. La estratega, en cambio, tiene una energía inagotable y un humor de combatiente. Para mantenerla entera y enfocada, BB le regala a Lady Di tratamientos estéticos y le compra una sortija de oro blanco con granates mandarinos, tsavoritas, tanzanitas, ópalos negros y diamantes de Cartier. Y trata de que la conversación siempre corra por el carril del cine: sabe que a su socia de todo esto lo único que la entusiasma es que la cortejen los popes de la industria. Por la plata baila el mono. Jamás demuestran, ninguna de las dos, apetito sexual por nadie, ni confraternizan con ningún miembro de la Conejera; con ellos Belda tiene trato meramente instrumental. Solo se divierten invitando una copa un par de veces a Maca para hablar de astrología. La Gorda se ha plegado a los encuestadores y tiene la orden de sacar conclusiones colaterales de los sondeos cualitativos. Independientemente de esa tarea, examina las transcripciones de las pinchaduras y prepara perfiles psicológicos del gobernador, su esposa y sus dos hijos. El coronel recibe cada tres días un informe por mail con mis actividades, que a pedido de Belda no pasan por ahora de acompañamientos, revisión del terreno donde deberé operar y encuentros furtivos con enemigos del Turco que a cambio de propinas sueltan datos sobre la estructura de Inteligencia. Mi cable a tierra es, como de costumbre, la actividad física: todo se concentra en el club Sportivo Convergencia, que ascendió a primera división hace dos años y que los Farrell patrocinan como si les perteneciera. Es el orgullo de la provincia, y semana por medio se puede ver al gobernador y a su primogénito en el palco presidencial. Se sabe también que Farrell viaja con amigos en el avión sanitario por todo el país para no perderse ningún partido. Era, hasta no hace mucho, un club de futbol discreto, pero de repente contrató figuras internacionales y logró el milagro. Llevo a las damas a ver un clásico regional, porque Beatriz está muy interesada, y Diana se la pasa firmando autógrafos y diciendo sandeces. El club tiene, además, piscina olímpica, gimnasio con aparatos, pistas para correr, rings para boxear y salones para practicar artes marciales, y una canchita de futsal donde de vez en cuando me prendo. Es usual cruzarme con Alejandro Farrell, que llega en Audi o en Porsche, se agota con el triatlón y se luce en el taekwondo.

Mi principal compinche es el comisario Romero, con quien termino casi siempre bebiendo un vodka en el pub irlandés e intercambiando información. El Gran Jack brinda un informe crudo y veraz sobre la situación policial. "La mitad es corrupta y la otra mitad es fascista –le dice a BB, que lo escucha con los ojos entrecerrados–. Los corruptos no son fascistas. Y los fascistas no son corruptos. Por corrupción, se entiende, señora, lo habitual: zonas liberadas, asaltos entregados, secuestros ocasionales y desarmaderos. Y por supuesto narcomenudeo, pero en una escala significativamente menor si usted la compara con otras provincias". Belda abre su cuaderno y anota una palabra: "Farrell puede sacar pecho". El comisario golpea con un dedo su cigarrera de metal y relativiza la idea: "¿Por qué la policía no está tomada por los narcos, por qué acá no se paga tanto peaje? –agrega–. Eso es lo que de verdad me intriga. ¿O se paga protección de otra manera? Tenemos que seguir investigando, señora, porque hay un puerto de gran calado y estoy seguro de que por ahí pasan toneladas. Pero le insisto, eso no se hace gratis. Con algo se paga. Pero, ¿con qué?".

Beatriz pasa un sábado completo, desde la madrugada hasta la medianoche, escuchando a Sinatra y ampliando y corrigiendo a mano y con lápiz una historia redactada por uno de sus sociólogos. Le pide a Maca que la revise el domingo y hacen juntas nuevas enmiendas en una notebook durante la tarde. El lunes, muy temprano, envía por mail el adjunto de cincuenta páginas a un escriba de Buenos Aires, que vende su pluma para operaciones de prensa en el suplemento de un diario económico, matutino de gran nombre y poca tirada, en fuerte decadencia, pero cuya marca sigue impresionando bastante en la Patagonia. Es asombroso lo barato que sale comprar esa crónica, y la repercusión que después tendrá, con sus ecos zonales y su reproducción en periódicos oficialistas y programas de televisión y radio domesticados con el amiguismo y la pauta oficial. Antes de esa explosión periodística, BB le lleva en persona el dossier al gobernador y al día siguiente me pide que la traslade hasta una ciudad del desierto. Es el pobre reino del oro negro, construido inicialmente por la Standard Oil junto a una ruta nacional y una laguna. Fue primero un barrio obrero y es ahora un pueblo a medias asfaltado de veinte mil almas, que viven en un clima árido con vientos rasantes y con grandes amplitudes térmicas. Viajamos de ida y vuelta escuchando "All Alone", "Moonlight Sinatra" y la antología de 1980, y zarandeados por las ráfagas y la arenita que nos golpea y nos acorta la visibilidad. El intendente nos espera en un edificio ramplón, diseñado por un plan federal de viviendas. Es un caudillo autóctono y taimado de ojos rasgados a quien le dicen El Chino. Atesora varios retratos de Alfonsín y una foto tardía de Yrigoyen. Nos convida un mate engañoso, que Belda rechaza con diplomacia. Es una dependencia libre de humo pero los tres fumamos sin preocupación. La puerta está cerrada, podemos hablar sin vueltas. Beatriz abre el panorama y lo va cerrando lentamente sobre el cuello de su interlocutor. Empieza por la situación económica de la provincia y por las incertidumbres electorales; después se mete en la situación fiscal de esa intendencia y en las dificultades del Chino para hacer pie en su propia interna partidaria, que la estratega parece conocer muy bien. El Chino la escucha con la distancia y el recelo de un gato. Refuta de vez en cuando una afirmación de la dama (nunca nada importante) y mete algunas interjecciones como para demostrar que sigue vivo, pero en general permanece a la espera de una oferta. Que finalmente llega. BB le entrega una carpeta con el informe y le habla de Apolinario Farrell. Un hombre que brilló en la montaña, pero que se crió en el desierto. Uno de los primeros pobladores, un vecino fundador que debería ser orgullo de la localidad. Más allá de toda bandería. El Chino pasa las hojas, serio como paciente desahuciado. Y solo sonríe mínimamente cuando ella termina de contarle las peripecias inventadas de Apolinario y le explica las ventajas concretas que tendría para su gestión (aportes excepcionales y directos), para su imagen política (el abrazo de Perón y Balbín) y para su bolsillo personal (un pago en efectivo cada fin de mes). "¿Todo esto por una placa?", pregunta entonces con cinismo. "Un decreto, una placa y un discurso –precisa Belda–. Y un recibimiento afectuoso para el gobernador en una ceremonia televisada". Al contrario de otras personas de la política, el Chino no pide tiempo para pensarlo: el gato pasa del recato al regateo, y se concentra media hora en apuntes para no hacer cagadones y cobrar seguro. Sellamos el pacto con las manos y regresamos a casa.

La carambola comienza con la publicación del artículo, a página completa, en el diario económico. La noticia rebota, naturalmente, por todos los medios de la región, que practican un oficialismo cerril y acrítico. Transmiten en cadena y nos sorprenden con testimonios espontáneos: viejos montañistas que recuerdan frente a la cámara y el micrófono al paladín sin par del Club Andino y antiguos operarios del petróleo que para obtener un minuto de fama cuentan hazañas incomprobables.

Dos o tres días más tarde, el Chino anuncia su decreto y recibe elogios del partido gobernante. Es asombrosa la celeridad de los artesanos para fabricar la placa que engalanará el auditorio municipal. Farrell se presenta sin barba y con las canas ya plateadas, rodeado de aplaudidores y de flashes; escucha con satisfacción el discurso escrito del intendente, asiente como si reafirmara las anécdotas valerosas que narra sobre su ancestro, y finalmente abraza a su adversario y le agradece el homenaje con lágrimas de cocodrilo. Es una fiesta del consenso y de la grandeza; utiliza por primera vez la metáfora del cóndor y hace anuncios para esa ciudad de "buena gente". Todo se ve bastante sólido: la historia arranca en un diario porteño y el reconocimiento lo hace uno de los jefes de la oposición. El ciudadano de a pie está encantado, y las proezas de Apolinario crecen de boca en boca. El día 30 cargo un bolso con diez fajos en la 4x4 y viajo al desierto a pagar el favor, mientras repaso varias veces los veinte temas de "Nostálgico".

Pero BB no se duerme en los laureles; esto es solo el comienzo. Escribe anécdotas y analogías para que en cada alocución el gobernador machaque sobre el abuelo y el cóndor, para que intercale citas alusivas y refranes. "No importa que en el valle haya sombras, si en la montaña brilla el sol". Y ese tipo de estupideces demagógicas. Se concentra con sus colaboradores en la campaña de marketing, aunque tres veces por semana se reúne con el gabinete de Farrell y opina sobre las medidas de corto plazo. Está urgida por dar buenas nuevas y por debilitar a los contreras. Para ellos recomienda ahogo financiero y trucos de descrédito que aprendió en la Casa Rosada.

Vuelo a la principal ciudad turística de la cordillera con la estratega, con la diva y su perro, con Farrell y con todo su *petit* comité en el Lear Jet 60; para no levantar suspicacias, el Chino y sus correligionarios viajan por las suyas en una Van. Esta vez se trata de un busto en la comuna. El escultor trabajó, a pedido de Belda, con dos fotos: una en sepia de Apolinario y otra a todo color de Julián; por eso las facciones se parecen menos al abuelo que al nieto. Farrell lee desde el atril el poema completo de Neruda: "Yo soy el cóndor, vuelo sobre ti que caminas y de pronto en un ruedo de viento, pluma, garras, te asalto y te levanto en un ciclón silbante de huracanado frío". Conmovedor. Un grupo de trotskistas quieren arruinarle el show, pero los muchachos de Jalil los sacan a empujones y bastonazos. Nada de eso sale en la tele. Es un día soleado y hay nieve en las cumbres. Se celebra con Dom Pérignon, trufas, frutos y chocolates en una casa del bosque, frente al lago espejado. Jalil y Alex vuelven a invitarme a una cacería de ciervo colorado, que les han preparado a treinta kilómetros, pero Beatriz los persuade de que no es el momento y de que me necesita. En el salón muestra las distintas piezas que le bocetaron. Se ajustan a la premisa inicial: azul y blanco, alas marrones y montañas, frases metafóricas y cercanas, con un concepto que aúna la necesidad de atreverse con el imperativo del esfuerzo compartido para llegar alto. Farrell, un poco achispado, las aprueba con alabanzas. Beatriz le coloca en la solapa un pin: es un cóndor con las alas abiertas. Después reparte el souvenir, entre comentarios jocosos. Pero todos y cada uno de nosotros, hasta el más escéptico, lo aceptamos. Hay un brindis, y otro más. Juan Domingo ladra y rompe las bolas. La diva responde pícaramente a los avances del primogénito, pero lo mantiene caliente y alejado con habilidad de vieja zorra.

Esa noche, de regreso en el pub irlandés, el Gran Jack me señala a la pianista, una clienta solitaria que toca temas de Bill

Evans. Es una cincuentona en buen estado, extremadamente flaca pero fibrosa, con pelo lacio y corto, y una nariz romana que le da un carácter fuerte. Ojos color ámbar tirando a amarillo, sin una gota de maquillaje y con un atuendo sobrio: pantalones de lana gris, camisa de seda blanca, un cardigan verde oscuro y zapatos abotinados de cuero marrón. Alcanzo a ver sus manos sobre el teclado: tiene uñas cortas impecables, sin esmalte, y lleva un minúsculo anillo de sello en el meñique. "Se llama Silvia Miller –dice Romero, contemplándola desde la mesa con aire gozoso–. ¿No la reconocés?". Trato de fijarme mejor, de imaginarla sin esas arrugas armoniosas que le tocan el ceño y los pómulos, pero todo es inútil. Me traen un vodka y a ella un Lloyd George: una medida de jerez y tres de champagne brut. Silvia no toca el cóctel que tiene adelante; sigue concentrada en su música, que interpreta sin embargo como al descuido. "La Inglesa –dice el comisario como si saboreara ese apodo, y abre su cigarrera de metal–. Era del palo". Me extraña, no encaja en ese perfil. "¿Cana?", me aseguro. "Cagatintas –me responde–. Pero de la guardia vieja".

Toca una pieza más y supongo que improvisa un poco antes de terminar y beber el primer sorbo. La aplaudimos y sonríe con displicencia; después se acerca a la mesa y le da un abrazo sin énfasis al Gran Jack. Tiene gestos económicos y a la vez aristocráticos. Puedo imaginarme que a lo mejor nació en cuna de oro, pero que luego algo salió mal y tuvo que hacerse de abajo y yugarla toda la vida. Nunca perdió, sin embargo, la clase ni el estilo. Sin que Romero atine a nombrarme, ella me tiende la mano y me repasa con el ámbar, un escaneo sutil pero intenso. Es una sobreviviente, está acostumbrada a nadar con los ojos bien abiertos y a reconocer de un vistazo a las bestias marinas.

—Me pregunto para qué necesita una socióloga a dos tiburones blancos —deja caer mientras se sienta.

—¿Puede dar consejos sin conocer bien a los bueyes con los que está arando? —le devuelve el Gran Jack encogiéndose de hombros—. Te habíamos perdido de vista. ¿Cómo viniste a parar acá?

—Se me fueron cerrando puertas —dice y rechaza un cigarrillo; usa un tono austero, sin tristezas ni reproches—. Pasa cuando una es joven, se quiere ganar un Pulitzer y se piensa que trabaja en el *Washington Post*.

—La conozco desde que era una borreguita —me explica Jack jugando con los bordes de su vaso—. Los viejos sabuesos de las redacciones solo le daban juego porque estaba buena.

—Y los comisarios también —apenas se ríe ella.

—Al principio, después porque te tenían miedo.

—La crónica policial era una buena colimba —dice entornando los ojos—. La mejor de todas. A condición de que supieras dejarla a tiempo. Y yo no me fui ni me quedé. Quise comprobar que el fondo de la casa daba siempre a los fondos de la política. Y de esa manía no pude salir más.

—Esa manía es mal negocio, Silvita.

—Muy malo.

Un borracho seguido de una rubia se hace cargo del piano y trata de tocar "Feelings" y de cantarlo a dúo y en español. Desafinan con los dedos, con la boca y con el cerebro. La Inglesa no se da vuelta ni para mirarlos. Acaba el Lloyd George y se limpia la comisura de los labios; luego se cruza de piernas y de brazos como si tuviera frío.

—Estaba desocupada —continúa—. Respondí una búsqueda. Un fabricante de acero y laminados quería abrir un diario en la Patagonia. Supongo que para aceitar las relaciones con los gobiernos y defenderse de los coimeros. No me hacía ilusiones. Pero estaba el romanticismo del sur y toda esa pavada, y yo andaba con ganas de irme lejos, muy lejos.

—Tenía buena pinta.

—Era cartón pintado. Querían los avisos oficiales sin contraprestación y que los lectores independientes nos siguieran. Para eso hay que tener cojones y perseverancia. Pero no tenían ninguna de las dos cosas. A los dos años, empezaron a transar y corregirme las notas. Era una línea editorial esquizofrénica, y no dejábamos contento a nadie.

—Y vos no tenés cura.

—No tengo cura, Jack —acepta—. Me aburren mucho. Podía tomarlo como un laburo, y conseguir un marido, tener un hijo y dedicarme a leer a Proust. Pero se ve que tampoco estoy hecha para eso.

La última frase me la dedica, y eso me sorprende. Le pido otro Lloyd George, me reservo otro vodka. Recoge la cigarrera de metal de Romero y la hace relucir bajo la lámpara. Reluce también el ámbar. Hace dos años que dejó de fumar por prescripción médica, pero el deseo sigue intacto.

—Ya te imaginarás cómo termina el cuento —le dice cuando el comisario la alienta—. Informes que iban a la basura o salían cortados, convivencia conflictiva, caída de ventas. Fue una larga agonía. Hasta que el antiguo caudillo mandó a uno de sus amigotes a comprar una parte, y entonces me ofrecieron una indemnización. No la acepté por las buenas, y me echaron por las malas. Tuve un programa de radio, y me siguieron corriendo. Me corrían de todas partes. Hasta que me quedé en casa y abrí un sitio digital que tiene más seguidores que el diario y menos avisos que una morgue. Los mercaderes arrugan porque los llama Cerdá desde la Gobernación y los amenaza. Farrell me tiene en la lista negra.

—¿Y la moneda? —pregunta el Gran Jack frotando el índice y el pulgar.

—Una beca universitaria que me consiguió un alfonsinista —declara—. Pero sabés bien que el dinero tampoco me interesó demasiado. No necesito casi nada para vivir; soy una cucaracha resistente.

Romero se ríe de buena gana y brinda con ella. Yo me siento inexplicablemente incómodo. No porque estemos confraternizando con el enemigo, sino por algo inasible que la Inglesa destila con naturalidad.

—Todavía me acuerdo del farmacéutico —dice Miller echándose hacia atrás la melena corta y despejándose esa cara llena de ángulos y de líneas verticales.

—No sé si conocés la historia —me pregunta el Gran Jack.

Niego con la cabeza y mastico un trozo de hielo. El borracho y la rubia tratan ahora con "Bésame mucho", pero simulando que lo cantan dos yanquis con mala pronunciación y detestable fraseo.

—Era mi fuente y nos fuimos haciendo amigos —dice de pronto la Inglesa. Me está relatando los hechos, pero sin dejar de mirar al protagonista.

—Un día me pregunta si alguna vez maté a alguien, y qué se sentía —completa el comisario dándome golpecitos en el hombro con su cigarrera recuperada—. La borreguita era muy inteligente, no tuve corazón para decepcionarla, ¿sabés?

—No me contó la última, pero al menos me contó la primera —añade ella, observándose el anillo de sello.

—Estaba a cargo de una comisaría en el conurbano y resulta que una tarde un hijo de puta entra en una farmacia a los tiros, golpea salvajemente a un empleado y se escapa con la caja. Lo agarramos a las dos semanas, y lo convencí al farmacéutico de que fuera a una rueda de reconocimiento. Es jodido, porque por más que estás detrás de un vidrio y no pueden verte, después el sacapresos se encuentra con tu nombre y documento en el expediente, y todo se sabe. Al final lo reconoció y lo mandamos en cafúa. Pero no duró mucho adentro, y al salir fue a buscar venganza. El farmacéutico lo vio venir y se escondió en un baño, pero el hijo de puta pasó a la trastienda con una pistola, agarró a su mujer y a su nena de tres años de los pelos, y le gritó que si no salía las amasijaba. El famacéutico salió temblando, y el chorro lo hizo arrodillarse y le pegó un tiro delante de toda su familia. Cuando llegué, la mujer me quería matar. "Usted le aseguró que no le pasaría nada", me recriminaba, llorando como una Magdalena. Yo tragaba bilis, me sentía asquerosamente culpable. Lo buscamos al delincuente casa por casa y día tras día. Cuando lo encontré le disparé sin darle tiempo a nada. Ni siquiera sé si estaba armado. Lo fusilé ahí mismo. "¿Y sabe lo que sentí, m'hija?", le pregunté a la Inglesa, que estaba pálida. "Un gran alivio y una gran felicidad, sentí. ¿Tiene algo para reclamarme?".

—No dormí en toda la noche —dice Miller, con la cabeza gacha—. Siempre denuncié el gatillo fácil, y ahí estaba este comisario por quien tenía simpatía, y yo no sabía muy bien qué hacer con todo eso.

—Después mandó en cana a muchos compañeros para saldar esa deuda, Remil —me dice Romero—. Siempre que denunciaba en el diario a un camarada que se le iba la mano, yo pensaba: "La inglesita se los quiere boletear a todos porque no me quiso boletear a mí".

—Y no te faltaba razón —acuerda ella.

—Esto no es una batalla entre buenos y malos, sino entre malos y peores, querida —dice el Gran Jack con el vaso en alto, como si fuera una declaración de principios o un nuevo brindis. Vacía el vaso y mira la esfera de su Longines—. Me vuelvo a la Conejera, porque mañana arranco temprano.

Estoy a punto de levantarme para acompañarlo, cuando de repente siento en mi brazo la mano de ella.

—No se deja sola a una dama con el último trago —oigo que me dice. Y el ámbar con tintes amarillos me toca por tercera vez en la noche. La tercera es la vencida.

Cuando el comisario se retira rengueando, Miller se muda al teclado, de nuevo vacío. Y yo la sigo con mi vodka y me acodo en el piano. Toca otro tema descorazonado y cadencioso, pero en el medio me pregunta por Marquís.

—Un abogado exitoso —le contesto con cautela.

—¿Un tipo bajito, con barba mosquetera y siempre engominado?

—Ese mismo.

Sigue tocando, ensimismada, aunque no estoy seguro de que esté cavilando sobre las normas estilísticas de Bill Evans. Es muy inteligente y magnética, y yo tengo que cuidarme mucho porque es más peligrosa que recoger el jabón en una cárcel. Ahora tiene los ojos cerrados, mientras sus dedos digitan maravillosamente esa música que tanto me desangela y tanto le gusta a Leandro Cálgaris. Pienso unos segundos en el coronel y en el dolor de garganta, pero la pianista abre los ojos y me vuelve a sorprender:

—Hay que admitir que Beatriz tiene talento. Esa pelotudez del cóndor y del abuelo heroico funciona.

Deja de tocar para echar otro sorbito y ficharme de arriba abajo.

—Si todo terminara en el marketing y en esa diva de varieté no llamaría la atención —dice modulando su voz de un modo raro—. ¿Pero Marquís, Romero y vos? Eso ya es una banda.

—Mejor hablemos de Farrell —le propongo.

—¿En eso estás pensando? —me pregunta—. ¿Voy a ser un gran problema?

—No creo.

Toca algunos compases más, luego baja la tapa y se recuesta sobre el piano como si fuera a dormirse. Es, a su modo, una mujer sensual.

—Antes no había, en una noche como esta, hombre que se resistiera.

Prendo otro cigarrillo para digerir la noticia.

—Si ella te mandara apretarme, ¿lo harías? —quiere saber.

—Por supuesto.

—Sé muy bien quién sos vos, Remil —me dice sin levantar la cabeza derramada, un poco ebria—. Tengo archivos.

No la interrumpo.

—Si tuvieras que liquidarme, ¿qué harías?

Dudo un poco, pienso por un momento si está grabando nuestra conversación. Me doy cuenta de que soy un estúpido. Todos bebimos demasiado esta noche.

—Lo haría con rapidez, un balazo en la nuca —le digo—. Para que no sufras.

Se incorpora y acomete por primera vez una risa franca. Dormimos juntos en su modesta casa de las bardas, donde el patrón es una gata persa y hay más libros que ropa. Tiene pechos diminutos y quiere tomar el control. Aunque todo lo hace en penumbras, como si se avergonzara de sus imperfecciones. Cuando despierto, me pide que me vista y me vaya.

VI
Últimos segundos del Minotauro

El arquitecto parece una fiera enjaulada. Da pasos largos de una punta a la otra con una mano en un bolsillo y el celular pegado a la oreja. Lleva una camisa blanca y una corbata verde musgo, y usa unos anteojos de montura dorada; compensa su prematura calvicie con una barba cuidadosamente desaliñada y hace gestos torpes, como si estornudara o estuviera a punto de tropezarse con un relieve de la alfombra. De vez en cuando saca la mano del bolsillo del pantalón para morderse las uñas. Observo cada mínimo gesto gracias a que su estudio ocupa un tercer piso a la calle, tiene amplios ventanales transparentes y uso unos binoculares Leica. Estoy sentado en la 4x4, hablando con Palma a través del "manos libres" y revisando mis mails en una tablet. Nuestra conversación gira en torno del juez Donovan, que resultó un verdadero dolor de cabeza. Durante los últimos tres meses, Palma y yo nos hemos ocupado principalmente del honorable Poder Judicial. Por prevención, pinchamos los teléfonos del

Tribunal Superior y de las principales cámaras, y nos divertimos capturando sobornos menores, enjuagues políticos, traiciones maritales, adicciones severas y trata de blancas. Pura rutina. Armamos archivos virtuales, pero Belda nunca pide los informes para leerlos; de vez en cuando me invita a jugar al metegol en la planta alta del chalet y, para divertirse, demanda los pecados más sabrosos. Después se ríe a mandíbula batiente, pero nada más. Eso quiere decir que nadie ofrece demasiada resistencia y que el comercio de los juicios marcha viento en popa. Marquís señala, en su panel, a tres jueces y un fiscal: están fuera de la línea y sus carreras deberían lentificarse. Pero ninguno de los cuatro detenta por ahora un expediente sensible, ni se lo requiere para una maniobra.

El primer obstáculo real es Donovan, porque mantiene abierta una causa contra Cerdá por tráfico de influencias, y amenaza con abrir otra para averiguar el manejo de fondos con los que se está organizando el gran festival de cine. Marquís detecta a un abogado que fue compañero del juez en la facultad y que trabaja en un modesto bufete; supone que es un negocio a medias con Donovan, pero no está seguro. Tal vez su señoría es un dechado de virtudes y no le importan la guita ni la jubilación. Pinchamos a los dos, pero después de treinta días no obtenemos evidencias de contubernio ni secretos comprometedores. Están limpios. Marquís invita a almorzar a los dos amigos y les ofrece una bicoca. Los micrófonos y el Alien Spy nos avisan, en la siguiente semana, que discuten la ética del caso, y que el magistrado se resiste. En dos ocasiones, Beatriz ya me mandó con un bolso lleno de euros a la casa de un funcionario, pero este grano no se va a curar ni con chantaje ni con coima. "¿Qué podemos hacer?", me pregunta limándose las uñas. "Que se cague encima", le respondo. Nunca me da la orden, queda flotando la sugerencia, pero yo entiendo que espera mucho de mí. Donovan tiene dos hijitas de nueve y seis años: a la salida del colegio me adelanto a su madre, que está retrasada por el tránsito, y les obsequio dos proyectiles FAL. Son preciosos: cartuchos con puntas de latón, calibre 7.62 como pide Naciones Unidas. Las chicas corren hacia su madre para mostrarles el regalo. Y cuando la buena mujer levanta la vista, horrorizada por la sorpresa, ya no me encuentra por ningún lado. Las llamadas son histéricas. El juez duda en hacer pública la intimidación, putea de arriba abajo al gobernador y a todo su gabinete, y hay incluso conciliábulos con colegas de Buenos Aires. Pero al final se queda en el molde.

Una tarde que sale temprano y camina hasta su casa lo acompaño a baja velocidad y lo saludo de ida y de vuelta sin bajar los vidrios polarizados, tocándole irónicamente la bocina. Se queda paralizado en una vereda e intenta anotar los números de mi placa, que corresponden a un plomero de Ituzaingó. Le cuenta toda su angustia a un comisario, que le aconseja pedir una entrevista con Farrell, y también a su socio, que propone una charla franca con Marquís. Donovan se niega a las dos opciones. Va de la vulnerabilidad a la fortaleza, y no sale de ese intríngulis. Se mantiene en su silencio empecinado, de hecho sigue con las diligencias en el caso de Cerdá, pero finalmente desestima la causa del festival por inexistencia de delito. "Un guiño", entiende Marquís. "Rendición incondicional", reclama Belda. La miro con sorna. "Puedo aflojar la rueda del auto de su mujer, escrucharle la casa al socio, amenazarlos por teléfono, asustar a las chicas en la calesita o en el pelotero, destruirle a él la notebook con un virus troyano o darle una paliza —enumero—. Pero lo estaríamos empujando directamente a la denuncia pública. Por lo que oí en las grabaciones, parece un tipo que está harto de esta situación y que busca una salida rápida. Mucha ética leguleya y todo eso, pero se mea en la cama: le pesa la responsabilidad de su familia". BB enchufa un cigarrillo en la boquilla y reclama fuego; Marquís se lo da.

—¿Qué recomendás? —me pregunta ella.

—Otro almuerzo —digo—, donde no se hable de estos incidentes y donde se mejoren las condiciones económicas con otro juicio lucrativo. Yo podría participar en carácter de hombre de Farrell, pero no pronunciaría una palabra y nunca me quitaría los anteojos oscuros.

Beatriz asiente, con la barbilla en alto y los ojos soñadores:

—Aumentamos la tentación y le sumamos el cansancio y el miedo.

Marquís se ríe:

—Llevar a Remil sería como mostrarle al perro que puede morderle el culo; entendería muy claramente el mensaje.

—Y nosotros también —lo atajo—. Si agarra viaje sabremos que la causa no se cerrará de inmediato, pero que tampoco avanzará mucho. Si yo fuera Donovan, me siento sobre el expediente, lo dejo dormir y me guardo esa carta como reaseguro.

Beatriz lo piensa unos segundos. Luego Marquís le comenta que suena bastante lógico, y que de todas maneras no hay mucho para perder.

El almuerzo se ejecuta con precisión. Donovan está alterado por mi presencia, pero nunca se sale de quicio. A la hora de los postres, me excuso y los dejo solos. El juez observa desde la mesa cómo me marcho en aquella 4x4 de chapa apócrifa. Cuando llegan los cafés ya se cerró el trato, y nunca hubo la menor alusión a cuestiones desagradables.

Veinte días más tarde estoy escrutando al arquitecto con los prismáticos y escuchando las novedades de Palma: Donovan discutió con su propio secretario, que le planteaba la necesidad de abordar una nueva línea de investigación. El juez negó con argumentos sólidos y con tozudez; el secretario agotó razones y súplicas y al final, derrotado, lanzó un bocadillo insidioso sobre la "buena suerte" de Cerdá. Donovan le levantó la voz, el secretario se disculpó. Con un colaborador tan vehemente por ahí no vale la pena correr el riesgo de mantener un salvoconducto: a lo mejor se aceleran los tiempos, y en una de esas resulta que el expediente toma la misma velocidad y corre el mismo destino que la causa del festival de cine.

Todavía siguen los ecos de ese aquelarre lujoso, que Diana Galves actúa con talento inaudito. Algunos de sus colegas, por lo general militantes en serio de alguna ideología, no se han tragado el cebo, pero hay muchos otros a los que todos los colectivos los dejan bien. Frágiles menesterosos con fama que son seducidos por cualquier patrocinador y cualquier flash. Los actores, los directores y los guionistas están fascinados por el reconocido carisma de Farrell y, sin meditar demasiado, por sus múltiples logros en materia de justicia social. El gordinflón a régimen, que aprovecha la ocasión para afeitarse definitivamente el bigote, los recibe con honores y con felicidad de dentífrico. Ellos, a cambio de tanto requiebro, ovacionan de pie un documental hecho a las apuradas por los publicistas de BB sobre la historia del abuelo andinista, y algunos actores hasta parecen lagrimear frente a las cámaras de televisión mientras se escucha una versión polémica de "El cóndor pasa".

Las celebridades se alojan en los tres mejores hoteles y conmocionan las calles de la ciudad, donde son requeridas para autógrafos y fotos. A todos les prenden el pin y los llevan al estadio del club Convergencia. Como la Gobernación es el sponsor oficial, la estratega se asegura de que el equipo lleve nueva camiseta con el cóndor de alas desplegadas, una cumbre nevada y un cielo azul. Consiguen un triste empate, pero por la noche hay una recepción donde los jugadores alternan con las actrices y las trolas mediáticas. Las funciones cinematográficas de cada jornada son lo que menos importa, porque el gran espectáculo está allá afuera, y en esas pistas manda con absoluta autoridad la diva eterna.

Que maneja la prensa, incentiva la obediencia, decora los diálogos con anécdotas improbables e introduce a Beatriz en la comitiva para que haga proselitismo desembozado. Las observo de lejos, tratando de decodificarlas. Hace ya varios meses que trabajamos codo a codo, en tiempos particularmente densos y acelerados, y sin embargo me siguen resultando un enigma. La socióloga no descansa nunca: no le alcanzan las horas del día para estudiar, participar en reuniones de gestión y dar órdenes precisas. Cuando juega al golf lo hace en compañía de algún secretario de Estado o de algún legislador; las comidas están ocupadas en evaluaciones y contactos, y a la cama se lleva cada noche una pila de papeles técnicos. No hay en su vida más espacio que para la ambición, y siempre parece estar en dominio total de sus emociones. Con la diva tengo menos horas de vuelo, porque pernocta algunos días en Buenos Aires, pero por lo que se ve o intuye no deja ni por un segundo su inagotable energía ni su proverbial actuación de dama chic de las artes. Son anverso y reverso de una misma moneda, y cuando posan juntas del brazo –una con la boquilla en alto y la otra con el perro– parecen una misma entidad. Solo abandonan sus roles a puertas cerradas, donde hago las veces de testigo mudo: aflora entonces una extraña complicidad, las dos bajan la guardia y juegan al bridge, Belda se permite ser emotiva y trivial, y Galves se revela como racional y terriblemente fría.

La noche del penúltimo cóctel, que se llevará a cabo en la mismísima residencia del gobernador, asisto a los debates previos por el vestuario. Parece que Beatriz ha venido utilizando Donna Karan y se resiste a abandonar el estilo urbano y sobrio. Diana, en cambio, ha gastado varios vestidos estrechos y escotados de Azzedine Alaïa, y quiere pasarse a Versace y convencer a su socia de que la acompañe en la aventura. Lo máximo que consigue es que BB cruce a la vereda de Armani con un conjunto de top y pantalones anchos y negros, y camisa de gasa translúcida.

Lady Di elige un solero de seda estampado en negro, dorado, rojo y azul, con la espalda totalmente descubierta y un escote al estilo Marilyn que le marca los pechos. Las amigas no tienen ninguna vergüenza en debatir con seriedad estas cuestiones fundamentales ni en probarse las distintas prendas, y yo memorizo todas estas elucubraciones como si tuvieran una enorme importancia y debieran luego quedar impresas en la mismísima bitácora de la misión. Me llama la atención, aunque ya no debería, que acuerden la altura de los tacos: plataformas de doce centímetros disimuladas por la botamanga larga y ancha de los pantalones para Beatriz; taco mediano a la vista para Diana. Quieren ser distintas pero complementarias, y que sus estaturas armonicen.

El evento mezcla a los ignotos con los famosos. Alejandro Farrell asedia a una modelo, pero reparte fichas en toda la mesa: pretende irse sí o sí con algún pescado volador esta misma noche, y jactarse de la pesca durante la mañana. A lo largo de todas estas semanas lo he visto con seis coches diferentes, metido en conversaciones políticas donde nunca se privó de opinar toda clase de idioteces, y practicando artes marciales con sparrings de confianza que no se atreven a pegarle en serio.

Elementales empresarios de la construcción rodean a Cerdá, que les presenta a productores y directores hambrientos. La última vez que esos capitalistas regionales asistieron al cine fue para ver el estreno de "La Patagonia rebelde". Ahora son los padrinos ilustrados de este festival glamoroso. Cerdá, siguiendo las indicaciones de Beatriz, los está obligando también a financiar nuevos emprendimientos, algunos ubicados en zonas grises o decididamente negras, y en canje por tanta licitación a la carta. Palma sigue muy de cerca al ministro de Gobierno; le parece relevante que prepare su séptimo viaje a Tailandia y que reciba por correo privado pornografía infantil. Del Lolo Muñoz, que sigue haciendo el ridículo entre personajes de la cultura audiovisual, no extrajo más que un alcoholismo leve y una serie de pequeñas fechorías, como cobrarle un diezmo personal a algunos grupos folklóricos para participar de las peñas oficiales. Del Turco Jalil no se ha podido saber demasiado mediante filtraciones y escuchas: sigue vigente la orden de no tocarle las pelotas y de defender a la Armada Brancaleone de sus espías informáticos, que no son muy brillantes. Palma no cae en tentaciones, aunque recoge información cruzada de diferentes pinchaduras: Jalil está en boca de muchos, casi siempre provocando temores y en ocasiones con informaciones fantasiosas o difíciles de comprobar. El episodio Donovan le ha pegado de manera directa: Cerdá comenta en una charla con un primo del Concejo Deliberante que Marquís podría reemplazar al Turco en la Dirección de Seguridad y que Farrell ya lo fue corriendo "hacia arriba y hacia afuera". El Gran Jack descubrió que Jalil maneja de hecho el club Convergencia. Que está a nombre de un títere y de una sociedad anónima con sede en Islas Caimán. "Cada vez que un equipo asciende a primera división, la AFA organiza una fiesta para todo el plantel, esposas incluidas –le contó Romero a Beatriz–. Después se eligen a seis o siete de los más decisivos, y se los manda a Bariloche *all inclusive*. Son gestos de bienvenida. Convergencia se salteó el viaje: mandó a los veintidós muchachos directamente a Las Vegas. Una semana con todo pago, putas incluidas". BB parpadeó al enterarse de ese despliegue. "La última vez que oí algo semejante estaba metido el Cártel de Tijuana –agregó el comisario golpeando el cigarrillo contra su Longuines–. Invertir en fútbol argentino es una buena forma de lavar guita. La nuestra es una tierra de promisión, señora".

El Turco y el Gran Jack conversan ahora juntos, en un rincón: dos viejos y curtidos pistoleros en saco y corbata, alejados de la fanfarria hollywoodense. En ausencia de Cálgaris, que únicamente mantiene diálogo por línea segura con Belda y por correo electrónico con Maca, el comisario fue mi principal interlocutor, alguien con quien pelotear ideas, analizar datos y pensar en voz alta. Nuestra principal tarea consistió en trazarle a Marquís un panorama pormenorizado acerca del funcionamiento de ese organismo que efectivamente ocupará en poco tiempo, y también una propuesta de reorganización que implique un nuevo servicio de Inteligencia y una perestroika policial. El asunto se mantiene latente, porque Belda espera la ocasión propicia para pegar el zarpazo. Romero se dedicó, a su vez, a investigar el puerto y las firmas pesqueras, y por las noches, a modo de juego de ingenio, a debatir conmigo la desaparición de Mariela Lioni. Una madrugada me despertó para que prendiera la tele: TN transmitía en vivo y en directo un operativo en Villa Puntal. Había federales y bonaerenses realizando allanamientos y requisas a órdenes de un juez. Detecté de inmediato, aunque siempre en lugares discretos, al Salteño con su rifle de asalto y a otros tres agentes de la Casita. Cálgaris sacudía el árbol para ver si rodaba alguna manzana. Pero según las noticias de los días siguientes y la información clasificada que a Palma le confirmó la Cueva, no cayó en esa oportunidad ni una mísera hoja. Solo transas irrelevantes, y algún prófugo de la justicia. Los Requis y los Pajuelo se ríen, se cagan de risa de todos nosotros.

Al cóctel fueron especialmente invitados los corresponsales y los enviados, que están más abocados a los saladitos que a las estrellas. No entiendo cómo logró colarse la Inglesa, pero aquí está sin condescender al maquillaje ni a los trapos de gala. Así y todo resulta más elegante que cualquier pájara de estas. Se me acerca con un vaso de agua mineral y un punto de sarcasmo en los ojos ámbar. "Señorita Miller", la saludo. Ella dibuja una reverencia y se pone a mi lado para tener la misma perspectiva. "Y un día todos estos monigotes saldrán en defensa del gobernador Farrell y dirán que es un titán del cine, y que la prensa canalla intenta injuriarlo —susurra y bebe un sorbito—. Por cierto, qué bien la sastrería del gobernador, qué churro queda sin mostacho y qué progresos ha tenido su dicción. El cóndor no descansa".

Nos acostamos tres o cuatro veces más, siempre por antojo de ella. Y nunca pude servirme el desayuno: me rajaba a primera hora y sin derecho a protesta. Pero la última vez estábamos tan borrachos que nos quedamos dormidos sin quitarnos la ropa, y yo me desperté de una pesadilla con un agudo dolor de garganta. No se trataba de la fiel espina invisible que traía desde Roma, sino de una laceración verdaderamente intolerable. Silvia se impresionó mucho; yo estaba morado. Y no hubo forma de que me dejara ir solo; me acompañó hasta el hospital regional e interpeló al médico de guardia. Logró que hasta me hicieran análisis de sangre y una ecografía. Al mediodía la laceración había cedido, y el médico estaba seguro de que era una especie de ataque de ansiedad. Me causó mucha gracia. Tiré las pastillas en una boca de tormenta y aguanté a pie firme el puñetazo que la Inglesa me dio en el pecho. Tenía los ojos lluviosos, estaba herida en su orgullo por haber tenido un momento de debilidad conmigo. Me preguntó quién me creía que era, y me dijo que ella no me necesitaba y que me fuera a la mismísima mierda. Desde entonces no recaló por el pub ni devolvió mis llamadas.

Palma se metió en su computadora y robó pesquisas, documentos judiciales, borradores periodísticos y anotaciones ininteligibles. También un *paper* interno de la Dirección de Seguridad donde se la catalogaba como "altamente peligrosa". De su correo extrajo varios mails de un oncólogo; de su historial de Google varias consultas sobre linfomas. Palma se introdujo también en el sistema del sanatorio y se alzó con una historia clínica: un cáncer medianamente agresivo que había respondido muy bien a la quimioterapia.

Esto había sucedido dos años atrás, y Silvia estaba con buen pronóstico pero en permanente observación. "Tus chicas se mojan por ese infeliz", me señala ahora la Inglesa, muy divertida en medio de esta comparsa de vanidades. Se refiere a un galán de película, a quien Belda y Galves arrinconan. "Escuché decir que es taquillero porque el público le puede leer la mente a través de esos ojos color lila —agrega ácidamente—. El arte de llenar butacas". Esta misma noche, después de las ceremonias, me cita en el pub, me coge con violencia y me prepara el desayuno, para asombro de su propia gata. Tengo que irme temprano porque en el teatro colonial proceden a entregarse los premios, y Beatriz exige presencia unánime. Es una larga y aburrida carrera de egos y obstáculos, donde solo destacan los chistes de la inimputable Lady Di y las travesuras de Juan Domingo.

A las cuatro de la tarde, la comitiva regresa a la Capital en vuelo de línea. Todos menos uno, el galán de los ojos lila. BB me ordena que vaya a buscarlo a la posada donde se aloja y lo traiga al hotel. Subo con el galán hasta su suite, donde las amigas lo esperan con dos botellas de Cristal. Es raro comprobar que Beatriz resigna el Talisker por esa velada íntima. La jefa me acompaña hasta el ascensor y me anuncia el itinerario: tengo que venir a recoger al galán a las diez de la mañana, llevarlo hasta la posada, cargar su equipaje y depositar al tipo en la pista especial. El gobernador ha dispuesto el avión sanitario. No hay ninguna inflexión especial en el tono de su voz, como si se tratara de una operación política para desbancar a un diputado. Le respondo con la misma neutralidad, y cumplo al pie de la letra sus instrucciones. Vuelvo a reunirme a solas con ella en el Chalet, tres noches más tarde: juega pool con Romero, que la acompaña con un whisky. Despachó al resto del equipo; la casa está vacía, y suena Sinatra.

—Llegaron las últimas encuestas —empieza, e inclina el cuerpo para darle mejor efecto a la bola—. La popularidad de Farrell pegó un salto. Son números que están por muy encima de nuestras mejores expectativas. Me besa los pies.

Tiene un toque enérgico y repentino, que va mucho con su personalidad. Bolas que pegan contra las bandas, una que se escurre por la tronera. Belda nos contempla alternativamente a los dos.

—Las cualitativas muestran hasta qué punto caló nuestra campaña de marketing —agrega—. La imagen negativa, que era alta, bajó muchísimo, principalmente entre las mujeres. Hay que seguir laburando, pero vamos por buen camino. Él, por supuesto, está eufórico. A pesar de que no le llevé tan buenas nuevas.

Rodea la mesa para encontrar un ángulo adecuado y se dobla sobre el paño. Es diestra y en lugar de curvar el índice y el pulgar, prefiere descansar el taco entre sus dedos para un estilo más plano. Saca el tiro como un latigazo. Pero comete un error y rechista; el comisario toma su turno con parsimonia. Es, realidad, un gran jugador de billar, un caballero de la vieja escuela, pero esto es pool y trata de adaptarse. Beatriz retrocede a su vaso y se explica:

—Las mayores resistencias tienen que ver con algunos rumores de pueblo chico. Hay gente convencida de que uno de sus hijos se mandó una macana y taparon todo.

—¿Una macana? —pregunta Romero—. ¿El mayor o el menor?

—Flavio, el menor —responde Belda—. Una amiguita suya apareció muerta en una chacra del valle, y se empezó a decir que él la visitaba a escondidas del marido. El juez, por lo que vi, está en la servilleta de Farrell, y luego fue ascendido a camarista. Me cierra que haya hecho un favor.

La estratega comprueba las evoluciones de su contrincante y frota distraídamente la tiza sobre la punta del taco.

—No sé si es una leyenda urbana, un falso rumor salido de alguna usina política o si tiene algún asidero —. Levanta la vista y me mira—. No hubo crónicas veraces en los diarios oficialistas, y lo poco que leí fue en ese portal escandaloso donde escribe tu novia.

La denominación me toma por sorpresa, pero no le doy el gusto ni de pestañear.

—Verdad o mentira, el asunto es que un alto porcentaje de los que lo detestan y también de los que lo apoyan están seguros de que su hijo se la cargó y él tuvo que salvarlo —dice con contundencia—. Es el comentario preferido en cualquier asado. Hace un daño tremendo.

—¿Qué dice Farrell? —quiero saber.

—¿Qué va a decir? Que son inocentes y que son todas patrañas —se encoge de hombros—. Le advertí que la cicuta se desparrama y que si no hacemos algo, su imagen pronto va a encontrar su techo.

—¿Le alcanza? —pregunta el Gran Jack, que tiene la delicadeza de cometer un error y ceder la iniciativa a su adversaria.

—No llega a la reelección con esas cifras —reflexiona ella, estudiando la disposición de las bolas—. Le propuse examinar a fondo el caso, ver los puntos vulnerables para eventualmente anularlos, y crear otra historia. A la manera del cóndor. Un cuento satisfactorio que lo ponga a salvo de la maledicencia.

El golpe de las bolas estalla como una bomba. Ni Romero ni yo vemos el recorrido.

—Si hubo conspiración, Jalil fue de la partida —aporta el comisario.

—Farrell no está convencido todavía de cambiar a Jalil por Marquís, pero lo anda esmerilando al Turco y de hecho le ordenó que me mandara los biblioratos de Carla Jakov. Esta mañana los tenía en mi oficina. Son veinticuatro, y faltan las actuaciones del juzgado.

—Carla Jakov —repito.

—Una maestra que fue compañera de Flavio en la Facultad de Arquitectura —asiente—. Tu novia sugiere un triángulo amoroso y no sé qué otras boludeces más. Farrell jura que le quisieron tirar el muerto para debilitarlo. Hubo una marcha de silencio, y trajeron de la Capital al CELS, a las Madres del Dolor y a alguna organización dedicada a la lucha contra el feminicidio. Hubo principio de incendio, después bajaron un poco las llamas y ahora quedan solo brasas prendidas, pero queman como la puta que lo parió. Y son un peligro.

De repente Beatriz Belda parece cansarse del pool, arroja el taco sobre la mesa y agarra el vaso para darle el último trago.

—Quiero que te concentres en este perno, Remil —dice con tono destemplado—. Estamos apremiados: usá a Palma y a Maca, y que Romero te ayude a pensar. Pero usted, comisario, no se aparte mucho del puerto ni de los negocios de Jalil: hay que ir a fondo y ponerlo contra las cuerdas. Si no volteamos esa puerta no vamos a poder entrar, ¿me entienden?

Entendemos todo. Belda se retira y nosotros encargamos pizzas y cervezas frías, y nos pasamos seis horas revisando las diligencias policiales y las quince notas periodísticas que escribió la Inglesa. Prima facie el drama tiene cinco personajes. El primero es el susodicho: Flavio Antonio Farrell. Alumno brillante que se recibió de arquitecto y nunca ejerció profesionalmente: ya se sabe que vive de la fortuna familiar y que mata el tiempo en solitario, haciendo dibujos y jugando al tenis. Una vez trabajó en un megaproyecto para el nuevo edificio de la Legislatura pero enseguida perdió el entusiasmo, y tuvo que hacerse cargo de la obra un colega de renombre. Conoció en la facultad a la víctima: Carla Jakov, la Polaquita, rocker transgresora, hippie con obra social y pintora aficionada. Morocha de pelo lacio y tirante en la frente, trenza larga hasta el coxis, buena figura, labios gruesos, tetas naturales extralarge. Chocan los planetas. Experimentan un idilio sexual que él da por finalizado al año y medio. Comparten amistad con el tercero en cuestión: Ezequiel, Quelo para los íntimos, alumno con poco talento y mucho empeño, un flaquito insustancial y eléctrico que a los pocos meses se queda con la Polaca. Los tres se las arreglan para pegar las partes con moco y no quebrar la hermandad. Ella abandona la carrera y se mete en el Magisterio para recibirse de maestra, y se inscribe en cursos de artes plásticas. Dibuja con carbonilla y pinta con acuarelas en tela y con aerosoles en acrílico; se casa con Quelo, le es infiel con algunos artistas al paso y acepta que Flavio le consiga una galería para exponer sus ocurrencias y genialidades. En el colegio es una maestra permisiva y cómplice de sus alumnos; por la tarde pinta en la chacra que le construyó Quelo y de vez en cuando frecuenta bares de la bohemia. Es independiente, inconstante e imprevisible; le gusta romper las reglas. Su padre es el cuarto personaje: Luis Jakov, el Gringo, inmigrante polaco, chacarero y antiguo dueño de una pequeña ferretería. Enviudó joven y crió como pudo a su única hija. Fue aproximadamente próspero y está jubilado y pendiente de su jardín. Es un coloradote simplón, que se casó con una mestiza, y que nunca más tocó a otra mujer. Se mueve todavía en el mismo Ford Falcon Rural que compró en 1981. El quinto personaje es lateral: una vecina de Quelo cuyo único y desinteresado aporte consiste en afirmar que veía seguido al hijo del gobernador por esos campos y que la tarde del crimen salió al porche y divisó en el camino de tierra el Peugeot 308 blanco de Flavio Antonio Farrell. A su regreso, más o menos a las nueve de la noche, Quelo encontró a su esposa muerta. La autopsia revela que murió a raíz de un golpe mortal: un poderoso gancho a la sien que además le rompió el cuello. No se robaron nada, no la violaron, no dejaron rastros visibles ni microscópicos. Sonaba desde hacía horas una canción de Led Zeppelin. Había huellas de distintos autos, una de ellas se corresponde con el Peugeot. Flavio declaró por escrito y alegó que seguían siendo muy unidos y que el día anterior la había visitado para charlar un rato y hablar de una muestra de un pintor vanguardista que se exhibiría en la ciudad y a la que querían ir juntos. El introspectivo negó que mantuviera relaciones sentimentales con ella, pero no logró mostrar una coartada de hierro para esa tarde: estuvo en su departamento viendo series y nadie puede dar fe de eso ni de todo lo contrario. El viudo, en cambio, puso como respaldo a un cliente que lo tuvo ocupado hasta el atardecer. Juró que no sentía celos de Flavio ni de ningún otro hombre, y que no atravesaban ninguna crisis matrimonial. La Inglesa detalla la cantidad de desprolijidades, dilaciones y trucos que despliega la policía ("una máquina de impedir") y la montaña de medidas de prueba que ni el juez ni el fiscal se atreven a ordenar. Entrevista dos veces al Gringo Jakov y este habla de "una mano negra" y de un nuevo crimen de "los hijos del poder". Es un hombre dolorido y de espíritu querellante; Silvia Miller toma partido por él, se solidariza con su dolor y se convierte en su brazo justiciero. No hay equivocaciones en sus informes de prensa: cada dato que publica en su portal estaba anotado previamente en los biblioratos de Jalil.

Dormimos cuatro horas y al mediodía organizamos una reunión con nuestro hacker y nuestra psiquiatra. Hay una ronda de mate, pero Palma rechaza con repugnancia la invitación y sigue con su chupetín de Coca Cola. No puede quedarse quieto, mueve una pierna impaciente y vigila su netbook y su tablet. Maca está serena, sentada como un Buda, entusiasmada por entrar en acción. Beatriz la unió al equipo de sociología y análisis, pero la mantuvo relegada de la operatividad secreta. La Gorda se abocó principalmente a entretener a Diana con especulaciones astrológicas, estudiar las transcripciones de las pinchaduras y ahondar en la psicología de los Farrell. Palma, que no tiene vida, sigue perforando su correspondencia: Maca mantiene el doble juego virtual con su pareja de España y su amante de Chile, y extrema los cuidados porque teme ser descubierta por alguna de las dos. Viaja una semana de vacaciones a Madrid y otra, más adelante, a Valparaíso. Belda es permisiva porque no la encuentra imprescindible. Los partes de Inteligencia sobre mí que le envía cada tres días a Cálgaris abundan en interpretaciones. De alguna manera se enteró (tal vez Palma se haya ido de boca) de que tengo un insistente dolor de garganta y conjetura que somatizo un "trauma fantasmal", un sorprendente signo de angustia que en todos estos años no había aparecido. Cálgaris no le responde. Me dan ganas de darle a ella un poderoso gancho en la sien y romperle el cuello. Pero le doy un mate y la animo a que nos ilustre sobre Flavio.

—Es una persona a quien todos consideran genial, y él está muy de acuerdo con esa opinión —dice consultando un archivo de su propia tablet—. Pero nunca demostró demasiado. Es esa clase de jóvenes que están de vuelta de todo sin haber ido a ningún lado. Le asquea la política y es, en general, despectivo con las convenciones sociales. No quiere ser "normal". Y le ha cedido desde siempre ese lugar a su hermano; en varias charlas telefónicas se refiere a Alex como un grasa y un bruto.

—Y no lo culpo —interviene el Gran Jack con su sonrisa cadavérica—. Pero la madre no debe de ser inocente.

—Para nada. Delfina se lo apropió desde muy chiquito y lo convirtió en este adolescente de treinta y pico con veleidades artísticas que desprecia el lujo pero vive de arriba, entre algodones. No sabe lo que cuestan las cosas, y su hábitat natural es un piso que quita el hipo en el barrio del Oeste, frente al río, con gimnasio, sauna y jacuzzi en suite, atendido por una cocinera y una sirvienta que están bajo las órdenes de su madre.

—¡Eso es vida! —dice Palma, y nos muestra fotos del departamento.

—¿Viaja mucho? —pregunto para que no nos demoremos.

—Dio la vuelta al mundo varias veces —confirma el hacker, que tiene el registro de las entradas y salidas del país—. Con minas, con amigos. Nunca con Carla y Ezequiel. Jamás con su hermano ni con sus padres: ni a Disney fueron juntos.

—Tiene aversión por este "ambiente provinciano", así lo describe —retoma Maca mordiendo su lapicera roja—. Y trató de vivir en Buenos Aires, pero no le fue muy bien en el terreno de la realidad. Trabajó quince meses en un estudio y protagonizó un incidente bien curioso.

—Casi va preso —asiento, y busco en el sitio de la Inglesa una entrada específica. La encuentro—. Tuvo una pelea con un compañero en una disco de la Costanera. Le dio una paliza: le rompió el bazo y lo mandó al hospital. Por poco lo mata. Lesiones graves, artículo 90 del Código Penal.

—Intervino la Casa de la Provincia y se arregló —adivina el comisario chupando con fuerza el amargo—. Habrán repartido mangos a lo pavote.

—Zafa judicialmente, pero queda un antecedente violento —dice Palma moviendo la cabeza.

—Zafa y vuelve a la provincia, pero nunca con la cola entre las patas —dice la Gorda, y acepta el siguiente mate. Cada vez que toma uno tiene luego que limpiar su rouge carmesí de la bombilla—. El hecho es muy significativo, porque demuestra que Flavio es callado pero lleva adentro un volcán, y que tiene baja tolerancia a la frustración.

—Demuestra que es capaz de asesinar bajo emoción violenta —me confirma el Gran Jack mirándome a los ojos—. La Inglesa lo hizo de goma, ¿no?

—De goma.

—Flavio no se explica sin Delfina Maggi —dice Maca abriendo otro Word—. ¿Pasamos a la madre?

—Pasemos.

—Hija de dos comerciantes, estudió profesorado de Historia.

—Tiene tus mismos gustos —se ríe Palma, y recita los títulos que compró con su tarjeta de crédito en la librería principal durante los últimos tres años. Es una lista extensa, mucho Imperio Romano, China y Egipto; predilección por la Rusia zarista

—Tito Flavio fue emperador —confirmo y prendo un cigarrillo—. Le decían Vespasiano. Comenzó a construir el Coliseo. Un arquitecto vocacional. Y Alejandro, un emperador de la Dinastía Severa. Un pusilánime manejado por su madre y por su abuela. A lo mejor se refiere a Alejandro Magno.

—Hijos con nombres imperiales —reflexiona Maca y frota con un pañuelo los cristales de sus anteojos rojos—. Supongo que vio en Farrell a un hombre que haría historia, y eso le resultó atractivo. También, por supuesto, formar una familia. No parece que haya habido nunca pasión erótica en ese vínculo. Ella padeció una anorexia leve y quedó rápidamente embarazada. Los hermanos se llevan dos años. Después el jefe de la manada comienza a subir y progresar, y a tener fatos más o menos conocidos en este poblacho donde todo se sabe. Ella se vuelve mustia, triste, negadora. Se refugia principalmente en el menor. Se lo apropia.

—¿Y eso es habitual, doctora? —le pregunta el comisario—. Parece un cariño enfermizo, ¿no?

—No, comisario, es la droga de las madres: ser adoradas para siempre —se ríe Maca con autosuficiencia—. El hijo es de la madre, comisario. Y ella es la única que puede habilitar al padre, créame.

—Pero Farrell le arrebata al mayor —porfía Romero: no le interesa el discurso psicoanalítico.

—Con el tiempo, con el tiempo. La concentración de Delfina en Flavio debió haber sido tan absorbente, que Alex quizás sufrió los daños colaterales y no le quedó otra que tomar partido por su padre para reafirmar su identidad y para encontrar un lugar bajo el sol. Son reacomodamientos que se dan en algunas familias.

–Familias patológicas –dice el Gran Jack.

–Todas las familias son patológicas –retruca Maca, que está gozando–. Flavio es la obra maestra de Delfina Maggi. Alex necesita muchos juguetes porque tiene un cráter en el pecho. Los dos hermanos se subestiman entre sí, aunque por diferentes motivos. Palma armó el mapa farmacológico de todos.

–¿Y eso? –pregunto.

Palma se limpia una mano pegajosa en su remera de Sex Pistols y abre otro archivo con la punta de un dedo. Es una maniobra grácil, que pretende ser humorística.

–Todos papeados. Delfina toma Rivotril y a veces Dexedrina, y unas pastillas para la presión: Coverene. Farrell se da con Viagra y Atorvastatina para el colesterol. Alex, con distintos complejos vitamínicos y éxtasis, que le consigue Jalil. Flavio, con marihuana y Clonazepan.

–El único que nos interesa es Flavio –lo reprendo.

–En algunas llamadas Farrell se refiere a su hijo como F. –se enmienda el hacker buscando en el escritorio de su netbook un archivo sonoro. Lo pulsa. Surge la voz metálica del gobernador–: "No sé, no sé, con F. nunca se sabe". Puedo rastrear todas las menciones, Remil, pero va a llevar unos días.

–Necesito todas las conversaciones, chats y correos electrónicos donde se mencione a Carla Jakov y donde se hable de F. Todas.

Palma se tira del pelo como si fuera a arrancárselo.

–¿Dónde están ahora los comisarios que intervinieron en el caso? –pregunta el Gran Jack con un papel en la mano, y los menciona uno por uno.

Palma entra en una planilla; el rastreo le lleva tres minutos exactos.

–Los ascendieron –Romero golpea con sus nudillos la cigarrera de metal–. Menos a ese desgraciado que mandaron a la

Sección Canes. Debió de hacerse el honesto. Puedo apretarlo, pero avivaríamos giles.

—Mejor pies de plomo —lo calmo.

Resaltador en mano, el Gran Jack y yo nos internamos cinco días a leer los biblioratos y la instrucción completa, que nos consigue Marquís. El abogado repasa las conclusiones previas del fiscal y la presentación del patrocinante de Luis Jakov. La Inglesa denunció en su momento que el letrado del Gringo, para que fuera a menos, había recibido y rechazado ofertas de trabajo en el Estado, amenazas anónimas e intentos de soborno. Es un pavo real de perfil alto y ciertos humos de prócer cívico. Como todos, este bicho tiene precio, pero Farrell y Jalil no supieron pagarlo. Palma nos entrega finalmente su compendio, y con Maca lo oímos y clasificamos, y llegamos a la conclusión de que Flavio no está asustado y se considera inocente, pero también de que ningún miembro de su familia le cree. La Gobernación se movió en todo momento como si fuera el culpable, y eso no hizo más que culpabilizarlo.

—Um, que no tenga miedo y que sobre la situación también encaja con su coraza de soberbia —matiza ella, y le doy la razón.

Romero alquila una Toyota Hilux y parte hacia el puerto. Busca buchones entre los empleados de las pesqueras. Yo compro algunos libros que eligió Delfina y alterno esas pocas noches entre los guerreros del Imperio Medio y algunos encuentros con la Inglesa, que me nota particularmente silencioso. Salgo del paso contándole los códigos secretos que tenían aquellos soldados del faraón. El oro del coraje y todas esas cosas. Al final de la semana, le comento mis primeras impresiones a Beatriz Belda y le pido permiso para pasar de la teoría a la práctica. Me habilita, pero me ordena que sea cauto. Y estoy siendo muy cauto esta tarde mientras vigilo con mis prismáticos al arquitecto y parloteo por el "manos libres" con Palma. A las siete en punto cuelgo porque Quelo cierra su celular, se pone el saco y baja las persianas americanas. Al rato lo veo sentado frente al volante de su Renault azul. Lo sigo hasta la ruta y me mantengo a media distancia. Hay tráfico ligero, es un atardecer otoñal lleno de amarillos y naranjas; pronto desaparecerán los últimos rayos de sol y bajará la temperatura. La chacra es una parcela mediana al cabo de un camino secundario. No hay modo de llegar hasta la tranquera sin ser visto desde una casa de techo a dos aguas que hay detrás de un sembradío. Agarro los binoculares y diviso el porche de la señora Burgueño, la solterona que deschavó las visitas de Flavio y la presencia del Peugeot blanco el día de la desgracia. Tiene tres peones cama afuera, pero ya es tarde, está sola y probablemente se recoja temprano y ande mirando televisión junto a la estufa de leños o cocinándose la cena: una columna de humo sale por la chimenea de atrás; hay un bayo pastando a cien metros. De la viga del porche penden caireles, cruces y talismanes. Una chacarera supersticiosa. Aminoro la marcha para darle tiempo al arquitecto, que atraviesa la huella y se interna en el terreno. Su casa está protegida por álamos que la hunden en sombras. No tiene perros. Espero quince minutos más, y toco bocina, después apago el motor, camino hasta la tranquera y bato palmas. Como tarda en salir a buscarme, me doy permiso para abrir y avanzar por la senda. Los benteveos están en pleno barullo. Imagino que Ezequiel me espera con una escopeta, pero aparece con las manos vacías. Es un flaquito inestable con cara de susto. Me presento como investigador judicial, le muestro incluso una credencial trucha.

—Estamos revisando los hechos y necesitaba hacerle unas preguntas —propongo con tono rutinario.

Se quita los anteojos de montura dorada y se aprieta los ojos, como si le ardieran. Ya no lleva camisa blanca ni corbata verde ni zapatos bien lustrados. Está vestido de entrecasa, con un buzo, un pantalón de gimnasia y unas alpargatas de campo.

—¿Cuántas veces voy a tener que contar lo mismo? —pregunta, a la manera de una plegaria. Pero de inmediato se sobrepone y me da la mano, es un hombre amable–. Pase, pase por favor. ¿Quiere tomar un café?

Mientras lo prepara me cuenta por enésima vez lo que pasó aquella nochecita. Afuera ya está oscuro y adentro la salamandra no consigue insuflar calor a ese hogar huérfano. Ni siquiera me saco el gabán. Escucho a Ezequiel mientras miro la bañadera y me paro en el lugar donde encontró caída a Carla Jakov. No hay manchas ni ningún otro rastro de la tragedia; todo fue cuidadosamente limpiado hace muchos meses. Es una sala enorme, con un living y un comedor lleno de motivos criollos, que da a un dormitorio por la derecha y a una habitación por la izquierda. Quelo sale de la cocina y me extiende un jarro. El café está negrísimo, sin una pizca de azúcar. Busca en un mueble un disco y lo coloca en el aparato. Suena "Whole lotta love", pero no atruena. "Necesitas sosegarte, nena, no bromeo, voy a mandarte de vuelta a la escuela. Muy en el fondo, cariño, lo necesitas. Te voy a dar mi amor".

–Plant la cargaba de energía –dice el viudo sin dramatismos–. Carla ponía este tema en automático y podía escucharlo horas y horas mientras pintaba o bailaba.

–Hay algo que no entiendo –consulto mi libreta–. Hubo un desperfecto con el celular de ella. Todo un escándalo.

–Se borraron algunas llamadas, incluso varias de nuestra propia familia que recordábamos o fuimos reconstruyendo –contesta calentándose las dos manos con su jarro–. La telefónica pasó un informe pero también parecía incompleto. Leyó la denuncia de mi suegro, ¿no?

–Está convencido de que la policía metió el garfio –el café está que pela–. Y le inició una demanda a la compañía de teléfonos.

–Flavio no figuraba en la nómina, eso es seguro –convalida con ojos extenuados–, cuando yo sé perfectamente que se hablaban casi todos los días.

Trato de entender si el comentario sugiere celos o resentimiento, pero me parece meramente informativo. Luce inseguro y frágil. Recuerdo algo que me escribió Maca después de leer su declaración testimonial: Quelo tuvo desde el comienzo la idea de que para Carla él había sido un plan B, una resignación, y por eso toleró para siempre los coqueteos y suspiros de ella por su antiguo amante. Estaba muy claro que Quelo admiraba tanto el talento de su rival como ella misma, y que le festejaban juntos a Flavio su creatividad, su audacia y su exotismo. No sabemos si el hijo de Farrell mantenía además relaciones carnales con la maestra pero si las tenía, el cornudo negaba la situación por debilidad.

Es fácil colegir que la Dirección de Seguridad se encargó del teléfono y de la telefónica, y que la Científica contaminó cualquier indicio en la chacra. El gobernador y su familia le deben la vida a Jalil. En su aturdimiento y desesperación, Quelo tampoco ayudó mucho: alzó a los gritos a Carla, la metió en el Renault y se la llevó hasta una clínica rural como si pudieran reanimarla, algo ya imposible. Los médicos llamaron a la policía, y el arquitecto no regresó a la escena del crimen hasta dos días más tarde. Lo tuvieron demorado en la seccional, bajo interrogatorio y sospecha de haber matado a su esposa. Cuarenta y ocho horas para que el Turco y su muchachos adecentaran todo. Facilísimo. Quelo recién volvió a la chacra cuando se conoció el resultado de la autopsia y se hizo evidente que durante la hora fatal el marido estaba visitando una obra y discutiendo con uno de sus clientes. Los comisarios no se privaron, sin embargo, de tenerlo mucho tiempo en la picota bajo la teoría de que podía haber contratado a un asesino profesional. La Inglesa escribió la refutación: un *killer* hubiera utilizado un arma de fuego y habría simulado un robo. De la casa no faltaba ni un lápiz.

—Lo importante es que su suegro siempre creyó en su inocencia —le recuerdo acercando las manos a la salamandra.

—Es un buen hombre —dice cruzándose de brazos—. Pero no puede aceptar el destino y hacer de una vez el duelo. ¿Leyó a Sidharta?

—No —reconozco.

—"El dolor es inevitable, pero el sufrimiento es opcional".

—¿Usted no necesita que se haga justicia?

—¿Y qué arreglamos con eso? —me devuelve—. Carla era un terremoto, estaba llena de defectos deliciosos, cometía todo tipo de errores, pero era tan distinta, tan original, tan encantadora. No hubo un solo momento en que no me llenara con esa… luz.

—Pero esa luz se apagó.

—Y no importa quién y por qué lo hizo —convalida—. Se apagó y no va a volver. Eso es lo único que cuenta.

—¿Y cómo le cae al viejo Jakov esa filosofía budista?

—Como una puñalada —se sincera—. ¿De qué otro modo? A Luis no le queda otra cosa que la lucha. Eso lo mantiene vivo, aunque está realmente muy delicado.

—¿Qué le pasa?

—Tuvo tres ataques al corazón, dos de ellos bastante graves. Incluso lo operaron, le hicieron un triple bypass, pero es terco y no sigue las dietas ni los consejos del cardiólogo. Creo que ni toma los remedios. Supongo que se quiere morir.

Avanzo hacia el dormitorio y asomo la cabeza. La cama está desordenada. Una biblioteca cubre toda esa ala de la sala principal. Ojeo los lomos: arte y orientalismo en partes iguales.

—Al viejo no le sacan de la cabeza que fue Flavio. ¿Usted qué opina?

—Para mí sería como una segunda muerte —dice, y la frase me suena tan pomposa que me vuelvo para descubrir si es una impostura.

Quelo percibe mi intención, y descuelga de una pared una foto enmarcada. La observa unos instantes y me la pasa. Flavio, Carla y Ezequiel abrazados en la nieve. Jóvenes, felices, unidos.

—Tengo un arcón lleno, por si quiere tomarse el trabajo –ofrece–. Quince años de solidaridad y de andanzas. Los tres mosqueteros, los tres chiflados.

—Un triángulo amoroso –digo con malicia.

Niega con la cabeza varias veces, y me quita la foto y la devuelve a su clavo.

—¿Y entonces por qué Flavio y usted no siguen tratándose como antes? –le pregunto.

—¿Cómo saben? –me sorprende–. ¿Nos pinchan los teléfonos?

—¿A Flavio le prohibieron que se acerque?

—¿Sabe por dónde se pasa Flavio las prohibiciones? –lanza una carcajada quebradiza. Enseguida vuelve a ponerse serio–: Flavio se resiste a compadecerse de las personas, le parece una gran debilidad. Yo lo conozco mejor que nadie. Está destrozado, haciendo el proceso a su modo, hay que esperarlo y tenerle paciencia.

—¿Por qué lo protegió el Estado si no es culpable?

—¿Por las dudas? –prueba–. No sé ni me interesa.

Entro en la habitación de la izquierda y me choco con su tablero pelado y con el caballete vacío. Es un cuarto de techos altos que hace las veces de desordenado atelier. Se nota que originalmente era el estudio de los dos, y que con el tiempo ella se fue apoderando de todos los espacios. Hay soportes acrílicos coloreados con esmalte, láminas con dibujos, muchas acuarelas y algunos óleos. Los estilos son muy variados y erráticos, y varias composiciones parecen a medio terminar, como si la artista los hubiera acometido con vehemencia y luego hubiera ido perdiendo convicción. Busco con la vista la última obra, la que dejó para darse un baño y fumarse un porro. La localizo en un rincón, sobre el piso, y la levanto para examinarla: es algo así como un ser mitológico, con un torso esculpido y triangular, perfectamente colorido y acabado, y una enorme cabeza de toro, aunque con ciertos rasgos humanos, apenas esbozados con lápiz y pincel.

—Una versión del Minotauro —explica Quelo a mis espaldas—. Estaba entrando en una etapa donde recreaba mitos y leyendas pero con impronta pop. No es lo que más me convence de ella, pero insistía porque había vendido en Buenos Aires una variante similar de "Leda y el Cisne". ¿Entiende algo de pintura?

—Muy poco —confieso, y me viene a la memoria difusamente la Villa Borghese.

—El cisne es Zeus y copula con la doncella —explica—. El Minotauro es un monstruo insaciable. Carla pintaba el deseo.

Nos quedamos mirando de soslayo al Minotauro incompleto. Por la ventana se manifiesta la oscuridad del campo. Al atelier no llegan los calores de la salamandra y no hay ninguna otra estufa encendida. Exhalamos vapor y silencio.

VII
La cacería

Como es una cacería a campo abierto el Turco Jalil utiliza un Winchester 7mm Short Magnum con mira telescópica y Alejandro Farrell carga un fusil semiautomático .280 Remington. A mí me asignan un .243, que es un arma para novatos. No hay quejas. Con los pastos hasta la rodilla, vamos de una picada a la otra, mudos como depredadores y vestidos con ropa de fajina camuflada. Un Land Rover nos trajo desde la ciudad de los lagos hasta esta estancia de diez mil hectáreas, y un gaucho de bombachas y boina roja nos repartió equipo y caballos. Él mismo se unió a la cabalgata, que fue lenta y placentera y que nos insumió cerca de dos horas. La cordillera deslumbra al fondo en todo su esplendor, y las conversaciones se llenan de anécdotas y de lecciones: Jalil es el guía pero Alejandro quiere ufanarse de sus conocimientos, y no deja de contar jornadas gloriosas. Es un erudito del animal que perseguimos, me habla de "la brama", ese mes y medio donde el macho amenaza con gritos para marcar territorio y conquistar a la hembra. Estamos fuera de ese período, y también de los permitidos por la ley. Somos cazadores furtivos, pero ¿quién podría aplicarles el código y la multa al hijo del gobernador y al director de Seguridad? ¿Y a quién pertenece esta estancia descomunal? Los dos se ríen con fuerza.

El sol se pone rápido y llegamos a un apostadero poco antes de que oscurezca: una casucha de ladrillo, frente a una aguada artificial. Atamos los caballos e ingresamos en ese refugio confortable, donde hay trofeos y un grupo electrógeno. La heladera está bien provista, y el baqueano se encarga de las monturas, nos prepara un asado de jabalí y nos sirve un cabernet mendocino. Me explican que hay habilitado un coto hacia el sur, pero que ellos prefieren el reto de los grandes espacios. "Para que la batalla sea justa y la bestia tenga una oportunidad", puntualiza Jalil, que es un hombre compasivo. Alejandro menciona con entusiasmo las cabezas de 14 puntas, y los ciervos asesinos, que no tienen astas como coronas sino como afilados estoques. No salimos de la temática, y yo no hago otra cosa que escuchar y cruzar miradas con el Turco. Para la copa final, el baqueano abre el mapa sobre la mesa de campaña y nos señala un rectángulo. Debemos seguir a pie dos o tres horas, y no olvidar algunos datos fundamentales: en una picada lejana él mismo vio hace dos días una huella nítida de un macho grande y pesado. Marca el lugar con birome. También encontró señales, más al norte y cerca de un alambrado, de otro animal errante. Nos desea buena cacería: se queda a esperarnos con los caballos en esa retaguardia. "Mañana te traemos uno y lo cocinás —se exalta Junior, y se ocupa una vez más de educarme en el rito—: Lo comemos porque lo respetamos. Es obligación".

Después se conecta los auriculares y se duerme escuchando música electrónica. Jalil y yo seguimos fumando en la penumbra, sin intercambiar una palabra, algo muy llamativo si tenemos en cuenta la cantidad de asuntos pendientes. Duermo inquieto, como si mi vida corriera peligro, y ahora que avanzo por este terreno inhóspito donde cada bulto o silueta parece un ciervo colorado, tengo la misma sensación. En este *métier*, somos presa de una gran contradicción profesional: la paranoia puede destruirte, pero rara vez la intuición resulta equivocada. Me pregunto todo el tiempo si el .243 funcionará a la hora de la verdad, y lamento no haber traído la Glock ni el Smith & Wesson 36 de la tobillera.

En un momento dado, Jalil se retrasa para orinar y Alejandro me convida agua de su caramañola. "¿Sabés una cosa, Remil? —me confía de pronto—. A mí las pelotudeces que haga o deje de hacer mi hermano me chupan un huevo. A mí lo único que me preocupa es el proyecto político". Se me queda mirando fijo, pero percibo que no espera una respuesta; está elaborando su próxima meditación. "La petisa va a tener que inventar algo mejor que el condorito para que los votantes aflojen. Porque la gente es desagradecida y tiene mala leche —dice por fin, y alza un dedo—. Pero mejor que ustedes no metan la pata, porque con el proyecto no se jode". El parlamento de Junior no deja de caerme simpático; será porque pienso que nadie amenaza a un tipo al que están a punto de ejecutar. Pero un tiro se le puede escapar a cualquiera. Los accidentes de caza son muy habituales y Jalil me pisa los talones con su Winchester.

Estamos agitando el avispero con el crimen de Carla Jakov, y es lógico que el Turco sea el más nervioso de todos: se ocupó de borrar evidencias y buscar falsos culpables, y de repente vienen los porteños a revisarle la chapucería y a salvar con un *acting* la reputación herida de la familia gobernante. Maca y el Gran Jack están analizando uno por uno a los supuestos amantes despechados que aparecen en la causa: son seis o siete, y de dudosa actuación. Los empleados del Turco los metieron con distintas argucias en la trama general para distraer y embarrar la cancha, y para conseguir, en una de esas, que alguno se equivocara y quedara entrampado durante los procedimientos. La Inglesa, como vocera de Luis Jakov, se encargó de desmontar esas maniobras y de explicar con lógica detectivesca por qué ninguno de ellos pudo haber metido aquel gancho en la sien.

Después de inspeccionar la chacra de Quelo toqué a la puerta de la señora Burgueño, que me invitó a cenar un guiso. Es una matrona rodeada de perros y gatos, una dama corpulenta que cree en aparecidos. Me cuenta escenas delirantes sobre fantasmas de la zona, y viejos camelos de los pobladores, y me pregunto si pasaría una pericia psiquiátrica. Jura por la Biblia, no obstante, que Flavio Farrell venía seguido y que la tarde del día en que cayeron los patrulleros ella vio "con estos mismos ojos" su Peugeot 308, blanco como la caspa. Más tarde me asegura que dos de sus gatos son la reencarnación de una pareja de bandidos rurales. Se trata de una historia romántica y agridulce: una batida les da alcance y los fusila allá por el 900, cuando esta era todavía la Patagonia desierta. "Es por eso que mis gatos atigrados no se mezclan con los otros, y van juntitos a todas partes", me enseña. No tiene idea de que es una testigo clave, y tampoco de que no la requirieron más porque el juez fue a la retranca y cobró por los servicios prestados.

El encuentro con el Gringo es más terrenal. Simula tragarse la ficción del investigador judicial que está realizando una auditoría y me hace pasar a su jardín donde, rodilla en tierra, cura un rosal. Es efectivamente rojizo y tiene una panza de embarazo avanzado que combina con piernas de tero. El tostado patagónico apenas logra moderar un poco la palidez enfermiza de su cara. No le importa que fume al solcito, apoyado en el capot de su Ford Falcon Rural.

—La única esperanza, a esta altura, es que la causa por encubrimiento agravado avance un poco y alguna rata salga del agujero —dice manipulando el abono—. No sé, algún arrepentido, algún matón de Farrell con un poquito de remordimientos y de chucho. Estamos peleando contra todo el aparato del Estado. No sabe las zancadillas que me hicieron, doctor. Me atacaron diciendo que quería plata para callarme, me acusaron de estar armando una carrera política, me trataron de loquito. Pero los vecinos me muestran cada vez más solidaridad, me transmiten fuerza cada día. Salga conmigo a la calle y va a ver. Ellos saben que toda esta manganeta fue para salvar a uno de arriba. Nadie mueve tanto, nadie compra tantos funcionarios, voltea tantos indicios, nadie inventa tantos perejiles para que se coman el garrón, si no hay un poderoso metido hasta la verija.

—¿Usted lo conocía personalmente a Flavio? —lo interrumpo.

Se encoge de hombros y agarra una palita para remover otros yuyos y malezas.

—Nunca me lo trajo a casa —dice, como rezongando—. No crea que fui un buen padre. Muchas veces me quedé sin palabras. Y Carla no me daba explicaciones, era contestadora y escandalosa, y a lo mejor pensaba que no me caería bien esa situación confusa, me la ahorraba, y lo bien que hacía. Todo el mundo sabe que seguía enganchada con ese malparido. Todos menos mi yerno, que es un pobrecito y un bobo.

—Pero usted nunca habló de frente con su hija sobre esto.

—Nunca —suspira con los brazos caídos—. Pero yo sabía con mi corazón de padre que ella se veía con el hijo de Farrell. Que iba a su bulín, y que después él actuaba de amigo de Quelo como si nada. Quince años con este juego; ya los tres lo asumían como algo normal. No me entra en la cabeza. Pienso mucho en eso de noche, cuando tengo insomnio. Pienso en mi finada mujer y en cómo me hizo falta, y en por qué Carla me salió así.

—¿Alguna vez lo llamó Flavio para aclarar algo?

—Jamás.

—¿Y el gobernador?

—Después de la marcha de silencio me citó en su privada. Fuimos con mi abogado y nos tuvo dos horas en salita de espera. Y luego nos derivó a la Dirección de Seguridad, que queda en el otro piso. Me atendió Jalil, con buenos modales. Me ofreció ayuda financiera para que abriera una fundación, me insinuó que yo debía cuidarme de cometer injurias si no quería perder esta casa. Le dije que era un Judas y que se iba a quemar en el infierno. Esa tarde me dio una angina de pecho.

La charla es larga y le permite al Gringo arreglar muchos desperfectos del jardín, pero no agrega demasiado a lo que ya sabemos. Lo ayudo varias veces a ponerse de pie, está agitado. Me retiro prometiéndole que muy pronto tendrá noticias mías, y dedico toda la tarde a nadar y a boxear en el club Convergencia. Por la noche subo hasta la suite de Belda y la encuentro con Marquís. Toman Talisker y estudian lo que Beatriz denomina "guerrilla hegemónica". Acciones divisionistas que, siguiendo su consejo, Farrell impulsa en gremios y actividades privadas. Patria y antipatria, pero en clave provincial: amigos y enemigos del progreso, aves que vuelan y reptiles que se arrastran, defensores de la causa federal y abominables títeres del centralismo. Unos contra otros. La estratega alude también a la necesidad de desplazar cuanto antes al Lolo Muñoz y colocar en su lugar a un experto traído de Buenos Aires que sea capaz de espectacularizar los actos y organizar grandes fiestas populares. "Necesitamos luces, pantallas, fuegos artificiales, megalomanía", sonríe. A continuación me pide que desembuche.

—La causa está hundida pero sigue abierta —les recuerdo, aceptando una cerveza del frigobar—. Y en dos años, dependiendo de la correlación de fuerzas políticas, podría unificarse con la del encubrimiento e ir a juicio oral. ¿La gran ventaja? Es probable que el viejo no aguante tanto. Y él es el verdadero y único motor. Muerto el perro, se acabó la rabia. Porque el viudo está ansioso por dar vuelta la página y olvidarse de toda esta basura.

—¿Y el pavo real? —pregunta BB—. ¿Ese abogado no seguiría adelante solo?

—Marquís podría meterlo en una de sus gangas millonarias —sugiero con cuidado—. Más tarde, sin el padre y con el viudo flojo, a lo mejor no le dan tantas ganas de litigar, sobre todo si para entonces tiene otro estatus y se le hace entender que perdería todos esos beneficios. Habría que hacer una operación suave y sutil, porque las ofertas burdas de Farrell no funcionaron. Que el abogado no sospeche y que se vaya enviciando, y que después sea demasiado tarde.

—No es desatinado, solo hay que saber hacerlo —confirma Marquís acariciándose la barba mosquetera—. ¿Y la vecina?

—Es medio esotérica —digo—. Si eso lo incentivamos con un simulacro y la obligamos a que haga alguna denuncia disparatada, después con ese simple antecedente policial podemos tratarla de mitómana y torpedear su testimonio.

—Todo esto va a salir plata —dice Marquís, evocando aquellas célebres palabras que Cerdá debió tragarse.

—Lo que se arregla con plata sale barato —interviene otra vez Beatriz, pensativa—. ¿Hay forma de blindar al pibe?

—Podemos intentar conseguirle una nueva coartada —le explico—. Es complejo, y no estoy seguro de que se pueda. Habría que buscar un caso que sea de la misma época y que tenga compatibilidades. Y ofrecer guita y un buen trato a un procesado para que amplíe su declaración con un motivo plausible y deje por escrito que aquella tarde estuvo un rato en casa de Flavio para venderle algo, cualquier cosa. Un párrafo al paso, nada más, porque el resto de la declaración tiene que ser efectiva y consistente. Con un juez amigo, ese expediente seguiría su curso, pero quedaría asentado el punto y el defensor podría desenterrarlo en dos años, decir que Flavio olvidó aquella visita, y explotar la duda.

—Peores cosas hemos hecho, Betty —le dice Marquís—. Cheque y mejora de condiciones para el lumpen, y Banelco para su señoría. No es un testigo de alta credibilidad, pero apuntala el alegato.

—Hay que guiar, instruir y controlar muy bien al lumpen para que no sea peor el remedio que la enfermedad, porque pueden llamarlo al estrado —les advierto—. Aunque no siempre pasa.

—¿Es un método de Cálgaris? —quiere saber ella.

—Las pocas veces que lo probamos resultó —le confirmo—. Pero, obvio, teníamos personas sensatas en el tribunal oral.

—Acá también hay personas de una enorme sensatez —Marquís revuelve con un dedo el hielo de su vaso vacío.

Belda se lo vuelve a llenar, pero sigue ensimismada y nos obliga a cerrar el pico durante unos minutos. Camina hasta la ventana, descorre la cortina y mira sin ver la calle y la plaza. Permanece en esa contemplación un rato, y al cabo niega con la cabeza.

—No vamos a meternos en ese berenjenal hasta que sepamos qué pasó realmente con esa hippie y hasta que nos entreguen la Dirección de Seguridad —decide con voz ronca—. Además, el problema no es ese juicio hipotético, sino la desconfianza de este momento, que le está arruinando la reelección. A lo único que me comprometí es a escribir una fantasía y a echarla a rodar. Lo que tampoco es coser y cantar. Porque todavía me falta pulpa.

Hace un gesto con los dedos como si amasara masilla, y me culpa con los ojos. Le doy un trago largo a la cerveza.

—El próximo paso sería la familia real —le prevengo.

—De cerca y por dentro —medita ella, parpadeando—. Sin concesiones.

—Podés contarle nuestra estrategia judicial a Farrell y usarla como carnada —prueba Marquís—. Que se le haga agua la boca, y entonces zas: le pedís que la familia colabore un poco y que no se preocupe si le revoloteamos. Porque Jalil le debe poner fichas día y noche.

—Romero se está encargando de Jalil —aclaro.

—Con mucha demora —critica Marquís, que está apurado por vestir ese traje.

La redefinición del rumbo queda flotando en el aire por diez días más. Hago algunos seguimientos y fotografío las propiedades de los implicados, y le ordeno al Gran Jack que se desentienda definitivamente del caso Jakov y acelere los tiempos con los diversos kioscos de Jalil y la exportación de cocaína. El comisario está persuadido de que el Turco es el nexo entre esos dos rebusques, y vuela a Buenos Aires para conversar un fin de semana entero con Leandro Cálgaris: BB llamó al coronel para quejarse por la lentitud de esa investigación, y el mandamás de la Casita convocó a Romero para asesorarlo. Al regresar me cuenta en el pub irlandés que ascendieron al Salteño y que está ocupando mi puesto en la agencia. Cálgaris habla con todos, menos conmigo. Romero teoriza sobre la compra de informantes: le habilitaron fondos reservados para tentar buchones en el puerto, y esa práctica le hace acordar aquellos tiempos en los que caía en cárceles de máxima seguridad con paquetes de comida, citaba en una sala discreta a los porongas que él mismo había puesto presos y se pasaba la tarde sacándoles datos sobre bandas mixtas. "Vos viste, es durísima la vida en la tumba —me recuerda—. A veces con dos paquetes de yerba y tres cartones de cigarrillos hacés un estropicio. Un día uno me explicó en detalle cómo se estaban formando las bandas de secuestros extorsivos. Y tenía razón, había que conseguir del Servicio Penitenciario las disposiciones de los pabellones y llevar actualizado ese registro, porque las patotas no se arman entre especialistas sino entre compañeros de ranchada. Es por eso que a lo mejor un escruchante de cuarta o un cortacuero termina después participando de un hecho importante. Nosotros creíamos que se buscaban a los mejores, tipo 'Los doce del patíbulo'. Pero no. Se hace con los chorizos y los aliados de la covacha. ¡No sabés lo que me ayudó esa boludez! Le encontramos la punta del ovillo y desarmamos varios grupos pesados".

Esa misma noche toca Silvia Miller algunas piezas de Tom Jobim y, a modo de concesión, una versión dócil y acompasada de "La Yumba". Terminamos en su casa de las bardas, pero antes de quitarse el cárdigan me dispara a quemarropa: "Lo fuiste a ver al Gringo. ¿Qué pasa? ¿Farrell está nervioso?". Es una mujer que no se rebaja a hacer una escena; solo por eso no me grita "hijo de puta". Pero tiene el insulto a flor de labios. Le arden los pómulos y las pupilas amarillas. Sacó conclusiones rápidas, y todas son acertadas. No me trajo hasta acá para la lujuria, sino para discutir a puertas cerradas y para interrogarme a fondo. Me rasco la nuca, es una emboscada.

—Estás demasiado segura —le digo—. Y eso no le hace bien a un periodista.

—¡A mí no me vas a dar lecciones de periodismo! —se indigna. Su gata persa salta del piso a la ventana—. Ya el hecho de que te hayan involucrado no hace más que confirmar su culpabilidad. Porque los tiburones como vos no vienen a aclarar sino a oscurecer, ¿no?

—No están mal tus notas, pero es un callejón sin salida.

—¡Es un callejón sin salida porque tienen la sartén por el mango!

Me doy cuenta de que necesita algo inviable. Que yo confiese mis propósitos y me convierta en su fuente, o que al menos me digne a debatir con ella los detalles de la pesquisa. La miro con pena; muy pronto tendré nostalgia de su voz y de su cuerpo. Encaro la salida arrastrando los pies.

—Si te vas no volvés —refuerza, y no hay deseo ni violencia en esa afirmación. Ninguno de nosotros dos tiene más religión que las reglas profesionales, somos presos de esas pocas creencias. Es una lástima.

Regreso a mi cuarto y paso la noche en vela, haciéndome preguntas sobre Cálgaris y mi dolor de garganta. Por la mañana tengo orden de ir a recoger al aeropuerto a Diana Galves y Juan Domingo. Nos encontramos con el Lolo Muñoz en la pista. Los llevo a los tres en la 4x4. El secretario de Cultura anda preocupadísimo por el Festival de las Letras. Vienen escritores argentinos importantes y plumas destacadas de América Latina; incluso han logrado importar a un francés que ganó el premio Goncourt y solo le interesa hacer turismo. El Lolo no conoce a ninguno de esos figurones, no leyó ningún libro que no fuera el cancionero popular patagónico y quiere algún tipo de instrucción. Fresca y de buen humor, la diva no se ahorra maldades: "Estos son muertos de hambre, Lolo. No te agites. A los que aceptaron la invitación no los lee ni su madre. Consiguen prestigio gracias a profesores y críticos que viven de inventar la pólvora, y con ayuda de camarillas que se van armando con canje de favores. Y se consuelan pensando que sus libros no se venden porque la masa es bruta y ellos son demasiado buenos. Les queda la Posteridad, y mientras tanto, los viajes y las ferias por el mundo, donde comen como reyes y toman como cosacos, posan de escritores y tratan de ser traducidos. Algunos incluso lo consiguen, pero después resulta que tampoco los lectores europeos comprenden su enorme talento. Así que les encanta esto que vamos a ofrecerles. Sándwiches de miga, becas provinciales, talleres bien pagos y lo máximo, una residencia frente a los lagos, donde puedan escribir sintiéndose trascendentes". El sarcasmo de Lady Di no calma la inquietud del ministro, que se revuelve en su asiento como si le picara el culo. "Si Farrell les tira un hueso lo van a defender y justificar como si fuera Lorenzo de Medici –agrega ella–. La progresía, en eso, nunca falla". El Lolo Muñoz debe creer que Lorenzo es un gobernador del Noroeste. No va a respirar tranquilo hasta que el último genio de las letras haya regresado a su cenáculo.

La reina de la batalla cultural se mueve entre narradores y poetas con la misma gracia impune que entre directores y actrices, a pesar de que sus lecturas no superan las solapas. Pero parece que interpretó en cine y en teatro a varios escritores universales, y se defiende en los corrillos con anécdotas de sus vidas privadas. En una de las ceremonias, se permite leer versos de Borges y de

García Lorca, y deschavar el odio que aparentemente uno guardaba por el otro. Cita a un tal Barnes, que la diva conoció en su casa del Reino Unido y que había fabricado una escultura donde varios insectos se pisoteaban entre ellos para llegar a lo más alto. La obra se llamaba "Ambiente literario londinense". Algunos invitados se ríen y la aplauden. Oigo que uno la llama por lo bajo "chiruza" y que cunde en esa bandada un cinismo hipócrita y discreto. Cerdá hace cerrar al público su restaurante sobre el río y ofrece un banquete. Beatriz y Diana practican su francés con el ganador del Goncourt, y se ríen de todas sus intervenciones. Más temprano de lo previsto, el gobernador saluda a la concurrencia y la deja en buena compañía. Se vuelve un segundo al verme cerca de la puerta y me llama. Lo sigo hasta el coche y me pregunta si puedo acompañarlo. Es un paseo corto. Las damas no me necesitan, así que acepto el convite. Farrell ha perdido cerca de doce kilos. Y tenía razón Diana: vistas de cerca, sus canas plateadas le confieren un mínimo de honorabilidad. Le ordena al custodio que se baje y al chofer que lo conduzca hasta su residencia. Quiere una charla de hombre a hombre, y con la máxima reserva posible.

—Me cuesta, me cuesta, Remil —empieza—. Entiendo todo lo que dice Beatriz, hay que remover esta basura porque si no estamos fritos. Es lógico. Pero me da un gran cagazo. Se imagina por qué.

—Me imagino —contesto—. La familia.

Abre los brazos y mira por la ventanilla como si tratara de conectarse con sus razonamientos.

—Sobre todo mi mujer —afirma—. Ella siempre tuvo una salud precaria, es muy aprensiva, y no quiere saber nada con el tema. Tiene pánico. No le gusta ni un poquito que se revuelva la herida. Ni siquiera para curarla.

Intento cruzar miradas en el espejo retrovisor con el chofer, que tiene la edad exacta de Farrell. Pero es un empleado de total confianza: ni siquiera me concede esa diminuta complicidad.

—Lo va a recibir mañana para tomar el té —me sorprende el gobernador rascándose la coronilla—. Me costó muchísimo convencerla. Y no tiene disposición de ánimo, no espere gran colaboración.

Como no le contesto gira y me sonríe con cansancio. Después me agarra el pin del cóndor y lo frota con su dedo pulgar.

—Ella tiene la teoría de que todos fuimos heridos alguna vez —dice con desgano—. No sé de dónde sacó esa pavada. "La herida fundamental". Y que nos pasamos los años luchando contra ese accidente de la vida, que algunos ni siquiera son capaces de reconocer.

Suelta el pin y me confronta:

—Dice que yo fui la causa de sus problemas, y que la mala estrella de Flavio es consecuencia de esa misma herida original.

—¿Flavio estará presente?

—¡Eso no lo sabe ni él mismo! —exclama—. ¿Tiene idea de la cantidad de veces que me desobedeció y nos dejó plantados? Desde chiquito tuvo esos desaires conmigo. Supongo que la madre lo puso contra mí. Y nunca más logramos encauzar la relación.

—Pero usted habrá conversado con él sobre la muerte de la Polaca.

—Una sola vez y porque Delfina lo obligó —reconoce, y cierra los ojos como si tuviera peritonitis—. Fue una discusión espantosa.

—¿Le creyó? —pregunto, y ahora el chofer no puede evitar espiarme.

Farrell se queda veinte segundos pensando la respuesta.

—Jalil investigó en serio, puede preguntarle —dice soltando un suspiro—. Fue un operativo para joder a mi gobierno.

No se saldrá nunca de ese libreto. No va a servir de nada arrinconarlo con las maniobras que el director de Seguridad puso en marcha para sacar de la zanja a su hijo. Si la Inglesa lo tuviera a tiro de grabador, lo acostaría de una sola perdigonada.

Un muro a prueba de curiosos rodea la residencia; no se sabe por lo tanto si todavía hay luces prendidas. Le ordena al chofer que me devuelva al restaurante, se apea con dificultad y se agacha para decirme:

—Guante de seda, Remil. La política ya nos hizo mucho daño. Guante de seda.

Al regresar compruebo que la mayoría de los escritores ya se dispersaron, y que el resto está vaciando la bodega y cantando en broma la Internacional. Cerdá aguanta con estoicismo el batifondo, aunque perdió la raya perfecta del pelo, y el Lolo Muñoz se mantiene calladito y acobardado. BB me pide que las lleve hasta el Hotel Río Azul. El francés, que está un poco achispado, va con ellas. Escucho que claman por dos botellas de Cristal y que imparten una única directiva: no molestar hasta mañana. Medito un poco sobre los significados de esta nueva costumbre. Me intriga cuántos secretos más guardarán las damas.

En el lobby recibo un llamado de Palma: cada tres días un técnico de la Cueva revisa la suite de Belda, el cuarto de Galves, la Conejera, el Chalet y cada uno de nuestros vehículos en busca de micrófonos ambientales. "Esta vez el fumigador encontró cascarudos", me anuncia. Desde el principio se registraron algunas tentativas de vulnerar nuestro escudo informático y penetrar en nuestra telefonía móvil, pero es la primera vez que el Turco se arriesga a tanto, algo que muestra el peligroso crecimiento de su inquietud. "Los cascarudos fueron aplastados", informa Palma como si hiciera falta, y le corto.

Asisto al té con puntualidad británica. El portón de la residencia se abre automáticamente y dos vigiladores me invitan a pasar por el detector de metales. No suena la chicharra porque dejé toda la ferretería en la guantera de la camioneta. Un mayordomo, o algo por el estilo, me conduce hasta un living de veinte metros, y me ofrece asiento. Recojo de la mesa baja un ejemplar de "Las hermanas Romanov": el señalador demuestra que su dueña tiene muy avanzada la lectura.

–Pobre mujer –se queja, llegando desde el fondo.

–¿Quién, Anastasia? –pregunto, sorprendido.

–No, señor, la zarina –me corrige–. Se desvivió por criar a sus hijos como personas normales y apartarlos de los horrores del poder. Pero fracasó.

Me tiende la mano y me la sostiene brevemente mientras me evalúa con sus ojos apagados. Delfina Maggi parece más baja, delgada y arrugada que cuando la conocí en aquella recepción de bienvenida. Señala el sillón donde debo sentarme y se acomoda en el extremo de un sofá. Es una sala con algunos objetos de arte pero también con una austeridad inesperada.

–¿Le interesa la historia? –me pregunta, cruzándose de piernas.

–Estoy leyendo una novela sobre Amenemhat III –respondo.

Hasta cuando sonríe es agria.

–No creo en las coincidencias, señor –concluye, y levanta el mentón para hacerle una mueca al mayordomo. Que coloca sobre el mantel de la mesita la porcelana, ofrece *scones* y sirve un té en hebras oscuro y perfumado.

–Mi marido dice que usted es el Jalil de Belda –le agrega a su taza un terrón de azúcar–. Y que quiere ayudar a Flavio. Muy tierno. Tiene que saber algo: a mi hijo se lo ayuda dejándolo en paz. Sufrió mucho con la muerte de Carla y con todas esas calumnias.

–Estamos seguros de que se cometió una injusticia –le miento–. Pero mientras la sospecha esté metida en la cabeza de la gente...

–A Flavio y a mí no nos importa lo que piense "la gente", como usted la llama –me corta con autoridad–. A la que le quita el sueño todo eso es a la otra rama de la familia, que vive de la opinión y de las miserias de "la gente".

Bebe un sorbo de té humeante mientras calibra mi reacción. Bajo la vista para que no pueda asomarse. El té me gusta con unas gotas de ginebra, pero no la reclamo.

–¿Usted la trataba a Carla Jakov? –le pregunto.

–Cuando estaban de novios venía siempre –puntualiza con precaución, remolcando las palabras–. Y después la vi en algún cumpleaños de Flavio, ya con el esposo. ¿Qué me está preguntando? ¿Si era una buena chica, si se acostaba con mi hijo?

–¿Se acostaba?

Se queda con la taza en alto, calculando la medida de mi atrevimiento. Luego coloca lentamente la taza en su lugar, como si quisiera controlar su pulso.

–¿Por qué no se lo pregunta a él? –murmura–. Está llegando.

Por simetría yo también deposito el té en la mesa. Intento pasar a la segunda base, pero ella me para en seco:

–Esperemos, no puede tardar mucho.

Dudo si forzar una charla sobre los Romanov o sobre los egipcios, pero comprendo de inmediato que ella no va a despegar los labios hasta que su hijo se haga presente. Está sentada derecha y me observa desafiante. Me cuesta sostenerle la mirada y empiezo a necesitar con urgencia un cigarrillo. Vaya temperamento. ¿Sería capaz esta mujer de matar? No tiene la suficiente fuerza para aplicar aquel gancho mortal, pero la respuesta es sí. Podría matar y volver a hacerlo. Soy un experto, reconozco instintivamente esa veta oscura.

La tetera se hiela durante esos larguísimos minutos; en el silencio glacial puedo hasta oír mis latidos. El mayordomo retira la merienda y el único movimiento que hace la estatua consiste en descabalgar la pierna y barrerse del regazo migas imaginarias. Nos rescatan de este ajedrez pasivo el ruido de la puerta y los pasos en el corredor. Siento alivio al comprobar que Flavio Farrell acudió a nuestra cita. Sus patillas están más cortas y su pelo más largo, pero sigue calzando zapatos de acomplejado y vistiendo camisa con cuello mao cerrado. Besa a su madre en la frente y no se molesta en ofrecerme su mano. Reconozco su tatuaje en la muñeca izquierda, que según Maca es un kanji japonés y significa "fuerte o fuerza". Se deja caer en el otro extremo del sofá, pero no se quita las gafas negras.

—¿Y ahora qué? —resopla.

—El señor me estaba preguntando si te acostabas con Carla —refresca su madre.

—Por supuesto —responde sin sonreír—. Y también la maté. ¿Qué más?

—¿Por qué la mató si la quería tanto? —le pregunto.

Mete las palmas bajo las axilas y levanta la nariz como si estuviera oliendo su perfume en la distancia.

—¿Porque quería dejarme? —prueba—. ¿Porque Quelo nos había descubierto? ¿Por una bronca de momento, porque soy un psicópata?

—¿Se supone que esas ironías le extienden un certificado de inocencia? —le devuelvo con dureza; la amabilidad no me lleva a ninguna parte—. ¿Qué hacía su Peugeot en la chacra?

—Esa vieja no distingue un Mercedes de un Fiat 600.

—¿Por qué la Dirección de Seguridad trabajó tanto para protegerlo?

—¿Porque soy el hijo del jefe? ¿Porque son más papistas que el Papa?

—¿Por qué su padre cree que usted la mató?

—¿Y quién le dijo eso? —salta, se quita las gafas y me quema con los ojos—. ¿Y a quién carajo le interesa en todo caso lo que piensa mi padre?

—¿Por qué no los llamó nunca ni a Quelo ni a Luis Jakov?

—¿Me está juzgando? —se enoja—. ¿Qué tendría para decirle a Quelo? ¿Mi más sentido pésame? ¿Perdoná, hermano, Carla nunca dejó de quererme? Por favor, no seamos pelotudos.

Caemos en una pausa prolongada y espesa. La admisión del triángulo es puramente verbal, el sospechoso nunca la confesó por escrito. Pero salvo a Quelo, a todos parecía constarle, era una verdad a gritos en la provincia. Maggi interviene:

—El amor es retorcido y complicado, pero que yo sepa no figura en el Código Procesal.

Flavio le dirige una mirada afectuosa, le acaricia el hombro.

—Compartimos con mamá una gran admiración por la cultura japonesa —dice sin sacarle los ojos de encima—. Y ella usa para mí un proverbio muy gracioso.

Los escruto sucesivamente a uno y a otro; ya sé que no piensan colaborar, que todo fue una comedia y que me voy a ir con las manos vacías.

—"Al clavo salido le toca siempre el martillazo" —recita entonces Delfina, y su hijo se ríe con auténtico deleite:

—Para el señor gobernador, yo siempre fui esa clase de clavo.

Maggi se pone de pie y obliga a que Flavio y yo la imitemos.

—¿Se les ocurre alguna idea? —pruebo.

—Ninguna, señor —dice ella.

Prendo un cigarrillo en cuanto vuelvo a pasar el detector de metales. Estoy cansado y sediento, como si hubiera caminado durante días por estepas y sabanas. Mano de seda y la puta que lo parió. A Belda no le gustará el resultado de esta tertulia. Me desquito en la piscina olímpica del club y me duermo temprano. Por la mañana Beatriz está efectivamente hecha una furia, pero no por las fintas de la zarina, sino por un informe que colgó la Inglesa en su portal: denuncia una operación millonaria para mejorar la alicaída imagen de Farrell y brinda números y nombres de aportantes que son proveedores del Estado y partidas generales de salud que fueron redireccionadas para el marketing político. En una subnota, desmiente la heroicidad del abuelo montañista y describe a su creadora, una experta en operaciones sucias y hegemonía populista que perdió su empleo en la Casa Rosada y que vende ahora en la provincia sus servicios y sus "tácticas de la discordia". Promete que en próximas entregas revelará también el programa del ex fiscal Marquís para colonizar la Justicia y apoderarse de la Dirección de Seguridad, y los "movimientos sigilosos" que despliegan agentes de Inteligencia para sepultar la causa por encubrimiento que pesa sobre varios funcionarios a raíz de la muerte de Carla Jakov.

Los habitués del sitio no pasan normalmente de dos mil, pero esta bomba fue viralizada: hay veinte mil personas que ya la leyeron y diez mil que la subieron a su Facebook. Presencio, por primera vez, un ataque de contrariedad: Beatriz Belda se traga dos aspirinas, reúne a su equipo y le ordena con voz airada que elaboren un texto repudiando estos rumores infundados. Llama por teléfono a Diana Galves, que acaba de llegar a Buenos Aires, para que contacte de nuevo a los más cercanos y les explique la situación: hay una embestida contra la cultura y está dirigida por periodistas a sueldo de los poderes concentrados. Se necesita un comunicado contundente y un respaldo total. No hace falta explicarle a Lady Di la metodología, porque la diva la ha puesto en práctica infinidad de veces. Debe anoticiar primero a un pequeño grupo activo, que recibirá la mala nueva con indignación y se encargará de ir buscando la solidaridad del resto. Diana, en paralelo, hará lobby con los más destacados y tratará de dar vuelta a los renuentes. ¿Cómo no firmar si lo hacen mis compañeros y si además es por una razón tan noble? Beatriz sabe que algunos se resistirán con lucidez, pero que muchos de los poetas, narradores, actores, directores y guionistas autorizarán su firma, y que el repudio parecerá lo que no es: masivo y compacto. Llama a Cerdá para que reserve páginas en los diarios del domingo, pero le advierte que no avise a los nacionales; no quiere atraer la atención de ellos, apenas contrarrestar las habladurías de pueblo. Necesita que los ciudadanos de esta provincia duden de las intenciones y de la veracidad de Silvia Miller. Habrá treinta y seis horas de vigilia, en las que el Chalet y sus corresponsalías porteñas estarán a pleno, sin pausas, en alerta y movilización. A la medianoche, la estratega me pide que suba a su despacho y cierre la puerta. Está descalza y tiene los pies sobre el escritorio:

—No podemos permitir que tu novia siente un precedente —me clava.

Como no vale la pena explicarle que no es mi novia y como no está poniendo bajo sospecha mi lealtad, dejo que exponga su teoría.

—Si sale lo más campante de esta, otros pueden sacar la conclusión de que somos débiles y decidirse a zamarrearnos en el patio del colegio —me sermonea—. Tu novia tiene que recibir una medida disciplinaria.

—No sé de qué nivel estamos hablando —tanteo.

—Digamos nivel tres —dice en tono zumbón—. Que no corra sangre, ni siquiera que se lleve un susto. Pero que trague un poco de saliva.

—Palma podría inyectarle un virus y destruirle todo, y hostigarla durante meses para que no pueda ni abrir un correo de Gmail. Y castigar también a los que salgan a respaldarla públicamente. Puede convertirla en una apestada.

—Una persecución informática —se regocija mirando el techo.

—Con el riesgo de que sea un búmeran.

—¿Y dónde va a acusarnos, si los diarios son nuestros y es un hecho tan chiquito que no da para cobertura nacional?

—Asociaciones de defensa de la libertad de expresión. Organizaciones de derechos humanos.

—¡Ojalá! —lanza, de buen humor—. Así toma nota la clase de que no es gratis meterse con nosotros.

Saco el celular para poner en acción a Palma. Levanta una mano:

—El lunes, después de la publicación de la solicitada —precisa—. Y una cosa más, Remil. A mí también me gusta esa mina, tiene ovarios y neuronas. ¿Pensás que alguna vez podría cambiar de vereda?

—Ni en cien años.

—Qué estructurado es el cerebro masculino —se queja con ironía—. ¿Querés hacer una apuesta?

La solicitada resulta contundente, los soldados de la cultura nunca decepcionan, y el asalto de Palma se vuelve devastador. Alejandro Farrell y el Turco Jalil caen por el Chalet, algo completamente excepcional, y la felicitan a Belda por el manejo de la crisis. Al salir me invitan de nuevo a cazar en la zona de los lagos. "Mala fariña", le digo a Beatriz cuando se marchan. "Puede ser una buena oportunidad para sondearlos", me alienta. Así que esa es la razón por la que finalmente cargo este .243 de baja efectividad, y avanzo por el bosque andino con dos compañeros armados.

Dura tres horas la caminata hasta el rastro que nos indicó el baqueano, y Alejandro se adelanta lleno de ansiedad, agarrado a su Remington como si fuera un juego y estuviéramos en una expedición peligrosa. No sabe lo que es caminar de verdad por territorio comanche. Jalil aprovecha la distancia para ponerme una mano sobre el hombro. "Ese comisario no tiene idea del lío en que se está metiendo", me anuncia, y me quedo seco. Pudiendo rebasarme por la derecha aminora para que yo siga al frente y él quede siempre a mis espaldas. "¿Tu jefa piensa que me calienta tanto el juicio Jakov? —me pregunta. Es un susurro que me llega por la nuca—. ¿O que me vuelvo loco por este carguito? Por favor, Remil, no me menosprecien tanto". Subimos una pequeña lomada; el Turco está enviando un mensaje inesperado. "Rasquen el fondo de la olla con la maestra y con el impotente de su marido, inventen la película que les parezca —dice sin perder el aliento—. Que esa rata de Marquís agarre el timón de una buena vez, y que Cálgaris moje el pancito en la salsa. Todo bien. Pero que Romero se deje de joder, porque se está cebando y no sé dónde puede terminar". Alejandro, a doscientos metros, avisa por handy y Jalil levanta sus prismáticos. "El macho –dice–. Apuremos". No se me ocurre más que obedecerlo y esperar a que el Turco sea más específico, pero presiento que se trata de una conversación privada y que no le conviene involucrar al hijo del gobernador. Los dos tienen intereses convergentes, y algunos claramente diferenciados.

A pesar del tiempo transcurrido, la huella no se ha desdibujado: debaten entre los dos una estrategia, y deciden continuar hacia el norte, siempre contra el viento. Los ciervos pueden olernos a cuatrocientos metros, y Junior está convencido de que este no se ha alejado mucho. Jalil, que es su maestro, no abriga tantas esperanzas, pero no quiere desanimarlo. El veterano me cede de nuevo el paso, con una caballerosidad sospechosa, y Alejandro me pregunta por qué prefiero el boxeo a las artes marciales. Le explico que soy cinturón negro en karate, que practiqué yudo y jiu jitsu, y que fui entrenado en el combate cuerpo a cuerpo de las Fuerzas Especiales, pero que solo me siento seguro si soy capaz de noquear a un campeón peso mediano. "Una vez perdí una pelea con un comando que sabía boxear y que estaba en otra categoría –le conté–. Me cagó a puñetazos, casi me quiebra. Pero ningún luchador con técnicas orientales pudo jamás ganarme la parada. Supongo que soy boxeador por esa superstición de viejo soldado". Junior mira con picardía a Jalil y le suelta: "Por ahí a Remil nunca le tocó un verdadero ninja". El Turco lo apoya con una sonrisa, pero le advierte: "Yo no probaría con alguien que estuvo infiltrado en la cárcel y vivió para contarlo. Además, no me imagino que un karateka se fajara con el negro Monzón y lo dejara groggy. ¿Vos sí?". Alejandro Farrell se pone serio, casi refunfuña: "¿Y quién se acuerda de Monzón? ¡Ustedes son dos dinosaurios!".

Caminamos media hora más en silencio por esa policromía otoñal de rojos, ocres y amarillos; bordeando un pinar, agachándonos a veces entre arbustos achaparrados. En un tramo de pequeñas elevaciones, Jalil baja sus binoculares y toca el codo de su discípulo. Alejandro levanta el Remington y recorre el terreno con la mira. "¡Esperá, está muy lejos todavía!", lo previene el Turco en voz baja, pero Alejandro es impetuoso: dispara una, dos, tres veces. Y falla. Me cuesta divisar al macho, no tengo ojos de cazador, pero al final creo localizarlo en una hondonada: siempre estuvo fuera de nuestro alcance. Alex quiere seguirlo a la carrera, Jalil lo convence de que eso es inútil. El muchacho está irritado, herido en su enorme orgullo. Descansamos un rato al sol, bajo un concierto de chimangos y loros barranqueros, y Jalil propone modificar la dirección y probar en una picada que queda hacia el oeste. "Es la picada de la suerte —le dice como si quisiera levantarle el ánimo—. Acordate el año pasado". Pero el chico está de mal humor, ni siquiera quiere escuchar esa historia prodigiosa. Bajo las cejas recargadas, el Turco me dirige una insólita mirada de auxilio. Para cambiar de tema le pregunto a Alejandro Farrell por qué, con su evidente destreza, no participó nunca en los torneos internacionales de taekwondo. Se lo toma a mal, me observa con tirria. "¿Te parece que no me da el cuero? —replica—. ¿Te gustaría evaluarme?". Desvío la mirada, Jalil se acaricia esa anchoa de pelos duros que lleva sobre el labio superior. El primogénito se para y me pregunta: "¿Te gustaría evaluarme ahora mismo?". Qué hermosa familia, pienso: el zar, la zarina y sus dos encantadores hijos. "Perdón, no quise ofenderte —le propongo, agachando la cabeza—. Y aparte, soy un anciano para vos". Las disculpas no hacen más que contrariarlo. Interviene Jalil: "Es casi mediodía, Alex, si le metemos pata te juego lo que quieras a que encontramos otro macho en esa picada". Jalil también está de pie, y tiene el Winchester en sus manos. Por un momento, maestro y alumno parecen dos vaqueros a punto de agarrarse a tiros. No son ellos, sino sus sombras, o sus inconscientes. Y no se dan cuenta del absurdo, actúan por acto reflejo. Enseguida Alejandro ablanda el gesto y vuelve a reírse: "Dale, boludo, que estamos atrasados".

Emprendemos la marcha forzada; por primera vez me dan la espalda y avanzan juntos. Ya sé que no habrá accidente de caza, el mensajero tiene que volver sano y salvo a la ciudad. Pero es una tarde interminable, porque en la picada de la suerte no hay ni un chingolo. Y cerca de las cuatro surgen del monte dos cazadores más: un albino y un mapuche que cargan mochilas y escopetas calibre 12. La placidez se deshace; identifico al instante el porte y la pinta de los colegas. Jalil me confirma que son "muchachos" de la Dirección de Seguridad y que traen comida. Hay empanadas en una de las mochilas, y latas de cerveza, pero sé que los gorilas del Turco tenían orden de interceptarnos si no volvíamos antes de la una. Se mantienen apartados mientras nosotros almorzamos bajo un ciprés, y luego nos siguen sigilosamente, prestando excesiva atención a cada uno de mis movimientos. A las cinco y media, cuando la luz empieza a flaquear, Jalil encuentra otras huellas en el sotobosque, pero resultan algo confusas. Es cantado que si no fuera por la impaciencia de su amo ya habríamos vuelto al refugio, pero ¿quién le dice que no a un niño rico?

Acepto en esos epílogos mi rol de principiante y no me despego del Turco. Avanzamos ahora casi en cuclillas, escudriñando el campo abierto, en un silencio de catedral vacía. Hasta que Alejandro se yergue a lo lejos y se lleva de nuevo la culata del fusil a la cara. "¡Es una hembra!", le avisa Jalil por handy. Da por descontado que Junior bajará su Remington, pero no lo hace. Y entonces el Turco suelta los binoculares y le repite: "¡Dejala, es una hembra joven!". Se trata de un código local de cazadores, un precepto consensuado para no romper el equilibrio de la manada. Puesta la norma, violarla es una herejía. Espío al albino y al mapuche, que permanecen ligeramente rezagados e impávidos, y vuelvo a mirar a Jalil, que parece escandalizado y perplejo. "Es una hembra, Alejandro", insiste por tercera vez, en un hilo de voz.

Pero Alejandro aprieta el gatillo.

VIII
Conspiración en el Aubrey

A mil quinientos metros del puerto de ultramar hay un apostadero de lobos marinos. Beatriz y yo nos pasamos los prismáticos
para ver a los machos en acción mientras el Gran Jack nos habla
de la ballena franca y nos instruye sobre los chismes humanos de
esa diminuta ciudad árida e industrial que atravesaremos en un
momento con su Toyota Hilux blanca. Kilómetros y kilómetros
de playa con caracoles y médanos, y un mar azul intenso, con alta
concentración de sales y yodo, y por fin unos barrios chatos, con
poca población estable y mucho litoral. Romero reivindica, sin
embargo, el casco histórico y el pequeño museo, y nos señala dos
boliches donde se come y se chupa bien, y donde es fácil tirar de
la lengua y pagar por un buen dato. "Es un punto internacional
con varias ventajas –diserta el comisario; lleva su campera de gamuza y su pañuelo al cuello, y unos anteojos oscuros acentúan su
pinta de cana–. Ofrece bajos costos de operatividad, más rapidez
y mejores condiciones geográficas: las aguas son tranquilas y está

protegido de los vientos". Beatriz mira todo con desconfianza, encogida en su asiento como si tuviera frío a pesar de la calefacción. Lleva unas calzas negras de lana, botas cortas de cuero forradas con piel, un suéter irlandés grueso y amplio que la cubre hasta las rodillas, y una bufanda sobre la nariz.

—¿Administra el Estado o hay una concesión? —pregunta.

—Un mix —responde el Gran Jack—. El prestador privado es una sociedad anónima que integran treinta empresas. Frutícolas, mineras y algunas compañías para mi gusto un tanto fantasmales.

La terminal portuaria es una olla para buques de gran calado. Hay camiones y estibadores aburridos, y en la dársena están trabajando cansinamente dos grúas de un supercarguero.

—¿Qué nivel de control tienen? —pregunto desde el asiento trasero. El comisario se ríe:

—Acá los *scanners* funcionan con criterios muy raros, y se rompen cada dos por tres, Remil. No se usan perros, los inspectores rara vez suben a bordo para hacer requisas y no laburan con buzos de chequeo.

—Un desmanejo aduanero muy eficaz —se oye a BB, que no parece extrañada.

—Para las pesqueras es una uva —ratifica Romero—. Porque los tiras vigilan con mucho celo y aspaviento a los que están en regla, y hacen la vista gorda con los ilegales. No hace falta poner imanes en los cascos, eso es una antigüedad. Las pesqueras se llevan el container directamente al depósito. Fuera de la mirada de los funcionarios, levantan la chapa de aislación, meten panes en la lana de vidrio y le ponen remaches nuevos. O en el barco desplazan los compresores de frío y reemplazan cajas de fruta o pescado por otras que vienen mezcladas con ladrillos de máxima pureza. Aunque el circuito está tan bien aceitado, comen tantos de esta fuente, que últimamente no hacen falta ni esas viejas artimañas.

—¿El destino? —pregunta la socióloga bostezando.

—África, y en menor medida Europa.

La Toyota ya sale del puerto y encara una ruta que conduce hacia el sur.

—No sé si es verso o verdad, Remil, pero un buchón jura que una vez vio una carga camuflada en un lote de manzanas y que los paquetes venían con un distintivo muy famoso —dice mirándome en el espejo—. Otra vez un dragón.

Siento un hormigueo en todo el cuerpo. Belda se endereza y se quita la bufanda como si también le hubiera entrado un calor repentino.

¿La Operación Dama Blanca? —quiere saber, volviendo la cabeza.

Asiento con la mirada en el horizonte, viendo el rosto nítido de Nuria y el odio apasionado de Belisario Ruiz Moreno. A veces, en este oficio, la historia es circular.

Terrazas y acantilados surgen a lo lejos, todavía de manera brumosa. El sol produce extraños brillos, que nos ciegan. Romero dobla en una rotonda, y enfila hacia un asfalto que corre en paralelo a playas vacías y que se va transformando progresivamente en una avenida costanera.

—Un balneario con proyección —dice el Gran Jack como si lo estuviera vendiendo—. Y con una movida inmobiliaria completamente sobregirada.

—¿Tiene casino? —pregunta ella, como si quisiera jugarse unas fichas.

—Casino, aeropuerto y hasta un pequeño club de yates —confirma—. El coronel llegó esta mañana en su avión. Está de vacaciones, es un viaje extraoficial. Hace rato que andaba con ganas de navegar estas aguas, pero no tenía tiempo. Un timonel y un ayudante le trajeron el Aubrey desde Buenos Aires. Tardaron seis días. Pero hoy se quedarán en tierra: a Cálgaris le gusta navegar solo o mal acompañado.

—¿El Aubrey? —me pregunta BB dándose nuevamente vuelta.

—Un velero de 14 metros de eslora y 4.4 de manga —le respondo—. Hecho de acero naval, y con un motor Perkins que funciona a base de diesel.

—Nos recogerá en el club y nos llevará de paseo —completa el comisario—. Mar adentro tenemos seguro total contra micrófonos e interferencias. Después nos devolverá al puerto y seguirá con su fin de semana largo. El lunes deja el Aubrey a los tripulantes y regresa a primera hora en avión.

—Me gustan los sibaritas —sonríe ella.

La ciudad aparece a la derecha y tiene aspecto mediterráneo, con algunas torres de edificios, hoteles en obra, chalets pintorescos, peatonales cortas y boulevares verdes. Avanzamos sobre acantilados con bajadas, paradores empotrados en la roca y terrazas al mar que apreciamos a nuestra izquierda. Abajo hay más y más trechos de arena, pero también de restinga resbalosa. Muy pronto salimos de la urbanización y vemos una planicie de mil metros que dejó la bajante, y más allá el comienzo de una bahía. Corremos contra la brisa quince minutos más. El club de yates es paupérrimo y algo deprimente, y está lleno de pescadores. Detecto con los binoculares cómo el Aubrey cabecea en el muelle. Cuando la Toyota desciende al nivel del mar, también veo a Cálgaris en cubierta, discutiendo con sus empleados. En tierra monta guardia estratégica el Salteño, envuelto en un poncho que oculta su rifle de asalto. Se adelanta de un modo amenazante y cauteloso cuando la Toyota Hilux estaciona, pero se relaja enseguida al reconocernos. Nos apeamos con las piernas dormidas y nos ponemos las camperas de pluma encima de la ropa de calle. Mi Glock, mi Smith & Wesson y la Browning del comisario se quedaron en la guantera, junto con nuestros celulares. El viento es poco amistoso, y las gaviotas y los cuervos marinos atruenan. A una indicación de Cálgaris, los tripulantes descienden y nosotros abordamos. El Salteño apenas me sonríe con los ojos y nos sigue como si fuera un lobo o una niñera. El coronel lleva su campera de duvet y sus guantes de maniobra, y una gorra de navegante aristocrático. Saluda con dos besos las mejillas de su socia, y con un abrazo afectuoso a Romero. A mí me lanza de lejos, con frialdad, una escueta mirada de reconocimiento. Convida café caliente, que sirve de un termo en jarros metálicos, y comenta con entusiasmo los pronósticos climáticos y las características de este mar austral. Tiene todo listo, el motor está en marcha y ronroneando, y sus tripulantes sueltan amarras mientras esta conversación incidental se desarrolla a la intemperie. El Salteño ha colocado el fusil a buen resguardo y ahora se aboca a sus labores de grumete: lo hace con más habilidad y concentración de lo que yo nunca fui capaz en todos estos años de servicio y de perro fiel. El arte, el jazz y la náutica son aficiones de Cálgaris que nunca supe asimilar.

—Me enteré de que estuvo en España —le dice Belda abrazando el jarro humeante.

—Aproveché para ver en Madrid una muestra de Ingres —responde el viejo, atusándose los mostachos amarillentos—. ¡La gran odalisca! Recordará usted aquella rara deformación del cuerpo, que le agrega elegancia y sensualidad.

Belda mueve la cabeza en tono afirmativo y el coronel adivina que no sabe quién carajo es Ingres, ni qué pito toca aquella odalisca deforme. Ejecuta entonces un rescate caballeresco:

—Me acordé mucho de usted porque allí me encontré con el Napoleón imperial de Ingres, que yo había visto alguna vez en el Museo del Ejército de París. Sé que usted sigue siendo devota del *petit* cabrón, Beatriz.

—Leo cada una de las biografías que aparece y releo siempre sus máximas y sentencias —se anima de pronto la estratega—. "Actúo en política como en la guerra: distraigo a un flanco para batir a otro".

Cálgaris le devuelve una carcajada, como si hubiera acertado en el blanco. Y de verdad acertó. Permutan frases y anécdotas napoleónicas unos cuantos minutos, hasta que el Salteño le indica, poniéndose firme, que todo está dispuesto. El coronel se toma todavía un rato para redondear un concepto sobre la necesidad de manipular a los hombres más por sus vicios que por sus virtudes, y para rematarlo con su frase predilecta: "Quien está dispuesto a gobernar debe saber pagar con su vida, y si es preciso dejarse asesinar". Es una cita hermética y turbadora en tiempos de la democracia, y el viejo deja que nos rebote por la mente mientras da un aviso por VHF, revisa brevemente el instrumental, se afirma en el timón y maniobra lentamente el velero. El Salteño permanece a su lado como si fuera a hacerse del mando en cualquier momento, y nosotros oteamos la costa pasándonos unos a otros los prismáticos. El sol está alto y la temperatura es baja, pero se aguanta. El océano tiene un azul distinto; comprobamos en la distancia el paso de cargueros colosales. A una orden, el Salteño desata y despliega la gran vela, y manosea sogas y nudos. Cálgaris permite entonces que el viento se haga cargo: vamos mar adentro pero sin perder jamás de vista la línea de la tierra. El coronel se divierte mucho con la travesía y le cuesta ceder el timón. Finalmente, cede por urbanidad, y permite que su grumete mantenga la dirección y el pulso, aunque lo vigila de reojo. Saca su pipa y la enciende a pesar de la ventisca, y le cuenta al Gran Jack que también visitó el Thyssen y que se topó con una muestra sobre las leyendas del Oeste. Romero se entusiasma: jamás vio una pintura de Remington, pero es un fanático de "Shane" y de "El hombre que mató a Liberty Valance".

—Shane era homosexual y, en realidad, a Valance lo mató el negro Pompey —le desliza Cálgaris sonriendo—. Al menos así dicen ahora los especialistas españoles.

El comisario se escandaliza y se trenza en una discusión de códigos cerrados, que a Belda y a mí nos deja indiferentes. Finalmente, Cálgaris lee las mareas, estudia sus mapas, recupera el timón y tuerce el rumbo. Vamos de regreso a las playas pero ya no se divisan el club, los balnearios ni el puerto. Desde la popa solo se aprecian más acantilados y llanuras: el viento ya no ruge, estamos frente a un páramo patagónico, en la mitad exacta de la nada. Recogen la vela y fondean a una distancia prudente. Bajamos por fin a los interiores del Aubrey y nos despojamos de las camperas, los guantes, los gorros y las bufandas. Somos demasiados, y la recámara es muy pequeña y produce claustrofobia. El Salteño nos abre dos Coronas, sirve la mesa y desenvuelve sándwiches de salmón y queso crema. Luego vuelve a cubierta, a su puesto de vigía. Belda regresa del baño y recibe un vaso de Talisker que le devuelve el alma al cuerpo. El comisario se ha quitado también el pañuelo y la gamuza, y le está contando al coronel aspectos desconocidos de Hoover. Cálgaris los hace reír a todos con un refrán cínico que se le atribuía en los pasillos del FBI: "Todos los hombres son iguales frente a los peces". BB parece algo cansada. El mandamás de la Casita decide abandonar el entretenimiento e ir directamente al meollo:

–La felicito, Beatriz, la bronca contra Farrell aumentó cien puntos en Balcarce 50. Antes era el vocero, ahora es la estrella de la liga de gobernadores. Lo tiene en un arco al Presidente.

–Los gobernadores respetan únicamente la guita y las encuestas –responde Belda, a medias despabilada–. Le subimos la imagen y le inyectamos autoestima política. Con eso fue suficiente.

–Nunca subestimes la eficacia de una mujer vengativa –le aconseja el coronel al Gran Jack, que come sin perder el hilo–. ¡Y qué rápido se sacaron de encima al Hoover de Farrell!

–Igual no se fue a ninguna parte –relativiza el comisario, con la boca llena–. Marquís asumió la Dirección, pero el Turco sigue manejando los hilos desde afuera. Su títere es el subjefe de la policía, que es inamovible y que es el contacto con las otras fuerzas. Se encarga además de todo lo relacionado con puertos, caminos y seguridad deportiva. La parte del león.

–No quiso soltarle la mano –confirma la socióloga dándole vueltas y vueltas al sándwich–. Farrell me dijo sinceramente que no podía prescindir de Jalil después de tantos años. Va a asesorar el Ministerio de Gobierno y algunos funcionarios necesariamente le seguirán respondiendo en la transición, pero sin crear conflictos.

—¿Y qué dice Marquís?

—Está a las puteadas.

—Me imagino —asiente Cálgaris con el bigote manchado de queso—. Le dieron funciones limitadas. Aun así Palma está adentro, y tarde o temprano van a hacer pie y tomar el control. Tengo algunas novedades sobre ese club de fútbol que tanto te desvela, Romerito.

—Al fin —exclama el Gran Jack, y apura un trago.

—Hicimos inteligencia financiera —le revela el coronel a su socia, limpiándose la boca con una servilleta—. Nos dio una mano grande la FinCen.

—La unidad de lavado de los Estados Unidos —le aclara Romero—. Tienen acceso a la red Egmont, que es un sistema de intercambio de datos entre los organismos del área de todo el mundo.

—Tenía razón el Gran Jack —explica Cálgaris—. Una de las sociedades que controla el club figura en el Reporte sobre la Estrategia de Control del Narcotráfico Internacional. Sede en Caimán. El Departamento de Justicia asegura que operó con plata de los cárteles del Golfo y de Sinaloa.

—¡Te dije! —salta Romero con su risa cavernosa—. Te lo dije, la puta madre.

—Pero la DEA tiene información más fina —le advierte—. Se le descubrieron vínculos, conexiones y coincidencias con otro fondo de compañías *off shore* que estaban controladas por los muchachos.

—¿Quiénes?

—Colombianos y mexicanos escindidos de sus antiguas organizaciones —contesta, y ni siquiera esta vez va a mirarme—. Los Dragones Mutantes de Tijuana y del Valle, que antes comandaba

Ruiz Moreno. Esos últimos no importan, porque quedaron inactivos. Los escindidos del cártel de Tijuana son otra cosa.

Historia circular. El comisario y la dama vuelven a escrutarme como si yo tuviera algo que decir. Pero me mantengo imperturbable.

—Importan y exportan falopa, y tienen protección política, policial y aduanera —agrega por fin Romero, que olvidó su almuerzo en el plato—. Pero no pagan peaje con efectivo o mercadería, como en otras provincias, sino con acciones, dividendos compartidos en obra pública, construcción de represas, compra de tierras y estancias, y otras formas de lavado. La más creativa es a través del fútbol.

—Romero tiene la teoría de que es Jalil el que luego baja las coimas y garantiza la tranquilidad —le explica el viejo a la gran dama, tocándole el brazo—. Y que Jalil ya ni siquiera responde a Farrell.

—¿Cómo es eso? —se extraña Belda, que ahora está muy despierta.

—Posiblemente empezó como típica recaudación política, pero fue tomando tanto volumen que pasó a ser un emprendimiento personal —conjetura Romero, con los ojos vidriosos—. Farrell, como cualquiera, no pregunta de dónde viene. Y ahora no pregunta hasta dónde llega.

—Siempre fue un pelotudo con suerte —reflexiona BB enrollándose un mechón de su pelo blanco—. Le digitan todas las licitaciones.

—La mayoría: el Turco asoció a Cerdá, que es el responsable del frente financiero del partido —el Gran Jack parece excitado—. Cerdá se cree un corso. Subvenciona el proyecto, pero embolsa. Sin embargo, atenti: el verdadero poronga es Jalil. Me contaron que sus patrones viven afuera y que él se compró casas en Chile, Brasil y Venezuela.

—Y posiblemente en México —coincide Cálgaris bebiendo un sorbo de su whisky—. ¿Cómo fue tu encuentro con Cerdá?

—Me citó en su restaurante del río, me hablaba en voz tan baja que apenas podía oírlo. No se presentó como un tecnócrata sino como un militante y un facilitador. Me dio a entender que Alejandro Farrell comía de la torta.

—No suena ilógico —razona Belda, que abandona el sándwich y pide otro whisky.

—Me ofreció sutilmente el oro y el moro —dice Romero, muy serio—. No llegó a amenazarme, porque es un gerente educado. Pero les aseguro que esa idea flotaba todo el tiempo entre nosotros.

Cálgaris le sirve otro vaso de Talisker a Beatriz Belda y me echa el tercer vistazo, que es rápido y huidizo.

—Jalil te manda un mensaje, Cerdá trata de llenarte el bolsillo. Es una escalada.

—También la certificación de que tocó el nervio —interviene ella.

—Leí la carpeta que me dejaste y es un capolavoro, Jack —le reconoce Cálgaris—. Pero el problema va a ser probar todo esto.

—No necesitamos muchas pruebas —dice Belda—. Solo necesitamos indicios suficientes como para ponerlos contra la pared.

Un pequeño derrame parece mancharle un ojo glauco al coronel, que le sostiene enigmáticamente la mirada a esa mujer agresiva.

—Me estoy trabajando a un buchón en la zona de los lagos, donde los amigos del Turco hacen *business* hoteleros —anoticia el comisario, que se terminó su Corona.

Parecen no escucharlo.

—¿Van bien sus inversiones? —le pregunta la socióloga al coronel, como si fuera la única persona que hubiera en este barco.

—Negocios de ocasión y bajo riesgo —le contesta Cálgaris, como si intentara tranquilizarla—. Y no pueden ser expropiados.

Ella asiente. Casi puedo oír los engranajes de sus cerebros, pero no consigo entender qué se están diciendo sin palabras. Saco una cerveza de la heladera y subo a cubierta a tomar aire fresco y a fumar. El Salteño bebe la Corona directamente de la botella y se arrebuja en su poncho. El Aubrey se mece sobre las olas, mientras las gaviotas lo rondan con vuelos y graznidos. Con ese golpe de oxígeno y ese mutismo norteño trato de adoptar el punto de vista de BB. Ella no puede creer seriamente que Farrell duerma la siesta mientras su jefe de gabinete, su jefe de inteligencia y su primogénito levantan un emporio con dinero negro. Cálgaris tampoco puede tragarse esa galletita. Son demasiado zorros. Los dos saben que Farrell sabe, y que debe tener incluso una buena justificación política: con este circuito perfecto de protección y lavado consigo que la droga esté solo de paso, y además, meto capitales en la comunidad; evito el veneno y traigo fondos para producir empleo. ¿Qué puede pensar Cálgaris? Estoy en esto por un negocio particular de la Casita, pero resulta que un hijo del enemigo número uno de Balcarce 50 es un asesino y el otro es un corrupto. ¿Debo traicionar a mi socia y ganarme un ascenso? ¿Puedo ascender a algún lado todavía? A Beatriz Belda no le conviene objetivamente que se reúnan pruebas contundentes, porque eso redoblaría la tentación de Cálgaris. Las investigaciones deben ser, por lo tanto, limitadas y abiertas. A BB no le interesa la verdad jurídica, sino usar esos secretos en la interna, perfeccionar su salvataje y cobrarles muy bien a los Farrell por ese enorme favor. Así se arma el poder detrás del poder. Y sin embargo, algo de ese diálogo sin palabras que tuvieron hace un rato todavía se me escapa. Dos bailarines tramposos que danzan juntos y que maquinan posibles engaños. Qué baile peligroso. "¿Hubo algún avance con la monjita?", le pregunto al Salteño para alejar esa nube negra.

Piensa unos segundos la respuesta, o la conveniencia de filtrar un secreto. Finalmente, filtra lo mínimo: "El viejo está seguro de que el Papa no tiene idea. El viejo descubrió que es un regalo sorpresa que le prepara el amigo". Fumo evocando al padre Pablo en

"La Sala de la Signatura", con su libreta negra, su lápiz, su pelada elegante, y sus ojos astutos y desconfiados. Es una cadena de intereses y favores: el sacerdote del Palacio Apostólico y el mandamás de la Casita quieren lo mismo; una ofrenda inolvidable para un líder agradecido y muy poderoso. Tiro el pucho al mar y me rodeo la cara con la bufanda. El Salteño no está al tanto de las verdaderas novedades. Hace tres semanas, a propósito de no sé qué efeméride, el padre Bustos subió al muro de Facebook del colegio salesiano un panegírico hipócrita sobre Mariela Lioni. Acompañaba el texto con algunos poemas personales de la monja de Villa Puntal. Aburridos versos de amor a Dios. Esa noche soñé algo relacionado con ella, que después no pude recordar, pero durante el desayuno tuve un sobresalto. ¿Y si esos garabatos no están dedicados al Nazareno? ¿Pueden leerse de otra manera? Claro, algunos al menos son lo suficientemente ambiguos como para entender otra cosa. Llamé a Bustos y le pregunté dónde los había encontrado: Moretti era la fuente, los tenía en su casa. Quise hablar con el profesor de música, pero estaba de viaje. Le pedí permiso a BB para volar a Buenos Aires y fui directo a la parroquia de sor Fabiana. Era un sábado plomizo y cambiante, y había una larga cola de madres intentando vacunar a sus hijos. La anfitriona y su arcángel menesteroso tenían organizado bajo techo un mate cocido con medialunas en unas mesas de tablón con manteles de hule, y a un puñado de asistentes sociales que atajaban a las vecinas para darles consejos y apuntarlas en un padrón. Al notar mi presencia, Fabiana me pidió con un gesto que la esperara y con otro que pasara a su despacho. Me senté en la silla y estudié las fotos que Lioni tenía bajo el vidrio del escritorio: procesiones en el barro, charlas en comedores escolares, frases bíblicas y una Virgen con el corazón atravesado por siete espadas: La Dolorosa. Iglesia de Vera Cruz, en Salamanca.

—Nuestra Señora de los Dolores —dijo sor Fabiana reapareciendo, inclinándose sobre el vidrio y acariciando la figura—. La

Virgen de la Amargura, la Virgen de la Piedad, la Virgen de las Angustias. Acosada por los siete dolores de Cristo. Mariela la había estudiado de cerca en Florencia, donde los frailes crearon la advocación a finales del siglo XI. Luego resulta que es la protectora de Chancay y tiene muchos devotos en distintas ciudades peruanas, como Lima, Tarma, Ayacucho, Cajamarca. En esta parroquia, no lo voy a negar, su imagen es también un pasaporte para la confianza.

—Vengo a preguntarle algo doloroso —la corté, y ella se irguió con aire prevenido, acariciándose con las manos regordetas la cruz de madera. Supuse en ese instante que preguntaría si su compañera había aparecido, pero Fabiana no abrió la boca. Entonces me di cuenta de que también había leído el panegírico de Facebook y que sabía exactamente a qué se debía mi visita. Le sostuve la mirada un minuto entero.

—Los poemas de amor —dijo cuando no pudo más, y bajó los ojos.

Dejé que rodeara el escritorio y se sentara. Lo hizo con pasos de calvario y al final con un derrumbe deprimido. Inesperadamente, se quitó la toca blanca y negra, y dejó al aire su pelo corto jaspeado de canas. Me hizo acordar a un general de división que se quitaba la insignia del pecho cada vez que necesitaba hablarnos extraoficialmente y como un civil más.

—¿Cuándo se enamoró de Moretti? —le pregunté de frente y sin vaselina.

La pregunta le agredió un ojo, como si hubiera recibido una miga aviesa. Lo guiñó sin ironía, y se lo restregó con furia; lo dejó todo rojo y nublado.

—No fue de un día para otro —dijo, desarmada—. Empezó con una amistad de trinchera. Pero se agravó porque a él le interesaba la pintura, y ella no tenía muchas personas con las que charlar sobre Rubens y Rafael. Además, Moretti se quedaba con nosotras los domingos por la noche, comíamos y nos divertía un rato tocando temas alegres y melancólicos. A veces bailábamos juntas.

—¿Cuándo pasó a mayores?

—Cuando ella aceptó ir a su casa y llevarle sus viejas carpetas italianas y sus cuadernos de estudiante. Cenaba con él algunas noches y la traía hasta la puerta de la parroquia. Yo sabía lo que le estaba pasando. A mí que no soy nadie me pasaba algo parecido. Es habitual. La castidad es dura, señor, y a veces aparecen personas que a una le mueven el piso. Pero el asunto no es grave si todo queda en el terreno platónico.

—Pero esto fue grave, ¿no?

La monja suspiró y se echó hacia atrás. Entrelazó sus dedos sobre la barriga y se mordió el labio inferior.

—Le juré que nunca le iba a contar esto a nadie —dijo, al borde de una lágrima—. Me siento horriblemente mal contándoselo a usted, peregrino. Pero ahora no tengo opción. Una noche sentí ruidos. Era tarde y la luz de la capilla permanecía prendida. Mariela estaba arrodillada, llorando a moco tendido.

—El pecado de la carne —dije sin sonreír.

—Un terremoto —reconoció, y volvió a restregarse el ojo colorado—. Estaba loca de culpa y de arrepentimiento, pero también pensaba que iba a ser muy difícil romper con ese hombre. Le pidió ayuda a Dios, le prometió que trataría de luchar con toda su energía. Pero los meses fueron pasando y no podía despegarse: le escribía poemas, lo llamaba por teléfono, buscaba excusas para encontrarse en secreto. "Fabi, es una adicción", me decía. Y se negaba a ir a terapia, y a veces se excusaba diciendo que ese amor era voluntad de Jesús. Que Jesús, con su infinita sabiduría, había unido a sus guerreros para confortarlos y hacerlos más fuertes. Pero era un argumento que no duraba mucho; ni ella misma se lo tragaba.

—¿Cuál era la actitud de Moretti?

Se enderezó en su silla, que rechinaba; el ojo ya estaba hinchado.

—¿Se refiere a si la quería? —me preguntó—. Por supuesto que la quería, aunque a su manera. Más tranquilo, sin perder la cabeza. Moretti era egoísta y misterioso; Mariela era transparente y capaz de darle hasta lo que no tenía.

—¿Él trató de dejarla alguna vez?

—Nunca, que yo sepa. Ella, un montón de veces. Pero siempre tenía recaídas.

—¿Discutían mucho?

—Jamás —parpadeó—. ¿En qué piensa? ¿En un crimen pasional?

—¿Usted no?

—Moretti no puede matar una mosca. Aparte, la tenía a sus pies. Una tarde lo encontré en el colegio y le pedí que pensara seriamente en el futuro. Era evidente que Mariela no iba a colgar los hábitos y que ese amor no podía prosperar. Le sugerí que tal vez lo mejor para los dos fuera que él la liberara. Tenía todo el poder en esa pareja. Si le cerraba la puerta, el conflicto pasaba a mejor vida.

—Pero Moretti no quiso, o no pudo.

—Ahora bien, peregrino, si usted piensa que ella se escapó porque no podía con esta cruz, desde ya le anticipo que se equivoca fiero.

Recuperó su determinación de siempre, y vi cómo se encasquetaba de nuevo la toca. Las infidencias terminaron. Dormí en mi departamento de Belgrano y leí un libro nuevo sobre los Césares: "Nerón se entregó en secreto al ardor de las pasiones. Petulancia, lujuria, avaricia y crueldad, que quisieron hacer pasar como errores de juventud, pero que al fin tuvieron que admitirse como vicios del carácter". Soñé que custodiaba a Belda en el café de la Villa Agrippina, y por la mañana saqué contra recibo un Nissan Versa del parque oficial de la base Chacabuco y esperé en la terminal del ferry la llegada de la orquestita. Moretti y sus pibes arribaron a horario, provenientes de Montevideo, y abordaron un micro escolar color naranja. Los seguí lentamente hasta el colegio, crucé el patio y prendí un cigarrillo detrás de un arco: los alumnos hacían ruido en la sala de música, pero el violinista departía con dos maestras y un sacerdote. Al verme de lejos se excusó y cruzó en diagonal la cancha de baldosas para saludarme. El hippie viejo de cuerpo de alambre y barriga cervecera traía la barba más corta, el pelo más prolijo y el ceño más arrugado. Le expliqué diplomáticamente que no podíamos hablar al aire libre. Me acompañó hasta el Nissan y me ofrecí llevarlo hasta su hogar, un modesto departamento de altos en una esquina de La Lucila. Aceptó con frases entrecortadas. En cuanto se sentó y colocó el estuche sobre el regazo, le avisé que sabía todo sobre su romance clandestino. "*Merde!*", profirió, y tiró hacia atrás la cabeza. Respiraba con dificultad, arriba y abajo, con los ojos brillantes clavados en el techo. Maniobré para salir de esa calle y agarrar Libertador. Le conté enterita la conversación con sor Fabiana, y le reproché que nos mintiera sabiendo que estaba de por medio la desaparición de una persona.

—No sé si te das cuenta del quilombo en que te metiste, profesor —probé.

Asintió sin declinar la frente, es como si estuviera degollado. Después bajó el morro y se lo cubrió con las dos manos finas. "Dame una buena razón para que no te entregue al juez", le pedí. "*Merde!*", repitió. Saqué el revólver de la tobillera, se lo metí en las costillas y amartillé. El flaco pegó un respingo, dolorido y aterrorizado, pero fue incapaz de articular tres palabras. "¿Tenés plancha en casa? —le pregunté—. Porque voy a plancharte la lengua". Doblé en un giro a la izquierda y estacioné en una calle solitaria que terminaba en las vías del ferrocarril. No tenía ningunas ganas de entrar en el centro de La Lucila y mucho menos de armar un escándalo a los gritos con semejante cagón. Que era incapaz de matar una mosca. Cualquiera que haya pasado treinta años en este negocio sabe cuándo alguien tiene las agallas o el instinto asesino, y este bohemio zaparrastroso efectivamente no contaba siquiera con presencia de ánimo. Saqué las llaves, devolví el Smith & Wesson a su funda, me bajé del Nissan, cerré de un portazo y me acodé en el techo con otro cigarrillo. Al rato Moretti se apeó con torpeza y levantó los brazos como si quisiera demostrarme que no iba armado: le temblaban como dos ramas en un vendaval.

–¡Le juro por Dios que eso no tuvo nada que ver! –imploró como una rata histérica.

–No jure por el Barbudo, profesor, que usted es ateo –le previne.

–Habíamos cortado como tres o cuatro meses antes –se defendió, haciendo pucheros–. Nos veíamos pero la cosa no seguía. No lo conté porque era nuestro secreto sagrado, y porque ella no me lo iba a perdonar nunca.

–De sagrado nada, profesor. Usted se la cogía y punto. Y me lo ocultó, y ahora no puedo confiar más en usted.

Moretti se recostó en el techo y acometió el llanto, dándose por perdido. Era un tipo con mucha imaginación. Se imaginaba en una celda o, en el mejor de los casos, sobre su propia cama pegando alaridos mientras yo le achicharraba la verga y le arrancaba una falsa confesión. Dudé todavía por un instante si no debía tomarme ese noble trabajo, pero me volví a convencer de que esta no podía ser de ninguna manera una historia de amor seguida de muerte. Aplasté el cigarrillo, me subí al Nissan y giré en redondo. Cuando estuve de nuevo a su lado, arrojé con todas mis fuerzas el estuche por la ventanilla y le dije: "Al carajo con su puta música, profesor. Lo voy a estar vigilando hasta que patine y me diga la verdad. Tengo mucho, mucho tiempo. Piense en mí todos los santos días. Piense si vale la pena seguir metiéndome camelos". Luego aceleré y lo dejé boquiabierto y quebradizo en la vereda, con el estuche destrozado.

Era un procedimiento de manual, pero carecía de convicción.

Volví a los Césares y a los sueños alusivos; aproveché la ocasión para correr veinte kilómetros y sacarme la nueva frustración de encima. Una *runner* con fe de hierro, aquejada por los sinsabores de la miseria pero acostumbrada a las decepciones; una santa tentada por el sexo y prendada de un héroe sin muelas que le hablaba en francés y le tocaba Schubert. Había nuevas piezas en el juego, pero si sacaba la primera aparecía una figura, si movía la segunda se formaba un paisaje y si las combinaba al revés era un mamarracho o un galimatías. Quizás esa nueva información fuera sabrosa pero irrelevante: al revés que en las novelas policiales, muchas veces pasa en el transcurso de una pesquisa real que el descubrimiento de un secreto calienta al investigador y no hace más que desviarlo durante meses del camino correcto.

Cuando me estaba duchando oí el zumbido del celular. Salí mojado: era Beatriz. Me preguntaba si podía aprovechar el viaje para pasar un rato por el piso de Diana, que tenía "una de sus crisis habituales". La expresión me hizo gracia, pero cuando la señorita Galves me abrió la puerta me di cuenta de que BB no pecaba de exageración, sino de todo lo contrario. Lady Di estaba completamente desnuda, empastillada y con los ojos ennegrecidos por el rímel regado: parecía un mapache, y casi no podía tenerse en pie. "Ay, Remil no sabés lo que me están haciendo esos hijos de puta", me dijo sin su sensualidad afectada ni su látigo amargo. Creí percibir la paranoia y el terror. Cerré a mis espaldas y traté de conducirla hacia la cama, pero se deshizo de mi abrazo y se bamboleó varios metros por el living con una botella de champagne entre los dedos. Pude ver entonces con toda claridad aquel cuerpo legendario y blanquecino que casi no tenía arrugas ni rollos. El cuerpo de una chica de treinta sin vello púbico. Su departamento no era grande, pero estaba lleno de arte abstracto, y había un vómito espectacular sobre la alfombra.

—Me hacen la vida imposible —agregó, dándole un largo trago al pico de la botella—. La vida imposible.

—¿Quiénes? ¿Qué pasó?

—¿Quiénes? —repitió con expresión alucinada y con hipo—. ¡Los putos de siempre!

—Sentate y me lo explicás —le propuse con buen tono.

—Esos putitos no me perdonan el éxito. Me llaman de madrugada y cuelgan. A veces me amenazan.

—Sentate —le pedí.

—¡No me siento un carajo! —resistió y amagó otro sorbo, pero le vino un vahído y flaqueó. Me apuré a empujarla hacia el sofá y a quitarle la botella de un manotazo. Tenía la espalda derecha pero los hombros caídos y las piernas desmadradas; dos hilitos de agua negra le bajaban lentamente por la mejilla.

Ocupé el sillón individual y no le hice ninguna pregunta para no atosigarla. Una nube la rodeaba y la envejecía.

—Me vienen jodiendo desde la época de los milicos —dijo entrecortadamente, con una voz desconocida que debía ser la verdadera.

—Vos te pusiste de novia con un almirante, ¿no?

Asintió con el pelo rojizo y pegoteado. En su carpeta figuraban partes de Inteligencia y también varias notas en aquel semanario de los servicios y en algunas revistas sensacionalistas de la era del destape.

—Un almirante casado —repuse—. Y después un general alcohólico.

—De pendeja —admitió entonces, como extraviada—. Pero no te olvides de que yo ya era una estrella mucho antes de toda esa porquería.

—Te acusaban de colaborar con las listas de los actores —recordé—. ¿Colaboraste?

El mapache levantó la vista y testeó si mi pregunta tenía alguna intención moral. La nube se estaba disipando.

—A mí me da lo mismo lo que hiciste —le aclaré, con cansancio—. Trato de ayudarte.

—Actué mil veces gratis para los organismos de derechos humanos. Abuelas de Plaza de Mayo me dio un premio.

—Qué emocionante.

La conversación la había erguido y despertado; en cualquier momento cobraría conciencia total de que estaba desnuda, aunque parecía muy acostumbrada a la exhibición. ¿Y quién era yo para contradecirla?

—Beatriz militó en Montoneros —declaró, como si necesitara un testigo de cargo.

—Sabía.

—Y yo me la jugué por varios en la dictadura, Remil. Muchas anécdotas te podría contar.

En este país todos tienen un pasado épico. Qué país lleno de valientes. Quiso fumar: le alcancé un pucho y se lo encendí con cuidado, como si fuera a vomitarme encima. Pero le dio una calada profunda y no se le movió el estómago. Seguía sin la necesidad normal de cubrirse el cuerpo; su falta absoluta de pudor me distraía.

—Nadie trabajó más que yo en todos estos años para que se respetara a los actores y hubiera siempre laburo —dijo como si fuera una víctima de la República y de la ingratitud.

—Así y todo no te perdonan —le insistí—. Una actriz del poder debe hacer muchos amigos pero también debe levantar muchos rencores.

—Hay resentidos que piensan cualquier cosa —acepta—. Piensan que no los llaman de los teatros oficiales por mi culpa.

—¿Y tienen razón?

—¡Por favor!

—¿No hay aunque sea listas blancas?

—¿Favoritos? Obvio. Hay gente que se porta bien y gente que se porta mal. Obvio, como en cualquier lugar.

—Y la beca patagónica fue la frutilla del postre.

Iba a responderme cuando la atacó algo invisible, a lo mejor una náusea. El cigarrillo cayó al piso y al tratar de pararse con rapidez se resbaló. La atajé antes de que se fuera de nuca, la levanté a pulso con los dos brazos y la llevé hasta el baño en suite. Se puso de rodillas, se abrazó al inodoro y estuvo un rato vomitando su antiguo glamour. Lanzaba y lloraba al mismo tiempo, mientras yo le abría el agua caliente. Estaba exánime y tenía los labios y los pezones morados cuando la sumergí en la bañadera. La estuve vigilando cuarenta minutos hasta que pareció recuperar la temperatura y algo del talante. No tuvo ninguna vergüenza de que la secara con un toallón ni que la cargara hasta la cama con dosel. La tapé y bajé la luz para que durmiera unas horas, pero entonces me agarró del codo y me retuvo.

—Esos putitos fueron demasiado lejos —dijo en un susurro recuperado.

—¿Qué te hicieron esta vez? —le concedí.

—Secuestraron a Juan Domingo.

La Tierra dejó de dar vueltas por diez segundos.

—Me estás jodiendo —probé.

—Con eso no jodería jamás. Sabés que es como un hijo para mí.

—¿Pero cuándo? —intenté reprimir la risa—. ¿Estás segura?

—¿No te contó nada Beatriz? —se enojó, y ahora sí sonó nuevamente su látigo amargo—. ¿Te creíste que venías de acompañante terapéutico?

—¿Dónde lo perdiste?

—No lo perdí, me lo robaron el jueves —dijo sin energía—. Preparame un té.

Le traje una taza de Earl Grey. Le acomodé unos almohadones en la espalda para que lo bebiera despacito. No había, todavía, ni rastros de la diva nacional, pero al menos ahora empezaba a parecer una especie de ser humano.

–Fui a cambiar una ropa a la lencería de la esquina, me distraje y lo que nunca: desapareció –dijo agarrando la taza con tintes dramáticos–. Una empleada cree haberlo visto salir, pero estaban todas alrededor mío cotorreando y la verdad es que ninguna atinó a nada.

–Hiciste un escándalo.

–¡Me quería morir! Lo buscamos por todo el barrio, llamé a la policía y a los bomberos. Él nunca se escapó, teníamos un cordón umbilical que nos ataba de por vida. Nadie me va a poder sacar de la cabeza que alguien me seguía y que me lo arrebató.

–¿Pero te pidieron rescate?

–Hubo llamados, pero cortaban –dijo–. Como siempre. ¡Por Dios, espero que no lo hayan torturado, mi pobre chiquito! Él no hizo nada, mi inocente.

Tenía la tarjeta del comisario en la mesita. Lo llamé desde su móvil y le expliqué que era un agente de la Casa. El taquero estaba atónito frente al volumen que había tomado un episodio tan pequeño y ridículo. "No hay incidentes menores para personas importantes, comisario", le advertí. Pero lo último que le faltaba a aquel hombre fatigado era poner dos efectivos a rastrear un caniche. Habían entrevistado con desidia a los vecinos y habían dejado por escrito la denuncia. ¿Qué más debían hacer, poner un alerta nacional? Corté y miré el reloj de pared: se había hecho tarde, pero podía salir a patrullar la zona. Le pedí a Diana la llave y le sugerí que descansara. "Me hacen la vida imposible", me dijo parpadeando pesadamente, como si por fin se estuviera yendo. Bajé en ascensor, salí a la calle y llamé a Belda. Seguía en una cena de negocios, pero se apartó de sus invitados y me preguntó si su amiga se encontraba mejor. "Está estabilizada, pero el perro no aparece", le informé. Esperaba secretamente que me relevara de esa segunda responsabilidad bochornosa. Pero no transó. "Buscalo", dijo y cortó de golpe. Si Cálgaris me viera en esta penosa situación –pensé– certificaría el grado de mi declive: primero la foto de mi culo en Nápoles, después la cara de otario frente a los huesos equinos de Villa Puntal y, finalmente, esta búsqueda nocturna del temible caniche blanco por las calles de Barrio Norte. El capítulo final podría llamarse: "Decadencia y grotesco de un viejo espía argentino".

Encontré la lencería cerrada y hablé con un florista. Entré en un bar y me hice lustrar los zapatos. Le regalé un paquete de cigarrillos a un croto que dormía en la vereda, y me enteré de que había dos paseadores que se dividían el mercado. Uno vivía a diez cuadras, en un "hotel familiar". Le dije a la encargada que había una emergencia con un cliente, y que lo despertara. No hizo falta: estaba viendo televisión y salió asustado al patio. Le mostré una placa falsa de inspector y lo acusé de robar perros. Me juró que él no se dedicaba a ese curro y entonces le puse las esposas. Hacía tanto bochinche que varios huéspedes prendieron las luces y se asomaron. Lo tomé de un brazo y lo saqué a la calle, lo metí en el Nissan Versa y lo obligué a bajar la cabeza. Me alejé un buen trecho mientras escuchaba todo tipo de excusas y llantos, estacioné en una sombra discreta y le puse la Glock en el oído izquierdo. Alguna vez había hecho una "picardía", pero en los dos últimos años tenía clientela fiel y estable, y ya no se dedicaba a asustar viejas guitudas. No sabía nada del caniche, pero si alguien había pedido plata podía tratarse de su compañero, que andaba más necesitado: perdía mucha moneda en los bingos. Sonaba sincero. Le quité las esposas y lo solté. El jugador empedernido vivía en una casa tomada de San Cristóbal. Lo encontré jodiendo con otros dos en la puerta. Tuve que romperle los dientes al más bravo para que no se amotinaran. Con el paseador repetí el procedimiento del Nissan y la Glock. Se meó encima y me contó tres raptos con lujo de detalles, pero nada del maldito caniche blanco. Al final estaba tan buenito que hasta me explicaba las conductas de la raza y me daba consejos y trucos para encontrarlo. Hay gente muy amable en esta ciudad. Regresé a la lencería con un humor de perros, y caminé por calles y avenidas circundantes. Caminé fumando y revisando debajo de los autos estacionados, en los recovecos, en las alcantarillas. Fue una larga e infructuosa madrugada, y volví amansado al departamento de la diva. Que dormía inquieta en su cama con dosel. Deambulé por esos ambientes, limpié el vómito de la alfombra, me serví un vodka y me dediqué a repasar los veinticinco álbumes de fotos que registraban la agitada vida de Juan Domingo. Observé con particular atención las que habían sido tomadas en el barrio, pero no se me ocurrió una mísera idea. Más adelante descubrí que una de las primeras imágenes y una de las últimas coincidían en un mismo escenario: la veterinaria donde había nacido y donde hacía unos meses le habían celebrado su cumpleaños. Esa "fiestita" también había salido en la revista *Hola*: la diva se hacía acompañar para la ocasión por sus camaradas de teatro, que agasajaban a Juan Domingo como si fuera Laurence Olivier. Busqué en Internet la dirección de la veterinaria. ¿Qué podía perder? Subí al Nissan y me dirigí hacia Retiro preguntándome si un veterinario sería capaz de reconocer a un caniche que era igual a cientos: encima llevaba un collar estándar porque Lady Di le colocaba el de brillantes solo cuando asistía a recepciones o concedía entrevistas. Juan Domingo, en la calle y sin su ama, volvía a ser un vagabundo cualquiera. Y también me preguntaba si el veterinario tendría la suficiente voluntad y astucia como para llamar a sus clientas, o si simplemente lo alojaría en su tienda y esperaría novedades. Ya había amanecido y no faltaba mucho para que abrieran: bañaban animales y vendían comida balanceada desde las ocho. Dejé el Nissan enfrente y me acerqué a la vidriera, que tenía rejas. Adentro dormían en cajas de vidrio algunos cachorros. Traté de ver si se distinguían en la oscuridad el interior de las jaulas traseras, pero era imposible. Desayuné en un cafetín húmedo y leí los diarios hasta que se hizo la hora. El veterinario era un larguirucho tocado por un bigote hitleriano que se sobresaltó con la mala noticia. No había recibido ningún caniche extraviado en las últimas dos semanas; llamó desde su consultorio a la Perrera Municipal y revisó los blogs de adopciones y los sitios especializados en oferta y avisos de emergencia. Había caniches en esos lugares, pero el largirucho estaba seguro de que ninguno era Juan Domingo. Tenía enmarcada en la pared una tapa de la revista *Caras* donde Diana Galves y su "gran amor" posaban para el público. Reconocería a aquella célebre mascota entre miles que le presentaran: era su orgullo profesional. Propuso largar un pedido por la red, pero yo no quería convertir el episodio en un título catástrofe y en un bocado de cardenal que haría las delicias de la prensa amarilla. Me contó al menos tres historias de perros que se habían desorientado y perdido en el laberinto de la ciudad, y que se las habían arreglado para volver a casa. Tenía, para equilibrar, otras historias trágicas y muchos misterios que jamás se resolvieron: perros que aparecieron atropellados o desgarrados por otros, y animalitos de Dios que se esfumaron para siempre. Regresé en el Nissan con lentitud, mirando las veredas a uno y otro lado, deteniéndome en las obras en construcción, formulando preguntas al azar, conversando con otros paseadores. Y cuando me bajé en la lencería abierta creí ver una mancha blanca sobre el mármol negro: estaba a cincuenta metros, en el umbral del edificio de la diva, pero una campana de residuos me tapaba parcialmente la visión. Tenía que ser una ilusión óptica, así que la descarté para entrar en la lencería e interrogar a las empleadas, pero cuando pisé el felpudo me latió fuerte el corazón y crucé la calle. Si la vista no me engañaba, había efectivamente una bola blancuzca en la entrada, como un gorro caído o una bolsa de supermercado. Corrí hasta ella sin dar crédito a lo que veía y tratando de convencerme de que era un espejismo. Pero era Juan Domingo nomás. Estaba derrumbado, sucio, sangrante y exhausto, respirando agitadamente con la lengua afuera y hecho un ovillo junto a la puerta, justo bajo el portero eléctrico.

No tenía fuerzas ni para escapar. Apenas me tiró un leve tarascón cuando lo alcé contra el pecho, mientras agradecía a la Virgen de la Candelaria, a la Virgen de los Dolores, y a todos los santos del cielo. Al verme entrar con el susodicho, la susodicha pegó un salto de horror y alegría, y llenó el departamento con su griterío histérico. Colocamos esa masa de mugre en la bacha de la cocina, y lo revisamos bajo la luz cenital: las manchas de sangre no eran ni frescas ni suyas, pero parecía acobardado y sin la mínima energía, al borde tal vez de un colapso canino. Había que volver sin pérdida de tiempo a la veterinaria. La diva seguía desnuda, corrió hacia sus placares y regresó un segundo para besarme con la boca abierta. "Esos putos no pudieron con nosotros, Remil", susurró, y se vistió con una rapidez inusitada en alguien que se tomaba regularmente dos horas diarias para arreglarse. El larguirucho lo recibió como si fuera el médico presidencial tratando a un estadista herido, le hizo una inspección general, le aplicó inyecciones, lo obligó a tomar píldoras y lo dejó bajo observación. "Respire, reina –le dijo–, Juan Domingo está bajo shock y muy estresado, pero no corre peligro de muerte". La diva lo abrazó y se largó a llorar. ¿No es enternecedora la vida sensible de las estrellas?

Al instante, se olvidó de nosotros y llamó a Beatriz para contarle los sucesos felices de aquel día radiante. Habló con BB cuarenta minutos, mientras el larguirucho seguía con pasión cada una de sus palabras y yo me aburría con las cabriolas de los cachorros en las jaulas de cristal. "A veces buscamos lejos lo que está cerca", dijo el veterinario, que no era bueno ni con los refranes. Ese lugar común, sin embargo, me hizo pensar por un minuto en Mariela Lioni. Fue un pequeño y extraño fogonazo en la bruma, una idea que asomó una fracción de segundo y que volvió a hundirse. Todo fue demasiado rápido y desde entonces intento reproducir esa chispa para saber qué cosa iluminaba, pero no lo consigo. Ni aún hoy que la rememoro desde la cubierta del Aubrey mirando sin ver este páramo de acantilados y playas escarpadas, mientras las gaviotas nos rondan como si quisieran devorarnos. Cálgaris trepa la escalerita seguido por sus socios, y estudia el viento y la gramática de las olas. Romero está defendiendo con uñas y dientes a la Inglesa. El coronel le ordena al Salteño que leve anclas y juntos despliegan las velas. Cálgaris se hace cargo del timón y de los instrumentos, prende el motor para darse impulso y luego inclina el velero levemente hacia estribor. La maniobra dura quince minutos, y Belda la sigue distraída desde la popa, agarrándome insólitamente del brazo. Es un gesto de intimidad que hasta ahora no se había permitido. "Quiero que aprendas las reglas del bridge, me aburro un poco los fines de semana", me comunica en voz baja sin dejar de observar la pizarra de nubes gordas y la decadencia del sol. Está tan cerca que puedo oler el Talisker de su boca.

Romero viene a decirnos que el coronel le contó una anécdota imperdible sobre la Inglesa. En los años noventa Silvia Miller trabajaba en una revista de denuncias que le producía gastritis al ministro de Interior. Cálgaris infiltró a un agente y conseguía todos los jueves la fotocopia de la tapa que iban a publicar y las pruebas principales. Esa jugada le permitía al Gobierno salir al cruce de los hechos antes de que tomaran estado público, y neutralizarlos de la mejor manera. La Inglesa se dio cuenta, y convenció al director de hacer dos notas de tapa en paralelo y de que dejara circular por la redacción las copias apócrifas. También organizó un sistema interno para reducir las sospechas a tres cronistas y un diagramador. Al descubrir quién era el topo, lo investigó y lo caminó con fotógrafos, se aseguró de que lo despidieran y luego lo escrachó en un documento completo de seis páginas: "Así espían a esta redacción los servicios de la Casa Rosada". Cálgaris había hecho algo ilegal, pero aun así podía haber metido una denuncia en tribunales contra el editor responsable y contra su impertinente redactora por violar la ley de Inteligencia; evitó hacerlo por dos razones: el escándalo crecería en lugar de apagarse y además sentía una cierta admiración por esa periodista con más pelotas que un samurái. "Me asombra que usted coincida conmigo en este punto –le dice Beatriz acerándose con la boquilla entre los dientes y aprovechando el reparo para encender su cigarrillo–. Igual le aclaro que no tendría consideración si se nos vuelve a cruzar". El coronel no soltó el timón pero giró un segundo su cabeza para responderle: "Solo tengo una necesidad, decía Bonaparte". BB asiente en medio del humo y completa la cita: "Triunfar". El Gran Jack prefiere que no cuaje esa idea oscura, así que desvía la conversación hacia las pinturas de Carla Jakov: hace unos días las escaneamos y se las enviamos a Cálgaris por correo electrónico.

–No era original pero tampoco era buena –dictamina el viejo bajo su gorra aristocrática–. No se le hace eso a Zeus, ni a la doncella. Merecía morir.

IX
Un baile para tres

El club Convergencia cuenta con un predio especial en las afueras de la capital donde funciona un polígono de tiro al aire libre. Dos o tres veces, durante esta temporada de emociones, fui con Romero a distraerme y a calentar el dedo. El comisario vaciaba el cargador de su vieja Browning con pulso firme y puntería defectuosa, y me hacía reír con sus anécdotas de pifiadas y tiroteos. En estos días anda por los lagos, pescando truchas y buchones, y me acompañan en la incursión la diva y la estratega. Para mi pesar. El capricho se les mete en la cabeza esta misma mañana, cuando Galves arriba al Chalet entre saludos y aspavientos e informa que no trae esta vez a Juan Domingo: quedó internado en una clínica cinco estrellas para su recuperación total. Se somete a tres reuniones de evaluación de imagen y Belda quiere recompensarla dándole la tarde libre "para hacer algo divertido". No sé muy bien cómo llegan al tema del polígono: BB alude en un momento a Romero, Maca cuenta un episodio sobre el trauma de usar armas y las dos se entusiasman como adolescentes con ver de qué se trata y cómo se siente. Intento disuadirlas, pero la actriz compone mohines y la socióloga me ordena que no perdamos más tiempo. Llamo al director del polígono, que es empleado directo de Alejandro Farrell, y le explico qué vamos a hacer y cuáles serán los pasos. Mientras yo me haga responsable puedo actuar de supervisor; con los amigos de Farrell no importan los formalismos.

Las llevo en la 4x4 hasta el predio, que está cercado por pinos, y cargo con dos cajas de municiones que guardo en el baúl. Las damas me acosan con preguntas técnicas y me tiran de la lengua con cuestiones personales. Quieren saber las ventajas y desventajas de revólveres y pistolas, y el impacto de los distintos proyectiles, pero también lo que pasó en Monte Longdon, la vieja escaramuza de Villa Costal y las refriegas que tuve a lo largo de más de treinta años de servicio. Para no acometer ninguna confesión, les muestro la Glock y les habló de ella como si fuera un teórico o un maestro armero; le quito el cargador para que puedan sopesarla. La manosean como si fuera un juguete sexual, y Beatriz me habla de una Bersa calibre .22 que su padre escondía en el altillo. "No tiene poder de parada —le digo—, pero a corta distancia es letal. La bala rebota adentro y causa estragos. Las agencias de inteligencia y algunas unidades especiales de combate urbano usaban ese calibre con cargas subsónicas y silenciadores". Recargo la Glock, me coloco las antiparras, y les doy una clase rápida: posición de dedos, manos, brazos, cuerpo, tórax, cintura y piernas. Cómo se afirma uno frente al blanco, cómo se apunta, cómo se acaricia el gatillo. Después me bajo los protectores auditivos y les hago una demostración lenta, tiro a tiro, para que observen todo el proceso. Traigo con un botón el cartón agujereado y lleno de nuevo el cargador de la pistola. Ellas derraman frases extasiadas y dudas absurdas. Para enseñarles los rudimentos tengo que abrazarlas por la espalda. "Me da escalofríos", dice la actriz. "Soy calibre 22, Remil, chiquita pero mortífera", dice la estratega. Se van turnando, excitadas por la pólvora y deslumbradas por esa práctica violenta y predadora. La Glock está caliente. Pruebo con el Smith & Wesson 36. Les encanta que el Chiefs Special sea pequeño y plateado. Les enseño a disparar tirando cada vez del martillo con el pulgar de la izquierda. Amartillando una y otra vez, a Galves se le salta una uña esculpida. Se desternillan de risa con el incidente. Me estoy quedando sin parque, así que las invito a retirarnos. Me acompañan colgadas de cada brazo, insistiendo en conocer las intimidades escabrosas del oficio. Cuando las dejo en el Río Azul, BB consulta el reloj y me pide que regrese en saco y corbata para la cena. Baja de la camioneta primero y, en consecuencia, no alcanza a notar que la diva me despide mordiéndome los labios. Me ducho en la Conejera y me pongo el traje, y subo puntual hasta la suite de Belda creyendo que se trata de una reunión de trabajo. Pero es una mesa para tres, regada con champagne Cristal.

Navego en la tablet quince minutos hasta que salen juntas de la habitación. Beatriz Belda, holgada pero distinta, con una túnica de seda verde petróleo que le llega un poco por debajo de la rodilla; unos aros de perlas y lo más extraño: la melena blanca peinada hacia atrás y mojada por el gel. Y Diana Galves, como para la alfombra roja, con un vestido negro, ceñido al cuerpo y largo hasta la mitad del muslo; un escote profundo en forma de corazón y una gargantilla de diamantes de Bulgari en forma de serpiente. Pienso inevitablemente en los hombres que me precedieron: el galán de los ojos lilas y luego el francés que había ganado el Goncourt. La capacidad de sorpresa de un veterano de todas las batallas, de todos los secretos y de todos los engaños nunca deja de ponerse a prueba.

—Les recomiendo la merluza negra asada en textura de hinojos y tomates confitados —dice Belda leyendo la carta—. O la perdiz con futas confitadas y huevo a la trufa negra. Copian la cocina de La Bourgogne. Y la copian bastante bien.

—La perdiz para mí, la merluza para el soldado —determina Lady Di, y me pincha con su tenedor—. Me contó Bette que tenemos una escucha de mi ilustre colega.

Belda encarga los platos por el interno, pero sus ojos no me abandonan ni un instante. También es una mirada en cierta medida nueva, sin la distancia laboral que me dedicaba hasta hace apenas unas horas. Trato de interpretar de qué material está hecha, pero no voy más allá de una especie de inexplicable recelo animal. Palma utilizó el Alien Spy con el ministro de Cultura y también grabó una conversación inconveniente. Descorcho la primera botella y sirvo el champagne.

—Quiero oírla, Bette —le ruega Diana como si fuera una nena.

—Por el guardián de las damas en apuros —propone Beatriz alzando la copa.

—Me derriten los héroes —agrega su amiga chocando la copa.

—Los héroes infames —subraya Belda con malicia—. Y los detectives de perros.

Busco en la tablet el archivo de audio. La voz chabacana del Lolo Muñoz corta el clima sugerente de la noche. Está evidentemente ebrio y suena de fondo su propia guitarra, que desafina. El material está editado, así que les salteo los prolegómenos y les repaso la esencia: el secretario de Cultura le comenta a uno de sus hermanos la brillante teoría de "tener un toco en físico, a mano para salir de aprietos y pagarle sobornos a la cana". En caso de emergencia, rompa el vidrio. Se lo recomendó el gobernador, que la sabe lunga, y que incluso le dio facilidades para que comprara un panteón en el cementerio regional. Así y todo, a Muñoz el chiste le costó más caro que una chacra a todo trapo en el Valle. Cuando finalmente tuvo la llave, dos albañiles de confianza le fabricaron una bóveda de concreto disimulada por el último cajón del subsuelo, y allí mudó los restos de cuatro familiares cercanos, que permanecían en tierra y en un camposanto de la Barda Baja. Lolo estaba feliz por ese respaldo. "Dos palitos para frenar a la bestia y para dormir mejor", decía. Dos millones de dólares. No estaba nada mal para un inútil de todo servicio. A continuación, viene lo mejor. Lolo rasguea con fuerza y entona "La zamba del canuto". Que termina con una palabra poco folklórica: termosellado.

Ríen a carcajadas, lloran y tosen la estratega y la diva, que me pide escuchar la zamba una vez más. El antojo se frustra porque llega un camarero con el carrito de la comida. Sirve los platos, y cuando se retira, Diana ataca la perdiz y le pregunta a Belda qué hizo con esa información tan comprometedora. Beatriz apenas prueba el pescado.

–Palma revisó el listado de la administración y descubrió que Farrell y Cerdá tienen también sus panteones –le revela–. Y que Jalil dispuso un patrullero con tres policías, en tres turnos rotativos, para custodiar el cementerio.

–¡Todo el cementerio debe estar sembrado de verdes! –se escandaliza Lady Di–. ¿Pueden ser tan groseros?

–Pasa cuando la guita te viene en cantidades industriales, *dear* –le explica BB. Noto que en realidad la merluza no le interesa–. Al principio, contratás financistas de primera y armás circuitos sofisticados; después buscás a contadores de segunda y, al final, recurrís al que venga, porque la producción es tan veloz que no te da tiempo de muchos refinamientos. Y además, es verdad: siempre hay que tener a mano un toco para frenar un allanamiento o comprar algo de tiempo si hay que pirarse. Estos no inventaron nada.

La reproducción de la zamba devuelve al ambiente algo del tono jocoso. Galves me pregunta por Palma, le parece un ser misterioso. Le explico cómo funciona esa cueva que brinda asistencia tecnológica de punta al mejor postor. No delato lo que siempre he pensado. Que Cálgaris es accionista secreto de esa pyme de hackers sedentarios y sonidistas invisibles. Sí describo, porque no tengo remedio, la triste historia familiar de Palma, a quien en su momento tuvimos que investigar a fondo para saber con quién estábamos operando. La madre del chico de los chupetines tuvo un derrame cerebral cuando él andaba por los ocho años, y su padre abandonó todo para atenderla. Todo, inclusive profesión y familia. Palma creció solo, como huérfano incomunicado, y por lo tanto atado de por vida a su única salida al mundo exterior, su chupete y su biberón: Internet. Palabras de Maca. Un friki sin vida analógica, un espía informático sumamente eficaz.

—No se mueve, come chatarra y nunca engorda —se queja Diana—. ¡Lo odio!

A propósito, también están interesadas en la psiquiatra, por quien sienten algo de simpatía.

—Me parece inteligente y sutil —la califica BB.

—¡La carta natal que me hizo resultó exacta! —suspira Lady Di—. Me dijo que está de novia con una española, pero que el amor a distancia la enfría.

—Amor de lejos, cosa de pendejos, *dear*.

No es española, es una agente argentina afincada en Madrid por cuenta de la Casita, pero no les aclaro el malentendido. Me sorprende que Maca le haya admitido su *affaire* paralelo con una chilena. ¿Cuántas otras infidencias habrá cometido en esta alegre camaradería mujeril? La incógnita se va a despejar enseguida.

—Es una diplomática que está casada y tiene cinco hijos —ilustra la socióloga abandonando definitivamente la merluza—. Una chica del Opus que Maca conoció durante un cóctel en la Cancillería. Ahí nomás hubo un arrebato, en el baño. Tuvieron una semana a full en Buenos Aires, y la siguieron en Valparaíso, adonde la diplomática vuela de vez en cuando con la excusa de algún simposio.

—¿Pero es amor o calentura? —quiere saber Galves, y me asombra su ingenuidad. Se da cuenta y retrocede—: Casi siempre son lo mismo, pero nunca se sabe.

—Imaginate —dice BB—. Maca es flexible y la otra es rígida. Por ahora, es un recreo para la dos.

—¡Por ahora!

Con su mando a distancia, Beatriz pone un disco de Sinatra. "All or nothing at all", canturrea Diana limpiándose con la servilleta. "Es todo o nada de nada, la mitad del amor nunca fue conmigo", traduce Belda mirando atentamente a su amiga. Luego me hace una seña para que abra la segunda botella de Cristal. Suena una música suave, y las dos hacen silencio para no romper el embrujo. "I'll never smile again", anuncia BB y Diana cierra los ojos y se mueve al son de esa balada. De pronto los abre y hace un comentario que me descoloca:

—Maca nos contó la historia de Nuria.

Extraigo el segundo corcho con ruido, parece un disparo de arma de guerra, y ella parpadea aunque sin estremecerse.

—"El síndrome del guardaespaldas y un inesperado desgarro amoroso" —pronuncia imitando la voz de la gorda conchuda. Es una buena imitación—. "Un amor entre personas crueles con un desenlace trágico, que funciona como la kriptonita: lo vuelve errático, falible, vulnerable".

—Basta, Di —la reta dulcemente la jefa.

—Y la peor consecuencia de todas —agrega la diva, gozosa con su propia actuación—. "La desilusión del padre, a quien nunca logró matar".

Me incorporo para mandarme a mudar. Diana me roza la mejilla y yo tiro hacia atrás la cabeza en un reflejo de viejo boxeador. "I'll never smile again —le pide a BB—. Again". Belda baja la vista y la obedece. La canción de Sinatra vuelve a arrancar desde el principio.

Diana Galves está de pie, me tira los brazos.

—No —le respondo.

—¿Bette? —la reclama. Es una llamada de auxilio.

Belda encaja un cigarrillo en la boquilla, procura no mirarnos:

—Las órdenes no se discuten, soldado.

Veo el escote profundo de Diana y le tomo la cintura para quebrarla o para cogerla: los sentimientos están mezclados, la gargantilla de Bulgari refulge. Me laten las sienes y tengo una erección, que ella siente al contacto y recibe con una sonrisa baja. Beatriz también se levantó de la silla: sube el volumen para que bailemos sin excusas, y sigue fumando. Estamos retomando un ritual tal vez creado por ella misma, donde yo apenas soy el muñeco de ocasión. Pero me cuesta seguirle el paso a su socia, que parece un poco mareada, y entonces compruebo que en respuesta me aleja y me suelta, se vuelve hacia su amiga y se descalza con un movimiento rápido y gracioso. Beatriz deja la boquilla en un cenicero y responde a la invitación. Bailan juntas, parejas, como si fueran hombre y mujer. BB ha puesto la función *repeat* y entonces la canción de Sinatra termina y vuelve a empezar una y otra vez. Me descolocan la pericia y la sincronización que demuestran y lo perturbador que resulta verlas tan acopladas y voluptuosas. Tan distintas. Pienso de nuevo en los amantes que me precedieron, y trato de imaginar cómo reaccionaron ellos ante este espectáculo íntimo y arriesgado.

Estoy a diez segundos de retroceder hasta la salida y fugarme, pero la diva parece adivinar mi intención, porque suelta de pronto a su *partenaire* y vuelve a reclamarme con una mueca. Belda acata la decisión con mala cara, y recula hacia el cenicero. Cuando la reemplazo, Diana me acaricia la cabeza y me pregunta en un murmullo por qué no tengo canas, por qué sigo luciendo ese pelo duro y renegrido. Es una pregunta inoportuna que corta la mayonesa, pero cuando le respondo que no se trata de tintura sino de una disposición natural de los genes, me apoya los pechos y las caderas, y se afirma en mi nuca para besarme sin recato. No puedo entregarme del todo, me siento desdoblado y bajo los ojos irritados de Beatriz Belda. ¿Cómo es este negocio? ¿Cómo es?

De nuevo la actriz presiente algo, gira hacia la estratega y le lanza una orden abierta: "¿Bette?". BB le sostiene la mirada, que es gélida, y después descruza los brazos, aplasta el pucho, atraviesa el comedor y se pierde en el dormitorio y en el baño en suite: se oye el portazo interior. La jefatura ha cambiado de manos; esta noche todos obedecemos a Lady Di, que ahora se lleva un dedo a la boca pidiendo silencio, divertida, y luego me besa con procacidad. La situación sigue siendo confusa, y yo no consigo abandonarme del todo: el cerebro está más cerca del alerta máximo que del centro de recompensa. Diana entonces me da un revés y se ríe. Y cuando trata de darme otro, la atrapo en el aire, más enfurecido que antes, y le beso el cuello y el nacimiento de las tetas, y le subo el vestido y le acaricio las piernas y le cierro el puño en la concha. Al gemido le siguen una serie de maniobras cómicas y desesperadas: con lo único que se queda Diana es con la gargantilla de Bulgari; yo también estoy achispado y cabrero, a lo mejor deprimido. Vamos al dormitorio y ella vuelve a largarme un revés; le lamo los pezones y la penetro sin cuidados, para castigarla. Si ese cuerpo célebre tiene cirugías no se notan, y si se notaran no importaría demasiado. Es un combate nocturno sin distracciones ni treguas, y ella me exige a fondo sin darme nada a cambio: no acaba nunca, y clama a cada rato por distintas opciones. Quiere, por ejemplo, que la asfixie y que le haga el culo. Y enseguida que vuelva a los embates tradicionales que la llevan al borde, sin jamás cruzarlo. El fragor no me impide percibir que se ha abierto la puerta del baño, y que la luz rasga la penumbra. Al levantar la vista, alcanzo a ver el cuerpo diminuto de Beatriz Belda. Que está desnuda, agarrada de los marcos. A contraluz parece una mariposa de alas desplegadas. No sé si tiene arrugas, solo sé que a su manera es también armoniosa y deseable. "Bette", la solicita Diana Galves, con voz transpirada. Beatriz se hace desear todo un minuto, pero luego baja los brazos y avanza sobre la oscuridad. Se supone que esto es un trío y que yo debo besarla, no conozco muy bien las leyes internas, pero Bette me esquiva y va derecho a la actriz. Se dedica a ella con una delicadeza suprema, puro minimalismo: la frota, la liba, la roza con ternura, la hace vibrar. Ese refinamiento contrasta con la fiereza del sexo duro que le doy a Diana y que ella me requiere. Parece el mismo juego, pero son dos deportes bien diferentes. Nos arreglamos para ejecutarlos en cadena. A veces la diva me cabalga mientras recibe las atenciones sutiles de su amiga; en ocasiones yo se la meto por atrás mientras Diana premia a Beatriz con su lengua. Lo que nunca sucede, lo que jamás permiten, es que se produzca el mínimo contacto entre la estratega y su esclavo. Y pronto me doy cuenta de que yo actúo nada más que como material conductor, y que el propósito final siempre ha sido esa ligazón erótica, conflictiva y ambigua que las une a las dos y que cada vez toma mayor temperatura y protagonismo. Me retiro a una silla cuando sé que sobro y que, como el galán de los ojos lila y el ganador del Goncourt, fui atraído hasta acá con el único objeto de habilitar ese extraño vínculo que nunca se consuma por la vía directa. Casi no puedo pensar en otra cosa mientras las veo frotarse con entusiasmo. Es una escena en cierta forma irreal: Beatriz Belda y Diana Galves rodando sobre sí mismas, arrancándose los orgasmos que a mí se me negaban. Ahora que recuperé el aliento y la racionalidad, ahora que estoy más helado que la merluza, pienso detenidamente en las dos: Di fue siempre una seductora compulsiva pero netamente heterosexual, y Bette estuvo enamorada de ella desde la adolescencia. El modo que encontraron para resolver ese descalce fueron estos excepcionales períodos ventana, donde un tercero oficia de nexo. Maca podría explicarlo mucho mejor, pero no les daré pasto a las fieras:

pienso llevarme este secreto a la tumba. Regreso al comedor y me visto en silencio; todavía Sinatra sigue galopando su canción eterna. Hasta parece cansado. Salgo de la suite, bajo en ascensor mirándome al espejo y fumo dos cigarrillos sentado en un banco de piedra de la plaza de enfrente. Cuando camino hacia la Conejera, con las solapas levantadas y las manos en los bolsillos, siento vibrar el móvil. Imagino que las chicas quieren que vuelva, o quizás buscan burlarse de mí o pedirme disculpas, así que dejo que vibre un rato sin responder. Cuando me llaman por tercera vez, contesto con enorme fastidio. No son ellas, es Palma. El Gran Jack ha desaparecido.

X
La zona fantasma

Palma tenía la orden de mantenerse en contacto permanente con Romero, y el comisario era consciente de las medidas de seguridad: le indicó la pequeña ciudad de los lagos que visitaba y la hostería en la que se había hospedado, prometió que por nada del mundo saldría del área de cobertura, es decir que no se alejaría hacia el monte o la cordillera sin avisar, y realizó un llamado obediente de constatación cada ocho horas. Pero hace dieciséis que inició el silencio de radio y que su móvil dejó de emitir señal. El hacker trató de detectarlo por todos los medios tecnológicos a mano, pero resultó inútil. "Era un dispositivo especialmente adaptado, le pusimos una fuente auxiliar –dice Palma, y le tirita la voz–. Se despertaba cada cincuenta minutos para reportar su posición GPS y volvía a hibernar, sin necesidad de activar el display. Alguien desconectó la batería, y la residual se fue agotando". Le pregunto si la Hilux llevaba un transmisor; habitualmente lo pegamos con imanes en el interior del guardabarros de la rueda izquierda, de modo que sea solo accesible a través del baúl. Pero Romero se resistió al comienzo por pereza, y Palma dejó pasar los días: cuando se dio cuenta, el comisario ya estaba de viaje. Lo lleno de insultos. Palma se ataja diciendo que mi propia 4x4 carece de transmisor, y que la culpa de esa negligencia es mía. Por supuesto, llamó a la hostería y le respondió una paisana bastante parca: Romero pagó en efectivo y por adelantado, se retiró el día anterior, desconoce adónde iba, pero él hablaba mucho de pescar, e incluso se compró una caña en una tienda del pueblo. Mientras conversaban, Palma trató de meterse en las computadoras de la hostería para verificar aquella versión, pero descubrió que no estaban informatizados. "Por los impuestos, ¿vio?", le confesó la paisana sin la menor ironía. Palma colgó y a continuación buscó la tienda en la web: resultó ser toda una proveeduría deportiva. Encontró la factura con facilidad, una caña número seis de carbono a nombre de Miguel M. Romero, que pagó con Visa del Banco Francés. Buscó entonces el número de emergencia del destacamento policial y lo derivaron a la casa del oficial principal Sosa, que está a cargo de la zona, un tipo de pocas pulgas que en principio no tenía idea de quién le estaban hablando. Se despabiló cuando le mencionó la Hilux, pero no llegó a aportar nada de valor. "Seguí buscando, pero calladito", le ordeno a Palma, y subo a mi camioneta. En estos casos, más vale prevenir que curar. Lleno el tanque en la ruta y me paro en el acelerador. No hay tránsito en esta madrugada; calculo que el trayecto me llevará como máximo tres horas. Pienso en el Gran Jack, en sus carpetas y documentos, que leí con paciencia e interés durante estas semanas. Nada anticipaba en esos informes quién era su contacto en aquella villa turística; Romero es muy cuidadoso con los datos confidenciales, nunca me dio pistas sobre la identidad de su soplón. Prefiero imaginar que ese desconocido, para tener aquella entrevista secreta, le impuso que prescindiera del móvil porque no quería ser rastreado. Pero el asunto me huele realmente mal: llegado el caso, el Gran Jack sabría sin duda que iban a saltar nuestras alarmas, y por lo tanto, nos habría dado un aviso preventivo. Jamás hubiera dejado morir su teléfono; no se trata de una persona descuidada, más bien todo lo contrario. La explicación más plausible es que alguien lo forzó a salir del radar, y eso no preanuncia nada bueno.

A media mañana, le dejo un mensaje a BB y llamo a Cálgaris, que está en Londres. Asiste a un simposio de Narcoterrorismo e Inteligencia financiera, me responde en voz baja con una advertencia: "Te hago responsable de lo que le pase a Romero, llamame solamente cuando lo encuentres". Treinta minutos después responde Beatriz, que está intranquila: "¿Qué tamaño tiene el hematoma?", pregunta de manera impersonal, como si la estuvieran grabando. "Mediano tirando a grande", le contesto. Estará pendiente de cualquier noticia, quiere ser informada antes que nadie. Siempre hay una sutil vibración en el ambiente cuando el asunto pasa de castaño a oscuro, y cuando las palabras dejan lugar a los hechos.

A pocos kilómetros para el destino final, llamo a Palma y le pido que me haga un panorama general de la villa. Utilizo el "manos libres" y entonces la voz del chico sin vida propia llena toda la cabina, se vuelve de pronto didáctica y se superpone con el paisaje, que forma parte de un parque nacional protegido. No tiene más de quinientos habitantes, mayormente agrupados alrededor del centro comercial. Sigo por un camino de ripio que parece estar en buen estado, y veo una conjunción de estepa y bosque, con muchas retamas y cipreses, río caudaloso y formaciones rocosas volcánicas. En el fondo se recortan picos salpicados de nieve y enseguida aparece la ruta de circunvalación y el lago azul, que mide sesenta kilómetros cuadrados. Le doy a Palma el nombre y las coordenadas de aquella estancia de diez mil hectáreas donde cazamos ciervos colorados. Queda relativamente cerca, de hecho una carretera secundaria que sale en diagonal desde esa villa roza la tranquera sur, el más lejano de los accesos. Esa salida linda con aquel apostadero, que nosotros alcanzamos después de una larga cabalgata interna: habíamos ingresado desde la ciudad cabecera del distrito y no por esta puerta de retaguardia. La cercanía me pone los pelos de punta, pero no quiero conclusiones fáciles ni cerrarme a ninguna posibilidad. Le ordeno a Palma que revise la historia de la ciudad, que se meta en bibliotecas, necesito estar informado de todo lo que pueda. De inmediato aparece la villa, encajonada en laderas glaciares donde crecen las araucarias, su pequeño puerto, sus casas alpinas y pintorescas, y los ruidos de la sierra eléctrica. Estamos fuera de temporada, así que no abundan los peatones y parecen vacíos los comercios. Me bajo en la oficina de Turismo, reclamo un mapa y muestro una foto de Romero. La chica niega y se encoge de hombros. Pregunto dónde queda la hostería; "en la punta", me responde. Un hotelito para gasoleros con una vista para príncipes: la terraza de piedra está sobre el lago. No hay ninguna habitación ocupada, y la paisana me acecha por la espalda, como si quisiera asaltarme. Instintivamente me llevo la mano a la Glock, pero no llego a sacarla. El espectro es inexpresivo, observa la foto y asiente; vuelve a contarme lo que ya le contó en detalle a Palma. Ni una palabra más ni una palabra menos. Me muestra el libro de conserjería: observo la caligrafía cuidadosa de Romero y su firma anticuada. Le pido la misma habitación, me entrega la llave con asco, y me hace seguirla por el pasillo sin luz; el cuarto es austero, pero la ventana permite ver un patio de pinos. Huele a desinfectante. Al quedarme solo, reviso la habitación con método profesional: no encuentro el menor indicio de presencia humana. Abandono el bolso de ropa en el interior del placar y salgo a hacer una recorrida a pie. Me detengo en el muelle para ver las evoluciones de un kayak y para enseñarle la foto a un pescador, que niega con la cabeza. Muchas veces veré ese gesto a lo largo de la caminata, en los hoteles, en los kioscos, en las esquinas. La proveeduría es amplia, cuenta con productos sofisticados, ropa para deportes náuticos y equipos para buceo. Romero se mostró como un veterano cultor de la pesca con mosca, intercambió anécdotas con una vendedora. Charlaron sobre un embalse lejano donde pueden conseguirse arco iris y marrones pesadas y poco combativas, pero le sugirieron puntos más cercanos. Marco en el mapa todos esos lugares para visitarlos, y lo hago por la tarde, después de tomarme una cerveza en un bar alemán sin parroquianos. El muchacho de la caja reconoce la foto: Romero cenaba solo, muy metido para adentro, le gustaba el chucrut casero y los fiambres ahumados; leía un libro sobre la guerra de Corea. Nunca se lo vio acompañado.

Llevo mis binoculares Leica, y paso tres horas visitando los paraísos de la trucha y el salmón, formulando preguntas a los turistas y a los locales, y tratando de imaginarme al comisario en un irresponsable día de franco. Aprovecho para reflexionar sobre esa estancia, un vasto territorio imposible de cubrir sin una orden judicial o la anuencia directa de sus dueños. "¿Estamos buscando un cadáver?", pregunta Palma sin anestesia. "Creo que sí", me sincero. "Tengo uno", dice. Se tropezó con una referencia en un diario patagónico y siguió la huella hasta una monografía forense, que encontró en la biblioteca virtual de una universidad patagónica. Un caso famoso de 1974: vecino celoso asesina a su mujer, la mete en el auto y lo empuja desde lo alto de un mirador. Luego propala que ella lo ha abandonado, vive diez años sin la menor molestia, y vuelve incluso a casarse y a tener hijos, hasta que por accidente un botero descubre la carrocería y el esqueleto. Curiosamente, no estaban donde habían caído, sino a quinientos metros, en el medio del lago. Los expertos en corrientes fluviales y marinas (el lago recibe también aguas del Pacífico) dan sus opiniones, que a veces parecen contradictorias. Como el escándalo se produce a poco de haberse derrumbado el régimen militar, hay psicosis colectiva: ese espejo de agua debe estar sembrado de cuerpos. Un juez acepta la denuncia de un organismo de derechos humanos y ordena a los bomberos de la policía provincial que disponga de buzos y hagan inmersiones para chequear si los rumores tienen asidero. Por supuesto, el operativo resulta un fiasco. "La fuente central de ese libro no son los expedientes ni los recortes viejos –advierte Palma–. El autor menciona todo el tiempo un boletín de la villa que se publica desde 1965. Primero fue bimestral, pero parece que ahora se edita cada seis meses. Y no está digitalizado". La publicación pasó por distintas manos, pero en la actualidad lo imprime cada vez que puede un abogado jubilado que es tesorero de la Comisión de Fomento. El hombre está de viaje, pero su esposa me hace pasar a los fondos de su chalet y me abre el candado del depósito. Ordenados por año, apilados y algo húmedos, los ejemplares ocupan tres paredes. Palma me va guiando con las fechas. La historia del crimen por entregas, entrevistas al fiscal y la opinión de penalistas, y más adelante denuncias sobre guerrilleros desaparecidos y hasta avistamiento de monstruos. Se habla de "la zona fantasma", que es un triángulo entre el mirador, el punto donde apareció el coche y una playa que degenera en un bosque subacuático. Tildo en el mapa esas referencias, y prendo un cigarrillo. En esa población chiquita cruzada por el aburrimiento y las supersticiones, debe de ser leyenda que el lago se traga cualquier cosa. Están las montañas, las estancias inabarcables y los montes cerrados, pero la primera idea que le debe venir a la cabeza a un vecino de la villa es ese "lago traicionero". En consecuencia, resulta nuestra primera opción. Aunque después del papelón de Villa Puntal no tengo tanta fe en mis corazonadas.

Hacia el anochecer visito el destacamento y me presento al principal como un amigo de Miguel Marcial Romero. "Quedamos en encontrarnos acá, pero no hay rastros y tiene el celular fuera de línea", le explico. Sosa es un policía mañero y desconfiado, y estoy seguro de que no se tragó el verso. Se acaricia maquinalmente el pin del cóndor que lleva en la camisa reglamentaria y me escruta de arriba abajo. "Y… acá la gente se pierde, ¿vio? –arranca–. Cada dos por tres tenemos que ir a buscarlos al bosque o a los cerros con perros y baqueanos. No sé, maestro, a lo mejor su amigo se las picó a Chile por el paso. Es un paseo precioso". Sé por Palma que no figura en el registro del puesto fronterizo, y Sosa parece leerme la mente: "Hay muchos trucos para pasar al otro lado. Con camioneta y todo". Nos quedamos parpadeando unos segundos más, después le doy las gracias y me levanto. "Y ande con cuidado, maestro –me aconseja, y usa de nuevo su tono mordaz–. No se vaya a perder también usted, ¿vio?". Podría llamar a Marquís y pedirle que mande una comisión y lo cuelgue de las pelotas a este cabrón hijo de puta, pero se levantaría mucha polvareda, Belda se pondría furiosa y, además, el flamante director de Seguridad todavía no maneja del todo a su propia tropa: ¿quién nos garantiza que los canas jugarían para nuestro equipo?

Alcanzo a entrar en la proveeduría cuando están a punto de bajar las persianas. Tengo en la 4x4 el traje de neoprene, las patas de rana y el visor, pero necesito dos tanques completos: los pruebo y los alquilo. Me hacen todo tipo de recomendaciones para disfrutar de una buena excursión. Al llegar a la hostería, rebusco en la caja trasera los guantes, el puñal de buzo táctico y la cámara GoPro con vincha. Luego guardo todo, destapo una cerveza, me tiro en la cama y hablo con Beatriz, que sigue ansiosa. No tengo ánimo ni argumentos para calmarla; me duermo viendo en la televisión "Thriller en Manila". Sé que no me perdonarán, pero Frazier sigue siendo mi preferido, y sueño con esa risa final del infierno y con el mensaje en su contestador automático: "Soy astuto como un zorro. Sí, floto como una mariposa, pico como una abeja. Soy el hombre que lo hizo, ya sabes de qué hablo". Me despierta una frenada en el asfalto, tan extraña y ruidosa que tengo la Glock en la mano y el dedo en el gatillo. La recepción está desierta y a media luz, y cuando salgo al frío de la noche todo permanece tan oscuro que debo recurrir a mi linterna para comprobar que me han tajeado dos cubiertas. La escasa originalidad me hace pensar en un amateurismo de aldea, pero de inmediato recapacito: a Romero no se lo pudo haber fumado cualquier amateur. Qué rara contradicción.

Desayuno tempranísimo, despierto al encargado de una gomería y consigo a puro efectivo que me arregle el desaguisado. Por la tarde doy una vuelta al lago, deteniéndome en distintos accidentes geográficos y anotando en el mapa los sitios más aptos para empujar una Toyota Hilux y clavarla de frente en el agua. Tomo en cuenta algunas condiciones especiales: el reparo (nadie quiere testigos), la altura necesaria (de ser posible un acantilado accesible por carretera) y la cartografía de la profundidad, que Palma roba de un "informe lacustre" de la Dirección Hídrica. A eso se agrega que debo descartar cualquier área que esté en el amplio circuito de las escuelas de buceo: Palma me envía los folletos digitales al celular. Las condiciones son tan restrictivas que al final de la primera vuelta apenas logro dibujar cinco cruces, y una de ellas está dentro de la "zona fantasma". Dejo ese triángulo para el final, estaciono entre los árboles, me calzo el traje, doy un rodeo y me sumerjo junto a una pared rocosa altísima, llena de grietas. La incursión no tiene nada de extremo para alguien que fue obligado a hacer el curso de buzo táctico en la base naval de Mar del Plata y que juega a la ruleta rusa con el río. Al contrario, estas aguas son tranquilas y transparentes, y si no estuviera buscando un muerto se trataría de una aventura placentera. El paredón continúa bajo la superficie y solo me cruzo con peces plateados. Rápidamente, percibo que las corrientes no hubieran tenido tiempo de arrastrar una Hilux lago adentro, así que salgo para no malgastar el oxígeno, y regreso a mi 4x4. Repito el chapuzón dos kilómetros más adelante, en un rombo de cavernas y troncos gigantes derrumbados hace siglos. Y vuelvo a hacerlo en otras dos estaciones, con idéntico desenlace. Quedan unos minutos de sol cuando me zambullo en el punto ideal, aquél que yo mismo hubiera elegido para esconder el cuerpo del delito: un paraje alejado, protegido por una curva y dominado por un balcón de granito imponente. Pero cuando reviso el lecho resulta que no es lo suficientemente profundo y salgo más pesimista que nunca. Estoy perdiendo el tiempo y cada minuto que pasa se aleja la chance de encontrar al Gran Jack. Después me consuelo pensando que, a pesar de los fracasos del día, debo ir por buen rumbo, de lo contrario no me habrían amenazado de un modo tan grosero. Palma me sugiere dos puntos más, que yo no advertí, y que supuestamente localizó gracias a imágenes satelitales garroneadas a un colega de la Mossad. Ceno un chucrut en la misma mesa donde cenaba Romero, y repaso en la tablet las imágenes que tomé con la GoPro. El restaurante alemán está cargado, y a pesar de que hay muchos extranjeros, los nacidos y criados no me quitan los ojos de encima. Una cosa es ser turista, otra muy distinta es ser un forastero que anda haciendo preguntas. Imagino que las ruedas tajeadas son la comidilla de la semana, y que aquella búsqueda dará para charlar al calor de las chimeneas durante todo el invierno. Tres pendejos —un enano huesudo y dos jugadores de rugby—, lanzan dardos, largan carcajadas y toman cerveza negra; se nota que están pasados de rosca. El más canchero se me acerca de improviso y me suelta en la oreja: "No sé si es legal eso que hace en el lago, ¿vio?". No agrega nada más; vuelve al torneo, al trago y a los chistes. Los tres pajeros de cada pueblo. Nunca faltan.

Paso la noche en vela, viendo sin ver la televisión, navegando por Internet y evaluando difusamente la situación y sus implicancias.

Cuando amanece vuelvo a comunicarme con Beatriz: "Necesito cuarenta y ocho horas más, después de eso tendremos que revaluar nuestro silencio y tomar alguna decisión". Belda no contesta: está sopesando los efectos internos que tendría la novedad; ni se le pasa por la cabeza la chance de hacerlo público. "Veinticuatro horas", decreta al fin, y corta. Pregunto en la proveeduría cómo hago para alquilar un bote o una lancha. Este mundo es un pañuelo: el patrón perfecto de la embarcación perfecta resulta ser el enano de anoche. No tiene más de veinte años, y mira a través de un mechón rubio. No rechaza la propuesta, aunque la acepta con disgusto, como si viniera envenenada. Maneja una lanchita con motor fuera de borda. Le muestro en el mapa hacia dónde nos dirigimos. "La zona fantasma", murmura, y se encoge de hombros. No intercambiamos un adjetivo mientras atravesamos esa mañana congelada. Se acerca cuanto más puede al mirador y me espera. Nado por ese abismo y comprendo por qué el coche de la mujer se perdió durante diez años: es una zanja de dimensiones oceánicas. La recorro en diagonal, filmando los rincones y deseando con todo mi corazón lo que en realidad no quiero: comprobar que allí duerme para siempre aquel viejo entrañable que me enseñó tantas cosas. Estoy impaciente porque termine la incertidumbre, pero una parte de mí pretende al mismo tiempo que las teorías catastróficas resulten totalmente inexactas y que alguna vez Romero y yo nos caguemos de risa de todo esto.

Más tarde la lanchita encaja en la playa, que es diminuta, y yo buceo por el bosque sumergido. Es un laberinto de árboles de hasta treinta metros, con sus copas frondosas que reviso linterna en mano. La sensación es parecida a volar sobre un monte de cipreses, rodeado de peces azulados en banda. Es un gran misterio por qué razón ese bosque no pertenece a los circuitos oficiales; tal vez porque hay mejores, y porque la maldición del lago pesa sobre los lugareños como un mal augurio. Como sea, acá tampoco hay novedades, así que emerjo y le pido al petiso que me lleve quinientos metros más allá, al centro del lago, donde aquel botero descubrió por casualidad la carrocería hundida y el cadáver de la dama. El petiso cumple la consigna sin hacer la mínima disquisición, más serio que payaso en velorio. Y cuando bajo de nuevo creo percibir un guiño metálico, como si un rayo solar hubiera rebotado en algún objeto que hay enterrado en la arena. Me doy vuelta y regreso por donde venía, pero más lentamente, hasta que de pronto siento de nuevo el relumbrón. Me acerco con palpitaciones al brillo y toco esa breve saliente. Dios mío. Es, efectivamente, el ángulo de una chapa, o algo por el estilo. Saco el puñal y comienzo a remover la arena. Lamento no haber traído una herramienta, pero escarbo con la mano abierta y con el cuchillo. Me lleva un buen rato darme cuenta de que no es un auto, sino una moto amarilla. No vale la pena seguir cavando; algún chico listo habrá denunciado el robo para cobrar el seguro. Ya saben, cualquier cosa se pierde por diez años en "la zona fantasma". Desanimado y un poco fatigado por la excavación voy subiendo y al salir me desconcierta no encontrar la lanchita. Ni en los alrededores ni en las inmediaciones, ni hasta donde alcanza mi vista. Reputeo en todos los idiomas, mientras me mantengo a flote. Después decido no perder una gota de energía, muerdo de nuevo la boquilla y nado pecho hacia la costa, con un avance lento y pesado. Por momentos, me impaciento y evalúo deshacerme del tanque y bracear con libertad, pero tomo el sacrificio como un reto personal y como un castigo por mi idiotez, y sigo adelante sin abusar del oxígeno y pensando que la broma tal vez hubiera ahogado a un buzo sin experiencia en aguas abiertas. Toco tierra firme en una playa silvestre y me tomo unos minutos para recobrar aliento y fuerzas, luego me quito las patas de rana y camino descalzo entre matorrales. Enseguida salgo a un claro, y más tarde a un sendero que me lleva a una loma. La trepo con dificultad y desemboco en una traza de tierra, y todavía más arriba en la ruta de circunvalación. Deambulo por la banquina dos horas sin cruzarme con un maldito coche, y cuando empiezo a hacer dedo me pasan por al lado como flechas, sin siquiera bajar la ventanilla. En una hondonada encuentro a un leñador, que se conduele. Lo sigo en fila india por una senda llena de ortigas y me ofrece en su casa modesta agua oxigenada, algodón y teléfono. Me curo las plantas de los pies, que están un tanto castigadas, y pido un remise, que tarda cuarenta minutos y me devuelve a la hostería. La paisana me ve entrar disfrazado con mi traje de neoprene, y aun así no se inmuta. Le doy un billete al remisero, me ducho y me acuesto, y me quedo frito: resulta tan larga la siesta que cuando despierto está anocheciendo en la ventana. Me reporto entonces a Palma, que ya andaba un poco preocupado; me visto y pido una tabla de ahumados y un vodka con hielo y limón en el restaurante alemán. Estoy famélico. Le pregunto al muchacho de la caja por sus tres patoteros. Me sirve el segundo vodka con expresión adusta. Retrocede hasta la caja y sigue con su tarea de barman, pero al rato vuelve y me ofrece un consejo fraternal. Que no me meta con los pajeros, tienen antecedentes penales. Trato de tirarle de la lengua, pero no cae en la tentación; retrocede de nuevo y se mete en su mundo.

Los pendejos no fallan, caen a las diez para jugar a los dardos. Llegan de buen humor empujándose unos a otros, pero se quedan tiesos al verme de pie, junto a la barra. El petiso está pálido, y parece esconderse instintivamente detrás de los rugbiers. Les estoy sonriendo como al final nos sonreía Joe Frazier. El líder, que siempre debe dar el ejemplo, se recupera y me encara: "Qué", escupe, y a continuación completa: "Qué, ¿sos malo, vos?". Efectivamente, tiene voz de pajero, y veo que se pone de costado para ofrecer menos blanco y para preparar un golpe. "Malísimo –le digo mirándolo a los ojos–. Soy malísimo". Un vago que se metió en algunos líos y que tuvo suerte en peleas callejeras, secundado por dos aspirantes a pandilleros con muchos humos y pocas agallas. ¿Estos infelices se cargaron al Gran Jack? Me sigue pareciendo imposible. "Te espero afuera", le agrego despacito y le doy la espalda para ofenderlo. Lo necesito en la calle. Pero no llega solo, ni esto va a ser a mano limpia: saca del cinturón una navaja Magnum y me larga una estocada sin pérdida de tiempo. Es tan torpe que no tengo mucho mérito: lo desvío con la izquierda y le doy en la garganta con el canto de la derecha. La cabeza se sacude y él comienza a girar como una gallina clueca, y yo lo acompaño en esa media vuelta sujetándole el brazo contrario y dejando que el cuerpo se desenrosque y se vaya desplomando. Pero cuando llega al piso no lo perdono: le pongo un pie en el hombro y fuerzo la llave hasta que se producen a la vez el crujido de huesos y el grito ahogado. Es un procedimiento básico que perfeccionaron las fuerzas especiales rusas. Ahora el pendejo tiene el brazo partido, está llorando de dolor y no ofrece ninguna resistencia: le quito la navaja y se la arrojo a su compañero. Pero el otro rugbier está tan galvanizado por el susto que la deja pasar y echa a correr. El enano intenta hacer lo mismo, pero quedó acorralado contra el muro, y en un instante lo tengo agarrado por el cogote. Le presiono con dos dedos la parte trasera de la quijada, justo debajo del lóbulo de la oreja: el dolor suele ser tan agudo que quita el habla, así que cuando le saltan las lágrimas debajo del mechón rubio, aflojo un poco para que no le dé un paro cardíaco. ¿Quién, cómo y por qué? Apenas puede pronunciar el nombre de Sosa. Vuelvo a meterle los dedos, ahora entre la clavícula y la escápula. Cae de rodillas, y me jura por Dios que no sabe qué le pasó a Romero. *Dealers* y rateros de pueblo con protección del señor principal. "No me gusta ese metido, que se vaya rápido", les deslizó. O algo así. Me pregunto ahora si Sosa es un adversario digno del Gran

Jack. Tampoco eso me cierra. Pero en la 4x4 llamo a Palma y le ordeno que busque los antecedentes del rati. Al hacker lo acomete entonces una ocurrencia: "¿Pensás que puede ser el buchón de Romero y que todo esto fue una trampa?". No, tampoco esa novela me convence. A las dos de la mañana, la Cueva ya obtuvo su expediente policial: Sosa tuvo una carrera mediocre, y hace dos años estuvo diez meses bajo investigación de Asuntos Internos por un vínculo comercial con un desarmadero. Tengo dos alternativas: buscarlo a Sosa y plancharle los huevos, o probar con las sugerencias satelitales. Elijo las inmersiones a la paliza, y empiezo por el punto geográfico más alejado e ilógico. Es un promontorio escarpado, de difícil acceso y con una caída vertical, pero a treinta metros tiene unos escalones de rocas prehistóricas que se hunden en el lago y que me permiten una aproximación oblicua. Me asombra una olla borrosa y opaca por la que bajo despacio, moviendo a uno y otro lado la linterna. Me consuelo pensando que todavía me queda una segunda oportunidad, veinte kilómetros más hacia el oeste por la ruta de circunvalación. Pero de repente la Toyota Hilux se materializa ante mis ojos. Es una visión fantástica y horrible, surge de la oscuridad como un enorme tiburón blanco y me hiela el corazón y el escroto. Por absurdo que parezca me encuentro con el puñal en la mano, y tomo un poco de distancia como si quisiera evitar ser devorado por ese escualo metálico que reposa en el fondo de la roca, metido de punta en una grieta, volcado hacia estribor y con las puertas cerradas. Exhalo bocanadas de burbujas de pavor y muerdo la boquilla hasta que me duelen los dientes. Miro todavía alrededor, como si un enemigo agazapado quisiera emboscarme, pero estoy solo y más que solo en ese sarcófago glacial. Ajusto la GoPro y me impulso únicamente con las patas de rana, pendiente de los pormenores, anticipando con la imaginación lo que captaré con la vista en unos cuantos segundos. La realidad no me desmiente. Al pegar la linterna al vidrio veo al Gran Jack sentado detrás del volante y todavía atado con el cinturón. Tiene la cara intacta del color del marfil y los párpados caídos: el interior de la camioneta está lleno de agua, pero los peces todavía no comenzaron a alimentarse. Me agarro del picaporte y tiro con fuerza, pero la portezuela no cede, y entonces rompo el vidrio con un codo, como si quisiera liberar con urgencia a Miguel Marcial Romero de esa prisión indecorosa. Los cristales se astillan y todavía le doy cuatro o cinco golpecitos más para abrir un buen hueco. Bajo la mirada un instante, sin poder evitarlo, y recuerdo al Gran Jack bebiendo su ginebra en el pub irlandés, y después me recupero e ilumino su sepulcro: no hay allí signos de violencia, salvo tal vez por algunas escoriaciones que le aparecen al comisario en la boca, y también por la falta de un dedo meñique, que fue arrancado con una tenaza. Por lo demás, Romero descansa muy digno, con su campera de gamuza marrón y su pañuelo de estanciero. Es una imagen serena y lúgubre a la vez. Le toco el hombro como si pudiera despertarlo, y enseguida le reviso los bolsillos internos y el cinturón: no conserva sus documentos ni la 9 milímetros, pero encuentro su cigarrera de metal dorado y me parece desafortunado no salvar de este naufragio el reloj Longines con pulsera elástica enchapada en oro que heredó de su padre. Guardo los dos efectos y enfoco la guantera y los asientos traseros. Después me quedo cabizbajo, agarrado del picaporte y pedaleando en el agua, tratando de acomodar los sentidos y de ponderar bien el curso de los acontecimientos. No quiero que el Gran Jack permanezca un minuto más en esa catacumba, al alcance de los peces. Pero tengo que dominarme, porque no soy quien toma las decisiones finales. "Tranquilo, Remil, que yo ya no tengo apuro –escucho al viejo, riéndose de mí–. Prefiero este recreo a jugar a las bochas en los costados de la General Paz". Lo acaricio por última vez y subo con lentitud oyendo como en un eco de burbujas su despedida de siempre: "Hice cosas de las que no me siento muy orgulloso". En tierra tengo que tomar aire y descansar un largo rato, como si me hubiera quedado sin oxígeno y sin determinación. Nunca me enoja la muerte, es un defecto del oficio. Y no comprendo muy bien a esos espías de ficción que se mueven por venganza. El comisario y yo sabíamos todo el tiempo cuál era el juego, y también que en esta partida nos tocaba ganar o perder. Nunca conviene ser tan estúpido como para enojarte con tus enemigos. En el ajedrez de la vida hay que saber tirar el rey y dar la mano. O aplastar al contendiente sin el menor miramiento.

De regreso en la hostería, lo primero que hago es comprobar la filmación del momento, bajarla a un archivo del escritorio y enviársela por correo a Palma con la orden de guardarla bajo siete llaves. Me cambio, aviso a la paisana que me retiro y le pido que me haga la cuenta, y meto el equipaje en la 4x4. Cuando vuelvo a la recepción resulta que está desierta. Prendo un cigarrillo, salgo a la terraza y veo los cerros nevados y la llovizna del horizonte, y pienso qué consejo le daré a Beatriz Belda y cómo reaccionará Leandro Cálgaris. La ejecución del Gran Jack cambia todos los planes, y es necesario reflexionar a fondo sobre sus significados y consecuencias. De pronto oigo un motor y noto que un Land Rover se detiene en la explanada. El mapuche se apea con pereza, se acaricia los riñones y, al verme sobre la baranda, me saluda con la mano en alto. Es un saludo breve y desagradable. El albino también se baja, pero no se molesta en saludar: entra en la recepción, la cruza y sale a la terraza de piedra. Tiene la mirada celeste y roja, un pin con el cóndor en la solapa, y un sombrero de ala ancha que le tapa el pelo blanco. En aquella cacería tuvo la precaución de no abrir la boca. Si lo hubiera hecho, me habría dado cuenta de que es extranjero, aunque no alcanzo a entender todavía en qué país latinoamericano se crió. De todas maneras la frase es corta y no da para el análisis lingüístico: "El señor Jalil lo espera en su estancia –dice con ritmo telegráfico–. Solo le pide que nos entregue gentilmente las llaves, el celular y la Glock". La alusión a la "gentileza" me causa gracia. Definitivamente, no es chileno. A lo mejor es mexicano. De Tijuana o de Sinaloa. Le alcanzo la Glock, las llaves y el celular sin la batería, para que vea lo gentil y dócil que me encuentra esta mañana. "Al señor Jalil y a mí nos gusta muchísimo conversar", le digo. Salimos juntos al ripio, y el albino le cede las llaves al mapuche. Vamos en caravana: el jeep adelante y la 4x4 atrás. El albino maneja en silencio mortuorio, y yo voy a su lado contemplando la carretera secundaria, que es angosta y está sombreada por más pinos y más cipreses. El cielo se pone negro y la garúa se transforma en una lluvia potente. El albino enciende el limpiaparabrisas y los faros, y avanza sin música y sin palabras por ese camino que desembocará en la tranquera sur. Que se abre a una huella de lodo nuevo y a un monte más enmarañado. Cuando divisamos el apostadero la lluvia ya amainó, y el olor a tierra húmeda da ganas de vivir. Jalil sale de la casucha de ladrillo, frente a la aguada artificial, y baja el terraplén vestido con su ropa de fajina. El mapuche se adelanta con una Bersa Thunder mientras el albino se entretiene en el baúl del Land Rover. Me llaman la atención dos cosas: una fosa abierta a veinte metros y el cuerpo de un animal que alguien abandonó en el borde. "Un funeral", digo para alegrar el ambiente. El Turco sonríe pero no me abraza; me ofrece un habano. Le agradezco pero rechazo el convite. No es un ciervo, advierto ahora: es un jabalí. Hay una pala clavada en un montículo; una tumba a medio terminar. El albino recupera posiciones. Trae el Winchester de Jalil y se coloca en un lugar estratégico desde el que podría fusilarme con rapidez. La manera en que porta y manipula el rifle me convence de que es un experto y de que a esa distancia no le haría falta un segundo disparo. El Turco se inclina, no obstante, por una charla civilizada.

—Quise arreglar todo esto por las buenas —ratifica, y se acaricia la anchoa sobre el labio grueso—. Que laburaras con nosotros, que el comisario tuviera un conchabo. Somos colegas. Y yo soy hombre de códigos.

Recién entonces enciende el habano y aspira el humo. Después se saca una hebra de la lengua y agrega, muy a su pesar:

—Ahora bien, todo esto es una cagada. Una gran cagada.

Se pasa los dedos por el pelo abundante y gris; no puede confrontar el fondo de mis ojos. Cuando un sujeto tan peligroso te habla y te habla, y no es capaz de sostenerte la mirada, tenés que sacar una sola conclusión: está a punto de matarte. Lo novedoso es que no se jacta ni de su superioridad ni de su sangre fría. Al contrario, parece realmente apenado por este fatal descarrilamiento.

—Romero me caía bien, en serio: era del palo y contaba anécdotas tan divertidas —dice como si lo extrañara—. Me contó aquella idea de enterrar el fiambre y poner arriba un animal para engañar a los perros y desanimar a los rastreadores. Muy ingenioso.

Miro de nuevo la fosa, el montículo, la pala y el jabalí.

—Pero pisó la baldosa floja, hermano —se lamenta, y entonces tose como si le dolieran los pulmones—. Una cosa son los papeluchos y otra conseguir un testigo protegido. Eso mis patrones no lo perdonan.

Unos goterones regresan para acribillarnos pausadamente, con desgano: uno acá, otro allá. Pero son balas heladas y punzantes. El Turco levanta la vista y estudia las nubes.

—¿Farrell y Cerdá? —pregunto.

—Farrell no es una lumbrera —descarta, y chasquea la lengua—. Duerme, y así debe seguir. Al líder se lo cuida, no se le filtran los problemas.

Asiento con la cabeza. Jalil y Cerdá conseguían el financiamiento y se fueron quedando con mucho más de lo que les correspondía.

Se les mezclaron los bolsillos. Pasa muy a menudo. Por eso no alarmaron a Farrell con la investigación del Gran Jack. Si hubieran hablado con el gobernador, el boludo de Farrell se habría quejado con Belda. Pero eso no pasó por una sencilla razón: porque implicaba confesarle al jefe que lo habían caminado.

—Ni Cerdá ni yo decidimos esta clase de medidas —dice el Turco, y por primera vez me dedica una mirada franca—. Este negocio es el mundo del revés: empezás como socio y terminás como empleado.

Puedo oler su tabaco y apreciar su aspecto fúnebre. No hay el menor indicio de sarcasmo; parece incluso que está tratando de convencerse a sí mismo, o que está justificándose ante Dios o la Historia. Estoy seguro de que Jalil ha tenido que liquidar a varios tipos durante estos años de poder y de sótanos, por eso me llama mucho la atención que esté tan tocado y locuaz.

—Para mí es un error garrafal —me explica sin elocuencia, frotándose el pin con la manga de la chaqueta camuflada—. Pero ellos están lejos y en el fondo no entienden de política. Siempre se puede frenar una guerra, no hace falta agarrar para el lado del tremendismo. Pero tienen una cultura del escarmiento, son impulsivos y muy poco flexibles. Además, suponen que la Beatriz no va a romper una lanza por ustedes. Claro, su cliente quedaría salpicado. Y una cosa es la interna, y otra degollar a la gallina de los huevos de oro, ¿no?

Observa con curiosidad la brasa del cigarro y se rasca una ceja recargada como si le doliera la frente.

—Aunque con esa bruja nunca se sabe —suspira, y le pega el último chupón al cigarro—. Hace rato que preparo un retiro forzoso, Remil, pero evidentemente hay una diferencia entre planearlo en el papel y tener que llevarlo a la práctica. Borrarse —dice, y se detiene como si estudiara el significado real de esa palabra—. Quién sabe si hay vuelta para mí.

Está triste, tiene una nostalgia anticipada de su destierro. Es el fin de una era, casi me dan ganas de compadecerlo. Deja caer el habano y lo aplasta escrupulosamente con su bota. Después da unos pasos y me ofrece la mano abierta. Veo por el rabillo del ojo que el albino levanta el Winchester a la altura de la nariz y me apunta.

—Somos soldados, Remil —dice el Turco—. Y al final del combate, poco queda más que esta mierda.

—¿El honor? —me río.

—La cortesía profesional.

Le estrecho la mano, que es firme. Al mínimo tirón, su francotirador me vuela la tapa de los sesos. Cuando Jalil me suelta, se siente en la necesidad de aclarar una última cuestión:

—Pero en tu caso, hay algo más, y es importante que lo sepas. Quieren hacerle un regalo a Belisario, que sigue preso y muy deprimido —Jalil parpadea, y vuelve a parpadear—. Una gran cagada, ya ves.

Las nubes rugen, pero no hay todavía truenos y la lluvia sigue pegando de manera aletargada. El Turco me sobrepasa por la izquierda para no entrar en el campo de tiro del mapuche, que balancea su brazo armado, y después le hace una seña al albino, que baja el caño y le lanza el llavero del jeep. Jalil lo atrapa al vuelo y sigue andando por el terraplén. Imagino que abordará el Land Rover y cruzará en avión a Santiago, que se perderá en la niebla y que sus verdaderos patrones lo protegerán un tiempo, y lo destinarán a otras tareas en otras latitudes. Jalil es mano de obra calificada, nunca debería faltarle trabajo. Sin embargo, ¿considerarán sus patrones internacionales que esta salida es un repliegue cauteloso o una derrota? Y si es una derrota, ¿resultará perdonable? Si yo fuera Jalil no dormiría en paz hasta ver qué clase de recepción me espera en el dorado exilio.

Todavía escucho su voz, aunque más lejana, diciendo que el baqueano tiene orden de no venir a molestar, y que no se olviden de vaciar mi 4x4: se la prometió a Sosa, que tiró la bronca por haber desperdiciado la Hilux. Luego todo vuelve a quedar en silencio; solo se siente el repiqueteo de las gotas, a ritmo creciente. Creo oír también el rumor final del motor del jeep, aunque de un modo muy apagado. Ahora sí truena, y el mapuche se acerca por detrás y me madruga con un culatazo en la coronilla. Caigo de rodillas y él sigue caminando y se planta a diez metros de la fosa. Es un golpe de ablandamiento. No llego a ver las estrellas, pero el dolor me aturde. El albino mueve el rifle y me sigue atentamente mientras me incorporo con pesadez y avanzo hacia la tumba. Está lloviendo con fuerza, da pena tener que morirse en este paraje del fin del mundo. El mapuche balancea la Bersa Thunder, en el flanco izquierdo, mientras el albino se acerca por la derecha al montículo y agarra la pala mágica con una sola mano. Pero la pala pesa demasiado, y se ve obligado por un instante a colgar el Winchester del hombro. Más cómodo, me arroja la pala como hace unos minutos le arrojó a Jalil las llaves del Land Rover. Pero yo no alcanzo a atraparla al vuelo. Recuerden que estoy atontado por ese culatazo traicionero. Me agacho entonces a recoger la herramienta y juego la última carta. Todo al as, damas y caballeros. El Smith & Wesson de la tobillera sale limpio; en ningún entrenamiento conseguí tanta velocidad. Es la velocidad del miedo. Disparo dos veces sin apuntar, al bulto, y el mapuche se sacude y empieza a caer. No termino de comprobar qué grado de efectividad tuve: giro rápido y vuelvo a apretar el gatillo. Tampoco sé dónde pega el proyectil, tal vez en la culata de su 7 milímetros pero lo cierto es que ya sea por el impacto o por el cagazo, el albino trastabilla. Cuando levanto el 36 para rematarlo resulta que explotó un fulminante y se trabó el tambor, algo rarísimo de ver en un revólver relativamente nuevo y bien cuidado. La puta madre que lo parió. Agarro la pala para romperle la crisma al señor del Winchester, pero me doy cuenta de que no voy a llegar a tiempo.

Nos separan veinte pasos y el albino está recuperando la vertical; en segundos pondrá rodilla en tierra y me meterá un balazo en la barriga. Tengo mucha experiencia en estos asuntos como para saber que es más negocio correr en zigzag por el terraplén y encomendarse a la Virgen de la Candelaria.

Rajo como un demente, tropiezo y ruedo y sigo corriendo, mientras oigo el silbido de las balas en medio del silbido de la lluvia y el tronar del cielo. En un lateral del terraplén hay otra pendiente de lodo, un tobogán breve que me saca de la mira telescópica y me interna en el follaje. El albino me persigue y me dispara desde lo alto, pero yo me refugio en unos troncos y cambio bruscamente de dirección para confundirlo. Se han invertido los roles: ya no soy el cazador, ahora soy el ciervo. Eludo un claro y me meto por un ramaje tupido con un suelo resbaloso y tapizado de hojas. Avanzo agachado tratando de confundirme con la vegetación y buscando la densidad del bosque para esconderme. Todavía cargo con la pala, que puede ser utilizada como arma blanca, pero que pesa una tonelada y es un lastre. Aguanto la tentación de deshacerme de ella, y comienzo a arrastrarme por la tierra, los músculos en tensión, el corazón a mil y los oídos atentos. La lluvia es un concierto que protege a mi enemigo: puede estar a derecha o a izquierda, y tranquilamente me puede tener en la mira. No hay forma de saberlo hasta que haga un movimiento, produzca un ruido o me clave un balazo. Avanzo con los codos y las piernas, embarrándome la ropa y la cara, hasta las raíces expuestas de un árbol colosal. Me quedo todavía unos minutos midiendo los riesgos, y al final me incorporo y me precipito por la ladera de un barranco. Vuelvo a sentir entonces el zumbido del plomo, pasándome a centímetros, mordiendo una corteza, rebotando por la mañana. Es un trayecto de pánico, una verdadera lotería. Bato el récord de los cien metros llanos y me tiro de cabeza en un fondo enmarañado que me raspa los brazos y me hiere la mejilla. Estoy empapado, sangrante y sin aliento, y a pesar de la adrenalina siento por primera vez el frío.

El cielo se puso totalmente negro, y parece que estuviera anocheciendo en el monte cerrado. Cambio de rumbo, marcho al trote, escondiendo la cabeza entre los hombros, y en algunos tramos me acuclillo y avanzo como un pato. A quinientos metros diviso un tajo en el monte, y presiento un arroyo. Compruebo al acercarme que fue un buen pálpito, y me acovacho en una madriguera improvisada entre los arbustos. Debe hacer ya una hora y media que jugamos al gato y al ratón, y tengo la boca seca y una sed arrasadora. Oigo el agua que baja caudalosa, y pienso que el albino no tuvo tiempo de cargar cantimplora ni mochila. Recuerdo a mi antiguo instructor de Campo de Mayo, su malhumor, su ingenio y su sadismo, y examino a mi alrededor en busca de una rama fuerte. Siempre hay alguna, pero no puedo hacer ni un chasquido, así que me quedo en el molde. Supongo que el francotirador no sabe exactamente dónde me encuentro, pero tiene la certeza de que no andaré demasiado lejos del arroyo. Debe estar apostado en alguna esquina de aquel rectángulo, esperando que su presa tropiece y se haga visible. A lo mejor se esconde más cerca de lo que imagino: el bosque es tan espeso en esa zona que podemos estar tumbados como dos boludos a veinte metros sin darnos cuenta.

Pasan cuarenta minutos más sin que ninguno mueva una ficha, y entonces el cielo me hace una gauchada: relampaguea y a continuación desata truenos rotundos, más ensordecedores que los anteriores, uno detrás de otro como salva de cañonazos. Aprovecho la ocasión celestial para quebrar la rama elegida y sacarle punta con un golpe seco del filo de la pala. "Hacé lo que puedas, con lo que tengas, en donde estés", dicen los *marines*. Regresa el diluvio y abro la boca para recibir con la lengua de trapo las gotas congeladas. Es una tortura no poder saciarse a pleno, pero esos pocos chorritos me llenan de energía. Sé que se trata de un chaparrón, y que volverá a escampar muy pronto: atravesamos uno de esos días caprichosos donde la lluvia se vuelve pesada pero intermitente. Necesito que regrese el silencio y una cierta visibilidad. Se trata de una táctica arriesgada, pero si sale mal no estaré mucho peor. En este día destemplado, no tengo casi nada que perder, salvo el pellejo.

La metralleta del aguacero no pasa de quince minutos, pero después se entretiene un buen rato con una llovizna todavía estrepitosa. Me paso todo ese intervalo calculando los desplazamientos y las contingencias: qué fácil resulta en los manuales de la infantería y en las maniobras de combate nocturno; qué azaroso y difícil a plena luz del día y en la pura realidad.

Por fin deja de llover y el bosque se sume en un extraño sosiego. Recuerdo los prefacios de Monte Longdon, la calma que precedía a la tormenta. Corro agachado otros cincuenta metros, tomo carrera y lanzo la pala como una jabalina de competición. Describe una curva perfecta y rebota ruidosamente contra las piedras de la otra orilla. No me preocupo por agacharme esta vez, reviso la espesura para detectar el lugar exacto desde el que partirán los disparos. Que son finalmente tres o cuatro, y caen en la otra margen del arroyo, como si yo permaneciera acurrucado en aquella inminente franja de árboles y espinos que crecen enfrente. El albino está parapetado a babor, a unos ochenta metros y en una zona alta. Tan ensimismado que al principio no me oye ni me ve llegar. De repente un instinto animal, sin embargo, le advierte el engaño y el peligro, gira medio cuerpo, deja caer el Winchester y saca mi Glock. No soy un blanco fijo, así que dispara como un histérico en diferentes direcciones. Está cagado en las patas. Aprieta el gatillo sin ver más que plantas y siluetas. "Nada en la vida es tan estimulante como que te disparen y no te acierten", reza un adagio de las tropas especiales. Le cuento mentalmente las municiones como un árbitro cuenta el nocaut, y cuando se le acaban no le permito que pueda recargar: salgo de atrás de las sombras, le rodeo el pescuezo y lo ensarto. "Una sola cosa le he pedido a Dios, una nimiedad –dicen los comandos–. Señor, haz ridículos a mis enemigos. Y Dios me lo ha concedido". La rama en punta que me enseñó a fabricar mi antiguo instructor atraviesa la garganta del albino sin quebrarse, y lo deja boqueando un grito o un vómito de sangre, con los ojos grandes como tetas. Lo suelto y me aparto. Todavía se mantiene en pie, incrédulo de su mala pata, y comienza incluso una marcha bamboleante. Pero enseguida cae de rodillas y se va bruces. Queda un proyectil en el Winchester: lo remato para que no resucite ni sufra.

Siento, como de costumbre, la euforia del sobreviviente pero no pierdo un segundo en regocijarme ni en pensar en el sentido último de la existencia ni en ninguna otra huevada al uso: recupero mi Glock vacía y le reviso al finado la ropa en la esperanza de que calce su propia pistola, pero no encuentro nada de valor que no sea su billetera: tiene un documento argentino, pero también un deslucido carnet de socio del Club de Fútbol Monterrey. Lo despojo de la campera para darme más abrigo, guardo lo útil, recojo todas las vainas que encuentro, me cruzo el rifle en bandolera y bajo hasta el arroyo para beber con las manos juntas y lavarme la cara; también para recobrar esa pala mágica. Sigue garuando y me acosan los escalofríos. Tengo buen sentido de la orientación, así que vuelvo sobre mis pasos y en terrenos más elevados descubro dónde está el apostadero y dónde quedó el arroyo: con eso puedo hacerme un mapa mental, detectar atajos y cortar camino. El bosque está mudo y sin colores, y el cadáver del mapuche no presenta novedades, aunque se ve que el tipo todavía se arrastró unos metros antes de agonizar boca abajo. Observo el Smith & Wesson con rencor; en circunstancias normales ese revólver perfecto jamás habría fallado. En la casucha de ladrillo encuentro unos guantes de cuero para deportes rudos y me los pongo para devolverles un poco de calor a los dedos y para no dejar huellas. Me caliento una sopa instantánea, resisto la seducción de la cerveza de la pequeña heladera y lleno un termo entero con café de filtro, que me hace recuperar los signos vitales. El freezer contiene distintos cortes de carne, y en la parte trasera de la casucha encuentro un mameluco y lo más importante: una carretilla. Bajo con ella el terraplén y la subo a la 4x4. De la guantera extraigo las dos piezas de mi celular, que mantengo apagado, y un cargador lleno, que encajo en la Glock; se me pasaron el frío y la angustia. Manejo con serenidad por sendas angostas hasta donde el monte me lo permite; a partir de allí vuelvo a caminar con la carretilla a cuestas y tardo más de la cuenta en alcanzar al arroyo. El albino pesa mucho, y es un tormento cargarlo por esas subidas y bajadas, y con ese terreno poceado e irregular. Dos veces se me resbala, y me hace reír: todo es aproximadamente cómico. Al final lo cargo en la camioneta, lo llevo hasta el refugio y lo acuesto amorosamente junto a su compañero. La garúa terminó, y me parece que hasta podría salir el sol de un momento a otro. Me pongo el mameluco y saco con un balde el agua de lluvia que se acumuló en la fosa. Enseguida comienzo a cavar para agrandar el hoyo mientras escucho las moscas y las avispas haciendo barullo alrededor del jabalí. Abrir un agujero que pueda recibir a dos hombres maduros y a un animal gordo no es joda. Me recuerda los tormentos de cavar en serie pozos de zorro en la tierra dura que rodeaba Puerto Argentino. Transpiro como un cerdo en esa tarea con garra, y solo me detengo tres veces para juntar fuerzas. Un sol tardío me fustiga cuando menos lo necesito. Pero la droga de la adrenalina es muy poderosa, y entonces sigo adelante como un autómata. Únicamente cuando los bordes me sobrepasan, cancelo la excavación, trepo y salgo de la tumba colectiva. Levanto con mis dos manos el cadáver del albino y lo arrojo al fondo; hago lo mismo con el mapuche. Limpio con un trapo las huellas dactilares del rifle y también lo suelto en esa boca oscura. Más tarde barro la tierra y les echo no menos de cuarenta paladas encima. Agrego entonces al jabalí: pesa más que el mexicano y cae de espaldas sin una queja. Sigo con la faena hasta que está terminada, y cargo la carretilla seis veces para esparcir la tierra sobrante por los cuatro costados. Cuando la obra ha finalizado intento mirar con ojos objetivos el lugar, y todavía realizo algunos retoques y reúno todos los casquillos. Nadie podría sospechar que allí yacen tres criaturas del Señor, y si los perros olieran la muerte, el desenterrador se quedaría con el primer hallazgo: un animal al que por alguna razón sanitaria o supersticiosa los cazadores no llegaron a quitarle el cuero ni quisieron carnear para el freezer o para regalo. Nada más. Por supuesto que Jalil, si fuera consultado, señalaría de inmediato el punto cardinal, y seguramente lo hará si nota que sus gorilas no dan el parte, o si algún socio lo pone sobreaviso de que algo no salió bien. Puede haber muchas variantes en esta historia: una de ellas es que al final dejen todo como está porque resulte más caro denunciar el doble homicidio de dos personajes sospechosos que tapar la fosa y hacerse los otarios. Sigo, no obstante, los procedimientos de limpieza sin tener en cuenta las especulaciones. Devuelvo el mameluco y la carretilla a la casucha, ordeno la escena y robo un jabón. Me desnudo y me baño en la aguada, y ya dentro de la camioneta subo la calefacción al máximo, lustro con esmero las botas, doy vuelta el bolso y me visto con la ropa alternativa, que está sudorosa pero tiene un buen lejos. Las prendas de esta operación están desgarradas, llenas de barro y suciedad. Al verme en el espejo retrovisor no me reconozco: soy un negro torvo y endurecido, sin alma y sin imaginación, con una cicatriz rojiza en la mejilla izquierda. Pongo marcha atrás y enseguida cruzo la tranquera sur y salgo a la carrera secundaria. Voy a dar un rodeo espantoso para no regresar a la maldita ciudad del lago y para no entrar de nuevo en el radar del principal Sosa. Manejo dos horas antes de colocarle la batería al celular y llamar a Palma, que ya había avisado a Cálgaris. Significativamente, el coronel se negó a poner en marcha un operativo de rastreo y rescate. El hacker era la única persona en el mundo que estaba preocupada por mí. No quise llamarlo desde la estancia para que en una hipotética investigación no pudieran localizar mi teléfono en la escena del crimen. Una vez más: probablemente, esa investigación no se realice nunca, pero estoy entrenado para no dejar cabos sueltos. En un páramo, armo una fogata y quemo mi ropa; al cruzar por encima de una represa, arrojo el revólver y los casquillos al agua, y cuando el café se termina, abandono el termo y los guantes en el fondo de un container de Vialidad. Me propongo enviar desde la Conejera una encomienda especial con los tanques de oxígeno y pagar por Internet la deuda que tengo con la proveeduría deportiva. Paro en dos estaciones de servicio para cargar nafta y refrescarme la cara, pero no hablo con nadie y no hago ningún alto más. Voy directamente al Hotel Río Azul: a transmitir el informe y a conseguir con urgencia un pasaje a Buenos Aires. Fumo y fumo mientras aprieto el acelerador, cada vez más cansado. Cuando la adrenalina se retira, ya ni siquiera puedo prender un faso: estoy débil e intoxicado. Siento los magullones, los raspones y la aflicción. Comisario Miguel Marcial Romero (retiro efectivo). La cigarrera, el Longines, ese dolor de garganta que no me deja respirar.

XI
Todas las sorpresas

El ministro de Defensa, en agradecimiento vaya a saber por qué prestación, no ha tenido mejor idea que encargarle a un pintor ignoto que copiara un cuadro de Cándido López: "Después de la batalla de Curupaytí". Cálgaris, profundamente irritado por esa idea de mal gusto, recibió el regalo de metro y medio, fingió agradecimiento y ahora retarda el momento en que deberá colgarlo a la vista de todos en la sala de espera. Las secretarias se ríen discretamente de la situación cuando les pregunto a qué se debe esa torpeza. Llevo treinta minutos aguardando que el coronel termine su conferencia, vía Skype, con un colega francés. Sé que en cuanto pase a su despacho arderá Troya, así que agradezco la postergación de la charla. Por consejo del coronel, Marquís relevó a Sosa, y mandó en su lugar una intervención de cuatro policías y también al Salteño, que se alojó en la hostería y está comisionado para velar porque nadie remueva el cadáver de la Hilux. La tumba del apostadero lo tiene a Cálgaris sin cuidado. El albino resultó ser un tipo con captura recomendada, demasiado notorio para seguir en México. Los Dragones Mutantes lo trasladaron primero a Chile y luego al sur argentino. Persona de confianza de hombres fuertes; más un observador en la cancha que un guardaespaldas de Jalil: alguien para monitorear el negocio, una segunda opinión en la primera línea. Al entregarme al albino, el Turco me estaba entregando a sus jefes y desligándose de la responsabilidad final. ¿Sabía Jalil que yo calzaba el 36 en la tobillera? Pienso un rato en esa posibilidad que ahora es altamente incomprobable. Si lo sabía, ¿por qué no me lo quitó? ¿Por cortesía profesional? ¿O todo fue un simple descuido, como tantos que he visto en la vida real, habitualmente muy alejada de esas "perfecciones" de película berreta? Si no fue una negligencia, habría que pensar los acontecimientos de otro modo: Jalil pidió la Glock y el celular porque debía parecer una visita tranquila y diplomática; luego en la estancia se transformaría en un fusilamiento, y ya era innecesario cachearme. Cuando subió al Land Rover envió un mensaje a sus superiores: el albino tiene al pichón. Si algo salía mal, el Turco podía escribir todavía un segundo whatsapp: el albino se mandó un moco. Quedaba exculpado de esa mala praxis. Pero, ¿por qué correr tantos riesgos? "Remil no tiene ningún mérito, doctora —le ladró Cálgaris a BB—. Lo que Remil tiene es más culo que cabeza". Esos ladridos me esperan detrás de la puerta, en este instante crucial de nuestra relación. Llueve sobre mojado, y no ha dejado de hacerlo desde aquel tropiezo en las catacumbas de Italia.

Finalmente, el diálogo en francés termina y una secretaria abre y cierra a mis espaldas. Gira Thelonious Monk, y el coronel está firmando unos documentos. Me siento en la butaca y veo que lleva una camisa blanca, una corbata roja, tiradores y gemelos. Suena una versión en vivo, así que de vez en cuando se oye cómo la gente aplaude al pianista. Pienso un segundo en la Inglesa, y me atraviesa un raro sentimiento que funde la simpatía con la nostalgia.

Cálgaris cierra la carpeta y enrosca con parsimonia el capuchón de su Mont Blanc. No tiene ningún apuro. Se estira hacia atrás y entrelaza las manos sobre el vientre. Me mira a los ojos y juega con sus pulgares. Es un silencio incómodo, y no sé muy bien qué posición adoptar para que la paliza duela menos. Pasa un minuto entero, y yo carraspeo y me muevo en el asiento como si me picara algo. Desesperado por el vacío, tengo entonces una ocurrencia: saco de los bolsillos interiores la cigarrera de metal y el Longines, y los apilo sobre el escritorio. Eso me permite desviar la vista y concentrarme en ese pequeño monumento de la melancolía. Cálgaris advierte la estrategia, recoge una pipa y la prende.

–Quiero escucharte –dice al fin, y juega con el encendedor.

–Los Dragones –empiezo.

–No, no, los hechos después –me frena–. Ahora quiero escucharte.

Me confunde, trato de no balbucear una idiotez. Muevo las manos, no sé por dónde empezar ni qué se supone que debo decir. Cálgaris pierde la paciencia y retoma la palabra:

–¿Sabés quién tiene la culpa? –hace una pausa larga.

Intento una defensa, me corta en seco:

–No supiste ser un jefe con sentido común, no pudiste cuidarlo a Romero. Era tu segundo, y se te cayó por la borda. Vas a tener que enfrentar un proceso interno, ¿lo tenés claro?

Levanta el dedo índice, asiento con las orejas bajas. Explota:

–¡Sos insostenible! –explota–. ¡Un boludo insostenible!

Por segunda vez en pocos meses veo que rompe una pipa, en esta ocasión contra el filo del escritorio. La madera se astilla, y salta un chispazo. El coronel la empuja adentro del cesto y vuelve a putear. Respira agitadamente, se despeina pasándose una mano por la cabeza. Después abre un cajón y extrae una botella de Etiqueta Negra y se sirve un doble en un vaso cuadrado. Toma un trago para anestesiarse y chasquea la lengua.

–¿Qué querés? ¿Que te felicite por haber sobrevivido? –me pregunta. Su tono es aguardentoso y amenazador–. Todos los años salen pibes de las escuelas de comando y se forman grupos de élite. No necesito músculos, sino materia gris. Y vos para martillo estás viejo, y para bisturí no te da. Hay que aceptarlo. No te da.

Las dos últimas frases ruedan como un susurro, como el principio de una letanía. Bebe para olvidar esa verdad que tal vez le duela más a él que a mí mismo, y enseguida suspira y se estira de nuevo hacia atrás, con las manos entrelazadas alrededor del vaso. Los ojos glaucos pasean por su biblioteca sin verla. Ahora se oye el saxo de Charlie Rouse. El coronel siempre cuenta que Rouse tocó junto al féretro de Monk en los funerales de 1982.

–Nos conocimos en un cine –dice después de un buen rato–. Era una retrospectiva de Peckinpah, y daban "Pistoleros al atardecer". Hablamos luego en el baño, nos gustaban los mismos westerns. Eramos del oficio, nos reconocimos de inmediato, y nos fuimos haciendo amigos. Cuando lo echaron de la cana, le busqué laburo. Era muy bueno. La investigación de los Dragones resultó brillante. Siempre hablábamos de aquella primera película, la impresión que causa volverse mayor y patético. Prometíamos no caer nunca en esa decadencia. A mí manera, yo lo conseguí; el Gran Jack la llevaba como podía. Mirá "Pistoleros al atardecer" y te vas a dar cuenta de todo.

No sé si por la acción del whisky, por el saxo de Rouse o por la tristeza del luto, pero lo cierto es que la furia ronca fue evolucionando hacia este tono resignado. No alcanzo a saber qué es peor.

–Marquís tiene un lugar para vos –me dice a continuación, mirando el fondo del vaso–. Te quedás ahí, y dejás la Casita. Van a rediseñar toda el área de Inteligencia en el Estado nacional, aparentemente piensan abrir una agencia federal y me piden asesoramiento: ya no me va servir la fuerza bruta.

No le tiembla el pulso para echarse otro doble; se rasca el bigote amarillento. Tengo la misma sensación de irrealidad que acusé al encontrarme bajo el agua helada con el cadáver del comisario Romero.

–Quedate en la Patagonia –remacha–. Es lo mejor para todos. Y si la cosa se le pudre a Belda, te consigo algo en una compañía de seguridad. De hambre no te vas a morir.

–¿Me está pidiendo que entregue la Glock y firme el formulario G.? –le pregunto.

–Sin apuro –responde–. A la salida, o diez minutos más tarde.

Decido pasar por alto esta chicana.

–Farrell no sabe nada, le habló esta mañana a Beatriz –le cuento–. El Turco pidió oficialmente una licencia por tiempo indeterminado para viajar al exterior, y Marquís quedó encargado y con poderes absolutos.

–Siempre van a ser relativos –dice Cálgaris.

–Farrell pidió una vez más que el subjefe de la policía siguiera dependiendo directamente de Cerdá –le confirmo–. No se me ocurrió que podría haber una conexión tan directa entre la Gobernación y los Dragones.

–Los Dragones tienen el *know how*, es una organización mutante –me explica con pesadez–. Belisario fue uno de los socios fundadores. Laburan a escala regional, aunque con negocios en Europa y África. Ahora los cárteles tercerizan algunos servicios, como logística y lavado, porque no daban abasto y cometían muchos errores.

–Estamos en la lista negra –agrego, buscando su complicidad.

Niega con la cabeza despeinada:

–No funciona así.

Necesito llenar los espacios en blanco y todo está perdido, así que hago por fin la pregunta inconveniente:

—¿Nuria sigue viva?

Cálgaris elige otra pipa, la llena de tabaco y la fuma. No puedo evitarlo: el aroma del cherry me recuerda a la Gioconda.

—En realidad, no empezaste a caer en Nápoles, sino cuando desobedeciste las órdenes y te enamoraste de ella —dice sin mordacidad, casi con afecto—. Desde entonces sos una cerámica rota: pegamos las partes pero se te ven las rajaduras. Olvidate de Nuria, como ella se olvidó de vos.

—Tomo esa respuesta como un sí, coronel —le digo, y me pongo de pie—. Fue un honor servir bajo su comando.

Saco la Glock y los cargadores, y los deposito junto al Longines y la cigarrera. Así el monumento a la melancolía cobra otro sentido. Monk está improvisando sobre el teclado; todos sus músicos guardan silencio. Las secretarias me esperan afuera con el formulario G. y con una carpeta que no me detengo a leer. Esta vez no se trata de un simulacro, sino de una desvinculación verdadera. Firmo cinco veces los folios que me ponen adelante, bajo hasta la calle Chacabuco y camino media hora con la mente en blanco. Por fin me siento en la Plaza San Martín a fumar un cigarrillo y a pensar en Nuria. La palabra "enamorarse" me rebaja y me repugna. A lo sumo se podría decir que estuve enfermo por la dama blanca. Muy enfermo. Trato de ver en perspectiva a esa abogada española que vino a instalar un *holding* y que resultó ser la amante de un capo; una jefa insolente e histérica a la que domar con la pija. Y al final, cómo se da vuelta la tortilla: Belisario extraditado a Estados Unidos y ella presa en Madrid, destruida e irreconocible, jugando con la idea de cortarse las venas. La DEA nunca informó la situación procesal de Nuria, tal vez porque se transformó en una colaboradora clandestina. Quedó en el limbo, y Cálgaris nunca quiso que yo revolviera esos cajones. Desde entonces, no ha pasado un solo día sin que piense en ella.

Cruzo la avenida Alem y tomo un tren en Retiro. A esa hora los vagones van semivacíos hacia el norte, así que me siento de espaldas a la locomotora para ver cómo el paisaje se me escapa por izquierda. No voy a ninguna parte; solo me deslizo. Comparo, caprichosamente, a Nuria con la Inglesa. Fui adiestrado para vivir en el lado oscuro, y Nuria formaba parte de ese mundo, no trataba de cambiarme ni me hinchaba con los buenos propósitos. En cambio, la Inglesa hacía esfuerzos para sacarme de la letrina, como si estuviera viendo alguna clase de virtud oculta en el héroe infame. Se equivocaba: no hay ninguna virtud, y esa visión me pareció siempre ingenua y soberbia.

También por culpa de Nuria Menéndez Lugo tuve que entregar aquella vez la Glock. Supongo que mi reputación ya estaba terminada entonces, y que pude remontar el desastre con cierto voluntarismo. Aunque, bien mirado, presiento ahora que casi todo fue mérito de Cálgaris: puso mucho empeño en reanimar al muerto; hasta me llevó a la Unidad Antimafia del barrio Prati para lavarme las manchas y ponerme en carrera. Llegó incluso a convencerse de que yo no era un elemento violento y arcaico con un legajo parecido a mi cuerpo, lleno de cicatrices, costuras y tatuajes comprometedores. Un matón de Estado, un quemo en un época progresista donde la opinión pública presiona día y noche para "democratizar" los servicios. Evidentemente, el coronel quiere ser parte de ese proceso modernizador, y entonces yo me convertí en un gran estorbo. Tengo demasiadas causas y sanciones, soy carne de purga.

En Tigre cambio de asiento para ver el paisaje por derecha, e imagino cómo sería instalarse definitivamente en la Patagonia. ¿Cuánto tardarían los jefes de Cerdá en ordenar una represalia? Puede ser, como afirma el viejo, que la cosa no funcione de esa manera, y que los Dragones recapaciten y revalúen la situación. A veces no conviene echar más combustible a la hoguera, sobre todo cuando sale más barato pactar un precio. ¿Y cuánto tiempo aguantará Farrell arriba del potro, el suficiente como para que Marquís y yo nos apoderemos de toda la estructura? ¿Y será posible reemplazar a Jalil y volvernos insustituibles y permanentes? Me detengo un minuto en Beatriz Belda. Algo me une a ella, los dos somos perdedores del sistema y proscriptos de la política tratando de sobrevivir en el patio trasero. A pesar de la rutina del trabajo y del secreto develado de su intimidad, siento en las entrañas que todavía no la conozco lo suficiente, y que guarda en pasadizos de su cabeza finalidades imposibles de concebir. Que por supuesto Cálgaris ya adivinó.

Me bajo antes y camino hasta mi departamento de Belgrano. Necesito acostarme, tengo la fortaleza de una anciana de noventa años. Pero no puedo dormir ni levantarme, así que arrastro conmigo una botella de vodka y me dispongo a embriagarme hasta morir. Sueño que gatillo el Chiefs Special creyendo que su mecanismo volverá a fallar, pero la bala finalmente sale y atraviesa el corazón del coronel. Mientras agoniza, oigo que Cálgaris quiere decirme algo sobre las costumbres de la muerte voluntaria en Japón. Habla de samuráis y kamikazes, y yo empiezo a ahogarme con la garganta cerrada. Al despertar, la asfixia es vívida y real, y comienza por primera vez a dolerme el pecho. Me veo en el espejo del ascensor, estoy morado y tengo mareos, y siento hormigueos en las manos. Salgo a la calle con miedo a perder el control y la conciencia, y me subo a un taxi. Como en aquella madrugada que tanto asustó a la Inglesa, me atienden en la guardia de un hospital, me hacen un electro, me toman la presión, me sacan sangre, y me dejan descansar en una camilla. Cuatro horas más tarde, resulta que se revirtieron los síntomas y que apenas me queda ese puto dolor de garguero. El médico clínico estudia los resultados, me interroga más de lo conveniente, y me receta unas pastillas y una terapia psiquiátrica. No lo mando a la mierda porque soy culpable. La primera pastilla me derrumba, y me tiene veinte horas dormitando y viendo History Channel, donde dan una maratón de documentales sobre Stalin y Mussolini. Vuelvo a soñar, esta vez con el Salón de los Sátiros de la mansión de los búhos, y con los murciélagos modelados en yeso que me sobrevuelan para desangrarme. Recién recupero la lucidez y la energía treinta y seis horas después de haber renunciado a la Casita. Es otra tarde mojada, pero no me importa: desayuno con hambre de lobo y corro quince kilómetros para asegurarme de que soy el de siempre. Luego me ducho, abro los teléfonos y la tablet, y empiezo a devolver correos y llamadas. La más insistente y misteriosa es Maca: quiere encontrarse conmigo de manera urgente; le confirmo que tomaré esta misma noche el último vuelo de Aerolíneas y de inmediato me pone un whatsapp para avisarme que irá a recogerme al aeropuerto. Solo se me ocurre una razón para tanta premura: Cálgaris le pidió que me diera asistencia psicológica en esta nueva etapa. Me gustaría matarlos a los dos. Vacío el frasco de pastillas en la taza del inodoro y armo un bolso de mano.

Maca cumple su promesa: me espera en el hall vestida de rojo y me acompaña hasta el estacionamiento, donde dejé hace dos días la 4x4. Está cubierta de polvo, fue víctima de una tormenta de viento. Enciendo el motor y lo dejo calentar; me bajo, me tiro al piso y estiro el brazo bajo la carrocería hasta dar con el escondite invisible que se abre a presión. La pequeña Walther P99 de emergencia, la segunda opción de los caballeros temerarios, permanece donde la puse: me siento mucho mejor cuando la meto en la cintura. La Gorda me informa, no bien arrancamos, que Palma está en el Chalet. "¿Qué pasa?", le pregunto mirando el reloj. "Creo que encontré algo muy importante —me sorprende, poniéndose el cinturón de seguridad—. Pero necesito que lo veas con tus propios ojos". Le echo una mirada asesina, pero Beatriz le salva el cuello. Pongo el "manos libres" para que charlemos los tres. La estratega conversó largo rato con Cálgaris, y ha tomado algunas decisiones sobre el caso Romero. El Gran Jack quedó reducido a eso: un "caso". "Y Maca me adelantó que tienen nuevo material de análisis —dice—. Nos vemos mañana a las ocho en punto". No cometo el suicidio de contradecir a la jefa, le llevo la corriente como si supiera a qué material alude y le confirmo la cita. Cuando cuelgo, cubro a Maca de recriminaciones. Pero no se inmuta; tiene cartas ganadoras. "Beatriz no sabe de qué se trata", apenas se defiende, y se quita los anteojos de montura roja. Está tan segura del valor de su baza que mantiene la intriga, aunque sin regocijo ni petulancia, con frialdad científica. Se restriega los ojos, como si estuviera rendida, y me pregunta si es cierto que fui sancionado. Conchuda. Me gustaría echarle una puteada, o al menos, ser capaz de no responderle, pero tengo que cancelar de alguna manera este diálogo. "Algo más que eso", le digo con un ladrido bajo, y pongo a Pugliese. Está tocando "La mariposa". El viento patagónico arrasó con árboles y antenas, y volvió polvorientas las calles de asfalto. Hay poco tráfico, así que llegamos rápido al Chalet, que tiene las ligustrinas castigadas. El grupo de asistentes y sociólogos ya se marchó y solo permanecen con luz dos habitaciones de la planta baja: las oficinas de la psiquiatra y del chico que no tiene vida. Palma, sin embargo, mudó provisoriamente al despacho de su compañera una netbook y dos tablets, y está jugando con ellas sobre una mesita de reuniones. En el escritorio de la Gorda hay fotografías y *papers*. Palma me ofrece un chupetín de Coca Cola, Maca un café exprés. Acepto un ristretto doble asumiendo que la noche será larga. En todo el Chalet no se mueve un alma, así que el ruido de la cafetera explota como la descarga completa de un FAL en un zaguán vacío. Recojo el ristretto y me cruzo de piernas.

—Bueno —digo—. Y entonces, ¿quién mató a Kennedy?

—Alejandro —responde el hacker, y Maca lo fulmina. Después ella apoya una nalga en su escritorio, con su propio pocillo humeante, y comienza por una advertencia:

—Ya sé que no creés en la astrología, pero dejame decirte que si no hubiera hecho las cartas natales de toda esa familia nunca sabríamos qué le pasó realmente a Carla.

—¿Y qué le pasó, a ver? —sonrío.

Recoge unas hojas de la pila ordenada y las sostiene en el aire con la mano izquierda.

—No solo hice las cartas, sino que fui completando el informe durante todos estos meses. Y te confieso que el resultado nunca era muy satisfactorio, algo no encajaba del todo en el perfil astrológico de Flavio. Me refiero a la idea de que esa personalidad tuviera motivaciones y fuera capaz de matar a la Polaquita. Ayer agarro de nuevo el informe y empiezo a agregarle nuevos datos, vuelvo a leerlo desde el principio y de repente todo cerraba. Todo. ¿Pero cómo podía ser? Y entonces, Remil, me di cuenta de que era una boluda, y que me había equivocado de informe.

Maca recoge ahora otro grupo de hojas y las sostiene en el aire con la mano derecha. Parece una hechicera a punto de realizar un pase mágico. Cruza las manos y los papeles sugiriendo un cambiazo, los vuelve a su lugar en una mímica teatral, y después los coloca prolijamente en el escritorio. Recoge el pocillo y le da otro sorbo al ristretto.

—A un descreído y un amargo como vos, esas cartas no le van a decir nada, no te molestes en leerlas —me advierte.

—Son impresionantes —me asegura el hacker, a quien el espectáculo lo arrancó por un rato de las pantallas.

—Este accidente me sacudió: nunca habíamos estudiado en serio la posibilidad de que Alejandro Farrell hubiera matado a Carla. ¡Ni se nos pasó por la cabeza! Flavio era el sospechoso perfecto, mantenía relaciones paralelas con ella e incluso registraba un antecedente violento. Había un testigo en la chacra de al lado que vio su automóvil aquella misma tarde, su propio padre estaba convencido de su culpabilidad y Jalil lo había cubierto con plata, jueces y policías. Alejandro estaba fuera del cuadro: ¿qué pito tocaba justo él en toda esta historia?

—¿Y qué pito tocaba? —le pregunto.

Maca abandona el pocillo vacío y se sienta a la mesa. Derrama sus tetas sobre la tabla y usa sus dedos para enumerar los hechos. De pronto ya no esconde su entusiasmo.

—Cuando releí el perfil psicológico de Alejandro me quería morir. Era todo bastante obvio, si uno sabía dónde buscar, claro. Y nosotros no supimos. Mirá, rebobinemos un poco: la madre es rápidamente abandonada por el marido y se refugia en el menor, se lo apropia, y el mayor sufre ese abandono y toma partido por su padre. Y se entrega a una carrera loca por acumular juguetes: poder, autos, deportes, chicas, y por demostrarle a todo el mundo que él es el mejor de los dos.

—¿Así de infantiles somos los seres humanos? —desconfío.

—Niños celosos en carreras inútiles —confirma—. Porque muchas veces esas madres eligen un favorito más allá de los resultados y se aferran más allá de acusaciones y evidencias, Remil. ¿Vos sabés lo desesperante que debió ser para Junior que todos esos progresos no le movieran un pelo a Delfina, y que Flavio incluso lo despreciara? Terrible. Pero aquí está lo fundamental: el mayor le fue arrebatando todo al menor, durante años. Trabajó de sol a sol para vencerlo en todas las canchas, y al final quiso ganarle también en la cama y con el pene.

—¿La Polaquita se enamoró de Alejandro? —quiero saber, aunque sigo escéptico.

—No creo —descarta, y mordisquea el capuchón de su lapicera roja—. A Carla le gustaba jugar, cruzar los límites. Tuvo un amante a la vista de todos a lo largo de muchísimo tiempo. En algún momento, digamos que esa transgresión dejó de ser tan transgresora.

Supongo que un día ligó sorpresivamente con Alejandro y fue una aventura irresistible

—Garcharse a los dos hermanos —dice Palma—. A espaldas del marido.

—¿Y por qué se la cargó? —pregunto.

—Mi teoría es que a los dos les gustaba jugar al filo, y que ella se fue de mambo —dice Maca—. A lo mejor, quién sabe, en uno de esos tiras y aflojes de las parejas clandestinas, lo amenazó con contarle todo a Flavio. O peor todavía: ir directamente al señor gobernador. Imaginate: casi peor que se te muera una chinita es fifarte a la novia de tu hermano.

—Un sacrilegio —agrega Palma.

—Gancho de derecha en la sien, ¿te acordás? —me pregunta la Gorda—. Un golpe letal. El golpe de un experto en artes marciales al que se le fue la mano. El error de un tipo impulsivo.

Imagino ahora la escena, el gesto aterrorizado de Carla Jakov, la canción de Led Zeppelin que nunca deja de sonar. Y enseguida veo a Alejandro Farrell levantando el fusil, llevándoselo a la cara, poniendo en la mira a la hembra joven y apretando el gatillo. "Un cráter en el pecho", dijo Maca alguna vez. Nada era suficiente.

—Es un buen razonamiento pero no pasa de eso —dictamino para bajarle un poco el copete—. Y acordate de que la señora Burgueño vio el Peugeot de Flavio.

—No era el Peugeot de Flavio —dice Maca, triunfal, y le hace una seña a Palma.

El hacker gira una tablet y me muestra una serie de fotos.

—Las sacamos en el garaje de Alex —me refresca.

Tiene una flota de cuarenta coches: antiguos de colección, deportivos y de competición, alta gama y algunos modelos de medio pelo. Palma toca el zoom y atrae una imagen: un Peugeot 308 blanco.

—Es idéntico —dice, y abre una ventana para mostrarme el auto de Flavio—. Y mirá las chapas.

Las leo con estupor.

—Patentes consecutivas —dice Palma—. Entré en la red interna de la concesionaria. Es una compra que hizo un empresario de la construcción. Un regalo para los dos hijos del gobernador Farrell.

Prendo un cigarrillo y reflexiono sobre el detalle.

—Ya sé que no es una prueba, señor juez —bromea Maca—. Pero al menos espero que lo tome como un indicio vehemente.

—¿Qué más tienen? —pregunto en seco.

—La pintura.

Palma pone ahora en pantalla la obra que Carla Jakov dejó inconclusa sobre el caballete. El ser mitológico con cuerpo esculpido y triangular, y enorme cabeza taurina de rasgos humanos, débilmente esbozados a lápiz y pincel. Palma ingresa en una carpeta: es una galería de fotos de Alejandro Farrell, y retratan sus conquistas deportivas. La mayoría de ellas, editadas en revistas especializadas y publicaciones regionales. Elige dos o tres para traerlas, y colocarlas junto a la pintura. El torso desnudo haciendo pesas, las facciones angulosas en la coronación de un torneo. Palma las superpone y las vuelve a individualizar. Concuerdan de una manera exacta. Alejandro es el Minotauro.

Después de cuarenta y cinco minutos de conferencia telefónica a solas con Leandro Cálgaris, la gran dama sale de su oficina con cara pensativa y acepta un ristretto cortado. Maca trasladó su cafetera hasta la planta alta, Palma instaló su consola en el sofá y yo me puse a hacer carambolas en la mesa de pool. BB no mostró gran sorpresa cuando la Gorda le expuso sus hipótesis; se mantuvo fruncida y grave, un cigarrillo tras otro en la boquilla y muchas caricias maquinales a un mechón de su pelo blanco. Era admirable su presencia de ánimo y la sangre fría que mantenía a pesar de que el Gran Jack apareció muerto y de que se estaba enterando en ese preciso instante de que el hijo mayor de su cliente era un homicida. Al terminar la presentación, me miró en busca de una palabra. Solo le avisé, a modo de respuesta, que el coronel todavía no había sido informado.

—Tu jefe cree que el Turco lo sabía y le sacaba partido —me anuncia ahora que cortó con La Casita.

—Puede ser —le acepto. Cálgaris parece obsesionado con Jalil.

—Flavio es un estúpido orgulloso —interviene Maca—. Se ofendió tanto por la sospecha que al principio ni se defendía. Luego, aunque aseguraba, siempre altanero y con la nariz para arriba, que era inocente, ya nadie le creía. Salvo su madre.

Recuerdo a Flavio recitando el proverbio japonés de Delfina Maggi: "Al clavo salido le toca siempre el martillazo". Belda mueve la cabeza, como si negara el absurdo.

—Ese orangután la tuvo tan fácil —reflexiona por primera vez, refiriéndose a Alejandro—. No desmintió los rumores ni las suposiciones, ni dijo esta boca es mía. Se plegó al encubrimiento para "salvar" a su hermanito y consoló a su padre. Grandísimo pelotudo y grandísima basura.

—No sé qué está pensando, doctora —le advierto—. Pero si cree que Farrell está preparado para esta verdad desde ya le digo que con esto no alcanza.

—Evidencia circunstancial —completa Palma, con lenguaje de abogado de serie.

—Remil tiene razón —acompaña la Gorda, en un hecho milagroso—. El gobernador está ciego con Alex, es su gran heredero y su hijo maravilla. Hay que andar con mucho cuidado, puede reaccionar muy mal.

—Cálgaris me aconseja ir a fondo —insiste Belda, y de nuevo levanta la vista en mi dirección—. Un chantaje, una cámara oculta.

Me encojo de hombros, trato de no arriesgar opinión.

–¿Se puede hacer? –insiste.

–Lo hicimos muchas veces –se entusiasma Palma–. Necesito dos días, porque tengo que traer desde Buenos Aires a un técnico con equipo especial.

–Y no siempre funciona –le advierto.

–Sugirió también que lo hiciera yo misma –dice apuntándome a la garganta con su boquilla–. Pero soy cobarde para esas cosas. Y además, es más creíble que vos quieras sacarle una tajada.

–No creo que el coronel la acompañe en ese sentimiento –le devuelvo.

–El coronel asesora, las decisiones son mías.

Belda regresa a su oficina como un gato a su canasta, y Palma le escribe al técnico y le da todo tipo de especificaciones. Cuando cierra el chat, me pregunta dónde. Maca propone un territorio que a Junior le resulte familiar y tranquilizador, para que no esté todo el tiempo en estado de alerta. El gimnasio del club, en la sala del ring y del tatami, donde yo practico boxeo y él taekwondo; fuera de horario, para que no haya curiosos acechando la conversación. "Y que te vea desnudo –dice Palma–, así no piensa que estás cableado".

Maca dibuja flores rojas en su cuaderno mientras piensa en voz alta. Recomienda tretas psicológicas, describe los puntos de narcisismo que lo hacen saltar y lo pierden. Vamos con Palma hasta el club Convergencia, le muestro las instalaciones y le pregunto a un *personal trainer* qué rutinas le convienen a este alfeñique para abandonar de una vez por todas el sedentarismo; luego nos quedamos un rato viendo cómo el profesor de artes marciales le enseña tomas y llaves a dos chicos de la primaria, y cómo un militar le da a la pera loca y una falsa pelirroja de trenza suda y suda lanzándole piñas débiles al saco. Palma toma fotos con su tablet desde todos los ángulos posibles, como si fuera un turista entusiasta y un atleta en ciernes. Le envía al técnico por mail las imágenes para que estudie el ambiente y compre cámaras espías y micrófonos ambientales inalámbricos a tono con el gimnasio. No puede fallar así que utilizará varios dispositivos al mismo tiempo y desde distintos costados: lámparas, toma corrientes, detectores de humo y artefactos diminutos y adherentes de alta potencia.

—Hay un problema —me previene cuando volvemos a la camioneta—. No instalaron cámaras de seguridad adentro, pero hay algunas en la entrada y otras en los pasillos de afuera.

—¿Podés entrar en el sistema y desconectarlas? —le pregunto.

—¿Y qué pasa si no puedo?

—Abortamos. Se termina la función.

—No seamos tan extremistas —bromea—. Sabemos el nombre de la empresa de seguridad. ¿Cuánto puedo tardar en meterme en su server y encontrar los puntos de observación?

—Tampoco esto es un banco. Es un club de morondanga.

No me aparto de Palma ni un minuto durante las horas siguientes. Al hacker no le resulta tan sencillo penetrar los escudos protectores de la empresa, ni encontrar lo que busca. Recién a las seis de la tarde tiene la información y entonces la superponemos con el plano. Podríamos acceder al club por una de las puertas laterales, que está clausurada, y andar de noche por el parque sin entrar en los cuadros. Pero me parece demasiado jugado, así que vuelvo al club vestido para correr, y llevo unas cervezas para los muchachos de la garita. Fumo con ellos un largo rato, charlando de fútbol y de motores; les pregunto si pensaron alguna vez en conseguir un conchabo en la Dirección de Seguridad y les cuento algunas anécdotas desopilantes del oficio. Trabajo para el gobernador, y por lo tanto me tienen simpatía. Además, somos todos camaradas de armas. Me muestran la sala de control, que es bastante rústica, y muertos de risa me cuentan que varias cámaras no funcionan: esto no es Londres ni París, compañeros, es la

Argentina. También me dicen que son seis para turnos rotativos y que la guardia es literalmente soporífera porque "nunca pasa nada". De regreso me detengo en la puerta clausurada; solo se necesita una buena barreta. Ahora el asunto parece un poco menos peligroso, aunque nunca es bueno confiarse. Le relato puntillosamente la incursión a Palma y me voy a dormir. El chico que no tiene vida preparará un croquis y un nuevo itinerario, e irá a recoger al técnico a la Terminal de Ómnibus. El club cierra a las diez en punto, así que vamos a entrar recién de madrugada, cuando un vigilador duerma y el otro ande cabeceando frente al televisor. Belda me invita a almorzar en su oficina: hay sándwiches de pollo y ella se sirve un vaso de Talisker. Descubro que está más nerviosa que yo en esta peculiar espera.

—Sé que le tenías estima a Romero —dice, y sus ojos verdes me enfocan—. Y que en la Casita te creen culpable. No estoy de acuerdo.

Trato de hincar el diente en el sándwich, pero una vez más me falta el apetito. Ella termina el whisky y se sirve otro.

—Nos sentimos seguras con vos —remata entonces.

—Si sale bien, ¿qué podemos esperar de Farrell? —le pregunto para desviarla de ese borde.

—La política es el arte de engañar —me sonríe, con fatiga.

La conversación se acabó, porque ella no quiere ir más allá, y porque yo no voy a discutir a Maquiavelo. El técnico es un batracio de voz finita con pinta de asesino serial. A la hora convenida, bajamos de la camioneta cargados de tres valijas y un bolso. La calle está desierta y oscura, y la puerta resiste la barreta: me lleva quince minutos abrirla sin romperla, y quedo todo transpirado. Palma nos guía por su ruta secreta y nos obliga a avanzar agachados veinte metros más. El candado del gimnasio está oxidado, pero no ofrece muchas dificultades. La sala destinada a los boxeadores y los karatecas no cuenta con ventanas exteriores, así que se puede trabajar a media luz y con el auxilio de las linternas. El técnico opera sobre seguro: previamente acordaron con Palma dónde colocarían los aparatos. Tardan dos horas en dejarlos listos, y en realizar algunas pruebas de imagen y sonido. Dos o tres veces apagamos todo y nos quedamos en silencio y en la oscuridad, porque creo oír voces y pasos, pero en cada caso es una falsa alarma, pura paranoia. Salir nos resulta más rápido que entrar: la puerta lateral queda falsamente cerrada. Todavía prueban los equipos dentro de la camioneta y verifican la recepción: Palma está exultante y me jura que tendrá calidad HBO. El batracio encaja con indiferencia el hecho de que su equipo se perdió para siempre: no volveremos a buscarlo una vez que la faena esté finiquitada; lo abandonaremos en el terreno. Leo en la cama un libro sobre la invasión persa de Grecia, en el siglo V antes de Cristo. El desfiladero de las Termópilas, los espartanos que mantienen en jaque al emperador. Es una historia militar, y me resulta un sedante para las incertidumbres de la jornada. "El hombre valeroso debe ser siempre cortés y debe hacerse respetar antes que temer", decía Quilón de Esparta. Duermo ocho horas sin sobresaltos y almuerzo algo liviano pero nutritivo. Llamo a Marquís después de las siete y le pregunto por Junior. "Lo vi por la mañana en la Gobernación y me dicen que ahora está en una unidad básica", responde con exactitud: sabe por Beatriz que es una pregunta importante. A las ocho de la noche le envío un whatsapp al príncipe heredero: "Necesito verte, tema delicado". Media hora más tarde me responde por la misma vía: "¿Qué pasó?". Le escribo rápido: "Vení al club a las diez y media, voy a estar entrenando". Transcurren dos o tres minutos. "Dale", contesta entonces. Salgo temprano porque no me puedo permitir el lujo de llegar tarde. Les aviso a mis compañeros de la garita que me quedaré después de hora, y que viene el hijo del patrón a charlar y a entrenar conmigo. Ningún problema, colega. Corro en las pistas y después me quito la remera húmeda y me concentro en las pesas. Hay poca gente, y el gimnasio se va raleando hacia la hora final. La sala del ring y del tatami está directamente vacía. Salto a la soga y le pego con placer a la pera fija, vigilando con ansiedad el enorme reloj de pared. Veinte minutos antes de lo convenido llega el Minotauro con su buzo y sus zapatillas, pero por suerte me encuentra en el centro táctico: el saco de cincuenta kilos.

—¿Llegó la hora de evaluarme, maestro? —me desafía, de buen humor: su tono trae siempre esa insolencia de tarambana sin frenos inhibitorios.

—Quería hacerte un comentario —le respondo bajando los brazos.

—¿Sobre el Turco?

—No, sobre vos.

Tiene las manos en la cadera; sus hombros se alzan y su boca se curva en un gesto que puede significar: "Mirá la impertinencia de este insecto". No se oye el mínimo ruido en la sala despoblada. El silencio es tan grande que hasta puedo oír sus muelas rechinando dentro de su boca.

—Qué —suelta, impaciente.

Todavía ajusto un poco los guantines, haciéndome desear.

—Te la cogías y la mataste.

No levanto la vista por tres o cuatro segundos, pero cuando lo hago veo que parpadea sin abandonar su mirada irónica, su mueca de superioridad. Después lentamente mira a uno y otro lado, ya sin el menor rastro de humor, y me pregunta:

—¿De qué hablás, tarado?

—Fue un accidente, no te preocupes —le digo sin sobrarlo—. Un accidente le puede pasar a cualquiera.

Sus manos no están en la cintura; caen a los costados, se abren y se cierran.

—¿De qué hablás? —me increpa de nuevo—. ¿Es una joda?

Nos miramos plenamente a los ojos. Los suyos están trastornados. Es increíble cuánto cambia una mirada la forma general de un rostro: hasta hace un momento, era la cara de un muchacho ganador, ahora mismo es la cara de un abuelo demente. No necesito nombrar a Carla Jakov; solo dejarlo venir. Este deporte es una variación de la pesca de altura.

—¿Quién lo dice? —me reta entonces, mirando de nuevo hacia derecha e izquierda. Está respirando pesadamente, como si hubiera subido cien escalones con una vaca en brazos.

—Tu auto, la pintura, el testigo y muchísimo más —le aseguro.

Muestra los dientes pero tampoco esta vez le sale una risa franca ni genuina.

—Sí, me imagino. Y el juez se va a caer de orto con tantas pruebas, ¿no?

—El juez, no —lo corrijo—. Tu viejo. Cuando el padre de la Polaquita vaya a denunciar a la fiscalía y se convierta en la noticia del siglo. Tu viejo, Alex. Pensalo bien.

De repente le da un ataque y le mete tres piñas a repetición al saco, que se sacude. Es un movimiento tan rápido, que por un instante me pongo en guardia. Pero la descarga me roza y no me toca.

—¿Qué es esto, un juego de mentira a verdad? ¿Una extorsión? —me grita a cinco centímetros.

La saliva enojada me moja. No pierdo nunca la calma; el saco se bambolea como si tuviera vida. El pibe no puede creer mi desfachatez. Aprieta el puño y se contiene, y vuelve a girar en redondo para ver si hay moros en la costa. Lo piensa todavía un rato: es tan transparente que puedo descifrar el interior de su cerebro hueco. De pronto vuelve a reírse sin ganas y sin aire.

—Andá a la mierda —dice como quien descarta una lata de cerveza o le suelta una pedrada a un perro.

—Me quiero afincar, pibe —le explico, siempre amigable—. Ya soy un veterano y es obvio que acá necesitan a alguien como yo, ahora que perdieron al Turco. Alguien que sepa y que maneje los fierros.

Por primera vez atiende el argumento, porque es práctico y refiere a la codicia. No estamos hablando de sentimientos, sino de negocios fríos. Sus manos vuelven a la cadera. Es increíble lo largo que puede ser un minuto y las cosas que le pueden pasar a uno por la mente. Por cuarta vez comprueba que nadie lo está escuchando, y apoya un pie en un banquito y un codo sobre la pierna. Parece el Pensador de Rodin. Lástima que sus pensamientos son más delgados y frágiles que un cabello de ángel.

—Era una puta y una bocona.

—Ya sé —le confirmo.

—¿Y tu jefa?

—No tiene idea —le juro.

Se acaricia la frente, como si necesitara una aspirina.

—Podrías laburar para nosotros —dice para ganar tiempo—. No sé, tengo que hablarlo con Cerdá. No sé.

—Pero no te confundas, Alex —le aclaro—. El *business* es con vos.

—¿Y eso qué quiere decir? —se extraña; la arruga de la frente ya es una cuchillada violenta.

—Quiero una prima para entrar.

—¿Una prima? —se escandaliza.

—Cien mil.

—Ay, por favor —niega con la cabeza—. Estás en pedo.

—Tenés dos cuentas en Miami y una *off shore* en Bahamas por cinco palos, Alex. ¿Necesitás que te dé los números y las claves para operar?

Las recomendaciones de Maca y la inteligencia vacuna de Junior son una fórmula exitosa: ya entramos en otra fase del diálogo, en otra lógica. Tendría que lograr una declaración contundente, pero no puedo forzarla, porque el pájaro es sensible y puede echar a volar ante la menor sospecha.

—Este bardo no le conviene a nadie —se me ocurre—. Tu viejo no puede perder el sillón. No hay ninguna necesidad de cagarla. Y menos por una calentura.

—Exacto, fue una calentura —se entusiasma, aunque amargamente.

Dale, pienso, sonreí que te estamos filmado. Decilo de una vez y con todas las letras: a la morocha le gustaba jugar fuerte y celarme, amenazarme con contarle a Flavio, pintarme desnudo para humillar a Quelo o como broma privada; fumaba porro todo el día, se le soltaba la lengua, me enloquecía; le di una hostia, no quería boletearla, soy víctima de mi propia fuerza. Pero como el atleta no tiene ni siquiera el don de la elocuencia ni de la sinceridad, se queda ensimismado y descompuesto. Apenas repite la misma frase armada que me soltó en plena cacería y que es la autojustificación nacional de todos los culpables: "A mí lo único que me importa es el proyecto político". No puedo preguntarle qué sucedió aquella tarde en la chacra de Carla Jakov porque se supone que yo ya tengo todas las respuestas. Y entonces me come la impotencia de no poder incentivarlo para que se desahogue. Últimamente ando con espíritu derrotista, así que pienso que acabo de fracasar. La rabia es doble cuando uno, que se cree tan vivo, fracasa con un tonto.

—Ahora sí estoy listo para evaluarte —le digo sin pensarlo.

Junior regresa de muy lejos y no entiende qué hora es ni cómo se llama. Le facilito la tarea:

—Tenemos un trato, pibe. Y lo mejor es que no te lleves ese rencor a casa.

Me muevo de costado hacia el tatami, y lo espero dando pequeños saltos de precalentamiento, entrechocando los puños, convocándolo al ruedo para una práctica amistosa. Si fuéramos basquetbolistas o simples jugadores de tenis, la cosa sería más inocua e inocente: un ejercicio de gimnasio antes de las duchas.

Pero se trata de un duelo entre un campeón pujante y un púgil experimentado, entre un asesino y su chantajista.

Alex abandona su pose de falso pensador: está lívido y shockeado. Me mira como si fuera un marciano y tarda un poco en enfocar la realidad, y en aceptar el convite. La reacción, por fin, me causa gracia: le pega un puntapié de pura furia al banquito y lo levanta en el aire. Oigo cómo se astilla al caer, diez metros más allá. Así pueden astillarse los huesos de un incauto que se mete con la persona equivocada. Para no perder un round con un león de las artes marciales es muy importante cubrir bien la zona ubicada bajo el cinturón y proponer una contienda de distancias cortas: suelen ser mortíferos con las piernas y los codos, pero tienen la mandíbula de cristal. Y a este campeón ni los sparrings ni los rivales lo han castigado nunca; es un luchador de salón que pronto extrañará su inmunidad política y su protector bucal. Se descalza, todavía con la mente confusa, y se arrima con voluntad de probar suerte, pero enseguida baja los brazos. "Fue un accidente", repite de manera innecesaria, y por un segundo pienso que rehúye el juego. Pero es una trampa: me tira una patada de frente que apenas bloqueo y que me alcanza en el pecho aunque con debilidad. En lugar de recular, como indica el instinto, avanzo para no facilitarle las cosas y le aplico tres golpes en el torso y en las zonas blandas. Se repliega sin acusar el impacto y prepara una patada circular, pero me le voy encima y le trabajo el mentón. Un gancho de izquierda que lo lastima, seguido de un directo que recibe en el pómulo derecho. No dejo ni siquiera que trastabille, lo agarro con las dos manos como si estuviera haciendo tiempo en el ring, pegándome a su cuerpo y tan cerca que puedo oler su aliento. No resisto entonces cabecearle la nariz: es necesario aleccionarlo sobre el boxeo callejero, lo necesitará si por casualidad va a parar alguna vez a la cárcel.

Noto en sus ojos que está levemente sentido y lo suelto para retroceder. Pero retrocedo sacudiéndole la barbilla con dos o tres puñetazos más. Como no le estoy pegando en serio, Alex logra conectar una patada lateral que me da de lleno en el corazón, y una circular que apenas contengo cruzando los brazos. Me alejé demasiado, y por ese camino soy vulnerable. Esa lateral consiguió realmente hacerme doler, y un veterano no debe exponerse a esta clase de riesgos. Mucho menos si es posible utilizar trucos que siguen prohibidos en el reglamento. Nos encontramos ya en el terreno del boxeo sucio, así que cierro mi guardia y le doy en el hígado y en el diafragma y en las costillas flotantes. Y cuando intenta atacarme el cuello con mano de cuchillo, me agacho y me cuelo, y le trompeo de costado y desde atrás primero el pulmón y después los riñones. Ahora sí que me aparto, porque oí sus quejidos y sé que está acabado, y que es posible bailar a su alrededor y lanzar golpes elegantes. Hago todo mi repertorio con cierta comodidad: jab, cross, swing y uppercut. No se crean que esta exhibición dura mucho, apenas treinta y pocos segundos, pero el hocico del Minotauro está cada vez más amoratado y enrojecido. Por supuesto se desploma, porque no es un contendiente de envergadura. Nunca lo fue, y además yo le metí la mula. Es la prerrogativa de los viejos. Junior queda a medias arrodillado, desorientado y sin aire, y me pregunto si tendrá las agallas suficientes para ponerse de pie y arremeter con las últimas fuerzas. Pero enseguida descubro que eso es todo, amigos. Y entonces me aflojo los guantines y le palmeo el hombro. "Tengo un botiquín en la camioneta, ¿querés que vaya a buscarlo?", le pregunto. Al atleta le gotean la nariz y la boca; es incapaz de articular una palabra: rechaza la oferta con la cabeza. Le palmeo ahora la espalda con cariño: "Puedo también entrenarte como boxeador —le digo—. Fijate todas las ventajas que tendría este arreglo. Mi sueldo al final les va a resultar una ganga".

Está visto que la tecnología puede transformar un modesto fraca-so en un éxito relativo y hasta escalofriante. Beatriz se reúne con todo el material crudo y toma notas y conversa con Marquís; des-pués llama a Palma y le imparte instrucciones precisas. El hacker se sumerge durante unas horas en la isla de edición y se dedica a unir las piezas sueltas, a pegar conceptos remotos, a atenuar diá-logos inconvenientes, a cortar excesos de púgil, a distorsionar mi voz y borronear mi figura, y a acentuar frases comprometedoras, como "fue un accidente" o "era una puta y una bocona". Más tar-de tipea parte de la historia, con los retratos de todos personajes de fondo, explicando sucintamente la escena del chantaje, y a continuación escribe sobrios *grafs* sobre las fotos de la vecina y el Peugeot blanco, y también sobre el Minotauro y la imagen calca-da de Alejandro Farrell en cueros. El resultado no tiene ningún peso de ley, pero a propósito parodia sutilmente el estilo "informe televisivo" y es, por lo tanto, un disparo en la frente: el goberna-dor va a quedar muy impresionado. Mientras tanto, Maca y yo le redactamos un *paper* aséptico que recapitula toda la experien-cia y aclara los últimos descubrimientos. El video y el documento van a parar a tres pendrives, que BB atesora durante la mañana. Pasado el mediodía, ella convoca a todos a su oficina, incluidos sus asistentes, sociólogos y encuestadores. El equipo completo del Chalet asiste a la película final del hacker, que la jefa pasa una vez más en su plasma de 40 pulgadas. Cuando lo apaga con el con-trol remoto, se hace un silencio general. Observo las caras largas y espesas, y prendo un cigarrillo, incómodo con la convocatoria. ¿Y ahora qué?, me pregunto para mis adentros, a la expectativa. Beatriz Belda nos contempla uno a uno, sin adelantar palabra, como si repasara nuestras cavilaciones secretas y como si las estu-viera hilvanando para sacar una conclusión única con todas ellas. Luego empuja hacia atrás la butaca, se inclina levemente hacia adelante y apoya los puños en el escritorio. Sus ojos están secos, y a pesar de su baja estatura parece en ese momento una muñeca imponente y maligna. Cuando por fin habla lo hace con toda calma y autoridad, y sin el mínimo titubeo.

—Nos vamos, chicos, levantamos campamento —dice—. Tenemos que actuar rápido y con la máxima discreción. Que nadie hable de esto por teléfono ni por chat ni por mail. No le anticipamos a la familia nada, y no nos despedimos de nadie. Esta madrugada vamos a estar en Buenos Aires. No hay tiempo de destruir papeles, los embalamos en cajas y nos llevamos hasta el último. Vaciamos las oficinas y las habitaciones de los hoteles, y no dejamos ni un peine. Quiero un camión de mudanzas con canastos y cuatro operarios, y que trabajen por la puerta de servicio. También que contratemos una combi mediana. Salen todos a las diez de la noche. Remil estará a cargo de la mudanza y de la logística. El resto del *team* de la Casita se viene conmigo, y trae su equipo tecnológico. Necesitamos alquilar un avión que salga un poco antes, no después de las ocho. ¿Está claro?

Los presentes se encuentran tan impresionados que asienten como alumnos obedientes de la escuela primaria. Casi todos han tomado nota, incluso quienes no tenían ninguna necesidad de hacerlo. Corre una cierta electricidad por el aire, se percibe que es el instante cumbre de una obra maestra. Beatriz me mira a fondo y se saca el pin de la solapa. El cóndor cae y rebota con un tintineo en su enorme cenicero vacío y transparente. De modo que esta es la gran verdad, pienso. Pero hago de inmediato lo que me está ordenando con esa mirada de punta: me pongo de pie, me arranco el cóndor y lo tiro al cenicero. Como si fuera un rito funerario, todos y cada uno desfilan frente al escritorio, arrojan el pin y salen del despacho a paso vivo. Supongo que algunos pensarán que esta cancelación brusca y esta fuga entre gallos y medianoche se deben al crimen y al asco. Otros, menos ingenuos, reconocerán que los escrúpulos no son el fuerte de Beatriz Belda, y atarán cabos. Nadie, sin embargo, pondrá la mínima objeción ni dirá ni mu: estamos huyendo, y lo mejor es hacerlo a toda máquina y con el pico cerrado.

—Te van a hacer renunciar en breve, resistí todo lo que puedas —le ordena Belda a Marquís sin énfasis, y le pide por teléfono a una secretaria que la comunique con el gerente del Hotel Río Azul. De inmediato atiende por el móvil un llamado de Cerdá y adopta un tono afable y diplomático—. Señor ministro, encantada de saludarlo. ¿Cenamos mañana para charlar esos temas? ¿A qué hora? Perfecto, nos vemos ahí entonces. Que lo pase bien.

—Puedo proveer uno o dos patrulleros para la ruta —dice Marquís.

—No lo creo conveniente —opino—. Los policías no son reservados.

—Algunos me responden, che —se queja de buen humor—. Al lago lo tengo bien controlado.

El lago donde duerme el Gran Jack no está controlado por los canas, sino por el Salteño, que es un perro guardián capaz de mantenerse despierto las veinticuatro horas.

—Con Remil basta y sobra —zanja Beatriz, que vuelve a sentarse y que atiende al gerente de su hotel de cinco estrellas: le cuenta que su amiga asistirá a un festival internacional de cine, donde seguramente le darán un premio, y que necesita mudar todo el vestuario esta misma tarde. El gerente le pone a su disposición dos mucamas de confianza para desmontar la suite de Diana, y también la suya, porque la socióloga le tiene una sorpresa a la diva: la acompañará en este viaje inolvidable. Un imaginario viaje de cuatro días. El gerente promete, por supuesto, secreto total, le encanta ser parte de la jugosa trastienda del mundo del espectáculo. Cuando Marquís se marcha, BB comienza a vaciar los cajones más próximos.

—¿Puedo hacerle una pregunta? —trato.

—Una sola.

—¿Cuánto sabía Cálgaris?

—¿Desde el principio? —sonríe, y parpadea con una especie de languidez—. Todo.

Nos quedamos unos segundos prendados de esa revelación, cada cual metido en sus especulaciones. Después Belda se repone y me pide que apriete el paso. Me reúno con sus asistentes personales y verifico cómo avanzan las gestiones. Ya contrataron el camión, aunque recién están discutiendo el seguro; todavía buscan al dueño de una combi que pueda hacer el trabajo nocturno, y surgen algunos problemas con el alquiler del avión: tal vez haya un taxi aéreo disponible, pero no está confirmado que llegue a tiempo desde el sur. Llevo a Beatriz, cargada con tres maletines y una notebook hasta el Río Azul, y más tarde recojo mi propio equipaje, meto los efectos que quedan de Romero en unas bolsas y acomodo los petates en la camioneta. Ayudo a Maca y a Palma, y a los demás huéspedes de la Conejera a trasladar las valijas y los bolsos al Chalet, y superviso la diligencia de los operarios y los empleados de Belda. Es una maratón de canastos, bultos y cajas, y un apuro callado y laborioso. Todos están serios y nerviosos: una mudanza, dicen los chinos, equivale a dos incendios. Nadie en la calle parece estar vigilando la maniobra. A media tarde nos confirman el jet y la combi, y encargamos unos sándwiches de miga para la merienda. Cerdá me llama para invitarme a desayunar el sábado, habló con Alex y tiene una propuesta interesante. Belda llama a las seis para preguntar cómo va la retirada y si llegamos a tiempo. "Salimos cuando podamos —le informo—. Pero creo que no va a ser más allá de las once. Se junta mucha mugre". A las seis, Maca, Palma y el batracio de las cámaras ocultas parten hacia el aeropuerto con los instrumentos informáticos más delicados y los chirimbolos de espionaje. A las siete paso a recoger a la gran dama y a su vasto conjunto de maletas: como no entran en la 4x4 nos vemos obligados a retrasarnos unos minutos y a pagar dos remises. Cuando está por embarcar, BB me lleva hacia un costado y me entrega dos pendrives del tamaño de una uña. Hay dos muertes documentadas en cada uno de ellos: el primero contiene las andanzas de Junior, el segundo los informes y la filmación subacuática del Gran Jack.

—Dáselos a tu novia —me ordena, y vuelve a sonreír—. Tiene credibilidad y ovarios, y es una buena periodista, sabrá cómo administrar la merca.

Me besa la mejilla y camina hacia el control. Se vuelve únicamente para recordarme algo: "Hombre de poca fe, te dije que la Inglesa podía cambiar de vereda". Los que cambiamos de vereda somos nosotros. Desde el comienzo teníamos el propósito de incendiar el reino de Farrell, mientras parecía que estábamos fortaleciendo su poder y levantando sus empalizadas. A la gran operadora nunca la echaron del paraíso, todo fue teatro mediático para que lograra entrar en el castillo y pudiera demoler desde adentro al primus interpares de la liga de gobernadores, al enemigo número uno del señor Presidente. Una insidiosa operación de destrucción y escarmiento. La política argentina es una novela negra: celebran el día de la lealtad y los otros 364 se traicionan con alegría.

Silvia Miller toca o improvisa una melodía en el pub irlandés, con su Lloyd George sobre el piano. Todavía no hay bebedores ni gastadores de sillas, y en cuanto el bullicio amenace, la Inglesa echará el último trago y se largará a su casa de las bardas, a refugiarse en sus libros y en su gata persa. No levanta la cabeza para saludarme, me deja avanzar y acodarme como si estuviera absorta en Bill Evans. Su vestuario no presenta demasiadas variantes: esta noche también lleva sus consabidos pantalones de lana gris, su camisa de seda blanca, su cardigan verde y sus zapatos abotinados de cuero marrón. Pongo sobre el piano un sobre cerrado que contiene los pendrives y recibo un vodka. Ella se toma su tiempo para terminar la pieza y luego saca de un bolsillo su anillo de sello y se lo ajusta en el meñique. Los ojos ámbar solo se alzan para detenerse inexpresivamente en ese misterioso regalo de papel. No parece decidida a contaminarse, así que le mete un sorbito al cóctel y recién entonces levanta el sobre, lo estudia, lo palpa y lo sopesa, y en un arrebato lo tira bien lejos. Tal vez con la intención de acertarle a un cesto del rincón, pero falla porque es un vuelo corto y porque para cometer esa hazaña habría de tener la fuerza y la precisión de un beisbolista.

—Me enfurece haber sido tan débil con vos —dice con su voz dura, baja y, a pesar de todo, sugestiva.

El mozo, que nos espía, camina hasta el rincón como si temiera ser apedreado, recoge el sobre con elegancia y lo devuelve a su lugar.

—Dos viejos —le explico—. Y los dos te importan.

El ámbar por fin me apunta al pecho; es una estocada de acero que me traspasa hasta la espalda.

—¿Me estás operando? —pregunta con mal talante—. ¿Ahora encima voy a ser un instrumento de ella?

—Todos somos instrumentos de alguien.

—¿Dónde está el Gran Jack? —me apura con un parpadeo: sus neuronas pedalean y se sacan chispas—. Una fuente me contó que había tenido un accidente en la zona de los lagos. ¿Es cierto?

El vodka me quema. La señorita Miller no pierde ahora detalle de mi gestualidad, que yo reduzco a lo mínimo. No abandona del todo sus manos sobre el teclado, aunque no hace más que acariciarlo irreflexivamente con la yema de los dedos, sin producir ningún sonido.

—Vamos a extrañarlo —le confirmo, y aprieto los dientes mientras veo cómo abre sus ojos, cómo centellea el amarillo. Un centelleo de horror y de asombro. El ego del oficio, sin embargo, evita una escena y la obliga a mantenerse impasible. Esa clase de concesión la avergonzaría.

—La investigación que hizo el Gran Jack prueba quién era —le digo, como si estuviera homenajeando su memoria—. Vas a poder leerla completa y chequear la veracidad de sus datos. En cuanto al Gringo…

—¿Por qué lo meten en esta mierda? —se exalta.

—Porque nos engañaron a todos —le respondo—. Al polaco, a vos y a nosotros.

—Claro, cómo no, el hijo de Farrell es inocente —sonríe con saña.

—No te daría carne podrida.

—Sí que me la darías, Remil —dice muy seria—. Eso y mucho más.

—No es una declaración romántica —le prevengo—. Aunque no lo creas, es por respeto profesional y por defensa propia.

—¿Defensa propia? —Enarca las cejas.

—Cualquier otro puede ser, pero vos no mordés anzuelos —le aclaro—. Te darías cuenta enseguida de que te armamos un montaje y nos saldrías a denunciar. La carnecita que te damos es buena. Después lo que hagas vos con ella es cosa tuya. Y si no hacés nada, siempre encontraremos otro cagatinta.

Ahora la Inglesa toca el sobre, meditabunda, con una lágrima de múltiples motivos rondándole el ámbar furioso.

—¿Qué vendría a ser esto, una charla personal, un *off the record* o una declaración pública? —pregunta sin energía.

—Sé que nunca vendés a tus fuentes, por más que sean unos hijos de remil putas.

Termino el vodka, y al erguirme no sé exactamente qué hacer con las manos. De nuevo Silvia Miller no me mira, está doblada sobre el piano y sobre ese presente envenenado que detesta y presiente. Me da una cierta pena la posibilidad de no verla nunca más. Retrocedo hasta la salida, subo a la camioneta y le pido por teléfono a Marquís que trate de darle algún tipo de protección:

en cuanto publique la primera nota va a quedar a tiro de los fanáticos. Todavía tengo que esperar una hora y media para que el convoy (camión y combi) esté listo y en línea. Finalmente, dejamos prendidas todas las luces y cerramos con llave el chalet vacío. Guío la caravana por calles internas y carreteras provinciales, cruzamos sin novedad el puente y salimos a la ruta nacional bajo las estrellas. Resulta una noche abierta, y Pugliese sonoriza esa fuga con su "Gallo ciego". La Patagonia es una negrura amenazante que va quedando atrás.

XII
La batalla

La Inglesa tarda quince días exactos en calibrar la información, chequear los puntos álgidos y analizar su estrategia periodística. Toma muchos recaudos con la pesquisa de Romero: hasta se comunica con una fuente de la DEA para constatar si el comisario comprendió correctamente las triangulaciones del dinero negro y los movimientos de las *off shore*. Mediante el Spyware, Palma le sigue las búsquedas en la web, los mails y hasta las redacciones que hace en su escritorio, y con un troyano y un monitor telefónico graba las conversaciones que mantiene desde el celular y desde el fijo. Ninguna de esas consultas se refiere a la muerte de Carla Jakov. Sobre ella solo se registran anotaciones interrumpidas en un solitario documento de Word, más que nada oraciones con signos de interrogación y a medio escribir. Es obvio que Silvia prefiere guardar para una segunda fase el secreto de Alejandro Farrell, tal vez porque se trata de la más débil y controversial de las dos primicias. Hay demasiadas deducciones para sostener el caso de la Polaquita y la confesión suena fuerte pero puede ser descalificada: dirán que son puras especulaciones y trampas de la tecnología. La Inglesa apuesta a desgastar primero la imagen del gobernador con el *affaire* Jalil y más tarde, cuando la credibilidad oficial esté por el piso, martillar sobre caliente y tirar la segunda bomba. No está mal.

Belda y Galves se fueron de compras a Nueva York, a Marquís lo renunciaron una semana más tarde y Palma solo reporta a Leandro Cálgaris, que devolvió al terreno a varios sonidistas con sus trucos y sus valijas mágicas. Por cuerda separada el hacker me pasa todas y cada una de las novedades: nadie le ha dicho que estoy afuera, así que abusa de esa distracción. Sin trabajo a la vista pero todavía con ahorros, me dedico exageradamente al entrenamiento y a la lectura. Paso cinco horas diarias en el gimnasio, en el río o en maratones vespertinas, y leo libros usados sobre las guerras mundiales. Empiezo por "La belleza y el dolor de la batalla", de Peter Englund. Y sigo con los ladrillazos de John Toland y Antony Beevor. A pesar de estar cansado física y mentalmente, y de emborracharme cada noche con vodka, no consigo dormir tres horas seguidas. Estoy muy pendiente del espionaje patagónico, y me divierte escuchar las voces de Farrell y de su ministro de Economía, preocupados por situaciones que no nombran pero que tienen relación directa con su antiguo director de Seguridad. Sueño muchas veces y me despierto en medio de pesadillas agitadas que se vinculan con el Turco y con el Gran Jack; también con Beatriz a contraluz, los brazos abiertos como una mariposa, y con Diana disparándome furiosamente a la cabeza con mi propia Glock. Nunca sueño, sin embargo, con la Inglesa. Que está insomne en su casa de las bardas, mordiéndose el labio inferior. A veces busco en Youtube un concierto de Bill Evans y lo pongo de fondo, para recordarla con plenitud, para seguir en ese escenario prohibido que no podré volver a pisar.

La primera nota sacude todo. Es un artículo relativamente corto que denuncia dos delitos al mismo tiempo: el asesinato de un policía retirado y los negocios de tráfico y lavado que se coordinan desde el mismísimo gabinete provincial. El texto no revela demasiados detalles, la Inglesa quiere dosificarlos, pero agrega que a raíz de ese crimen, el Montesinos de Farrell pidió licencia y salió del país. Palma le da una mano y viraliza la denuncia. Los medios locales por supuesto enmudecen, pero en las redes hay turbulencia. Al día siguiente, Silvia Miller lanza dos informes más: uno publica nombres, cuentas, sumas y metodologías, y apunta por primera vez a Cerdá; el otro es un perfil de Miguel Marcial Romero. Del comisario publica dos datos nuevos: trabajaba para una consultora externa contratada por Farrell y fue asesinado en la zona de los lagos, donde su cuerpo permanecería hundido dentro de su Toyota Hilux. La gravedad del asunto multiplica la repercusión, y en los diarios de la provincia aparecen pequeños recuadros de fuentes oficiosas asegurando que las especies circulantes son completamente falsas. Pero nuevamente la tercera es la vencida: Silvia sube el video del cadáver y se convierte en trending topic mundial. De pronto está en todas las cadenas de noticias, en los programas políticos, en los noticieros de la televisión abierta y en las tertulias de la tarde y de la noche. Los diarios nacionales lo editan en tapa y le dan amplia cobertura: Silvia atiende a todos, recibe una comitiva de movileros de la Capital y se deja interrogar sobre las menudencias de ese horror. En la Gobernación hay hermetismo total; la prensa adicta pasa vergüenza y mira de nuevo para otro lado en medio del incendio. La Inglesa tiene tiempo de agregar cada día una novedad, y la repercusión es tanta que ya cuenta con ochocientos mil seguidores. Al tercer día interviene de oficio un viejo conocido de todos nosotros: el juez Donovan. Que la cita en su juzgado a las ocho de la mañana, y que de inmediato envía una comisión policial a la zona de los lagos. La Inglesa no hizo públicas las coordenadas porque no podía cotejarlas con nadie, pero en su declaración testimonial agregó el mapa que le confeccionamos. El Salteño asegura que durante estas semanas no hubo más que algunos merodeadores; nadie se atrevió a realizar un operativo de rescate. Corrían el riesgo de que se lo impidieran o de que mi ex camarada los filmara *in fraganti*: nunca hay que volver a la escena del crimen.

La Inglesa ha establecido una alianza táctica con sus colegas, así que les avisa lo que está por suceder. Le da seguridad sentirse acompañada. Una tropilla de enviados especiales transmiten en directo desde el teatro de operaciones. Cenando un bife en una parrilla de Saavedra, veo a los policías en la oscuridad, los buzos que entran al agua, los funcionarios judiciales que se niegan a hacer comentarios y finalmente la grúa que saca la Toyota Hilux a la superficie después de dos horas de "tensa espera". La parrilla permanece llena, y hay aplausos y chiflidos. A las tres de la mañana, cuando vuelvo a casa, hago zapping y la transmisión continúa y se multiplica en diez pantallas diferentes. Hasta encuentro un compilado en la CNN. Al mediodía, Julián Farrell sube al atril despeinado y ojeroso, y con una corbata arrugada que Diana hubiera repudiado. No puede ni siquiera actuar la calma, se enreda con las sílabas y comete varios furcios. Su defensa es obvia: estamos consternados, no tenemos nada que ver con este desagradable descubrimiento, investigaremos hasta las últimas consecuencias. Al retirarse se equivoca de flanco y tropieza. Los medios pasarán luego en cámara lenta ese lamentable paso de baile.

Enseguida Donovan convoca una conferencia de prensa, cuenta los resultados de la autopsia, confirma la identidad de Romero, jura que recibió llamados de la Corte Suprema de la Nación para darle todo su apoyo y describe las diligencias que pedirá de urgencia. Irradia honestidad, y casi me da remordimientos haberle regalado a sus adorables hijitas aquellos cartuchos 7.62 con puntas de latón. Su señoría quedó en falta consigo mismo, enterró por miedo dos expedientes que involucraban a los hombres del gobernador, y ahora piensa resarcirse. Tiene la protección de la notoriedad, nada a favor de la corriente y se relame ante la posibilidad de ver hociquear a ese señor feudal. Este es el problema de los jueces domesticados: cuando cambia el viento no solo pretenden hacer buena letra; buscan además limpiar la mancha de su propia humillación. La venganza judicial es una droga dura.

Como sea, el escándalo político resulta tan espectacular que interviene una docena de diarios extranjeros y Presidencia de la Nación convoca a Farrell para pedirle explicaciones. Por cuerda separada, trasciende que varios miembros de la Liga de Gobernadores solicitaron reuniones amigables con gente del gabinete nacional. Algunos voceros hablan de "pollos mojados" y de "tregua"; los analistas deslizan, en cambio, que están amenazando al Presidente con trabarle la gobernabilidad en el Congreso. Mientras tanto, la Unidad de Información Financiera comenzó a actuar y expertos norteamericanos dieron a conocer las ramificaciones y el modus operandi de los Dragones Mutantes. No muestran ni el uno por ciento de lo que saben, pero es suficiente para que el tema sea la penetración del narcotráfico en nuestra democracia y no la muerte de un don nadie. Farrell contrata un estudio internacional y comienza la guerra sucia: la investigación del Gran Jack no tiene sustento (es una burrada), Romero era un policía desprestigiado y violento (un fascista y un alcohólico), y Silvia Miller es una empleada de las grandes corporaciones. Dicen incluso que tiene un linfoma, que estaba quebrada y que todo este "invento" responde a la desesperación por el dinero: no puede financiar sus costosos tratamientos. Todavía no se atreven a meterse con Beatriz Belda, porque sería muy complicado, y en estos momentos se necesita papilla mediática y descrédito rápido. Sembrar dudas hasta en la muerte del Gran Jack. Matar al muerto. Un abogado llega a decir que conducía borracho y que se había precipitado al agua. El accidente de un irresponsable, utilizado perversamente por los enemigos de la "patria federal". Los debates televisivos son feroces: Farrell compró a varios profesionales de la mentira y está dando batalla a través de ellos en la opinión pública. Donovan filtra a los diarios parte del expediente, y amenazan con removerlo y hacerle un juicio político. La Inglesa responde desde su sitio digital: bromea con su enfermedad, asegura que Romero trabajaba a sueldo de la Gobernación y realizaba un estudio sobre la inseguridad, pregunta cada día dónde está Jalil (alguien que ponga un habeas corpus) y se mete con la obra pública y con los negocios futboleros del club Convergencia. Lady Di, ya de regreso, premia su discreción y acude en su auxilio: actores y escritores sacan una solicitada explicando la vergüenza que sienten frente a las últimas revelaciones; algunos de ellos se vuelcan a la radio para narrar su terrible decepción y también los sospechosos fastos que ya demostraba la administración Farrell. De paso anuncian sus inminentes estrenos, sus obras en barbecho y sus novelas imperdibles. Todo suma.

Un martes destemplado, Silvia Miller irrumpe con otra primicia nacional: Luis Jakov acaba de presentarle a la fiscalía un nuevo escrito que le da un giro inesperado a su denuncia. Jakov posee conocimiento de nuevas pruebas y pide que se investigue la posible intervención de Alejandro Farrell en la muerte de su hija. La Inglesa cuenta con lectores nuevos, así que se la pasa tres días reseñando el caso, como si fuera un folletín por entregas, mientras el oficialismo mantiene la boca cerrada. El ardid consiste en referirse todo el tiempo a los papeles que están en manos de los fiscales, para tomar un poco de distancia del asunto y darle carácter institucional. Es el Poder Judicial quien investiga, y no ella misma, que solo está haciendo la crónica de la causa. Con esa excusa, se permite subir a Internet lo que ya es un documento público: el hijo mayor del gobernador cede a un chantaje y admite en cámara que la muerte de Carla "fue un accidente" y que ella era "una puta y una bocona". Sobreviene por segunda vez un maremoto, y todo esto ya es para el gran público un tren fantasma lleno de sorpresas repugnantes. La onda expansiva hace famosa a Carla Jakov y a su viudo: el arquitecto abre mansamente la tranquera de su chacra, cuenta su vida, narra su muerte, muestra su obra y enseña el Minotauro incompleto sobre un caballete. Quelo nunca pierde la línea, que es fatalista y esmerada. De los últimos descubrimientos, únicamente pronuncia una frase sobria: "Debe investigarlo la Justicia. Solo puedo repetir lo de siempre: nunca pensé que Flavio pudiera ser el asesino, y los hechos me están dando la razón".

El gobernador tarda unas horas en reaccionar, y al final lo hace con una carta en Facebook, donde afirma que Alejandro es inocente, que todo esto es una conspiración para destituirlo, que su familia está tremendamente dolorida y que iniciará acciones legales contra los que sigan cometiendo calumnias e injurias. El tono, a pesar de las amenazas, es lacrimógeno: sus abogados le han recomendado dar lástima. En este país todo dios se siente una víctima, y siempre produce identificación alguien que simula serlo. Además, a todos les encanta compadecerse de las desgracias ajenas para sentirse secretamente bendecidos por su buena suerte. Es un mecanismo infalible, pero que aquí sufre un grave contratiempo: Luis Jakov no solo es un hábil declarante, sino una víctima suprema, un mártir del sistema. ¿Cómo no identificarse con ese padre solitario y herido que tocó tantas puertas y que fue tan vapuleado por los poderosos? Farrell comete, para colmo, un error descomunal: manda replicar las acusaciones del pasado. Sus esbirros mediáticos dicen que el viejo quiere armar una carrera política sobre la tumba de su hija, que su mente desvaría (presentan estudios cognitivos que robaron de una clínica) y, finalmente, narran supuestas reuniones donde habría exigido plata para callarse. El Gringo ni se despeina: abre su humilde jardín de rosas y exhibe su Ford Falcon de 1981. Y a continuación, puntualiza con memoria de elefante las argucias del encubrimiento oficial. El ataque fue un búmeran, y la credibilidad del gobernador está por el suelo. Los enviados especiales se arrojan sobre Alejandro, pero se les informa escuetamente que se encuentra en Berlín aprovechando una beca deportiva. Después persiguen día y noche a Flavio. Logran arrinconarlo a la salida de un consultorio. Lleva una camisa de cuello mao y los anteojos oscuros, pero creo percibir a la distancia que su aire de superioridad ha desaparecido. Asustado por el asedio, avanza pálido hacia su auto y logra meterse, pero le impiden cerrar la puerta y forcejea. Finalmente, dice: "Vayan y pregúntele a mi hermano; yo no tengo nada que ver". Y consigue cerrar y huir. La breve declaración, sin embargo, gana los titulares y desata la ira de su progenitor, que llama a su mujer para recriminarle la falta de solidaridad. Palma me envía las pinchaduras de esa discusión. "¡Alex también es tu hijo!", estalla él en un ataque de nervios. La princesa Romanov le responde con una barra de hielo: "Que la política se haga cargo de los problemas políticos". No suena destrozada, sino extrañamente serena y con ánimo revanchista. Como si la confirmación de su teoría familiar fuera más importante que la libertad ambulatoria de su hijo descarriado, y como si el sufrimiento de Farrell se hubiera transformado en su triunfo personal. Vos empollaste a ese monstruo, no escuchaste mis profecías, ahora hacete cargo las consecuencias, cargá con esa maldición. Esos conceptos no se desgranan por teléfono, pero subyacen en la pelea interna. Delfina Maggi ya no está muda ni doliente. Farrell tiene en su cama una tarántula venenosa.

La dinámica de los medios resulta imparable porque las dos causas son sensacionales y se superponen. Los focos ya no están sobre la Inglesa, que parece gozar ahora de un protagonismo honorario.

Es la jefa espiritual de los periodistas, su fuente, anfitriona y guía en territorio patagónico. Pero ellos avanzan por las suyas como langostas: hay notas todo el tiempo y en todos los formatos sobre el Turco Jalil, en su doble condición de narco y encubridor de crímenes; sobre Cerdá y sus enjuagues administrativos; sobre la mafia del fútbol, sobre las multitudinarias marchas de silencio que regresaron y sobre la familia real, que aparece con fotos de archivo en *Gente* y hasta en la edición argentina de *Hola*. Emerge también con fuerza, porque no deja nunca de dar notas y pronunciar discursos altisonantes, el taimado intendente de aquella ciudad petrolera a quien pagamos en efectivo para que encumbrara al patriarca de los Farrell y abonara la leyenda del cóndor. Convertido en jefe de la oposición y en fiscal de la República, citando todo el día a Yrigoyen, el Chino es la estrella de las encuestas. Ya no vive en el desierto, sino en los estudios de TN. Le reclama al Presidente que impulse una intervención, y se propone humildemente como el interventor natural. La cámara lo ama. Y Silvia Miller le perdona la vida: tiene en su netbook todas las trapisondas que el intendente ha perpetrado durante sus dos mandatos consecutivos, pero las calla para no trabar la máquina de picar carne. Que se desarrolla incluso con exageraciones, caricaturas y camelos propios de grandes coberturas. Pero eso sí: la Inglesa se da tiempo en un pequeño bache informativo para contar la historia de la operadora política que cambió la imagen de Farrell y se marchó espantada. También aquí la Inglesa es condescendiente: no conviene convalidar abiertamente la idea de una conjura, porque el gobernador está hambriento y a la espera de la ramita de una salvación. Pero Silvia tampoco puede dejar de preguntarse si la socióloga fue un troyano en la corte del rey o si sintió verdaderamente asco. Muchos redactores buscan una exclusiva con Belda, pero no la consiguen. Me doy cuenta, sin embargo, de que Beatriz les otorga unos pocos *off the record* a ciertas plumas influyentes, que la describen invariablemente como "un colaborador cercano a la estratega": la versión es siempre la misma y gira en torno a la conmoción moral que ella sintió frente a los hallazgos de su propio equipo. Qué fantástica es la moralidad. Farrell cree que se trata de un paso en falso, y sale a denunciar directamente a la Casa Rosada. A pesar de que Donovan no entró todavía en la fase de las indagatorias, la Cancillería interviene y logra, en sintonía con su juzgado, que Interpol libre un alerta rojo sobre el Turco Jalil. Esa misma mañana, Belda me envía un mensaje por chat y me pide que vaya a verla. Y que me vista de etiqueta porque se trata de un cóctel.

La fiesta tiene lugar en un regio edificio francés donde funcionaba una embajada y donde ahora se inaugura un centro cultural. Diana Galves acaba de ser nombrada vicepresidenta primera, y se desliza con suspiros, besos y carcajadas de película entre actores, cineastas, escritores y artistas plásticos. Lleva en el brazo a su caniche redivivo, que para la ocasión va enjoyado con el collar de diamantes, y luce un vestido de satén color piel, breteles muy finos, tan corto y ajustado que la hace parecer casi desnuda. Belda me informará en un minuto que fue ella quien le regaló ese impresionante reloj Cartier con cabeza de dragón tallada en rubíes y esmeraldas. La socióloga eligió un atuendo más sobrio: viste de blanco luminoso, aunque el pantalón de pierna ancha que le cubre por completo los pies, destaca su corta estatura y eso nunca la favorece. Llama la atención, sin embargo, un detalle inesperadamente sexy: una camisa de gasa abotonada hasta el cuello y los puños, pero semitransparente, que deja ver la lencería de encaje. Y al reencontrarse conmigo, en un costado de la pista, se divierte mostrándome su nuevo anillo, una roca de cristal engarzada en un soporte de platino y sostenida por cuatro miniaturas de oro rosado que replican las figuras de la fuente de los cuatro ríos de Piazza Navona. Está relajada y fresca, como si nada de cuanto sucede la afectara demasiado. Solo han dejado pasar a los periodistas culturales, así que nadie la fastidia, pero el antro está repleto de facciones familiares: los adoradores de Farrell son ahora simplemente idólatras de Galves.

Beatriz me abandona a requerimiento de los organizadores y como no llevo ninguna vela en este entierro, permanezco en un costado contemplando una vez más el festival de la hipocresía y tomando un vodka pésimamente mezclado. Solo Marquís comprende mi incomodidad. Se ha afeitado el bigote y la barba mosquetera, y viene de punta en blanco con una copa de Dom Pérignon y una sonrisa suave. Entre dientes me relata el revuelo que hubo en el *petit* comité cuando se dieron cuenta de lo que pasaba. Después de un silencio, me choca el vaso con un brindis no correspondido. "Somos leyenda", susurra, y sus ojos se pasean por la multitud, sin detenerse en nadie. Al rato reaparecen la diva y la estratega, y detrás Juan Domingo que no deja de chumbar, como si me recriminara el hecho de haberme adjudicado falsamente el crédito de su rescate. Lady Di está radiante, así que incluso me roza los labios y le hace una broma a su amiga: "¿No es cierto que quedamos encantadas con la lección de tiro, Bette? Tenemos que volver a hacerlo uno de estos días". Belda se ríe aunque sin ganas y lo mira a Marquís. Que se apresura a sacar del interior del saco un pendrive del tamaño de un meñique. Beatriz lo recoge y me lo cuela en el bolsillo del pañuelo y también me roza los labios. Después me dice en el oído: "Dáselo a tu novia, y contale que por fin se va a ganar el Pulitzer". Las dos mujeres se marchan del brazo, como si fueran una, y Marquís traba conversación con un productor de teatro. Solo Juan Domingo se retarda y me sigue, acosándome con sus ladridos.

Ya en casa, navego el contenido del pendrive: los grandes éxitos del Lolo Muñoz. "Tener un toco en físico, a mano para salir de aprietos y pagarle sobornos a la cana". La bóveda con los dos millones de dólares disimulada bajo el último cajón del subsuelo; "la zamba del canuto" que hace rimas con la palabra "termosellado", y el plano que Palma había trazado donde figuran los panteones de Farrell y Cerdá. La función cierra con una pregunta: "¿Todo el cementerio está sembrado de billetes?". Me río con fuerza, y proyecto la película hasta el final: se trata de un "fruto prohibido" porque fue grabado ilegalmente, pero como Silvia Miller actúa en tándem con Donovan, si publica el asunto como versión fundada el magistrado puede colgarse de ese informe para allanar a los muertos: actuaría presumiendo que se está frente a la fuerte sospecha de la comisión de un delito. Una vez que encuentre el tesoro, la Inglesa puede a su vez disparar al éter la conversación prohibida y la zamba, porque ya sería, una vez más, un documento público en manos del tribunal. Ese juego mutuo protegería al juez y a la cagatintas, mientras una cómica indignación haría carne en la audiencia. Tal vez los abogados de Muñoz y de Farrell logren anular finalmente las pruebas, pero el mal ya estará hecho. Y será irreversible.

Llamo a Palma para que me hable de la Inglesa y de paso le reprocho que me mantenga en ascuas: hace varios días que no comparte conmigo información sobre sus pinchaduras.

—Cálgaris me pidió que te descolgara de la línea —me sacude de frente. Tarde o temprano pasará lo mismo con la tarjeta y los básicos.

—Necesito encontrarme con ella, ¿viene a Buenos Aires? —le insisto.

—La traen seguido para entrevistas y esas cosas —me responde—. El domingo está invitada al programa político de Canal 13. Viaja en carreta y acompañada.

—¿Por quién?

—Jakov. El viejo le tiene fobia a los aviones.

Prendo el último cigarrillo de la noche. Me imagino a la Inglesa convenciéndolo de que tomen un micro, y a continuación la larga marcha llena de mate y de infidencias dentro de aquel cacharro rural del siglo pasado.

—Maca va a ser condecorada, ¿sabías? —me pregunta Palma de improviso.

—Se lo merece.

—Y habrá una medalla post mórtem para el Gran Jack —dice mientras se escucha su propio tecleo—. Ahora te tengo que dejar, Remil. Me llaman. Que estés bien.

Quince minutos más tarde me envía un regalo de despedida. Es una larga charla de reconciliación entre el viudo de Carla y el hijo inocente del gobernador. Flavio da por supuesto, aunque nunca lo dice, que Alejandro es el asesino, y habla del poder como de la sarna. Se vanagloria de no haber entrado nunca en esa espiral de tentaciones y de suciedad, y se deja elogiar por Quelo, que parece inmensamente feliz por la inocencia probada de su amigo y porque supone que podrán retomar la amistad perdida. Quelo nunca quiso creer que Flavio se cogía a su mujer, a pesar de que eso era vox populi, y su tono me resulta tan meloso que parece el matiz de un amante. Un amante reprimido.

El domingo amanece lluvioso, pero hacia la noche no caen más que unas gotas dispersas. Con un falso carnet accedo al estacionamiento del canal, meto la camioneta en un ángulo y pongo unos tangos de Pugliese. El Ford Falcon de 1981 quedó a veinticinco metros, estacionado en diagonal, lleno de barro fresco. Mientras espero, arrecia la lluvia, pero cuando antes de las doce aparecen el Gringo y la Inglesa ya no necesitan paraguas, porque de nuevo solo cae una garúa inofensiva. Les hago luces desde el fondo, y prendo la cabina para que Silvia me reconozca al volante. Lleva una gabardina gris, botas de lluvia y un sombrero impermeable. Vacila un momento, y después habla con el viejo chacarero. Que asiente y se refugia en su auto. Silvia camina con las manos en los bolsillos y las solapas levantadas. Lo hace sin apartar sus ojos de los míos. Le abro la puerta del acompañante y cuando sube apago todas las luces para que hablemos a oscuras.

—Alguien me dijo que te rajaron de todas partes —me echa un vistazo, pero se mantiene lejos, contra la ventanilla, como si yo contagiara.

—Y no le han mentido —contesto, bajando la música.

—No creas que no voy a ir contra Belda y contra Cálgaris —me amenaza—. Cuando baje la marea.

—Estás en tu derecho, es un país libre.

Como no tengo encendido el limpiaparabrisas, este cristal se va llenando de agua y nos hace invisibles. Silvia se quita el sombrero y se acomoda el cabello con un gesto práctico, sin coquetería.

—Flor de malparida, tu jefa —suelta, y veo en la penumbra su nariz romana.

—La culpa te está matando.

—No tolero que salga indemne.

—Y que por una de esas carambolas del destino, te toque hacer su voluntad. Seguís haciéndote gárgaras de agua bendita.

—Y a vos te sigue doliendo la garganta.

—Cada minuto —le confirmo—. Pero eso no tiene nada que ver con la ética ni con la culpa.

—Sí, sé de sobra que no reconocés esos sentimientos —ahora se ríe con los dientes.

—El Gran Jack también trabajaba para ellos —le recuerdo.

—Nunca lo tuve por un santo —se encoge de hombros, y el ámbar parece nublarse por un breve momento—. Pero qué busca, qué buen detective. El mejor de todos los que conocí.

Le alcanzo el tercer pendrive, y se lo queda contemplando unos segundos.

—¿Tengo que estar agradecida e irme a la cama con vos? —me pregunta, y levanta el archivo—. Vos no sos mejor que estos.

–¿Y vos sos mejor? –replico–. Mirá que las heroínas cívicas no calientan.

–A lo mejor llega el día –murmura. Esta vez el ámbar me hiere–. Y tenga que denunciarte a vos también.

–¿Y cómo lo harías?

Piensa un poco más.

–Lo haría con rapidez –me dice–. Un balazo en la nuca. Para que no sufras.

Enciendo el limpiaparabrisas y veo a la distancia que el Gringo ha prendido el motor y los faros altos.

–Podrías quedarte unos días –digo sin mirarla.

–No –sonríe ella–. No, ya no puedo. El viejo necesita una hija.

–Y todos necesitamos un padre, ¿no?

La sonrisa pierde su dureza, presiento incluso que va a acariciarme la mejilla, pero es una falsa alarma. Suspira y se coloca de nuevo el sombrero impermeable.

–Tengo un largo viaje –me dice, y se baja.

Camina en la lluvia, dándome la espalda. Se va para siempre.

XIII
Dos funerales

Pasan más de seis meses desde aquel lejano domingo húmedo, y por fin un título me deja impresionado: lo redondeo con el resaltador amarillo y después destaco los nombres propios y algunos párrafos. Ya no soy un agente de inteligencia, pero sigo leyendo cada mañana los diarios como si todavía lo fuera. Ahora figuro en una nómina como "empleado temporario" de una empresa de seguridad que trabaja con bancos y camiones de caudales, pero a pedido de un amigo de la Casa hago changas ocasionales en Inteligencia Criminal y colaboro de vez en cuando con Custodias Especiales. Todo eso y nada, es nada. Picoteos de un retirado, formas de pagar las expensas y parar la olla. Hoy es el penúltimo sábado de octubre, y el diario informa que el martes por la noche hubo un "feroz ajuste de cuentas" en Villa Puntal. Manuel Pajuelo Ibarra y uno de sus lugartenientes fueron baleados en su tienda de celulares usados. El segundo permanece en estado de coma y con pronóstico reservado, pero el jefe territorial recibió siete impactos y murió al instante. En voz baja los vecinos afirman que fueron sicarios de su principal competidor, Requis El Grande, que al cierre de esta edición se encontraba declarando en sede judicial. Una fuente anónima de la policía bonaerense les baja entidad a los rumores: "Requis es un hombre cerebral, y había equilibrio entre los clanes. Esto no huele a *vendetta* sino a cosas de momento. Incluso estamos investigando a la familia de Pajuelo, porque varios parientes le disputaban el liderazgo". No cuesta mucho imaginar al comisario de la Playstation detrás de semejante cobertura: se está ganando el sueldo; su objetivo es alejar las sospechas de su principal cliente. El juez es nuevo en ese tribunal, pero tiene cierta veteranía. Antes de las seis de la tarde dispone la detención de Requis y su traslado inmediato a una cárcel de máxima seguridad. La televisión está ampliando la historia: guerra de bandas narcos en una barriada humilde; tanto el homicida como la víctima habrían pertenecido a Sendero Luminoso.

Me visto con mis jeans gastados, el gabán negro, la gorra de paño y las zapatillas de correr. Pruebo la Walther P99, meto tres cargadores completos en los bolsillos y manejo hasta la frontera de la villa. Está anocheciendo, y noto que varios camiones de exteriores transmiten desde la calle principal, mientras dos patrulleros los protegen y de paso les impiden cruzar el perímetro. Dejo la 4x4 en un baldío iluminado y protegido por "trapitos" y sátrapas, y me meto por un largo y angosto callejón con el dedo en el gatillo. Salgo a una avenida de tierra llena de tránsito y de excitación, y avanzo a marcha forzada hacia el oeste porque sé que detrás de la canchita se encuentran la tienda, y más o menos a una cuadra, la casa de tres plantas de los Pajuelo. Dos flacos con palos me salen al cruce y tengo que apuntarles a la cabeza para que se aparten. Hay mucha gente alrededor del sucucho, pero están abarrotadas las inmediaciones de esa caja de zapatos donde el cacique alojaba a toda su prole, un edificio de material desnudo y construcción temeraria. Me detengo a cien metros, pululan y acampan personas con velas y se oyen cumbias peruanas: "Esta noche voy a llorarte, pero por última vez". Corren el pisco y la cerveza, y de vez en cuando alguien dispara al aire una ráfaga de ametralladora. Es imposible entrar en la casa, así que retrocedo de perfil por otro pasillo y busco la parroquia. Es una buena decisión, porque la policía entregó el cadáver y ahora lo velan a cajón cerrado y bajo la protección de la Virgen de la Candelaria. Están repletos la iglesia y los umbrales, pero el arcángel menesteroso me divisa y me conduce por un costado hasta la oficina de sor Fabiana. Me quito la gorra y el gabán, y me preparo un mate mientras miro las fotos de Mariela, las imágenes de Mater Dolorosa y la extraña advocación: "Tú me enseñaste que el hombre es Dios, y un pobre Dios crucificado como tú. Y aquel que está a tu izquierda, en el Gólgota, el mal ladrón, también es un Dios". Oigo el rumor de los rezos y los llantos, pared de por medio, y pienso una vez más si ese santuario personal no guardará una huella salvadora, algo obvio y a la vista de todos nosotros. Presiento, en todo caso, que si esa pista realmente existiera, el Gran Jack habría sido capaz de detectarla.

Fabiana viene enterada y hecha una tromba, apurada por arrebatarme el mate y endulzarlo. "Hay mal clima y usted no es bienvenido —me dice; está lívida—. Indignación con El Grande y mucha, mucha bronca con los extraños, el barrio se llenó de buches. Manuel era más querido de lo que se supone, ayudaba a muchos vecinos, la repartía". Recuerdo su andar de soberano incaico, su cigarrillo electrónico, su cintura gruesa y su mirada levemente extraviada; también el pelo largo, sin una cana, peinado hacia atrás y con raya el medio. El modo en que evitaba la jerga peruana, su aspiración a volverse alguna vez argentino y legal.

—¿Sabe cuál es nuestra mayor preocupación? —me pregunta ella de pie, cebándose tres mates seguidos, y no sé qué abarca ese plural. Pronto lo aclara—: Las mujeres estamos tratando de que no haya represalias, contener a los amigos y a los socios, porque quieren ir al "kiosquito" y desatar un baño de sangre.

No creo que esa incursión salga barata: el garito de los Requis debe estar rodeado por ochenta soldados. El clan ofendido es una pandilla; el clan agresor es un ejército regular.

—¿Qué pasó? —le pregunto.

—Roces de toda la vida, y calentura de pico —responde Fabiana, y busca en un archivero seis o siete rosarios de plástico.

—Así empezaron las guerras mundiales.

Ella se detiene y se queda mirándome, aunque sus ojos parecen lejanos.

—Es en estos momentos difíciles cuando más extraño a Mariela —confiesa—. Ella tenía más temple que yo, y Dios le había concedido el don de la persuasión. La gente la escuchaba.

—Estoy seguro de que usted no lo está haciendo tan mal.

Sonríe con ternura y ahora me mira en serio:

—¿Puede ayudar?

—No es mi guerra, hermana.

—Ya sé, y tampoco es un pacifista —dice, ya no tan tierna—. Está acá porque hay río revuelto, y porque sigue tratando de pescar su pez fantasma, ¿no es cierto?

—Si Mariela Lioni está viva y leyó el diario, ¿no piensa que puede presentarse? —pruebo—. ¿No es una noticia lo suficientemente trágica y espectacular como para sacarla de la covacha?

—A lo mejor donde está Mariela no hay diarios, Remil.

Asiento. Sigue siendo la más plausible de todas las posibilidades. Pero necesito dejarle una advertencia:

—Si reaparece y usted no me avisa, voy a saberlo de alguna manera, sor. Ya me ocultó algo una vez. Ni se le ocurra volver a hacerlo.

La monja deletrea con la mirada la credibilidad de esa amenaza tan amable; cierra el archivero y me repite:

—Se tiene que ir. Hay mal clima y no es bienvenido.

Salgo por donde entré, y cruzo el enjambre de casuchas y zanjones en las tinieblas, escuchando letras sueltas de canciones sufrientes. "Yo sé, me equivoqué, y muy caro estoy pagando mi traición". Hay fiesta de dolor y música en las calles, como un gigantesco funeral colectivo: cantar para exorcizar la muerte. A medida que me alejo de la zona de los Pajuelo, las tonadas, las velas y los disparos se van apagando, y un silencio oscuro de trampa y de trinchera se va apoderando del sector noroeste de Villa Puntal. El reino de los Requis. No sé exactamente qué estoy haciendo en esas sombras peligrosas, y a quién pienso encontrar. Y efectivamente no llego muy lejos. Descubro francotiradores parapetados en ventanas, y barricadas y fogatas en las calles. Es imposible avanzar. Fumo en una esquina de viento, acodado a un poste de luz lleno de mariposas y polillas. Se me ocurre llamar desde allí mismo a Marquís y preguntarle por el juez que tiene agarrado de las pelotas al general de estas brigadas. El abogado no me defrauda: lo conoce de los juzgados correccionales, tuvo una denuncia por coima; un senador le arregló el asunto y lo salvó del jury. Pero es un jugador adicto, sigue necesitando crédito y haciendo cagadas. En su legajo de la Casa hay seguimientos, contactos y tejemanejes. Es más frágil que un flan. Cuelgo con Marquís y llamo a un camarada de la Oficina de Antecedentes, que queda en la planta baja de la Central: puede buscarme la carpeta si hace falta, tengo que darle unas horas. El tercer cigarrillo me convence de que nada demasiado grave ni significativo sucederá esta madrugada, así que regreso al baldío con la Walther empuñada dentro del bolsillo, y conduzco a casa sin ganas de dormir. Cuando abren los comercios, compro cerca de la Redonda de Belgrano unos habanos especiales y un whisky canadiense, y en una tienda de *delicatessen* una canasta con paté, caviar, pastrón, pavita y lomo embuchado. Saco de mi delgada cuenta del Banco Francés diez mil pesos, y paso por la Secretaría a buscar la carpeta que me prometieron. Tardan otras dos horas en hacerme una versión anillada con tapas de cartulina, y no me tomo el trabajo de leerla. Después regreso a la zona norte y visito al comisario de los Bloody Mary. Se lo ve repuesto de su quebradura, aunque camina con bastón. Le explico que el Santo Oficio quiere aprovechar estas lamentables circunstancias para volver a conversar con su patrón, y no le importa recomendarme con el secretario del juzgado de San Isidro ni con el prefecto de la penitenciaría. Está seguro de que su defendido no es culpable ni del tiroteo ni de la desaparición de Mariela Lioni, y por sobre todo quiere andar bien con los curas. Con el secretario tomo un café en un pasillo y le regalo las diez lucas; con el prefecto no tengo más que sonrisas: está ansioso por hacerle un favor a mis dos benefactores, así que me franquea las rejas. Es un presidio descascarado y sucio, como casi todos, y está lleno de prebendas y matufias. Requis El Grande paga, sin embargo, por guardaespaldas y por sirvientes, y ya maneja la interna. Vive en una celda espaciosa a la que llaman "la suite", y cuenta a disposición con un convicto que fue chef de un hotel top en Paraná de las Palmas. Los guardiacárceles requisan de manera benigna e indulgente los regalos que traigo, siguiendo los consejos del Gran Jack: "Es durísima la vida en la tumba. A veces con dos paquetes de yerba y tres cartones de cigarrillos hacés un estropicio". Pero a semejante poronga no se lo ablanda con yerba y puchos, sino con *delicatessen*, ofrendas en canasta de lujo para un monarca que reposa en otro nivel.

El Grande me recibe en un locutorio vacío y amplio, y no se molesta en darme la mano. Revisa la canasta con desapego y con un punto de ironía, acaricia la botella de whisky y abre el estuche de los habanos. Huele largamente el primero, le quita el sello y le arranca y escupe el cabo, y me pide con un gesto que se lo encienda. Se lo enciendo con un fósforo y dejo que se siente y lo saboree en silencio. El humo lo envuelve y le amplía la sonrisa.

Los meses transcurridos no lo han engordado ni un gramo: sigue siendo aquel tipo huesudo de frente despejada, que habla con su acentuada nuez de Adán. Me siento en la punta de la larga mesa, y me mantengo en silencio respetuoso. Dejo incluso que se aburra de mirarme y de contemplar una y otra vez la brasa, y también que extraiga un mazo de cartas y comience a jugar al solitario. Lo interrumpo acercándole lentamente la carpeta anillada, que observa de reojo.

—A su sacapresos le va a servir esta información —le explico—. Lo primero es cosa juzgada, pero lo segundo enseña muchísimo.

—¿Ah, sí? —me contesta, sin entusiasmo—. ¿Y qué enseña?

—Que su verdugo tiene una debilidad.

Ahora acaricia la cartulina y repasa sin leerlos los folios con sus dedos torcidos.

—Siempre es bueno saber con qué bueyes se ara —acepta, y la nuez sube y baja—. ¿Y a qué se deben tantas atenciones?

—Usted lo sabe de sobra.

—¿Todavía está buscando a esa zampona?

Se rasca una mano con el puro entre los dientes, y después apoya los codos en la mesa. Tiene la cabeza vuelta hacia la izquierda, como si no quisiera que le descifrara el criptograma de la frente. Afuera se oyen los insultos y las carcajadas del patio, también el silbato de un árbitro improvisado. Finalmente, El Grande vuelve la jeta, se incorpora con pachorra y le ordena con una mueca al guardia que sea su changarín y cargue la canasta. La carpeta del juez se la lleva él mismo bajo el brazo. Pero cuando está por salir del locutorio y de mi vida, se da media vuelta y dice, con voz subterránea: "El violinista es nuestro amigo". Únicamente eso. Y vuelve a sonreír: "Déjele mis saludos a Su Santidad, compadre".

Busco a Moretti en el colegio, pero me aseguran que dio parte de enfermo. Lo encuentro medio engripado en su departamento de La Lucila. Lo empujo y cierro la puerta con llave y tranca.

Está en pijama y balbucea excusas, lo derribo de una cachetada y lo arrastro de una oreja como si fuera un alumno rebelde. Está haciendo mucho batifondo así que le aplico un sedante más fuerte y lo tiro sobre la cama desordenada. Arranco los dos cordones de las cortinas y le ato las manos en cruz, y después le meto un zoquete en la boca y le armo una mordaza casera con su propio slip. Está saliendo de la confusión a los bofetones, y trata de hablarme con el garguero bloqueado. Desesperado por hacerse oír y perdonar. Chasqueo la lengua:

—Me equivoqué con vos, Moretti. Tendría que haber ido a fondo desde el principio, y encima después te perdoné el renuncio. Soy un boludo, y vos te cagaste de risa de todos, especialmente de mí.

Niega con la cabeza, le caen las lágrimas. Busco en el lavadero y encuentro una plancha Atma de vapor, con suela de acero inoxidable. Se la muestro y la pongo a calentar sobre la mesita de luz. La observa con pánico.

—Voy a ser higiénico, profesor, no quiero macanearte —le aviso—. La única manera que tenés ahora de evitar que te planche la verga y las bolas es una confesión directa: fui yo, me la banco, y voy a contar cómo y dónde.

Sigue negando e implorando misericordia, así que deshago el ténder con una tenaza y le ato también los pies. Luego le arranco el pantalón y le aplico la suela de acero a un muslo y después directamente al ombligo: nunca hay que empezar por la capital, siempre conviene quemar primero los suburbios. Todo su cuerpo se tensa y parece que le va a dar un infarto de miocardio: los tipos como Moretti tienen un umbral bajísimo de dolor.

—Te cansaste de galguear y de pedir limosna, y te rendiste a los Requis —le digo—. El fin justifica los medios. La orquestita de los niños expósitos, el Nobel de la Paz. ¿Le rompiste el corazón a la monjita?

Cabecea convulsamente, dándome la razón por primera vez. Le quemo una tetilla y se arquea como si le hubiese clavado un arpón.

—Amagó con denunciarte y la sacaste del medio —insisto.

Vuelve a cabecear de manera histérica, haciéndose cargo de esa boleta. Lo hace con tanta vocación y con tanta velocidad que me entra una duda. Le plancho los pendejos y la ingle. Grita sin ruido y llora de impotencia. Le quito la mordaza y le coloco la punta de la Atma a tres centímetros del ojo izquierdo.

—Si subís la voz te vacío la córnea, forro. ¿Me entendés?

Entiende a la perfección, tenemos un trato. Pero por las dudas no aparto la proa de la plancha de esa cara mojada y pálida, manchada de pelos sudados.

—Vos no tenés huevos para matarla —razono—. Pero la entregaste.

Le cuesta responderme, traga saliva, toma aire, carraspea.

—Estaba cabreada conmigo, pero jamás pensó en denunciarme —afirma con tono aflautado—. Nunca fue un peligro para mí, ni para El Grande.

—El amor, el amor y la pija —le devuelvo—. ¿Y entonces?

—Pasaron unos meses, y la cosa se complicó.

—¿Por qué?

—Porque nos pedían cada vez más —dice rescatando una porción de raciocinio—. Al comienzo son nada más que benefactores de barrio, después son tiranos.

Bajo lentamente la plancha; por fin está hablando con sinceridad. Parece el eco testimonial del Turco Jalil.

—Dale —le ordeno, porque se quedó tildado—. Dale.

—Nos consiguieron contratos en Montevideo y en Colonia, y también en Punta del Este —se conecta—. Viajamos mucho con la orquestita.

Esta vez dejo la plancha en el piso y prendo un faso. De repente todo es tan cristalino.

—Creí que todavía sacaban la guita con el sistema de "cholas" —comento—. Esas coyas que cruzan la frontera del norte con kilos de billetes para lavar en Asunción y en Lima.

—Nosotros somos entonces las "cholas" charrúas —modula, y no hay humor en esa declaración cáustica.

—Usan el ferry —completo—. Las fronteras son laxas con los chicos solidarios y con los idealistas de las ONG.

—No se imagina cuánto.

—Y además debe haber algún entongado en Migraciones.

—Además.

—Los chicos no son tontos, se dan cuentan de lo que llevan las mochilas. Y Lioni también.

—Se volvió literalmente loca —se lamenta, y mira el cielo raso—. Me dijo palabras horribles. Estás formando Rojitas, traficás con la esperanza, pactaste con el Diablo.

—Rojitas —repito, el experimento fallido de sor Mariela, el ejemplo viviente que salió del infierno y terminó ejecutado en una triste bocacalle.

—Quise explicarle que a veces no podemos volver atrás —agrega el profesor Traición—. Pero estaba perturbada, desconocida. Se fue corriendo de acá, y nunca más la vi. Ya sé que no tengo derecho a jurar por Dios, pero le aseguro que esa es la posta. Le puedo decir lo que quiera con tal de que no me queme, pero esa es la posta. A los dos días dejó la esquela y se las picó.

—"La fe también se agota" —recito sin solemnidad, repasando cada letra.

—Hablé con Requis El Grande, que no se preocupó mucho, la verdad —prosigue—. La mandó buscar por todos lados, y después empezó a hacer correr la bolilla que se la había boleteado alguien del clan de los Pajuelo. Por joder, y para sacarse de encima el paquete. Ni los Requis ni los Pajuelo, ni usted ni yo, ni nadie sabe dónde se escondió.

Me concentro algunos minutos en esa información, tratando de ponerme en el lugar de Mariela. Me viene a la cabeza un soldado que sobrevivió a la batalla del Monte Tumbledown, que malvivió varios años en la indiferencia y que de un día para el otro faltó de casa. La policía, su familia y sus amigos lo buscaron durante dos años y lo dieron por muerto. Creyeron que se había suicidado como tantos otros camaradas. Una noche sonó el teléfono y era un médico del Hospital del Salvador: tenían internado a un argentino, que se negaba a hablar y a responder por escrito las requisitorias. Mendigaba desde hacía bastante en la ciudad de Valparaíso y dormía en las calles. Descubrieron que tenía en el torso y en una pierna viejas cicatrices de balas y esquirlas, y que llevaba una serie de tatuajes sobre la causa Malvinas. El médico se tomó el trabajo de llamar desde Chile a dos o tres centros de ex combatientes, y varios veteranos fueron pasando la voz. El hermano mayor del desaparecido reconoció los tatuajes y viajó a Valparaíso. Un psiquiatra le explicó algo que sucede desde el principio de las guerras y de los tiempos: algunos seres humanos no aguantan más, se quiebran y escapan a otro mundo. Se les agota la fe en sí mismos y en su país y en su dios, pierden la memoria y la identidad, y apenas les alcanza para irse lejos y buscar el más absoluto olvido. Lioni era una idealista congénita que se sintió defraudada una y otra vez por Dios, y también era una santa enamorada que puso en el altar a ese héroe equivocado. Que terminó decepcionándola de la peor manera. Suena plausible, aunque no necesariamente sea verdad.

Dejo a Moretti boqueando lágrimas, paso a la cocina y busco una botella en las alacenas: necesito un trago. Pero parece que el violinista es abstemio, así que me tomo un vaso de soda evaluando los cuchillos de cocinero. Elijo el más grueso y el más afilado. Pero antes de regresar al dormitorio, me entra una curiosidad malsana: un tercer ambiente donde el profesor amontona instrumentos, papeles, partituras y libros. Algunos volúmenes son mamotretos lujosos, escritos en italiano y dedicados a la historia del arte. Un nidito de amor y de intercambios, donde además de practicar el sexo pagano se habla de pintores licenciosos y compositores geniales. Me llama la atención un libro amarillento, pesado y enorme sobre al Renacimiento, que tiene en la tapa el David de Miguel Ángel, y páginas que repasan los museos de Florencia: principalmente, la Galería de la Academia y el Palacio Uffizi. Al manipularlo se cae un folleto con láminas en papel ilustración que parece el fascículo de un diario: contiene las diversas versiones de Nuestra Señora de los Dolores, desde Tiziano hasta Murillo. ¿Adónde te escaparías si tuvieras que perderte para siempre, sor? ¿Serías una mendiga en Shangai, una refugiada en Londres o una oficinista en París? De repente me llega del pasado una imagen y se me paraliza el corazón: aquella madrugada cerca del Ponte Vecchio cuando corrí junto a maratonistas de alto rendimiento por calles empedradas y recovecos intrincados que partían y terminaban en el río Arno. ¿Y si Mariela Lioni corría en esa misma manada hosca y fantasmal? ¿Y si la historia efectivamente es circular y fantástica, y ella regresó con otro nombre a la ciudad dorada de donde había partido? ¿Y si cruzamos el mundo para buscarla y la teníamos todo el tiempo bajo nuestras propias narices? Es absurdo, descarto enseguida; los curas la habrían descubierto tarde o temprano. Alguien habría avisado que la hija pródiga estaba de regreso, esas cosas se saben. ¿Pero puedo estar tan seguro? Mariela llevó una vida de claustro, estudio y meditación, alejada de la comunidad, y creo recordar que en el archivo del padre Pablo se mencionaba a sus únicas dos compañeras florentinas: ahora misionaban en África y no sabían nada de ella. Y también a los dos ancianos que la alojaban y que murieron de causa natural pocos años después. Mariela Lioni no era muy popular en Florencia, a pesar de que había pasado un tiempo en ese museo viviente. Era una auténtica desconocida. Vuelvo a sentir aquel pálpito inespecífico, que entonces tomé erróneamente por un mal presagio. Si Lioni se quebró, no esperemos de ella un pensamiento estratégico y cuidadoso, trato de razonar con desasosiego: los quebrados van donde los arrastra la marea del instinto. Pero me resisto a la idea, me cago de risa de ella, y regreso por fin al dormitorio. El violinista ve con auténtico pavor que alzo el cuchillo y cree que voy a achurarlo, pero únicamente le corto de un tajo limpio las ataduras de una mano y lo clavo de punta en el piso de madera.

Ya en el departamento de Belgrano R me sirvo un vodka con hielo y limón, y me interno en la notebook. Primero releo todo el informe del Vaticano: Mariela hizo posgrados en Roma y también vivió en Venecia. Su paso por Florencia no duró, en realidad, más de diez meses. Eso amplía mucho el abanico de posibilidades, pero es cierto que fue en tierra de los Medici donde recibió la noticia del fallecimiento de su madre y donde "algo" la hizo dar un giro de ciento ochenta grados. Algo. "El llamado de la pobreza". Que detona su carrera intelectual en un santiamén. La vida a los bandazos de una soñadora apasionada e impulsiva. No quiero descartar Italia, aunque podría estar en Saigón, Alepo, Curitiba o Chascomús. La mía es una conjetura un tanto esotérica, pero no quiero desecharla porque Mariela Lioni es la Virgen de los Dolores, y porque esa devoción fue creada justamente en esa diócesis florentina. Extraño mucho a Palma en estos menesteres, pero bendigo haber tomado clases de italiano con aquella profesora jubilada: no domino ni mucho menos el idioma, sigo con mi cocoliche, pero puedo sospechar el sentido de algunas oraciones. Rebusco en distintas páginas de Internet y me entero de que la congregación femenina de la orden tiene en Firenze una pequeña iglesia de 1899 y una escuela primaria y secundaria: el Instituto de las Hermanas Siervas de María Santísima Dolorida. Durante la Segunda Guerra Mundial fue un refugio de los judíos perseguidos. El culto de La Dolorosa es largo y pródigo en pinturas, estatuas y cuentos.

¿Pudo Mariela soltar a Jesús y aferrarse como un tótem a la madre de las siete heridas? Me pregunto al instante en qué creo yo mismo y cuánto hace que no pienso en Dios. Tal vez desde Monte Longdon. Luego la trastienda del poder me llevó al desengaño y al escepticismo total, al rechazo involuntario y automático de cualquier superstición, de cualquier creencia celestial o terrena. Ni siquiera en los momentos de mayor zozobra y sufrimiento cedí a la tentación de rezar un Padrenuestro. Pruebo rezarlo ahora en voz baja, para comprobar si sigo recordando cada una de sus líneas. Y me río de mis divagues y flaquezas. Más allá de que la monja se encuentre en Italia o en Tanganica, ¿qué pasa si salió del país, por dónde pudo hacerlo y, en todo caso, cómo consiguió un pasaporte? El suyo, obviamente, no registra movimientos desde su regreso a Buenos Aires. Trato de ponerme otra vez en sus zapatos. Y llamo por teléfono a sor Fabiana. La gorda está dormida, pero atiende creyendo que la requieren para una extremaunción. Le pido un favor y le explico que no volveré a molestarla. Supongo que logro transmitir la urgencia y la importancia del asunto, porque una hora más tarde me devuelve la llamada y me anoticia de que me esperan. Está amaneciendo cuando llego a la parroquia, y aguanto un rato largo que Fabiana y Josefina acaben sus oraciones reconcentradas. Las dos se ponen de pie, y entonces veo de frente el rostro avejentado y ojeroso de la viuda de Pajuelo. Tiene los párpados hinchados y los labios del color de las uvas negras. Le doy mi más sentido pésame y le hago una pregunta inesperada, que ella responde sin pasión. Cuando necesitaba documentos, su finado marido recurría a un sobrino de buen pulso que laburaba en el Registro Nacional de Personas.

—¿Sor Mariela lo conocía? —le pregunto.

—Sí, señor, el sobrino venía seguido antes de quedar preso —me responde, sumisa—. Ella lo visitaba en la cárcel y le arregló un bautizo complicado, tuvo que hablar con el auxiliar del obispo.

—¿Y sigue adentro?

—No, señor, se casó y ahora vive en la zona de Tigre, pero de legal —dice mordiéndose un labio inferior—. Ni siquiera viene a visitarnos.

No conoce la dirección exacta, pero anoto en la libreta el nombre de una agencia de lotería. Me laten fuerte el cuello y las sienes cuando encaro la Panamericana y me desvío por el ramal Tigre. La agencia es un local más estrecho que un baño y el sobrino es un desnutrido con pocos dientes. Permito que atienda a dos jugadores y cuando ya no quedan más, cierro y trabo por dentro la puerta, coloco el cartel de "cerrado", le disparo un tiro a la cámara de seguridad solo para hacer un poco de ruido, y le apunto a la garganta con la Walther P99. Parece que tiene Parkinson, a pesar de que es un reo de experiencia. Hace gestos de querer entregarme la recaudación, pero lo pongo de rodillas y le prometo la muerte rápida. Solo cuando pronuncio la palabra mágica se le detiene el temblor: Lioni. Ahí se queda tieso, con los ojos muy abiertos, y levanta las manos al cielo. Para acelerarle la rendición, le aseguro que todo me importa un carajo con tal de que me entregue el nombre y el número. Tartamudea. Viene haciendo buena letra desde que salió de cafúa, pero no pudo darle vuelta la cara a Mariela, que tan buena había sido con él, con su esposa y con su hijo. Cuando se enteró de que la buscaban miró para otro lado, porque la adulteración lo incriminaba y porque prefería traicionar a su tío antes que delatar a su ángel protector. Dejo que llame por celular a su mujer y le pida que revise un armario. A pesar de las instrucciones precisas y desesperantes, tarda mucho la pava en dar con el cuaderno. Finalmente, lo consigue. El pasaporte trucho fue fabricado a nombre de Lidia Alexia Dob por un antiguo socio del Registro, que sigue en la mordida y que vulneró las claves informáticas, tergiversó los datos del titular en una matrícula y le confeccionó una nueva identidad a la amiga de su antiguo colega: este únicamente tuvo que ir a buscar el documento y luego en su taller, con gran artesanía, agregarle las fotos y las huellas dactilares verdaderas. Fue una maniobra veloz y en cierto modo rutinaria, que no duró más de cuarenta y ocho horas, y que implicó una serie de delitos: asociación ilícita, falsificación ideológica de documentos públicos y facilitación de tráfico ilegal de personas. Los cargos que alguna vez habían encanado al sobrino de Pajuelo. Habitualmente, el trámite cuesta mucha guita. Esta vez salió gratis porque el compinche jamás fue buchoneado, ni aun bajo tortura: el desnutrido se comió solito el garrón y, en consecuencia, el otro le debía una muy gorda. Estamos ante una enternecedora cadena de favores.

Guardo la pistola y le formulo la última pregunta: ¿Mariela le comentó adónde se iba? Contesta rápidamente que no, pero que él recomendó la Cacciola y un vuelo internacional desde el aeropuerto de Carrasco. No tengo por qué no creerle: su vida pende de un hilo y yo tengo una tijera. Falta una última constatación, y llamo a otro topo de la Central para que me la consiga. Me aconseja, mientras me hace el favor, entrar en un sitio de política digital y leer un informe periodístico. El artículo anticipa el rediseño total del área, y revela que Leandro Cálgaris trabaja intensamente en ese proyecto junto con especialistas y miembros de la Comisión Bicameral Permanente de Fiscalización de los Organismos y Actividades de Inteligencia. También trascienden nombres de posibles candidatos a dirigir la nueva Agencia, que será creada en los próximos meses. Una fuente del Senado menciona como posible "Señora 5" a Beatriz Belda y asegura que tiene el consenso del oficialismo y de la Liga de los Gobernadores. Pero la socióloga lo niega vagamente, y afirma que la versión es "apócrifa e interesada".

Echo de menos a Palma, aunque trato de seguir su lógica: introduzco el nombre "Lidia Alexia Dob" en Google, en Facebook y en distintos buscadores de personas. Pero solo encuentro algunos ambiguos homónimos. El topo me indica que el nombre y el número corresponden a una señora muy mayor que reside en un geriátrico de Mendoza, que cobra la jubilación a través de su nieto con un poder, y que tiene vencido el pasaporte. Una sustitución muy conveniente. Ofrece pedirle a Europol que meta esos datos de filiación en su propio sistema: "Ojito, puede tardar una semana, y ya no quedaríamos a mano, Remil: vos estarías en deuda, serías mi esclavo y yo podría cobrarte en especies y en cualquier momento". Acepto sin dudar. No tarda una semana, sino tres días: nada de nada. Registra una entrada en Fiumicino, pero a partir de ese punto la huella se pierde: ni empleo en blanco, ni seguro social, ni depósitos bancarios ni tarjeta de crédito. Mariela se deshizo de Lidia y siguió adelante, caminando por el lado de la sombra. ¿Podría afirmar que sigue incluso en algún país de la Unión Europea? Es lo más probable, aunque también existe la chance de que se haya procurado otra cobertura, se haya movido por rutas ilegales y se encuentre en cualquier otro sitio. Aun en tiempos de chips y redes sociales, informatización, cámaras callejeras y fronteras rigurosamente vigiladas es posible desvanecerse en el aire si uno está dispuesto a los sacrificios y cuidados que eso implica. Lo sé por experiencia.

Nado peligrosamente en el Río de la Plata tres tardes seguidas, y trato de atarme una mano para no hacer lo que al final haré y con los resultados previsibles. "Tengo una nueva pista sobre el caso Lioni", le escribo a Cálgaris por chat. Y me quedo seis horas sin ninguna respuesta. Un poco entonado por el vodka de la medianoche, me atrevo a insistir: "Pido autorización para viajar al exterior". Cuando despierto, con los primeros rayos del sol y una fuerte resaca, me choco con una réplica fulminante: "Autorización denegada". Lleno de furia e impotencia, fantaseo un rato con pasar por encima del coronel e interesar a algún jefe de la

Unidad Antimafia. Pero la pista es vaporosa y para ellos yo sigo siendo aquel culo de Nápoles, aquel inolvidable hazmerreír de la comunidad de inteligencia, el bulldog del mandamás de la Casita. Por donde se lo mire es una imbecilidad y puede salirme el tiro por la culata.

Un martes borrascoso, poco apto para la natación, recibo una llamada del Salteño. Me avisa que viajamos esta misma noche y que pasa a recogerme a las cuatro y media de camino a Ezeiza; es una misión sin armas, con viáticos para tres días. No tiene la menor idea acerca de su verdadera naturaleza; solo sabe que el destino es México y que su enlace es un inspector de la División de Inteligencia de la Policía Federal. Obligado a dejar la Walther P99, abro el zócalo secreto, retiro todo el efectivo con el que cuento (un fajo con dólares y euros que guardo para situaciones complicadas), y elijo entre varias opciones una: el pasaporte que me permite viajar con el apellido Conde y con las credenciales de un académico de historia. Será un vuelo silencioso y nocturno, donde no hablaremos ni siquiera de Goose Green; él duerme contra la ventanilla y yo leo una biografía de Stalin: "No es que Dios es injusto, sino que en realidad no existe. Hemos sido engañados. Si Dios existiera, habría hecho el mundo más justo. Te prestaré un libro y lo verás". Mientras desayunamos obligo a mi compañero a soltar prenda y a especular un poco. "Solo tengo orden de llevarte al Distrito Federal y traerte sin un rasguño —se encoge de hombros—. Creo que es una colaboración judicial". Pienso en Mariela Lioni cuando atravesamos la última puerta y desembocamos en el vestíbulo central del Benito Juárez: un azteca moderno de saco y corbata, pelo con gel y gafas oscuras nos hace señas. Se producen presentaciones ceremoniosas bajo nombres falsos. Salpica preguntas de ocasión pero se cuida de no adelantar la razón de nuestra estadía mientras nos conduce hasta un hotel barato en zona de tribunales. Dejamos los equipajes livianos, y seguimos hacia la colonia Santa María Insurgentes, en el norte de la ciudad. El Salteño y yo nos miramos al descubrir que es el Centro Médico Forense. Una morgue que puede albergar hasta ciento cincuenta cuerpos y que está equipada con tecnología de punta. Ahora es obvio que venimos a reconocer un cadáver.

El azteca nos guía por corredores, nos presenta a distintos técnicos y administrativos, y nos pide que llenemos dos formularios. Esperamos largo rato en una sala contigua a una cámara de conservación, y entonces nuestro anfitrión suelta un poco la lengua: "Logró borrarse las huellas dactilares, un cirujano le sacó piel del abdomen y le hizo un trasplante perfecto. Le cobró 50.000 dólares. De todas maneras tenemos, como se imaginarán, un noventa y nueve por ciento de certezas. Pero el pinche juez es muy puntilloso, quiere además una identificación positiva antes de poner la firma". No puedo sino imaginar a sor Mariela desnuda y flaca, sobre la plancha de acero. Estoy obsesionado con ella. Dos enfermeros abren la puerta y empujan una camilla; un forense nos da los buenos días y tira de la sábana. El Turco Jalil fue capturado con el pelo largo y crespo, y con una barba abundante y revolucionaria que realmente le desdibujaba las facciones. Pero para la necropsia le afeitaron por completo la cabeza. Los largos meses de prófugo internacional influyeron notablemente sobre su estado físico: se engorda mucho en la clandestinidad. Ningún gesto final delata lo que sentía al morir, duerme como un ángel, pero se nota a simple vista el "tatuaje" en el parietal temporal derecho y que le abrieron el cráneo para extraerle el proyectil de la masa encefálica. Después hicieron un excelente trabajo de restauración: volvieron a cerrar todo para no arruinar una buena cara ni una eventual identificación positiva. Que yo confirmo ahora con un gesto. El azteca parece muy satisfecho, me palmea incluso el hombro. Mientras nos lleva en su coche hasta el juzgado demuestra por primera vez su buen humor y nos relata que al comienzo les parecía un suicidio, pero que cuando pusieron más atención se dieron cuenta de que el disparo no era en la sien sino dos centímetros por encima de la oreja y de atrás hacia adelante; más tarde el barrido electrónico demostró que la mano no tenía restos de pólvora. El arma era una Bersa Thunder 22 sin numeración, que apareció junto al cadáver, en medio de un gran charco de sangre. Jalil vivía en un piso del barrio residencial de Santa Fe. Hacía tres semanas que lo tenían localizado, pero el Turco ya no salía a la calle: pedía todo por delivery y él mismo se encargaba de la limpieza. Le intervinieron el teléfono, pero casi no lo usaba. Estuvo aislado días y días, hasta que una noche recibió visitas: aparentemente, una puta y dos amigos. Los fotografiaron de lejos y en la oscuridad, porque entraron directamente por el garaje y se fueron antes del amanecer: la policía no consiguió buenas imágenes y la placa resultó falsa. La DEA presume que uno de los "amigos" era un capitanejo de Los Zetas, que también traía captura recomendada y a quien se lo creía oculto en Brasil. Los patrones de Jalil finalmente no le perdonaron aquella derrota, pienso con inevitable tristeza. Y quizá hasta tenían buena información de adentro: enterados de que ya estaba cercado, los Dragones corrían el riesgo de que lo atraparan vivo. Si lo ejecutaron bajo las narices de la cana podía significar dos cosas. Que contaban con alguna clase de protección interna, o que tenían unos cojones y un descaro del tamaño de un edificio. Salomónicamente, decreto que debe ser una mezcla, y me alegro de que salgamos lo antes posible del DF.

Presto declaración durante cuatro horas ante un funcionario judicial, y cuando el trámite termina tengo más hambre que un batallón de mendigos. El azteca se despide de nosotros con un apretón de manos y nos deposita en el centro. Almorzamos tarde en un patio de comidas donde devoramos platitos y platos fuertes, y enseguida nos fundimos en una multitud de turistas.

Cálgaris le ordenó al Salteño que visite el museo del Templo Mayor y, muy especialmente, que observe de cerca los murales de Diego Rivera en el Palacio Nacional. El Salteño no tiene lecturas, ni conocimiento histórico, tampoco sensibilidad alguna por el arte, pero toma esas sugerencias del coronel como órdenes de guerra. Le toco un codo, en medio de la muchedumbre del Zócalo, y cuando se vuelve lo miro a los ojos y le digo: "No voy a volver". Parpadea dos, tres veces, sin mover un músculo, y luego desliza en voz muy baja: "Todos podemos tener un descuido". Muevo la cabeza y él me da la espalda; retrocedo entre la gente, y camino rápido y me tomo un taxi. Recojo en el hotel mi equipaje, abandono mi celular y regreso al Benito Juárez para comprar un pasaje. Un vuelo directo a Roma.

XIV
La Virgen de los Siete Dolores

Los gladiadores y los centuriones celebran frente al Coliseo una extraña asamblea gremial, rodeados de cientos de curiosos y de reporteros. Creo entender que una ordenanza municipal les prohíbe seguir en zona arqueológica cobrando propinas por las fotos, que los otros días la policía los corrió a bastonazos y que incluso un sujeto se subió a una cornisa del anfiteatro y amenazó con lanzarse al vacío en defensa de la fuente laboral. Jonás es solidario con sus compañeros: allí está en primera fila, con su escudo oblongo, su casco de visera, su cresta de plumas, su brazal de cuero para el hombro y el brazo derecho, y su corta espada de plástico. El espectáculo dura gran parte de la mañana, y cuando termina, el gigante avanza con otros en busca de un trago fresco y me encuentra por el camino. Su reacción es tan amigable y ampulosa como si nada hubiera sucedido en las catacumbas napolitanas. Me abraza con afecto y me presenta con euforia a los otros legionarios como si yo fuera su hermano de la vida. La convalecencia

debió de ser realmente dura, porque Jonás todavía está algo de-
macrado y le ha desaparecido como por arte de magia la panza.
Nos apartamos del grupo, nos acodamos en una barra y confirmamos sin palabras que no guardamos reproches mutuos: él
provocó con sus viejos desatinos que casi nos mataran, y yo lo
abandoné en aquella bóveda húmeda dándolo por muerto. Pero
estamos a mano, y no vamos a revolver ese tarro de bosta y miserias. Se quita el casco y me cuenta la larga recuperación en el
Policlínico de la vía San Pansini, y después los dolorosos ejercicios
de rehabilitación a los que debió someterse en Roma. Animado
por la tercera jarra habla del rapado y del viejo sin dientes, y de
los muchachos de Scampia, y me propone volver juntos a Nápoles y ajustar cuentas. Como no lo acompaño en el entusiasmo de
la revancha, se ríe hasta con las muelas y se acuerda de aquel mail
colectivo: "Lo spia che pensa col culo". Tampoco puedo acompañarlo en esa chanza, porque sus efectos secundarios fueron
desastrosos y siguen a la vista. Cuando me quedo en silencio, se
le borra la alegría y me pregunta qué hago en Italia y en qué puede ayudar: "Necesito un móvil que no pueda ser rastreado y unas
esposas", le respondo, y cuento el efectivo bajo su nariz. "¿Nada
más? –se sorprende–. Puedo conseguirte un bufoso en el mercado
negro". Niego con la cabeza y sonrío: "Las ánimas perdidas no se
atrapan con armas de fuego". Agarra el fajo, que contempla una
suculenta comisión, y quedamos a cenar la noche siguiente en
L'Antica Birreria Peroni. Me abraza cuando nos separamos. Volví
a hospedarme en el hotelucho de Piazza Venezia, a correr alrededor del Altar de la Patria y también a probar fierros y guantes
en el gimnasio de la vía Di Sant'Agata de Goti. Suelo eludir por
prudencia el barrio Prati, meterme en distintos templos a vigilar
a los devotos de la Virgen y caminar todo el día buscando ridícu-
lamente en la multitud a Mariela Lioni. Sé que la chance de que
permanezca escondida en Roma es minúscula y alocada, pero no

puedo evitar esa ruleta. Llevo tres días en la ciudad, y algo me dice que el arte de estos imperios superpuestos es acaso la última pasión real que le queda. Todas las demás —el amor, los pobres, la solidaridad y su mismísimo dios— se fueron cayendo a pedazos una tras otra. En cambio, el arte que bebió en su juventud, ese aburrido e inexplicable vicio por las pinturas y las esculturas virtuosas, resiste cualquier defraudación. Lo sé porque Leandro Cálgaris sufre esa misma clase de devaneos y debilidades.

Para Lioni, Roma sería un suicidio, ¿pero Florencia? Necesito tomar cuanto antes un tren a la estación Santa María Novella, aunque no puedo olvidarme de comprar un pasaje abierto a Buenos Aires, para cuando me quede sin un mango y deba regresar con la cabeza gacha a esa jubilación anticipada en la que ahora vegeto sin ganas y sin ilusiones. Es una apuesta contra mí mismo que tiene todas las de perder, pero resignarme resulta todavía más riesgoso que esta búsqueda absurda y que este azar. Lo dicho: puede estar en Irak o en Namibia, pero lo concreto es que Lidia Alexia Dob aterrizó en Fiumicino, y que tengo algo de experiencia en la cacería humana.

Jonás llega a la Birreria Peroni con un paquete y una historia que leyó en el diario y que no puedo ni debo perderme. El 11 de noviembre de 1983 un grupo de ladrones entró en Villa Torlonia y se robó quince estatuas de mármol. Una de ellas representa a una mujer griega vestida con una extraña túnica, se llama "Torlonia Peplophoros" y fue vendida en Nueva York a un coleccionista en 2001. El comprador pagó entonces 75.000 dólares, pero este año quiso deshacerse de la griega en una casa de subastas, descubrió que era afanada y la entregó al FBI. Ahora la repatriarán con todos los honores. "Al coronel le va a encantar la anécdota —me previene sin saber que nos hemos divorciado—. Te pido igualmente que no le cuentes esta otra parte del asunto: conozco al que organizó el golpe. Un romano culto y muy hábil, un aristócrata venido a menos. Traté alguna vez de interesarlo en una bicoca, pero no agarró viaje". Me imagino la bicoca, algo tan original y fácil de hacer como el Tesoro de San Gennaro.

Me meto en el baño: el celular es básico y fue comprado a nombre de un "centurión"; las esposas son usadas pero todavía funcionan. Y la Beretta fue fabricada a finales de la Segunda Guerra Mundial; es lo único que le devuelvo bajo la mesa. "Nunca me viste en Roma", le aviso. Jonás me lo jura haciéndose la señal de la cruz, y me pregunta por el Salteño mientras devora una lasaña. La conversación, como no podía ser de otra manera, deriva en los sucesos de Goose Green. Eructa ruidosamente en la via de San Marcello y me desea lo mejor, y yo no pierdo un minuto: vacío mi cuarto y tomo el tren nocturno hacia el reino de los Medici. Procuro alojarme en una pensión barata cerca de la terminal y, sobre todo, de la Grotta di Leo, donde comen día y noche los choferes y donde puedo mostrar la foto de Mariela Lioni: una de las pocas que la presenta sin los hábitos negros, con la melena corta al viento, participando de una maratón en Costanera Sur.

En cuanto amanece, paseo esa foto por los alrededores, chapurreando en cocoliche la leyenda de que su madre la busca. Algunos me narran raptos tenebrosos y el tráfico de personas en Europa, y una anciana, al segundo día, le parece que se trata de una vendedora del Ponte Vecchio. Pero cuando me acerco cautelosamente a la tienda indicada, resulta que la sospechosa tiene diez kilos de más y diez años de menos. Acecho el palacio de los Ufizzi y pierdo toda una tarde observando el desfile incesante de turistas y veo desde una ventana del piso superior el único cuadro que me conmueve: la inverosímil puesta del sol detrás del río Arno. Pienso en Cálgaris, no solo porque la última vez me conducía por estas salas y corredores, sino porque ya sabe que estoy en Italia. Tiene dos alternativas: informar a las autoridades locales (policía y embajada) o dejar que me choque contra la pared. La primera opción es complicada, porque le endilgarán la desprolijidad sin leer la letra chica: no puede controlar ni a sus propios hombres. La segunda es más sencilla, salvo que en mi vehemencia termine cometiendo algún estropicio. En todo caso, siempre podrá aducir que fui despedido y que actuaba por mi cuenta y riesgo, y sobre todo a sus espaldas. Estoy seguro de que el viejo ya analizó todas las salidas, y no se preocupa demasiado por esta insubordinación. En su cabeza, ya soy tan imprevisible e inútil como Jonás.

Muy temprano paseo la imagen de Lioni entre los guías de los museos, y paso un rato en la Galería de la Academia dejándome arrastrar por la muchedumbre. A media tarde voy en taxi al Instituto de las Hermanas Siervas de María Santísima Dolorosa, y charlo en mi media lengua con la monja más veterana de todas: no reconoce a Mariela, pero se hace una fotocopia para compartirla con profesoras y alumnas, y anota por cualquier cosa mi número de celular. Visitamos juntos la pequeña iglesia de 1899 y me ilustra sobre el culto de la Addolorata. Vuelvo al centro y recorro el casco histórico de noche en todas las direcciones posibles, y de madrugada me calzo las zapatillas y me uno a las mujeres que practican *running* por las calles desiertas. Les enseño a ellas el rostro de Lioni, pero ninguna reacciona positivamente. Allí mismo tuve aquel vago presentimiento, pero pienso ahora que se trató de una mera casualidad. Es raro, porque en mi oficio las casualidades no existen; los eventos mágicos, tampoco. Y sin embargo, ¿cómo no creer en la magia del destino entre tantas catedrales y basílicas, y rodeados de tanto arte sacro?

Me acerco a policías de uniforme con mi cantinela de siempre, y uno que se jacta de ser fisonomista duda un poco pero no aporta nada. Un vigilante me acepta un cigarrillo en la Piazza della Signoria y al notar las dificultades del idioma me sugiere que hable con un camarada que sabe español. Me lo pasa y le explico la situación. Habla como un andaluz, y me remite a un tal Zingaretti, que es miembro de la brigada móvil de la Polizia di Stato, tiene madre cubana y se defiende. Hay un bar de policías fuera de servicio en un barrio periférico. Zingaretti es un pelado fibroso y efusivo al que le encanta practicar el castellano. Entre colegas no puedo mentirle: busco a una mujer que desapareció de Buenos Aires y que está fuera del sistema. "¿Tienes idea de cuántas personas permanecen aquí fuera del sistema? —me devuelve—. Está bien que montes guardia en los museos, si crees que bajará en algún momento al territorio, pero lo más probable es que trabaje y viva entre inmigrantes indocumentados. Y en los suburbios. No es fea, tal vez haya hecho tratos con marroquíes, albaneses y moldavos, que se dedican a la prostitución. Como sea, podrías escanearme la foto y yo podría ingresarla en nuestro circuito de alerta". Es afable pero no puede con su genio y trata de indagar en mi cobertura: sigo el protocolo que me enseñaron; no creo que lo haga, pero si se le ocurre pedir mis datos apócrifos en la Policía Federal se encontrará con trámites muy engorrosos, y al final con una página online que le confirmará mi pertenencia a ese staff y mi rango de subcomisario, si es que el mandamás de la Casita no me borró de esas barricadas. La cara de Mariela Lioni, con su verdadera identidad y su nombre de fantasía, penetra en los servers de la Policía Ferroviaria, la Policía Postal de la Toscana, los departamentos Móvil y de Tráfico, y en otras dependencias afines. Es un acto de amistad y de colaboración desinteresada, y por lo tanto nadie pone especial empeño. Y, por supuesto, nadie se saca la lotería: informa Zingaretti a las cuarenta y ocho horas que ningún agente levantó la mano.

Alquilo un coche para recorrer el extrarradio, y comprobar la modestia de las zonas populares, los distritos rebeldes de edificios ocupados y gente sin techo, y finalmente, los pueblos industriales circundantes y hasta las aldeas medievales de Certaldo, Vinci y Castelfalfi. En todos y cada uno de esos lugares, me bajo un rato, gasto las suelas, pregunto por Mariela y muestro su imagen. Es un largo día, y ceno una pizza finísima y un plato de spaghettis en la Grotta di Leo, y trato por todos los medios de emborracharme: siento un enorme desaliento. Todo esto tuvo que ser un estúpido error; aun si la monjita se esconde en Florencia tardaría un año entero en poder encontrarla. Y no tengo combustible ni para una semana y media. Ya en la cama, Mariela se me aparece en sueños como la estatua griega de Villa Torlonia, y al despertar sudando frío, siento su presencia en la penumbra de la habitación.

Ocurre, a partir de entonces, un hecho inclasificable: me abandono a las vías del centro histórico, a la sombra de las iglesias antiguas y a la improvisación errante. Oigo todo el tiempo campanas, y me siento en escalinatas esplendorosas, y como un obseso me paso las jornadas avistando damas de todas las edades. En varias ocasiones, la imaginación me juega una mala pasada, y me encuentro siguiendo a una mujer varias calles, hasta descubrir con amargura que ni siquiera se le parece. Una vez creo verla dando vuelta una esquina, y corro detrás de ella. Pero la pierdo y concluyo que fue apenas un espejismo. ¿Dónde te metiste, Mater Dolorosa? ¿Dónde? De pronto estoy en una capilla escuchando el rosario de seis viejas, y siento que alguien me toca el hombro, pero al volver la vista atrás no encuentro más que el vacío del aire y del incienso. De repente oigo entre los rezos de una basílica el susurro místico de su voz, pero no es más que una quimera acústica. Como en los epílogos de Monte Longdon, como en los pabellones de la penitenciaría donde estuve infiltrado, como en los sótanos de la villa donde pasé mis días clandestinos, estoy perdiendo de nuevo el sentido de la realidad. Me acosan los mareos y una flojera indomable. Estoy enfermo, pero no sé cómo se podría llamar este tipo de enfermedad aguda y lánguida.

Visito burdeles y pago copas y putas sin concretar nada, para saber si ellas pueden recordar ese perfil. Nadie lo recuerda. Y un mediodía de sol tibio, justo tres días antes de marcharme de Italia para siempre, creo divisarla en los escalones de la Santa Croce, muy cerca del monumento del Dante. Es un flash entre el gentío que va y viene, y que impide una visión clara. Con el mayor de los escepticismos, con el miedo físico a un nuevo desengaño, aguzo la vista pero solo consigo verla fragmentariamente; una mujer de pelo largo y canoso, recogido en una cola de caballo, dando cuenta de su breve refrigerio: quizás un sándwich de pollo a medias envuelto en celofán. Va vestida de negro, pero tiene zapatillas blancas. Camino hacia ella sin estar seguro y con dificultad, bloqueado por cientos de turistas que se cruzan. Y como si me sintiera llegar desde muy lejos, ella levanta de inmediato el mentón y me mira entre los cuerpos. Me mira mansamente, con esos ojos que a mí me generan dudas. Pero no deja de mirarme, y yo avanzo en cámara lenta, casi convencido de que voy de cabeza hacia otro malentendido vergonzoso. Entonces la mujer, sin cambiar su expresión, hace un movimiento imprevisto: deja caer el sándwich y desaparece. Quiero decir que dos hombres me obstaculizan por una fracción de segundo el panorama y que cuando se apartan la dama se ha evaporado. Empujo a dos o tres y llego a los escalones, y trepo por ellos para tener una mejor perspectiva. Y es en ese instante sagrado cuando me doy cuenta de que la mujer corre con los puños apretados hacia la derecha esquivando turistas. Toda la flojedad de hace un rato desaparece, y siento la inyección secreta de la adrenalina: echo a correr con la mente en blanco, sabiendo que me ha sacado no menos de sesenta metros y que será muy difícil atraparla. No se me ocurre, en ese punto, pensar que puede tratarse de alguna otra fugitiva, y que se rajó porque me confundió con un cana: mientras zigzagueo por la marea humana, siento que esa corredora rápida y entrenada es verdaderamente la novicia voladora de Villa Puntal.

Será una persecución difícil y llena de obstáculos. Noto que a la primera de cambio, gira a la izquierda y se mete por una calle empedrada y vuelve a girar. Ninguno de los dos lleva el tempo acompasado de las maratones: estamos quemando energías a veinte kilómetros por hora en ese laberinto incomprensible. Y no puedo acortar distancias. Me retrasa además una moto que surge de un callejón y que casi me pasa por arriba. Oigo puteadas y sigo dándole a las zancadas largas y rítmicas, con el corazón pateándome el paladar. Mariela continúa adelante, acelerada y grácil, dirigiéndose hacia el río, y más tarde doblando hacia el oeste y encarando una avenida. Salgo detrás de ella y acepto correr por las veredas y hacer caso omiso a los semáforos. Se oyen bocinazos, frenadas e insultos. Atravesamos pasillos angostos, a la vera de palacios y de monasterios, y veo que empuja a un agente de tránsito que quiere interceptarla. El botón se cae de traste y queda atónito, y ella se escurre entre transeúntes y por un minuto y medio se esfuma del campo visual. Me detengo a tomar aire y a recriminarme la costumbre del cigarrillo, pero en realidad trato de entender qué rumbo eligió. Por un momento pienso que está escondida, intentando lo mismo que yo: recuperar el aliento. Pero enseguida la localizo escapando calle abajo, a una velocidad sobrenatural. La persigo con toda mi alma, a riesgo de que me dé un bobazo y forzando la máquina de manera imprudente. No sé si tiene conciencia del itinerario o si está improvisando, pero lo cierto es que vamos saliendo progresivamente del casco e introduciéndonos en zonas más pedestres. De improviso la veo detenerse a boquear en una esquina, y achico distancias sin medir consecuencias. Lioni me observa llegar, apoyada en la pared y resollando, y repentinamente se vuelve a poner en movimiento como un muñeco al que le han dado cuerda. La mía está más bien agotada y me obliga a hacer un alto en esa posta, apoyado en esa misma pared. No puedo quitarle los ojos de encima, mientras escupo los pulmones y me limpio el sudor de la frente con el dorso de la mano.

Es imposible atraparla, salvo que algo o alguien la demore. Pero nunca es conveniente esperar milagros, ni siquiera en esta ciudad de ángeles y demonios.

Como si estuviera en el Río de la Plata luchando por mi pellejo, hago el último esfuerzo y retomo la marcha. Corremos ahora sobre un terreno asfaltado y abierto, y raramente silencioso. Casi puedo oír su esfuerzo, como si fuera una jugadora de tenis que ha enmudecido a la tribuna y a quien se le oyen los quejidos de cada revés. Noto que tengo calambres en el estómago y que se me nubla la vista, pero no quiero aflojar el tranco y sigo y sigo sin regular en esta despreciable carrera hacia el fracaso. Percibo que ella está más lenta, pero a la vez siento que yo apenas estoy trotando sin fuerzas y sin oxígeno. La persecución se ha ralentizado, y parecemos dos zancudos ridículos y tristes. Me detengo y caigo de rodillas como un boxeador noqueado por un aprendiz, y empiezo a resoplar con desesperación de ahogado. No me queda ni la uña de una mínima voluntad; mi cerebro ordena, pero mis músculos se niegan a obedecer y creo que varios de mis órganos están por estallar. Me conozco: estoy echando los últimos bofes. Es justo entonces cuando Mariela Lioni vuelve la cabeza y frena. Y hace a continuación algo insólito: retrocede lerdamente, paso a paso, como si quisiera examinarme de cerca, sabiendo que ya soy inofensivo; tal vez incluso preocupada por mi salud. Tiene gracia, pero yo no se la encuentro. La Mater Dolorosa también viene jadeando, pero en una suerte de beatitud transpirada. Se aproxima recortada por el sol y su sombra me pisa el cansancio. Se trata de una escena fantasmagórica y callada, y aunque trato de vocalizar aunque sea su nombre, no lo consigo. Ella me contempla un tiempo indeterminado, y después se retira sin ruidos y yo me echo boca arriba con ganas de llorar.

No sé cuánto permanezco en esa posición humillante. Tardo muchísimo en sentarme y en ponerme de pie. Y cuando lo logro, me doy cuenta de que dos bambinos con una pelota me miran con curiosidad. Luego uno de ellos me señala una calle transversal, y yo le agradezco con una mueca fatigada. Rengueo en esa dirección siete u ocho cuadras hasta una parada de taxis blancos. Y le regalo a un chofer un billete suculento y le muestro la foto arrugada. El florentino me dice "aspetta" y habla por radio con un compañero. "Via Baracca", pronuncia al cortar, con los ojos brillosos de codicia: "Ci andiamo?". Rebusco en el bolsillo el celular del centurión y llamo a Zingaretti. "Es en el área de Novoli —me confirma con un chasquido de lengua—. Mucho inmigrante y desempleado: hubo desalojos y hay algunos que se creen el Che Guevara. Cuídate de los traficantes de hachís". Acepto la oferta del taxista y me dejo llevar hasta Novoli; me siento sucio y molido, y mis gloriosas expectativas en lugar de crecer se han derrumbado.

La experiencia policial deforma cualquier paisaje: el barrio no parece tan lejos ni tan marginal. Lo recorremos a veinte para que yo lo pueda apreciar en detalle. El taxista me explica que la mujer de la foto se apeó en esas cuadras prolijas y confortables, pero que su compañero no prestó atención hacia dónde se dirigía. Le doy otro billete y le pido que me espere. Bajo y camino por una acera, cruzo y vuelvo por la otra. Me meto por calles menores y atisbo las ventanas de los edificios cuadrados. Le muestro la foto a unos vecinos, que me miran con desconfianza, y avanzo en redondo, buscándome a mí mismo. Suena extravagante, pero al dar tantas vueltas recibo una señal. Es como una de esas inexplicables intuiciones que tienen los animales en el bosque. Bajo la vista de los balcones y me enfoco en un "ristorante" de poca monta y toldo desteñido que me espera en una bocacalle. Me quedo parado e indeciso, a veinte metros, como si fuera a ocurrir algún acontecimiento. Y ciertamente ocurre: la puerta de vidrio se abre y sor Mariela sale a la luz. Lleva un delantal rojo y verde de camarera, y una camisa nueva de manga corta. Tiene el pelo mojado y suelto, y los ojos castaños y vivaces. Y durante un lapso inacabable no hace otra cosa que parpadear. Supongo que podría echar de nuevo a correr, pero permanece quieta, como si en verdad fuera de mármol. Y no me atrevo a mover un centímetro por miedo a romperla. A continuación, alza levemente los brazos, exponiendo su interior como si me estuviera mostrando sus llagas o estigmas, y avanza como si fuera llamada al cadalso o a la cruz. Su mirada es indefinible, agridulce y hermosa. A llegar junto a mí cierra los brazos y une las muñecas flacas a manera de ofrenda, y yo le ajusto respetuosamente las esposas plateadas.

No tardamos más de dos horas en subirnos al primer tren. Dócil y muda, absolutamente inexpresiva, primero Mariela Lioni se deja conducir en taxi al hotelucho, sube conmigo a la habitación, espera en el borde de la cama que me lave y me cambie, y también que haga la valija, y oye sin emoción las llamadas a la administración del Vaticano y a la portería de Santa Marta, y también los mensajes que le dejo por todas sus oficinas al padre Pablo. Más tarde le retiro a ella las esposas y le explico científicamente cuánto podría dolerle que le meta los dedos entre la clavícula y la escapula, o en la parte trasera de la quijada, justo debajo del lóbulo de la oreja. No niega ni asiente, pero parece acatar con mansedumbre la orden implícita. De hecho se deja abrazar cuando paseamos muy juntos por la estación, y cuando subimos a la formación que nos depositará en Termini. Es el tren de alta velocidad, así que no debería hacer falta que ninguno de los dos utilice el baño. Me extraña, pero soy incapaz de sentirme feliz por esa captura y de sacarle algún tipo de conversación; por otra parte, no sé si ella estaría dispuesta a responder preguntas. Al quitarle el delantal rojo y verde, encontré en el amplio bolsillo un billete de cinco euros, tal vez una propina. Mariela lo lleva ahora doblado en un rollo dentro de su mano izquierda, y no lo suelta por nada del mundo. Resulta en persona más delgada y más alta, y los pequeños surcos en la frente, en el entrecejo y alrededor de esa boca que no conoce el rouge son mucho más profundos. Sus ojos castaños se pierden en las llanuras de la Toscana y en las ciudades fabriles que nos salen al paso. Me viene a la memoria la teoría de Delfina Maggi. La herida fundamental. Todos fuimos heridos alguna vez y nos pasamos los años luchando contra ese accidente, que algunos ni siquiera somos capaces de reconocer.

Vibra el celular del centurión y cuando respondo me encuentro con alguien que se presenta como el secretario personal del padre Pablo. Me pide el número de viaje y el horario de llegada al andén: vendrá a recogernos en un coche. Estiro las piernas sin moverme del asiento, y advierto que Lioni juega con su billete. Detrás de ella, el sol se va durmiendo sobre las colinas y sobre los terrenos sembrados. Llama ahora Pablo, que no pierde jamás la compostura: le relato esquemáticamente dónde se escondía sor Mariela. "La magnífica ironía de Dios", comenta. No creo que sea una frase propia ni esté dirigida a un simple cazador de fieras. Ahora la mártir de Villa Puntal está convirtiendo los cinco euros en una figura de origami, algo así como un hombre con cola de escorpión. En Termini nos espera aquel curita atildado y ejecutivo que nos abrió las puertas del Palacio Apostólico. Trata infructuosamente de saludar a Mariela, carga con mi valija y nos traslada en un BMW negro hasta la ciudad sacramental. Lioni ojea las lujosas paredes de las estancias vacías y nuestros tacos resuenan como detonaciones en "La Sala de la Signatura". Como si nunca se hubiera ido de allí, Pablo aguarda con su libreta negra y su lápiz, frente a "La escuela de Atenas". Al vernos, sin embargo, deja los útiles, alza las cejas y sonríe de un modo desabrido. "Qué alegría", dice sin la menor alegría, y propone el ademán de un abrazo. Pero Mariela Lioni retrocede diez centímetros y se libra del compromiso. Y le ofrece, a cambio, la figura del billete contorsionado en la palma abierta. Pablo bizquea y no entiende, y entonces ella se ve obligada a pronunciar una sola palabra. La palabra "Gerión", que sale de su voz queda. El sacerdote vacila con el ceño fruncido, y recoge con dos dedos el monstruo de cola de escorpión y lo sostiene en el aire como si fuera venenoso. "Dante", dice tragando saliva. Y el curita ejecutivo me toca el codo, me invita a retirarme de tierra santa.

Al verme en un espejo del vestíbulo, pienso en los ojos cansados y amenazantes de aquellos guerreros con espadas y pesadas armaduras que protegían al bebé rozagante en "La casa de los búhos". Tomo la valija y camino como un viajero sin norte y sin tiempo, indiferente a los taxistas, los vendedores, los turistas y la opulencia. Al llegar al Puente Vittorio Emanuelle, dejo la valija y prendo el último cigarrillo contemplando el Tíber. El viento me despeina y me adormece. No sé cuántos minutos paso acodado en esa baranda ornamental. Y solo me interrumpe la vibración insistente del móvil. Reconozco el número de Leandro Cálgaris, pero por primera vez en mi vida no lo atiendo.

Ya no me duele la garganta.

Gracias

Mi agradecimiento eterno para Diego Arguindegui, que hizo una minuciosa revisión histórica, geográfica y artística de esta novela. Y muy especialmente para Hernán Lapieza y Ricardo Brom, por su asistencia técnica y profesional, y por sus valiosos consejos de atentos lectores. También me ayudaron Hernán Cappiello, Fabián Calle, Daniel Sabsay y Hugo Alconada Mon. Ellos impidieron que cometiera más errores de los que cometí. Pero no son, como suele decirse, responsables de los que aparecen, y es preciso aclarar que en algunas ocasiones recurrí a licencias literarias, privativas de todo novelista. Dedico este libro a dos héroes de verdad que siempre inspiran, ambos protagonistas de "La hermandad del honor": el Padre Pepe y Claudio Espector. Ninguno de los dos se corrompió ni bajó los brazos.

Aunque este relato está basado en la experiencia personal y en una mirada descarnada sobre el lado oculto de la política, no es una novela en clave y todos los personajes, lugares y circunstancias son producto exclusivo de mi imaginación. La enigmática

organización de "Los Dragones Mutantes" es una ficción completa: nació en *El puñal* y continúa en *La herida*, y no alude por lo
tanto a ningún grupo verídico de ninguna naturaleza. También
la provincia patagónica y Villa Puntal son sitios ficticios: como
alguien dijo alguna vez, las coincidencias con la realidad... son
culpa de la realidad.

Esta novela es para Oscar Conde, mi hermano, con quien soña-
mos a los 14 años estas novelas.

Índice

Índice